有爱的青春陪伴者

群雄逐鹿

易修罗 著

广东旅游出版社
中国·广州

图书在版编目（CIP）数据

群雄逐鹿 / 易修罗著. — 广州：广东旅游出版社，2021.10
ISBN 978-7-5570-2550-2

Ⅰ.①群… Ⅱ.①易… Ⅲ.①幻想小说－中国－当代 Ⅳ.①I247.5

中国版本图书馆CIP数据核字(2021)第161062号

群雄逐鹿

Qun Xiong Zhu Lu

易修罗 / 著

◎出版人：刘志松　◎总策划：苏瑶　◎责任编辑：何方　◎责任技编：冼志良　◎责任校对：李瑞苑　◎策划：廖晓霞　蒋彩霞　◎设计：Insect　Cain酱　◎封面绘制：逐夜　狩野千泫　◎赠品绘制：Cain酱　裴孟伟

出版发行：广东旅游出版社
地址：广东省广州市荔湾区沙面北街71号
邮编：510130
电话：020-87347732
印刷：长沙鸿发印务实业有限公司
地址：长沙黄花工业园三号
邮编：410137
开本：889毫米×1194毫米　1/32
印张：10
字数：392千字
版次：2021年10月第1版
印次：2021年10月第1次
定价：46.00元

版权所有·侵权必究

如本书印装质量出现问题，请与印刷公司联系调换。联系电话：020-87808715-321

目录

001 × 第一章
智慧型战斗宠物?

023 × 第二章
决斗

049 × 第三章
副本和悬赏

075 × 第四章
鹿儿酒

101 × 第五章
想做什么?

125 × 第六章
嘘,你听

147 × 第七章
PVP 战场

171 × 第八章
鸠鸠

193 × 第九章
恭喜你们，家族成立

221 × 第十章
攻城战和风息翼龙

243 × 第十一章
人渣

267 × 第十二章
《人类：一拜天地》

291 × 第十三章
我带你扬名立万

第一章

智慧型战斗宠物？

这里是一片森林，参天大树枝繁叶茂，努力地遮住天空，却仍有阳光不甘示弱地挤进树叶的缝隙间，洒在躺在地面上的少年的脸上。

阳光、树影、微风、虫鸣，以及扑鼻而来泥土的芬芳，是如此真实，真实到令人无法相信这只是一个虚拟的世界。

除了停滞在半空中的那只飞鸟突显出了这个世界的异常。

凌小路已经一动不动地盯着那只飞鸟半分钟了，他其实很怕它会突然掉下来，然后砸到自己脸上。

并非是他不想动，而是他动不了。

表面看上去他静静地躺着，可大地知道他的内心是躁动的。他的心跳剧烈而又快速，隔着瘦削的脊背和薄汗微浸的单衣，依然能够传达到土壤里，更别提那异常升高的体温了。好在大地看不见他的脸，不然就会发现那颜色跟秋天熟透掉落的苹果一样。

就在不久前，一张英俊的面孔突然出现在他的视线中，遮住了飞鸟，对方的头顶有一个金色的名字。

导致凌小路如此倒霉情况的始作俑者，就是这个叫作嵇蒙的——此人的名字是金色的，代表着他游戏里不一般的身份。

从刚才到现在，他一无所知地一直给予凌小路关心："你状态不太妙，脸很红，是不是哪里不舒服？"

倘若不是动不了，凌小路其实很想让对方知道，自己"不舒服"的时候是有暴力倾向的。

比如现在，他十分想用家族祖传鹿拳捶爆嵇蒙那张整过容的脸。

这一切的起因，还要追溯到今天更早些的时候……

游戏专营门店里冷冷清清，唯一的店员在无聊地玩着一款虚拟空间架构游戏，这种休闲小游戏很适合看店的人打发时间，店员也不会错过可能上门的客人。

就在这时，感应门轻轻被人开启又关闭，一位十七八岁的年轻人进来了，头发被染成醒目的金黄色。

在这个全民网络购物的时代，现在的顾客只需要轻触终端即可享受送货上门服务，愿意光顾实体店的买家越来越少，通常只有时间充裕的学生或需要提供技术帮助的顾客才会主动造访。

以店员的阅人经验来看，来人应该属于前者，尤其现在还是处于学生们的假期期间，他更加笃定自己的猜测。

他打了个弹指，下一刻，面前已经构架好的光球一个接着一个散开，像一场迷你烟火秀，绚丽夺目。

一进门便目睹这一幕的凌小路惊叹地吹了声口哨。

"酷。"

"欢迎光临，请问有什么能帮助到您的？"

凌小路一步一跳地蹦跶到柜台前，给人的印象是个性格活泼的年轻人。

"我刚刚在交通站看到了这个。"

凌小路出示了一张光影照片，照片上面隐约浮现一条银白色巨龙，帅气逼人。

"你知道这是什么游戏吗？"

能在交通站打广告的游戏必然不是什么冷门游戏，店员看一眼便知。

"这是由鑫山公司出品的全息网游《精灵契约》，您看到的应该是新资料片《隐秘的龙族》的宣传广告。"

"就是这个！请问这里有的卖吗？"

店员伸手在空气中随意地一划，面前的冰蓝色透明环形柜台逆时针旋转了六十度。这种采用光化材料制成的可自由转动的柜台，边缘泛出科技感十足的蓝色炫光，旋转后缓慢停下来。

店员在柜面轻轻一点，柜台顶层缓缓开启、上升、后移，不仅将内在的摆设零距离地呈现在客人面前，竖起的光化玻璃也恰到好处地转化为3D液晶显示屏，屏幕上开始播放立体的游戏宣传影像。

"没错，就是它！"跟照片上的龙一模一样，只见这条龙在屏幕上盘旋飞跃，银白色的鳞片反射着耀眼的光芒，连上面的纹路都展示得一清二楚。

"《精灵契约》是一款以宠物作战为主要特色的大型多人在线角色扮演网络游戏，您现在见到的就是即将问世的顶级战斗宠物风息翼龙，隶属于龙系飞龙科。"

什么系什么科的术语凌小路听不懂，他只知道最直接的——

"它厉害吗？"

"就目前官方曝光的风息翼龙的数据来看,无论是力量还是敏捷度,它都属于宠物中的佼佼者,更别提飞龙科的战宠本身便拥有不俗的血量和魔力。可以说它是难得一见的集武力与法力于一体的攻击型战宠,拥有让人简直无可挑剔的全方位均衡发展的数值。"

"太棒了,这个战宠卖多少钱?"

店员尴尬了,普通玩家入手这种稀有战宠的难度相当之大。为了使它保值,在下一个资料片开放之前,鑫山公司投向市场的战宠数量不会超过三只,只有极少数精英玩家才能取得这种战宠。对于游戏新手玩家来说,拥有一片风息翼龙的龙鳞都是妄想。

不过,他当然不会那么说。

"现在购买《精灵契约》豪华版客户端,就可以获得一次抽奖机会,玩家将有机会抽取到绝世稀有战宠,此外还有各式各样的丰富奖品,这些奖品的中奖率高达100%。"

凌小路俨然一副"风息翼龙乃我囊中之物"的表情:"好,我就买你说的这个豪华版!"

"豪华版的售价是888盟币。"

"不贵哦。"

"但是在您购买《精灵契约》豪华版客户端之前,请问您有鑫山公司生产的游戏外设吗?"

"那是什么?"

"这是您第一次接触鑫山公司制作的全息网游吗?"

"没错。"少年点点头,"别说鑫山公司制作的游戏了,我连这种全息网游都是第一次玩。"

"鑫山公司生产的每一款全息网游,都需要专用外设才能启动的,您单独购买客户端是无法体验游戏的。"

"这样啊,那外设卖多少钱?"

"每种外设的款式不同,价格也不同,我建议您选择这一款,也是在玩家中普及率相当高的一款设备。"

店员从柜台内取出一个手环,约两厘米宽,金属质感,上面雕刻着游戏公司的LOGO(标志),是年轻人喜欢的外观。

"这是手环型外设,深受年轻男性玩家欢迎,售价8888盟币,现在跟客户端一起打包购买可以享受九五折优惠。"

"翻了十倍哦!"凌小路惊呼。

"虽然这款外设看似昂贵,但它属于一次性消费产品,并且玩家可以终身免费维修升级。它可以用于鑫山公司出品的任何一款游戏，只需玩家之后下载游戏数据即可，也可以直接插入芯片使用。"

凌小路还是有点犹豫："还有别的吗？"

"同档位价格的外设还有头带、耳钉、项链等，使用功能上没有任何区别，只是佩戴部位不同。"

凌小路连连摇头："不不，头带有点中二，剩下的也太娘了。"

店员微笑："女性玩家一般购买项链和耳钉比较多，我们也会根据顾客需要将外设改成腕表甚至是植入通讯设备，但那就需要玩家额外定做了，价格会更高，而且需要制作周期。"

"额外定做就算了。"凌小路俯身去看柜台里的设备，被其中一样设备吸引了视线。

"哇，还有戒指！这个看起来不错！"

"那不是真正的外设，只是一个外设模型。我们店里是没有这款外设的现货的，玩家必须从官网订购。"

"为什么？它很稀有吗？"

"这不是一款普通的戒指，这是鑫山公司应极少数尊贵客户要求而特地开发出的 VIP 外设。使用这种外设的玩家，在游戏内也享受 VIP 账户的待遇，线上的玩家根据这部分人与其他玩家不一样的 ID 颜色，一般叫他们金名。"

"账户还分普通和 VIP？那岂不是很不公平？"

"没有一款游戏的设计是绝对公平的，'金名'的出现确实影响了游戏内的公平性，可它的价格也注定了只有极少数的玩家才能享受这种优待。"

店员滔滔不绝地介绍道："鑫山公司最初推出这款外设时，也引发过玩家们的反对狂潮，甚至他们还举行过罢玩示威。可后来随着时间的推移，玩家们看到'金名'数量稀少，渐渐接受了'金名'的存在，'金名'也从一开始的被玩家排斥、反对，逐渐演变为被仰慕、被追捧，在游戏内无论走到哪里都备受其他玩家瞩目。"

"哈？"凌小路听得津津有味，"居然连这样也行？那它到底卖多少钱？"

"五百万。"

凌小路脚下一滑，险些摔倒。

"很显然，这枚戒指的造价不值那么多，'金名'在游戏内享受的特权也不值那么多，之所以把这个外设定成天价，纯粹是鑫山公司想要控制'金名'的数量，提高'金名'门槛。"

"我不信真的有人会花五百万购买一款游戏外设。"

"与《精灵契约》全息网游的庞大玩家基数相比，金名者的数量只占全部玩家数量的万分之一，从鑫山公司推出这款戒指到现在，售出的总数不超过百枚。"

凌小路"噫"一声吸了口凉气:"居然有这么多有钱又闲的土豪,你说对了,如果这个特权的代价是支付五百万,我真的一点也不介意这些冤大头影响了游戏的公平性,就好比说……我不会嫉妒'王思蒜'比我有钱,更不会嫉妒'吴彦孙'比我长得帅。"

"是这个道理呢。而且《精灵契约》的版图相当之大,如果不是特地去观看重要赛事,在游戏中您见到'金名'的概率是很低的。"

凌小路点头表示理解,目光移到下一个外设上。这款外设有着和戒指同样的金属圆环造型,尺寸比手环还要大上好几倍。

"这个是戴在哪儿的?"

"脖子。"

"脖子?"

"没错,这是一款项圈。"

"一款什么?"

"项圈。"店员重复了一遍,"它由与戒指完全相同的材质制成,成本造价相当昂贵,可以说是戒指的放大版。"

凌小路张大了嘴:"这么大一丁点儿的戒指就要卖五百万,那这个项圈岂不是要五个亿?"

"不,这款项圈是免费的,准确地说,是鑫山公司免费提供给使用者本人的。"

没有什么语言能形容凌小路此刻的吃惊程度。

"你在逗我?"

"它跟戒指的一个功能相似,佩戴戒指进入游戏的玩家,会自动获得'金名',而佩戴项圈进入游戏的玩家,也会获得另外一种身份。"

"是什么?"

"'粉名',就是您方才了解过的,战斗宠物。"

"风息翼龙?"

"没错,风息翼龙是 AI 型战斗宠物的代表,所谓 AI,就是拥有人工智慧的游戏体,更直白地说,它的本质就是一段数据流。"

凌小路聚精会神地听着:"然后呢?"

"可是再智能的 AI,它也只能遵循人为设计的战斗模式,根据战局的变化做出固定的反应。尽管鑫山公司在 AI 智能开发这一项技术上已经达到炉火纯青的境界,然而 AI 的智慧,永远不可能超过人类,它甚至不拥有主观思维能力。"

"要是 AI 拥有了主观思维能力,那才叫可怕吧!"

"于是,鑫山公司为了满足玩家们想拥有非 AI 型智慧战斗宠物的需求,便诞生了这个戒指的对应产品——也就是这个项圈。即玩家佩戴此项圈,就可以战斗宠物身份登录游戏，并且可以被戴着戒指的金名玩家契约为战宠。而项圈的费用以及粉名玩家的其他各种游戏费用，则在粉名玩家与金名玩家签订契约后，由金名玩家负责支付。"

"天哪！你们公司可真会玩！"

"可鑫山公司没想到的是，这款项圈大多数人都戴不上去。"

"啊？"

"这个问题听上去很荒谬，可事实确实如此。就算倾尽鑫山公司所有程序员之力，甚至广发英雄帖募集民间高手，传闻就连最神秘的黑客组织都介入了，仍然无法解决这个技术难题。"

"这有什么难的，我知道啊。"

店员惊喜地问："您知道？"

"项圈做得太小了，玩家脖子粗，自然戴不上。"

"……"

店员尴尬地咳了一声："并非这个原因。"

他索性将柜台内的实体项圈取了出来，让凌小路得以更近距离地观察到项圈。

"这款项圈采用的材料，可以根据佩戴者脖颈的尺寸自动调节大小。鑫山公司生产的所有戒指均为均码，却能让任何人戴上后尺寸都变得恰到好处，项圈也是同样的原理。"

"既然这样，为什么大家还戴不上？"

"我可以示范给您看。"店员说完，将项圈平放于左手，右手食指轻触项圈边际一点，沿着边际，划出一道圆弧轨迹。凌小路吃惊地看到原本毫无缝隙的银色项圈，竟然顺着他指尖的轨迹，变化出了一个同样轨迹的缺口，就好像被人硬生生擦除掉一块一样。

"太神奇了！"凌小路情不自禁地赞叹道。

那缺口大到足以穿过店员的脖子。现在他手中拿着的，勉强只能被称作是一道圆弧形状的东西。

在凌小路的注视下，店员将圆弧贴在自己脖子上，伸出食指从圆弧的这一头沿着脖子划到另一头，方才项圈上被店员擦除的部分又重新生成融合，项圈再次变得完美无瑕，连接合处都没有一丝缝隙。

凌小路一愣："这不是戴上了吗？"

店员没有直接回答他，而是把双手放在项圈的两端："三，二，一。"

店员的倒数结束，项圈应声而断，变成两个半圆，被他一左一右接在手中。

"怎么会这样？"

"这也是困扰了鑫山公司一年之久的难题。"店员将两截项圈对接在一起，很

快它们融为了一体。

"这不科学啊,按理来说,戒指都能够被人戴上,运用了同样的材质和原理的项圈又怎么会戴不上?"

"大概两者主要的差别就在于佩戴者的游戏身份不同。据相关人士透露,项圈之所以会断开,主要还是其设定跟战斗宠物的初始程序设定有冲突。"

"什么意思?"

"因为金名者的概念即使是后期加入游戏中的,它依旧属于玩家。而战斗宠物的初始设定,是没有生命体征的NPC(非玩家角色),后期强行加入拥有生命体征、自主智慧的玩家,会导致游戏内部数据混乱,终端无法处理混乱的内部数据,所以系统才会自动拒绝这部分玩家登录。"

"原来是这样啊。"凌小路大致明白了。

"但奇怪就奇怪在这里,鑫山公司经过长期的测试,发现服务器终端并不排斥每一个以战斗宠物身份登录的玩家,也就是说仍然有很少一部分人,可以跨越这层障碍,成功地实现鑫山公司的设计初衷。"

"你的意思是说,有一些玩家,即使戴上项圈,项圈也不会裂开?"

"是的,能够以人形战斗宠物身份登录的玩家数量极其稀少。截止到现在,仅有三十名玩家通过了测试。"

"既然这样,游戏公司为什么不针对这三十名玩家进行进一步的研究,或许能找到原因?"

"鑫山公司从未停止过对这群特殊玩家的跟踪研究,不仅如此,他们还开展了全民调研,只要能成功戴上项圈不脱落的玩家,就可以免费获得一款通用游戏外设。"

"包括刚才卖四个'8'的手环?"

"是的。"店员在方才播放宣传视频的屏幕上点了几下,调出了鑫山公司发的英雄帖。

奖励看起来很不错,凌小路有点心动。

"那是不是只要戴上了项圈,就必须戴着它才能玩游戏?"

"当然不是。先不论这个调研的成功率还不到0.0001‰,就算您成功了,鑫山公司也只需要一次性提取您的身体数据做研究之用。至于采取何种方式进入游戏是您的自由,您完全可以使用赠送的手环进入游戏。"

"既然这样的话,我不介意试一试。"

"没问题,"店员将手中的项圈再次打开,"我现在就为您佩戴。"

状似金属材质的项圈贴紧凌小路脖颈皮肤,却没有想象中冰冷刚硬的触觉。

"果然是很神奇的材料。"

"是的,您可以戴着它吃饭睡觉做任何事,都不会有异常的感觉。"

"哈,就算你这样说,我也不想。"

店员的手指在凌小路脖子上划了半圈,项圈闭合了。

"感觉怎么样?"

凌小路没有回答他,取而代之的是模仿着他的样子,将双手放在左右两边。

"三,二,一。

"……一。"

"一。"

凌小路连数了三个一,项圈纹丝不动,随后他惊讶地抬起了头,面前店员脸上的惊讶之色一点也不亚于他。

"我这算是成功了?"

"是的,这还是我第一次目睹有人能成功戴上这个,恭喜您获得了一份价值8888盟币的游戏外设。"

"太棒了!"就这么轻易地省下了八千多,作为学生党的凌小路不能更开心。

"一旦有人佩戴成功,游戏终端将会自动检测到您的身体数据,技术部门很快就能读取完毕数据。您现在只要签一份授权同意书就好。"

"没问题。"

凌小路在光屏上签下自己的名字,进度条显示数据在上传中。

"您真的不打算体验一下战斗宠物的游戏内容吗?由于粉名玩家数量稀有,在游戏内受欢迎程度可以说是相当之高,还会引得没有签约粉名的金名们竞相追逐。"

"别开玩笑了,我玩游戏可是要去抓宠物的,不是要去当宠物的。"

光屏边缘闪烁一道银光,这是数据上传成功的讯号。

"多谢您的支持与配合,您的个人数据已经采集完毕,我现在就把它摘下来。"

"谢啦。"凌小路扬起下巴,方便他操作。

一秒过去了,两秒,三秒……半分钟过去了,仍然不见项圈被取下来。

"怎么了?"凌小路开口询问,按照方才项圈被戴上去的速度,取下来绝不至于用时这么久。

店员抬起头,一脸的困惑。

"不知道发生了什么,这个……打不开……"

"对不起,我们对于您无端遭遇这样的意外而感到由衷的抱歉。"

西装革履的男人彬彬有礼地向凌小路鞠了一个九十度的躬,然而这并不能减少凌小路的怨气。

"敢问你又是哪位?"

"不好意思,忘记自我介绍了。"男人在通讯器上操作了几下,凌小路收到了

来自对方的名片交换请求,"我是鑫山公司的客服部经理,您可以叫我柯铭。"

"柯经理你好,我就想知道这鬼东西为什么取不下来,我们不是说好了只是调研吗?"

"是这样的,我简单为您解释一下。"柯铭伸出两只手模拟出一个长方形的取景框,向外一扩,一个被放大的虚拟投影屏出现在凌小路面前,上面密密麻麻的满是数字和图表。

"游戏内战斗宠物的能力值,表面看上去很随机,但本质上全部遵循由最初的数值策划所设计出来的数值规律,这也是为了保持游戏内的对抗平衡。"

"而我们每一个人,也有自己的隐藏属性能力值。长期以来困扰我们的难题,就是玩家数值与战宠数值体系的不匹配问题,导致主机将玩家判断为'外挂',从而拒绝这部分玩家的登入。

"经过我们多方测试,发现玩家数值与战宠数值体系只在匹配度高于92.7%的情况下,玩家才可以顺利通过主机的审查,因此我们把92.7%称作为登录的临界点。

"虽然我们已经找出了临界点,但可惜能达到这一数值的用户少之又少,截至目前也只有寥寥37人通过了测试,其中最高一人的匹配度高达98.5%。"

"你是说我跟系统的匹配度超过了92.7%?"凌小路问。

"不止这样。"柯铭轻触虚拟屏,屏幕左边浮现出人型轮廓,右边罗列着许多凌小路看不懂的数值,以及屏幕最中央快速跳动的百分比,一直跳到100.08%才停下来。

"……这是我?"凌小路指着左边的人形轮廓,半天才道。

"正是。"

"100.08%是什么?"

"就是我方才提到过的系统匹配度。"

"既然是数据匹配,怎么可能超过100%?我数学可是很好的,你不要骗我。"

柯铭叹气:"这也正是困扰我们的问题。"

"那请问你们什么时候才能攻克这一难题?"

"技术部正在努力地排查故障,我们一定会尽快。"

"尽快是多久?一小时?半天?一天?"

"因为这样的情况我们也是第一次遇到,所以没有办法给您一个准确的解决时间。"柯铭面露难色。

"这玩意儿你们研究了一年多也没研究明白,那究竟还要研究多久啊?"凌小路苦恼地抓头发,"我可不想一直戴着这东西过日子。"

"对给您生活带来的不便,我们会做出相应的赔偿。我已向公司高层申请,临时录用您为编外测试人员,只要您佩戴此设备,即可计算有效工时,我们会按照小时数支付您薪水。"

"那要是一天取不下来,我岂不是可以领 24 个小时的薪水?"

"正是。而且鉴于您工种的特殊性,您的时薪是其他测试人员的双倍,非工作时间以加班时间计算薪酬,节假日再翻倍。"

"可是,戴着这个,我没法做任何事,连门都出不去。"

"我能冒昧地问一下,您的职业是什么呢?"

"学生。"

"高中生?还是高校生?"

"我刚刚考完升学考,再开学就是高校一年级生。"凌小路有些沮丧,好不容易考上了理想的学校,要是因为这个耽误开学可如何是好。

"难怪您会在这个时间购买游戏外设。能再冒昧地问一句您被哪所高校录取了吗?"

"烟山大学。"

"哇哦,"柯铭由衷地赞叹道,"那可是一所历史悠久的老牌名校,有近五百年的建校史,能考进去的人实力不同凡响,不知道您考取的是哪个专业?"

"银河工程学院星际导航与通讯专业超离子材料方向。"

"还是热门专业,可见您的成绩必定很出色。"

不是随便什么人都能当上客服经理的,他有针对性的恭维起码对凌小路这样涉世未深的少年来说非常有效。

"还好啦。"凌小路语气和脸色都缓和了许多。

"现在是六月初,距离高校开学还有整整三个月,相信在这三个月的时间内,我们的技术部门一定能想出后续的解决方式。"

"那我的日常起居怎么办?你不会让我夏天戴着这个出门吧?"

"这件事有两种解决方式,一是由公司负责派人送日用品上门,只要是您需要的,我们都可以满足。如果您想自行网购,公司也可以全额报销,只是委屈您要一直待在家里。"

"那第二种方式呢?"

"以我公司目前的游戏技术水平,您完全可以在游戏内解决一切生理需要。也就是说,只要您在游戏内保持正常的饮食,现实中的您也会摄取等量的营养物质,不必为健康问题发愁。"

"这么厉害?"

"其实很早就有一小批玩家长期居住在游戏内,我们的主机会实时监控玩家身体的各项指标,至今没有出过任何问题。"

"那我岂不是还要被人抓去当宠物,有没有什么办法能让我通过手环进入游戏呢?"

"抱歉,这个暂时不能。主机同一时间只能处理一个外设的接入请求,而项圈作为特殊外设具有优先读取权,这一点我们无法针对个人进行修改。"

一旁的店员帮忙游说:"其实粉名在游戏内也会受到很多特权优待。"

"什么样的优待?"凌小路问。

"譬如说,"柯经理介绍道,"玩家不需要支付任何游戏费用,在自由身状态下,游戏是完全免费的,签订契约后由主人负责支付外设费用、月卡费用以及商城道具费用。"

"什么人?"凌小路嘴角抽搐。

"由跟您签订精灵契约的金名者支付。"柯经理聪明地改口。

"还有,你刚才说什么,有月卡还有收费道具?"

"普通玩家进入游戏后,前十八级免费,之后每个月需要购买50盟币月卡。游戏商城里的道具属于自愿消费,不买也不影响游戏体验。"

"什么收费模式这么坑?"

"这是吸取了几百年前金山科技,也就是鑫山公司的前身,制作开发的某款键盘网游的运营经验,是市场考验过后的成熟的收费模式。"

"键盘网游啊,"凌小路感慨,"可真是一个古老的名词。"

"是的,键盘网游从很久以前就销声匿迹了。我们这一代人中,早已不存在键盘网游的老玩家,如今这个时代,已经是全息网游的鼎盛时代。"

"说到底还是只有金钱方面的补偿,我现在就像在跟大老板讨价还价一样。虽然我是个穷人,但还不至于穷到要去卖身,一个月50盟币的月卡我还是支付得起。"

"主人和宠物签订精灵契约需要双方同意才可,鉴于目前粉名玩家稀缺,决定权实际是掌握在您手中,如果您不同意,没人能够强迫您。"

"对,一旦签完,自己的决定权从此就掌握在别人手中了。按刚才说的,这比例可是3:1,土豪们肯定会千方百计逼我就范。"关键问题上凌小路一点也不傻。

"除此之外,粉名玩家可以学习游戏内现有的所有宠物技能,这是其他玩家无法拥有的游戏体验。"

"哦?"凌小路终于产生了一点兴趣。

"像是不死系的专属技能,著名的腐蚀万物和瘟疫蔓延技能。"店员补充。

"这是什么技能啊!光听名字就没有想学的欲望!"

店员遗憾:"那可是两个非常强大的技能呢,一旦习得就会生疮流脓、浑身腐烂,让所有玩家见到您掉头就跑。"

"我图哪样啊!"

柯铭用眼神警告了店员一下，识相的店员默默闭嘴。

见凌小路依然对宠物身份很排斥，经验丰富的柯铭灵机一动。

"是否使用项圈进行游戏是您的自由，但倘若您愿意尝试，我公司技术部门也会全力配合，尽可能地满足您在游戏内的要求。"

"譬如说？"

"我知道您最大的顾虑是战斗宠物的身份，虽然这一点无法更改，但技术人员会尽可能协助您伪装成普通玩家的样子，即使是金名玩家也无法分辨您是不是人形战斗宠物。"

凌小路重新燃起了希望："也就是说我不会被抓去当宠物？"

柯铭没有纠正他的说法，只说："我们会全力保障您的游戏自由。"

"那我也可以拥有像风息翼龙那样拉风的宠物吗？"

"实在抱歉，这一点您是无法达到的，因为您的身份是战斗宠物，系统规定一个战斗宠物不可以饲养另一个战斗宠物。但如果您喜欢资料片新出的这款战宠，我可以做主赠送您一条迷你版战宠。"

"迷你版？"

"也就是我们常说的非战斗宠物。"

凌小路并不是很分得清战斗宠物和非战斗宠物的区别，不过鑫山公司提出的各种补偿条件已足见诚意，再不依不饶反倒显得自己不近人情了。

"那好吧，事已至此，就算我不同意，好像也别无选择。"

"您是同意体验游戏了是吗？那真是太好了，这对于我们研究改进外设也有极大帮助。"柯铭感激道。

"接下来我该做什么？"

"您需要做一个身份登记，请问您年满十八岁了吗？"

"满了，有什么问题吗？"

"《精灵契约》这款游戏只有年满十四岁的玩家才被允许进入游戏，但年满十八岁的玩家方可以体验到游戏的全部内容。"

"区别在哪里？"

"首先画面上会有很大不同，未成年玩家在游戏中看到的所有骷髅裸露在外的骨头会长出肌肉，尸体会变成坟墓，战斗时也不会有任何血光特效存在，所看见的过于暴露的服装会被重新缝上；其次未成年玩家账户会被纳入防沉迷系统，在线两小时后，账号会直接锁定，强制下线。"

店员举起一个瞳纹扫描仪："如果您已达到年龄要求，就请在此做一个身份扫描，以便我们核实您的信息。"

这个时代个人信息都通过瞳纹储存，店员用仪器对准凌小路的眼睛快速一扫，

显示屏上详细地罗列出他的资料——

姓名：凌小路

性别：男

年龄：18 岁

籍贯：湖朔市

职业：学生

……

"请核实资料是否正确。"

"无误。"凌小路确认道。

"身份确认好了，已为您绑定外设，还差最后一步，我们还需要植入客户端。"店员弯腰从柜台内取出《精灵契约》豪华版客户端礼盒。不愧是豪华版客户端，包装都做得如此考究，采用的是类似于琉璃的材质，盒子包装上有着精美的游戏原画，仔细看盒顶上还有彩色流光涌动。所有流动的光线，都汇聚到同一个终点，也恰好在镶嵌着风息翼龙眼睛处的明珠这里。

"您现在可以亲自打开礼盒了。"

凌小路轻轻触摸了一下珠子的表面，那盒子当即缓缓升到空中，开始顺时针旋转。起初盒子旋转得很缓慢，紧接着越来越快，直到凌小路的肉眼无法捕捉它的速度。

就在凌小路看得眼花缭乱时，盒内突然跃出几条栩栩如生的金鱼，绕着凌小路四周灵活地游动着，逗得他伸手去捉。那金鱼却突然从他指缝间溜走了，与同伴们相互纠缠交错，直至化作水墨凝聚成的游龙，伴随着悠扬的古曲在空中盘旋了数个来回，一声龙啸过后，又化作烟雾散了，最后空气中留下三个行云流水的书法字——东天岭。

"太漂亮了，"凌小路由衷地感叹，"要是没有我脖子上这个东西该多好啊。"

豪华版的包装礼盒已经静静落回原处，原本封闭的顶盖敞开了，露出里面纯黑色的内盒，内盒的正中央，嵌着金灿灿的金属芯片。

店员小心翼翼地将芯片取出，插入项圈底部的插槽，然后用手一抹，金属表面了无痕迹。

"一切准备就绪，您现在可以自由往返于现实与虚拟世界之间，祝您玩得愉快。"

"我们会派专属客服为您护航，以确保您游戏进程顺利，有任何问题您都可以询问客服或联系我本人。"柯铭加以补充。

"我现在就有一个问题。"凌小路说。

"您请讲。"

凌小路指着脖子："戴着这个我要怎么回去？"

"叮——受保护玩家编号 4109874 已上线，专属客服分派中……"

凌小路盯着眼前的等待信号无语，自己怎么就成了受保护玩家，还有那系统编号是怎么回事？知道的人以为这是在玩游戏，不知道的还以为自己进了监狱。

客服的效率还挺快，不出半分钟的工夫，凌小路身边就刷出来了一条不明生物。

"您好！GM（游戏管理员）92735 竭诚为您服务！"

凌小路："……"

"从今天起，我就是您的专属客服，希望接下来……放我下来喂！"

凌小路握住客服的尾巴——如果那是尾巴的话，把其倒吊着拎起来。GM 一受到凌小路的暴力对待，就拼命挣扎着，爪子在空气中毫无章法地划来划去，头顶的长须也随之左右扭动。

"你竟然恶意袭击 GM，还讲不讲游戏公约了啊！"那古怪的生物痛斥着凌小路的恶行。

"你长得如此奇特，居然还可以说话？"凌小路手一松，"你到底是什么？"

总算重获自由的 GM 在半空弹了弹，盘旋了两圈，总算大头朝上了。

"刚才不是介绍过了嘛，我是上级指派下来专门负责解答您的各种疑问的专属客服，工号 92735。"

"我想问的不是这个，你到底是什么物种？"

"咦？这个不是您特地要求的吗？我显然是一条英俊帅气的风息翼龙啊。"

"多谢告知，你要是不说我还以为你是条四脚虫。"

GM 泪流满面："总觉得摊上了不太好的差事。"

"那么好吧，GM 龙先生……我一直以为 GM 应该是人类啊，原来科技已经如此发达了吗？"

"我本来就是人类啊，您现在看到的只是我为了隐藏身份做出的拟态。"

"等等，"凌小路脑子里灵光一现，"柯经理说做主送我一条迷你版风息翼龙，不会就是你吧？"

"恭喜您答对了！其实您看到的只是一条普通的非战斗宠物龙，但是鉴于我要负责您今后的游戏引导及身份保护，为了不惹人注目，所以冒昧借用了您宠物的外壳，这绝对是最合适的伪装方式了，您不这么认为吗？"

凌小路面无表情："我能请你从我的宠物身体里出来吗？"

"当然可以，不过那样我就会恢复我原本的人形。您希望在今后的游戏旅途中，有一位身高一米九、体重一百九的成年男性与您携手同游吗？当然，我个人是不介意。"

"我介意！我看到你龙形的第一眼就觉得顺眼极了，请务必一直保持这个形态都不要变！"

"如您所愿。那么接下来，让我为您做一个游戏内的新手引导如何？"

"你说吧。"

"首先《精灵契约》是一款主打宠物作战的全息网游，玩家可以在游戏中捕获并培养各种宠物，来协助自己完成 boss 战、副本、PK 战，可以说宠物系统是这个游戏最大的卖点，当然这一切都跟您没有什么关系啦。"

凌小路面色不善地盯着 GM。

"哈哈哈咳咳咳，当然啦，除去宠物系统以外，这个游戏还是有很多可玩之处的，比如生产系统、家园系统、商业系统，以及丰富的人际互动系统，都是《精灵契约》这款游戏的特色。"

"真诚一点好吗？不要背稿。"

GM 翻了个筋斗："那就让我们直入正题吧。首先，我要教您这个游戏的基础操作，请问您看到右上角有一个发光的按钮了吗？"

凌小路早就看到了那个一闪一闪的虚拟按钮，他伸手佯触了一下，立马弹出一排菜单。

"需要说明的是，只有您个人才能看到现在看到的界面哦，除非您主动选择与他人共享。请问您现在调出菜单了吗？"

"看到了。"

"请点击第一项，个人资料。"

凌小路点击了第一个选项，视野左半部分刷新了人物属性面板，面板是半透明的，透过它依然可以看清后面的景象。

"看到您自己了吗？"

凌小路看着角色框中自己的 3D 模型，用手去拨弄它还会转圈。

"有点意思。"

"您可能注意到了，您的姓名栏里还没有名字，那是因为您还没有给自己取名。现在，您可以为自己的角色起一个气派的名字了。"

GM 尾巴一甩，不知从哪儿变出好大一张宣纸来，纸悬浮在半空中，然后惬意地趴在纸上，龙爪粗鲁地夹着一根毛笔，正用舌头舔着笔尖上的毛。

凌小路：……这游戏的特效非要整得这么浮夸吗？

凌小路很郁闷，他原本想来游戏里轰轰烈烈地做个大神，现在却不得不躲躲藏藏做个凡人。

大神在凡间——

"叫神凡好了。"

"好的。"

GM 边答应边歪歪扭扭写下来：神烦。

"是凡人的凡啊!"

"我写的就是烦人的烦啊?"

凌小路扶额:"算了,还是用我之前的网名鹿比吧。小鹿的鹿,斑比的比,不要再写错了!"

"这个也好听。"GM用爪子抹掉了之前写下的名字,重新写下"鹿比"二字,"鹿比"二字同步出现在凌小路的姓名框。

"接下来您也可以为我取个名字,每个非战斗宠物都有一次初始改名机会,今后如果再想改名就只能使用商城的重置道具了,所以玩家您给非战斗宠物起名时请务必慎重。"

凌小路想都不想:"就凌狗蛋吧。"

GM92735:"……"

"啊,是叫凌龙是吗?我知道了。"

"不,是叫凌狗蛋。"

"这名字真好听,我喜欢这个名字。"

"可我说的是凌狗蛋。"

"玲珑再拜歌初毕,谁道使君不解歌。好文采,能取出这样名字的人一看便学识过人。"

"你听不懂人类的语言吗?"

"好了,名字已改好。如果您还有别的想法,请充值点券后到商城购买相关道具。"

"这是商业诈骗,我要投诉。"

"如果你要投诉我的话,必须准确说出我的工号,请问您还记得我的工号吗?"

"……"凌小路,"不记得。"

"那我们还是和谐相处吧,毕竟未来的路还很长。"

"我能拿你泡酒吗?"

"别说泡酒了,就是泡脚也不行啊,毕竟,"凌龙身子一歪,龙头懒洋洋地倚在龙爪上,"我没有药效。"

凌小路决定不跟凌龙一般计较,不然天晓得这家伙还能摆出多少种POSE(姿势)。

"继续。"

凌龙清清喉咙,恢复了正经的形态:"下一项想必也是您最关注的,就是您在这个游戏里的外形。每个玩家的初始造型都是真实模样,当然,如果您对自己的三次元容貌不满意,游戏也贴心地提供了整容服务。"

"想要整容的话,也要在商城购买改头换面的道具吧?"凌小路已经猜出了这

个游戏的骗钱,啊不,收费模式。"

"对于别人来说是这样,但对于您来说,改头换面显然对掩盖您的宠物身份极为有利。因此,公司特地为您准备了这个。"

说完,凌龙变出来一个类似于香水瓶的容器,里面的液体也是透明的。

"这是什么?"

"这是我公司独立自主研发出来的高科技产品——人面雾化剂,只要轻轻一喷上这款液体,您的脸就会像用美图秀秀后期处理过一样,就算您亲妈站在面前都认不出来。"

凌小路皱眉:"有这么神奇吗?那在别人眼里,我究竟是变漂亮还是变丑了?不会处理得连鼻子都没有了吧?"

"这就是本产品最大的神奇之处,使用过人面雾化剂之后,您的面貌在他人眼中会变成——无。"

"什么意思?"凌小路脑海里浮现了无面人的样子,吓得一哆嗦。

"简单地说,别人看到的您,还是现在您自己的模样,但认识您的人,不会把在游戏中看到的您同他们在现实中认识的那个人联系起来。不认识您的人,离开游戏后,记忆中的面容也会变得模糊一片,他们会记得有您这个人,但无论如何也想不起您的样子。"

"真的?"凌小路还是头一次听说游戏内的道具能篡改人的记忆。

"当然,就算在现实生活中遇见了您,他们最多会觉得您很眼熟,可绝不会想起在哪里见过您。"

"好吧,既然这样,我就勉强试一试。"

凌龙举起雾化剂对准凌小路脸部一喷,液体无色无味,连一点感觉都没有。

"好了。"

"这就好了?"凌小路摸了摸自己的脸,"有镜子吗?"

凌龙还真就变了个镜子出来。

凌小路照着镜子:"看不出来有什么变化。"

"看不出来就对了,雾化剂对您本人的记忆不会造成任何影响……哎呀糟糕,我已经开始忘记您长什么样子了。"

凌小路斜眼:"演技真烂。"

凌龙讪讪地收了镜子,嘴里还小声嘀咕着:"那是因为我是龙嘛,我要是人形的话,保管最佳演员奖都拿了好几个了。"

凌小路突然发现自己脖子上的项圈没有了,左手手腕还多出来一个手环。

"这又是怎么回事?"

"这是游戏中的障眼法,您的手环只是装饰,真正的外设还在脖子上,只是被系统隐藏掉了。不过如果你被人摸到脖颈后方，还是会被摸到项圈的实体，所以请务必保护好这个部位。"

凌小路摸了下后颈，果然摸到一处奇怪的凸起，但再摸下又不见了。

"项圈如果被人不小心误触，会隐藏一段时间，这期间再也不会被人摸到，持续时间十五分钟，这已经是技术人员能够做到的极限了。"

好吧，只能说聊胜于无。

"还有吗？"

"还有就是其他玩家在查看您的角色信息时，您的资料会显示得与普通玩家一模一样，金名玩家也无法通过宠物雷达捕捉到您的具体位置。"

"宠物雷达又是什么？"

"这里的每一个玩家都有雷达，雷达可以定位地图上的玩家和宠物，但只有金名玩家的宠物雷达可以锁定像你这样的智慧型战斗宠物玩家。"

凌小路大致懂了。

"人物面板中暂时需要介绍的内容就这么多，其他功能我们可以在游戏过程中逐步了解。触摸面板右上角的'×'，它将会被自动关闭，或者直接做一个'×'的手势也可以。"

凌小路食指交叉，面板立即消失不见。

"这是关闭面板的快捷手势，您也可以通过快捷手势调出面板，游戏中每一个面板都对应着一种快捷手势。"

"怎么比？"

"以人物面板为例，只需用手在肚脐处点一下即可。"

凌小路依照凌龙说的摸了下肚脐，方才被关掉的面板又弹了出来，他叉掉，点开，再叉掉，感到十分新奇。

"其他常用的操作有：单击太阳穴召唤雷达，双击开启地图，停留两秒进入导航系统；打响指并以比心的手势结束可以打开好友界面，连续两次响指则是交易。当然，您在做出手势的时候脑内必须同步想出想要做的事才行，不然不小心碰到哪里然后触发出一堆面板来也是很麻烦的。"

"还是你们想得周到。"凌小路佩服设计程序的人的巧思。

"还有一点很重要的，就是如果您需要紧急下线，默念三声'强制离线'便可与终端断开连接。这是以备不时之需用的，如果是正常下线时请不要使用这种方法，可能会造成数据丢失，这个功能每二十四小时只能使用一次。"

"好的，我记住了。"

"那么现在我们可以去游戏中体验一下了，我会就看到的问题同步为您讲解。"

下一刻，凌小路被传送到了一个小镇。说是小镇，规模一点也不小，一眼望过去还很繁华。

"《精灵契约》中一共有二十四个主城，由于主城地图比较大，如果没有重要活动，玩家一般选择在主城周边的镇上活动。这里是二十四主城之一——惊蛰城城郊最繁荣的源庭镇，这里连接着三大主城，是游戏内重要的交通枢纽之一，也是著名的自由贸易集散地。"

凌小路与凌龙步行在小镇的主干道上，两侧商铺云集，还时常见到有人在街上摆摊。

在一间宠物店门外，店主大手笔地摆了一百只待售宠物，直接占满了小半条街。

"哇啊！"见识甚少的凌小路对琳琅满目的宠物表示惊叹。

"这算什么呀，"凌龙见多识广，"商业街上能摆出来的宠物有限，您走到街尾，那里卖宠物宝宝的地方大得就跟停车场似的，一眼都望不到边。"

"有这么多？都能卖掉吗？"

"就算是同种的宠物，也有数值上的差距，极品宠物会被炒成天价，次品宠物一般会打包批发，用来供好的宠物升级。"

"这些店是由玩家经营的吗？"

"每一个店都是，玩家要先跟系统签订租约，然后就会获得一个店铺。像这种商业街上的宠物位，是按只算钱的，不是上品的宠物摆出来只会亏本。街尾那种大面积的宠物位就便宜了，但也不是随便一个玩家就能租下来的，一般是由职业商会或家族承包。"

"有意思，像我这样自己不能捉宠物的也能开店吗？"

"您以为这些店的老板都是自己亲自去抓宠物的吗？他们只是有很好的收购渠道而已，再就是倒买倒卖。况且，除了宠物店，这里还有许多其他店面，像是装备店、食品店、宠物用品店等等，开店的难点不在于能不能捉宠物，而在于……"

凌龙的龙爪子抽搐地抖了抖。

"那是什么意思？"

"钱。"

"原来你那个手势是点钱啊，我还以为是抽筋呢。"

凌龙："……"

"那没有钱，也不能捉宠，我现在该干什么？"

"我教您，每到一个地方，首先要去它的酒馆。"

"酒馆？"

"门口有酒桶标志的建筑便是。您进入酒馆以后，就可以开通传送点。除此之外，酒馆还是来往玩家的必经之地，人们的许多情报和八卦都是从这里打听到的。"

凌小路一脚踏进酒馆,一个打扮奇怪的人热情地迎上来。

"里面请,想喝点什么?"

凌龙贴在他耳朵边:"他是NPC,跟他说'开点'。"

凌小路:"开点。"

"已经把贵客的名字记下嘞,下次再来可就方便了,一定要常来啊!"

凌龙:"随便找一张桌子坐着,听听最近有没有什么大事。"

凌小路照做,他环顾一周,分不清哪个是玩家哪个是NPC。

"怎么才能知道哪个是玩家呢?"

"您没开可以显示头顶姓名的功能吗?有的人喜欢体验真实的生活,所以会选择关闭这个功能,但在您熟悉游戏之前,我建议您还是将这个功能打开。"

凌小路从系统设置里找到了显示头顶姓名的一项,打了钩,每个人头顶便多出来一个名字。

"在游戏里,中立NPC头顶的是灰色名字,可以攻击玩家的NPC头顶是橙色名字。而玩家的名字一共有五种颜色:友方目标的名字显示为绿色,敌对目标的名字显示为红色,杀气值积攒到一定程度的人的名字会变为黑色,金名玩家的名字为金色,至于智慧型战斗宠物玩家头顶的名字则为漂亮的粉红色,也被俗称为粉名。"

"天哪!我的名字不会是粉红色吧!"

"当然不会,为了掩饰身份,技术部门已经将您的名字改成了绿色,翠绿翠绿的哟。"

"哦,那还好。"凌小路松了一口气,简直无法想象头顶粉红色名字那种"舒爽"感觉。

凌小路是没有任何势力的新人,暂时看酒馆里所有人都头顶着绿色的名字。

就像凌龙说的那样,大家很喜欢坐在酒馆里,一边喝酒一边聊八卦。

"哎,你们听说了没有?最近又有人成功戴上项圈了。"

凌小路一哆嗦,他是来听八卦的不假,可为什么八卦的主角会是他?!

"真的假的啊?"

这可是个大新闻,酒馆里不少人都被这个八卦消息吸引了注意力。

"当然是真的,我听我在鑫山工作的舅舅说的,而且……"说话的人卖了个大关子。

"而且怎样?快说啊!"早有那按捺不住的人上去戳他。

"根据我的推断,那人如今正在源庭镇附近出没。"

源庭镇,不就是自己现在所在的镇子?凌小路好想掐死凌龙,说好了不暴露呢?他才刚到多久,怎么连路人都知道了!

"你怎么知道得那么清楚?"

"我不知道，但是有人知道，你们不要忘了，每当有人形宠物在游戏里面首现时，金名玩家系统都会有提示。刚刚听朋友说，已经有好几个金名玩家向这边出发了，近期惊蛰城又没有什么比赛，你以为，他们是为什么不约而同地聚集过来？"

凌小路低下头，假装趴在桌子上小寐，私底下咬牙切齿地质问凌龙："你们不是答应过我会把我的身份隐藏起来了吗？"

"不！确切地说不是隐藏，是伪装！"凌龙说得头头是道，"我们确实在您的资料上做过一点手脚，但那也只是表面功夫而已，如果要把您的所有设定都改掉，那可是很庞大的工作量，短时间内我们根本无法完成，还会破坏游戏秩序！"

"什么？"凌小路痛心疾首，"那我该怎么办？"

"三分靠掩护，七分靠演技，加油！"

"你们太坑人了吧！"

只听那爆料人还在说："……不光是他们几个，传闻就连离争这次都出动了。"

"离争？"酒馆内泛起一片惊呼，"连他都来了？"

凌小路：那又是谁啊？

好在有跟凌小路一样的新人替他问："离争是什么人啊？"

"离争你都不知道，他可是《精灵契约》这款游戏中的国民男神啊！在游戏中一年一度的高手风云赛中，离争是去年的亚军，但大家普遍认为他的个人实力在冠军之上。"

"那他为什么会输？"

"他输就输在宠物上。风云赛到了八强，几乎就是金名玩家之间的对决，能挤进八强席位的，十有八九带的都是粉名玩家，能以 AI 战宠夺得亚军的，也就只有离争那样的高手了。不过很可惜，AI 战宠到底还是敌不过粉名玩家，决赛的时候他以一分惜败，如果不是他的宠物落后对手的宠物太多，他早就是冠军了。"

"离争很少会出现在人多的地方，要是连他都来了，我就真相信那个人就在源庭镇附近了，也不知道这次会被谁抢了先。"

"呜呜呜，我的男神，要是能见他一面就好了……"

凌小路听不下去了，他要快点逃离这个鬼地方。

"简直说话不算数。"凌小路边抱怨边跑路，不知不觉来到了镇外的森林里，"你们不是答应我不会让我被抓去当宠物吗？现在人都来了，差一点我就要被瓮中捉鳖了。"

"这也不能完全怪公司啊，技术部门的同事已经尽力了。"凌龙委屈道。

凌小路埋头赶路，突然，一个奇怪的声音在他的耳边炸开，音量不大，却充满了力量感，就像空气爆破一般，"嗡"的一声扩散开去。

凌小路向声音的源头望去，强大的声波以肉眼可见的形态迅速扩散，好似一股巨大的浪潮向四面八方涌去，声波所到之处草木皆一面倾倒，然后穿过凌小路，一直消失在连凌小路视线都无法触及的森林深处。

"哇——"连经验丰富的凌龙都被吓了一跳，"能够发出这么强大的气流波的人，一定是个高手。如果我没猜错的话，这是封印系技能里的定身咒，可以将范围内的幻兽全部定身，可我从来没见过哪个人能把气流波的范围扩散得这么大，真是厉害。"

他一扭头，惊讶地发现凌小路有些不对劲了，不禁问："你怎么了？"

凌小路维持之前的动作一动不动，艰难地从牙缝里吐着字："我……动不……了了……"

第二章

决斗

突如其来的定身咒将凌小路定在了原地,凌龙这才想起来定身对凌小路也是有效的,不禁焦急地围在他身边飞了一圈又一圈:"怎么办,这可怎么办是好?如果我们进游戏第一天就穿帮了,我会被扣工资的!"

尽管凌小路身子不能动,听力可一点都没有减退,此时此刻不远处传来踩在草地和枯枝上的脚步声,提醒着他狩猎者已近在咫尺。

"有……人……"他不得不出声提醒某个如无头苍蝇般乱窜的生物。

凌龙立刻安静了下来,片刻后也听到了脚步声——这个人已经相当接近他们了。

"我可以用 GM 的技能把你传送到别的地方,但那是违反游戏公约的,我不能那样做。"关键时刻,凌龙反倒摇身一变成为一名恪忠职守的好员工了。

凌小路恨恨地盯着凌龙:"那你……倒是……想点别……的……"

眼见危险越来越靠近,凌龙在空中倒退几步,对准凌小路使出浑身力气撞了过去,愣是把他击飞了一米,让他狠狠地摔倒在地上。

凌小路疼得倒吸一口凉气——这该死的凌龙,看我待会儿怎么收拾你!

不过现在可不是酝酿复仇计划的好时候,凌小路的余光捕捉到一个出现在他右手边方向的人影,立刻装作毫无察觉地闭上了眼。

他听着那个人一步步走近,一直走到他身边停了下来,像是在打量地上的他。

凌小路这才装作被吵醒了的样子,勉为其难地动了动眼皮。凌龙看着凌小路一副演技在线的样子,当即把本应属于自己的最佳演员荣誉拱手让给了他。

首先出现在凌小路视线里的是一双长腿——这双腿也太长了,不禁让人怀疑脖子下面都是腿了。当然,这也跟凌小路观察的角度有关系,不管是谁从下往上看,视觉效果都会比真实情况夸张一些。

由于这个人的腿过于抢镜,他的脸反倒被遮挡了部分,凌小路只看得清这个人印堂饱满、剑眉星目,应该是个很英俊的男人。

这个英俊的男人穿着一身乌黑的铠甲,铠甲上点缀着金色的纹路,明明铠甲是为了更好地保护身体,可偏偏这人胸前要敞开一片,故意露出部分胸肌。凌小路立刻给他贴了个"骚包"的标签。

凌小路再往上看,总算见识到了传说中代表"金名玩家"身份的金色名字——嵇蒙。

"你躺在这里做什么?"嵇蒙问。

凌小路动了动嘴,发现方才凌龙那一撞解除了他部分定身状态,至少现在他是能说话了。

"我只是在午睡罢了,你不觉得午后的阳光照在身上很令人惬意吗?"凌小路懒洋洋地答道。

嵇蒙抬起头,森林里枝繁叶茂的参天大树,将头顶的太阳遮了个严严实实,要是说躺在这里避暑还差不多,晒太阳……他深深怀疑主机并不对接入玩家的精神状态进行审核。

嵇蒙左右张望了一番,实在找不到比凌小路长得更像人类的生物,可他的头顶上又确确实实是个绿色的名字。

"喂,你有没有看到有粉色名字的人在这附近出没?"

没礼貌!跟别人打听情报之前,难道不应该在前面加一个请问吗?!谁是喂啊!

"粉色?"凌小路眨眨眼睛,"如果我不是色盲的话,这里现在只有两个人,一个金色名字的人,那就是你,还有一个绿色名字的人,那就是我。"

嵇蒙皱起了眉:"奇怪了,明明雷达显示有粉名玩家在这片区域,我却捕捉不到他的具体位置,难道是系统出现了bug(故障)?"

他轻点耳垂,呼叫出了自己的专属客服。

"我要汇报bug。"

每个金名玩家都有专门对自己负责的GM,嵇蒙的GM在线形象是个漂亮仙子。

"您好,请问有什么bug,我会为您记录并反馈到相关部门的。"

凌小路尽量不动嘴皮,用极小的声音问凌龙:"她认不认识我哦?"

"从客服部到技术部的人,没一个不知道您的,大家都会团结一致为您打掩护,放心。"凌龙贴在他耳边回答。

凌小路心道那还好。

只听嵇蒙又道:"我的雷达显示这片区域有粉名玩家出没,但我在这里找了好久也没有锁定到具体位置。"

"只有您跟目标在一定距离以内时,雷达才会锁定方位,您说的这种情况,可能是您跟目标的距离还比较远导致的。"

"这个我当然知道,但是我已经在这一带排查过一遍了,到处都没有发现可疑目标。"

"因为宠物的位置不是固定的,可能您在东边的时候,他去了西边,您去西边的时候,他又到了东边。所以您只能捕捉到他的大致方位,却没有办法锁定具体位置,这样也是有可能的。"

嵇蒙皱紧眉,显然并不满意这样的答案。

"当然,如果您还是有疑虑,我也可以为您向技术部门核实情况。"

"算了吧,我再找找。"嵇蒙摆摆手。

"有问题欢迎随时联系我,祝您游戏愉快。"

漂亮仙子GM侧过身,隐蔽地冲凌小路挤挤眼睛,然后在传送特效包裹下消失了。

嵇蒙联系完客服,回头发现之前的绿名玩家还躺在原地,连姿势都没变过。

凌小路心中更苦:这该死的定身咒什么时候才能解除啊?

"你还要在这里躺到什么时候?"嵇蒙忍不住问。

"躺到我高兴为止。"——躺到你施加给我的debuff(游戏中用于降低角色的能力而施加的辅助状态)结束为止。

"你躺在这里做什么?"

"午睡啊。"刚刚不是才说了吗?!健忘症啊!

"你在这种地方睡觉不会硌得慌吗?"

"关你什么事啊!"

"哦……"

嵇蒙仔细打量了凌小路一番,没发现有什么疑点。

"我去附近再找找。"

"去吧去吧,走好不送。"

凌小路对待他的反应,让嵇蒙觉得有些奇怪。他玩这游戏的时间并非太久,但他顶着一个金灿灿的名字,无论走到哪儿都有一群人扑过来求抱大腿,一些没有节操的玩家疯狂喊他"老公"。经过投诉,那些没底线的玩家很快改叫他"哈尼"了。

他还是第一回见到巴不得他赶紧离开的人,现在这人已经成功地引起了他的注意。

凌小路见嵇蒙说走却没有走,反倒留在原地揣起双手,居高临下地观察他,像是在观察什么新奇的生物。不知道嵇蒙是不是看出什么破绽来了,他紧张得连后背都湿了。

凌小路等了半天对方也没有要走的意思,终于忍不住了:"你怎么还不走?"

"你也听到了刚刚GM说的,我去东面的时候目标可能在西面,我到西面目标有可能去了东面,这样找下去不是办法。"

"那就干脆不要找了吧!"

嵇蒙摇头:"不,我应该留在这里,守株待兔。"

凌小路:"……"

这是什么鬼想法啊!

嵇蒙干脆在凌小路身边坐了下来。

凌小路整个人都不好了。

"我猜他不会自投罗网的。"

"你觉得他靠近我就是自投罗网吗?"嵇蒙不理解他的想法,"既然这人选择了以战斗宠物的身份登录游戏,肯定是认同游戏的规则的。"

不!还有可能是被迫的!比如我!

"虽然我理解他可能想多一些选择,不过他连见都没见到我,又怎么挑呢?"

我已经见到你了!你已经被我淘汰了!

"你就这么自信他能选中你,难不成你比离争还要厉害?"

凌小路把听来的小道消息现拿出来用。

"离争?他也来了?"嵇蒙想了想,"不过也不奇怪,毕竟每个金名玩家都会收到系统通知。"

"没错没错,所以你没戏的,还是赶紧放弃吧。"

嵇蒙一挑眉:"你又怎么知道我不如他?"

"比离争还厉害的人只有一个,难道你是上届风云赛冠军吗?"

"我玩这游戏的时间晚,没经历过风云赛,只是听说有离争这么个人,但没见过他,他也不认识我。"

"新手啊?那就更没竞争力了,拜拜。"

"你好像很崇拜他,听说他粉丝很多,你也是他的粉丝吗?"

凌小路心想那是谁啊!是人是鬼都没见过!

"是啊是啊,他可是我偶像呢!我偶像今年一定能顺利签约粉名,问鼎风云赛!"凌小路顺口胡诌道。

"签都没签呢,一切还不好说。"

"搞不好他现在已经找到了,我看你是没希望了。"

嵇蒙眼珠一转:"你是不是很希望我走?"

谢天谢地,他终于发现了!

"是!"凌小路很肯定地答复道。

"你很讨厌我?"

凌小路抿住嘴不吭声,权当默认。

"我要是走了的话,你的偶像与粉名玩家签订契约的机会就更大吗?那可不一定啊,竞争者可不止我一个。"

"不!还因为我仇富!"

嵇蒙愣:"离争也是金名。"

"我偶像除外。"凌小路连忙补充。

"原来是这样啊……"嵇蒙把玩着中指上的戒指。

凌小路心道这下你总不会赖着不走了吧。

"其实我也不是很有钱。"嵇蒙口风一变。

"过分谦虚就是骄傲。"凌小路面无表情道。

"这戒指是别人送我的。"

"是谁?那么可恶!居然企图用万恶的金钱腐蚀你!"

"我大伯。"

"太过分了!把他介绍给我!"

"怎么,你要找他拼命吗?"

"我要亲自问他,还缺不缺侄子了!"

嵇蒙好笑:"你不是仇富吗?"

"没错!我……要跟土豪做朋友,然后暗地里仇视他们!对!两面三刀才是高端黑!"

嵇蒙乐了,露出一口洁白的牙齿。

这家伙笑起来还蛮好看的,不过这个游戏可以整容,只要有钱,想整成什么样都可以。

"我想到了,我未必找得到目标,但可以让目标主动来找我。"嵇蒙说。

"你想得太多了。"凌小路板着脸道。

嵇蒙从行囊中取出一个纸包,打开,露出里面的鹅黄色粉末。

那粉末散发着一种奇妙的味道,凌小路在下风处,一下便闻到了。他吸了吸鼻子,只觉得闻起来格外舒服,甚至不由自主闭上眼深呼吸起来。

可惜他还没享受完,胳膊突然一痛,竟是凌龙暗地里咬了他一口。

该死的凌龙,早晚跟你新账老账一起算!凌小路斜斜瞪着凌龙。

凌龙看他的眼神只有两个字:同情。

嵇蒙将粉末向空中一撒,那种味道更浓郁了。

"那是什么?"凌小路问。

"你不知道?"

"我……我是萌新,萌萌的新人。"

"可你都知道离争了。"

凌小路:"……"

关注一下重点啊大哥!

好在嵇蒙肯为他解释:"这是'魂牵梦萦',里面含有宠物激素,是捉宠时常用的引诱剂,不过魂牵梦萦对玩家没有效果。"

凌小路不用感受也知道自己的肾上腺指数在发生着变化,他大气也不敢喘,生怕再吸进去那个什么散。

嵇蒙等了片刻,不见有动静,自言自语:"奇怪,难道要加大剂量?"

倘若凌小路此时能动,绝对要跳起来跟嵇蒙拼命。

凌小路咬着牙往外蹦字:"你刚刚用了定身咒,把宠物都定住了,现在就算宠物闻到了味道,也过不来你知道吗?!"

嵇蒙恍然大悟:"是啊!"

二缺!这什么智商啊?!

嵇蒙的眼神一瞬间犀利:"不过你怎么知道我刚刚用了定身咒?"

因为我还被你定在这里啊!

"因为刚才那股气流波力道实在太强劲了,让人想忽视都难!"

不知道说什么拍马屁总归没错吧。

"可你不是萌新吗?不知魂牵梦萦,反识定身咒?"嵇蒙反问。

凌小路:"……"

所以这个人到底是聪明还是傻,凌小路判断不出来了。最后,他决定故作深沉:"呵呵。"

嵇蒙盯着他:"你状态不太妙,脸很红,是不是哪里不舒服?"

方才他情绪激动,又多说了两句,一不小心呼吸急促,这会儿一时之间冷静不下来。

见凌小路不说话,嵇蒙擅自把手摁上他额头。

"好烫,你发烧了。"

凌小路:"……"

嵇大夫分析了一下,得出结论:"地上太凉,你刚刚睡觉的时候又吹了风,可见现在你是感染了风寒,想不到这游戏做得这么拟真。"

感染了"风寒"的凌小路此刻浑身燥热,恨不得把衣服脱了当场跳进水里游个三圈。

"你早说自己生病了难受得起不来,我又不是不会扶你。"

你要是不在这里我也根本不会"生病"好不好!

嵇蒙伸手去扶凌小路。

凌小路动不了,又因为吸入过多魂牵梦萦导致手脚发软,倒颇像一个弱不禁风

的病人。

"我……我没事……你别管我……"

"少废话，赶紧起来。"

嵇蒙指尖无意中划过凌小路的耳朵，凌小路顿时发出一声呻吟，像宠物一般。

一听到这个声音，两个人不约而同都愣住了。

意识到自己做了什么蠢事的凌小路，连忙"哎哟哎哟"叫了出来。

嵇蒙想大概是自己刚才听错了。他的手一接触到凌小路的后颈，就察觉出了异样，那里似乎有某个看不见的东西存在，但再一摸，又感觉不到了。

他心生疑惑，想低下头仔细探个究竟。

不能动的凌小路咽了下口水——嵇蒙英俊的脸离自己越来越近，长成这样还有钱，简直违背了人类发展的平衡。

不过凌小路很清楚这是游戏世界，嵇蒙整成这样估计没少花钱吧，反正嵇蒙肯定不会差这点整容钱。

不对！这都什么时候了，他还在关心对方有没有整容！

嵇蒙的手即将再次伸向凌小路的脖颈，怀里的人突然"咻"的一声，消失得无影无踪。

他立刻站起身来，调出人物追踪雷达，地图内除了代表他本人的绿点外再无一人。

紧急下线了？嵇蒙眯起了双眼。

真是一个疑点重重的人。

鹿比，他记住了这个名字，下次再见到，他可不会这么轻易就让对方跑了。

三十分钟后，凌小路像做贼一样上了线，小心翼翼地看了看左右两边，确定无人才松了口气。

"下线这么久？看来魂牵梦萦的威力果然不容小觑！"

凌龙不知道从哪个角落里冒出来，吓了凌小路一大跳。

"吓死人啊你！"

"放心吧，嵇蒙早就走了。"

"哼，我还没找你算账呢。"凌小路大有要将凌龙秋后问斩的意思。

"算账？"凌龙夸张地捂着胸口，"若不是刚才我急中生智那一踹，您现在搞不好已身在东野了。"

"东野？那是哪儿？"

"就是您刚才见到的那位金名玩家的宅邸所在地。"

凌小路斜睨凌龙："你知道得蛮清楚的嘛。"

"金名是我公司的尊贵客户,每个客服都要求对他们的基本信息了如指掌。"凌龙对答如流。

"真的吗?那离争呢?"

"他久居北邙人迹罕至的地方,平时很少下山。"

"很好,那我就往离他们最远的西南方向出发吧。"

凌龙以爪按额:"这个游戏里目前大约有一百名金名玩家,遍布在大陆的各个角落,几乎每个人都有自己的势力范围。更别提他们拥有无限传送权,可以短时间内到达他们想去的任何一个地方,我想你一味采取逃跑战术是没有用的。"

凌小路呆滞了数秒,掉头往源庭镇的方向走。

"您去哪里?"

凌龙一摇一摆地跟上。

"既然跑不掉,索性不跑了。最危险的地方就是最安全的地方,源庭镇人那么多,那些金名玩家想要把我从一堆绿名中找出来也很难吧。"

凌龙恍然大悟:"您真是太聪明了!"

"告诉我这个游戏的更多规则,要是下次再发生类似的事,我可不能像这回这么被动了。"

"有志气!"凌龙握住爪子,"我就喜欢追随像您这样有抱负的玩家!"

"先不要说别的,这个游戏有公共聊天频道吗?"

"当然有!我们有很多个频道,公开的,私人的,有按地域划分的,还有按用途划分的。您轻轻捏一下耳垂,然后说出您想添加的频道名称,就可以开启聊天窗口,如果是私人加密频道,则需在频道名后接密码,或者被邀请才可加入。接用户名字可以开启私聊,顺便说一句,如果任何时间您需要召唤我,也可以使用该种方法哦。"

凌小路捏了下右耳垂:"凌龙。"

他眼前跳出一张悬浮的迷你卡片,是聊天框。

凌龙:看到了吗?以后遇到不方便说话的时候,也可以用文字交流。

凌龙:您只要心中默念想输入的内容,系统就会自动读取。

鹿比:好的,你这条宇宙无双的杠龙精。

凌龙:……您把心里话发出来了。

鹿比:哦,收放还不太自如,对不起了四角虫。

凌龙:……(保持理性职业的微笑)

凌小路手指一划,把凌龙的聊天框划走,重新下令:

"地区频道-惊蛰城。"

【系统】已加入本地地区频道

另一个聊天窗口弹了出来,惊蛰城地区频道正是热闹的时候,玩家发言刷得飞快。

【地区】楚欢:是谁说源庭镇有金名玩家聚集?在哪里?

【地区】白七:有粉名的地方应该就有吧。

【地区】秋秋小泰迪:我找了半天也没见到粉名和金名,不是红就是绿。

【地区】少女曼:你又没有粉名追踪雷达,怎么可能找到。

【地区】尼娅:但是说来了很多,总该有人见到吧。

【地区】日叶不休:我见到了!在镇外森林入口!

【地区】阮柒:是谁是谁?!发截图!

【地区】日叶不休:[截图]

【地区】谯侑:是寇霸霸!

凌小路走出森林,就见一个名为窦寇的金名玩家被一群路人围在中间,几乎寸步难行。

他深吸一口气,从金名面前大摇大摆地走了过去。

一直到走出对方的视线,凌小路才松了口气,天知道他刚才有多害怕被窦寇认出来。

看来这个方法很奏效,只要有很多人给他做掩护,他就不怕暴露自己的疑点。

凌龙乖巧地飞在他身边,伪装成一条安静的美凤息翼龙,时不时做一个系统动作,充分发挥一个非战斗小宠物最常用的功能——卖萌。

第一关过了,第二关他需要武装一下自己。

"我去哪里可以学技能?"

"精灵学校,俗称宠物交易所。在那里可以学到绝大部分技能,除此之外也有一些稀有技能是需要通过技能书习得的,获取的途径多种多样。"

凌小路找到了镇上最大的门面,果然不少玩家牵着宠物宝宝在这里进行交易,还有人在讨价还价。

凌小路身边没有带宠物宝宝,一进门就被很多卖家招揽。

"新抓到的猛犸幼象,稀有宠,可学坐骑!"

"来看看我的螳螂宝宝,攻敏极品,武化必备!"

"最适合新手用的黑绵羊,跳楼甩卖!"

凌小路无视他们,径直走到里间精灵训练师所在处。这里有七个NPC,每个人头顶的称号都不一样。

"游戏中宠物共分八系,分别是昆虫、植物、野兽、不死、金属、精灵和龙系,以及由玩家扮演的智慧型战斗宠物。每个系下又有不同的科目,每个科包含七种属性的宠物宝宝,比如龙系飞龙科下有风属性的风息翼龙、水属性的寒魄冰龙、火属性的火焰炎龙等等，七种属性相互克制，所以 PK 时选什么属性的宠物宝宝可是一门大学问。"

"你说宠物有八个系别，但是这里的教学 NPC 只有七个。"

"因为没有人系训练师，玩家扮演的智慧型战斗宠物没有专属技能，但是智慧型战斗宠物可以学习其余七系宠物的所有技能，光这一点就足够逆天了。想想，昆虫系的宠物宝宝擅长攻击，植物系的宠物宝宝擅长加血，而您一个人就可以全部做到这些技能。"

"但是粉名总有学习的上限吧？"

"没错，宠物的天赋总值是固定的，所以选择学什么技能同样是一门大学问。不过如果您对自己的技能不满意，随时都可以洗掉原本的技能，只需花点钱就行。"

凌小路请教了离自己最近的野兽系训练师，随后一本厚重的武侠秘籍从天而降，玩家可以翻阅，每一页各写有一种技能，但令凌小路不解的是，这些技能的名字都是灰色的。

"这些技能我都学习不了？"

"您要看自身学习技能的条件是否满足，一般玩家要学习技能需要满足两个条件，天赋点和金钱，如果是要学习专属技能的话，对宠物的品种也会有要求。"

凌小路随便翻了一页：

大地震荡 [顶级]

天赋点：240 点 / 金钱：200000 精灵币 / 专属：猛犸象科

技能效果：使地面发生强烈震动，打断所在范围内所有目标运动

冷却时间：五分钟

"哦？这是个很厉害的 PVP（玩家对战玩家）群攻技能哦，所需的天赋点也非常多，学这个意味着要放弃很多其他技能，可要三思啊。"

"我天赋点不够，钱也没有，要怎样才能获得天赋点？"

"做任务，接委托，不过最快的还是靠吃了。"

"吃？"

"拍一下腰的部位，这是打开行囊的快捷手势。"

凌小路按他所说的打开行囊，新手的包很小，只有二十四个格子。

"我们赠送了您两颗天赋丸，每个天赋丸可以增加 25 点天赋，足够您学一些单体攻击技能了。之后您想增加天赋，就只能靠您自己努力了。"

凌小路把天赋丸从包里取出来，放进嘴里。他本以为游戏中的道具不会有味道，没想到这天赋丸入口即溶，咽下去许久唇齿间还余有淡淡桂花香。

"好吃！"他陶醉道。

"味道不错吧？我们技术部门的工作人员在感官模拟技术上可是下了很大功夫

的，包括游戏中各种精力瓶、行动药水、增效食物都有独特的口感，甚至有很多吃货玩这个游戏就是为了吃，怎么吃都不必担心发胖！"

"……你们游戏会大卖的。"凌小路真心诚意地说。

凌小路有了修为，再加上系统给的启动资金，一些初级技能名称总算被点亮了。他依次研究了七个训练师的技能书，最后选中了两个：

冰箭[一级]：精灵系攻击类法术，对攻击目标单体造成微量伤害，同时对目标产生减速效果。消耗15点天赋值，可升至十级。

土遁[顶级]：植物系反控类法术，解除自身减速定身效果，借助大地的力量从战斗中逃脱。消耗35点天赋值。

凌龙在一旁看得满脸黑线，一个让敌人无法近身，一个令自己跑得快，不愧是不想做宠物的智慧型战斗宠物。

凌小路获得了两本技能书，他把书置于双掌之间，两手一拍，书页顿时化作点点荧光消散，同时他也收到了系统提示。

【系统】您已掌握新技能[冰箭][土遁]，请在技能面板查看。

【系统】您已获得成就：掌握1项技能，奖励5点成就点数。

"技能面板怎么快捷开启？"

"您需要结一个这样的印。"

凌龙用四根指头的爪子比了一下，凌小路根本看不清，凌龙只好把新手说明里的图给他调了出来。

召唤技能面板的手势还蛮酷的，前三根手指伸直，后两根手指弯曲，两只手贴到一起，乍一看很像是忍者的手势。

技能面板是按宠物的七系顺序排列的，凌小路的技能面板上目前只有精灵系和植物系下有图标。

"游戏中的技能可以用动作或语言触发，也可以两者结合，每一个技能您都可以自己设定触发条件。设定技能非常有趣，比如您可以用一个施法动作绑定冰箭技能，或者用语言'BIUBIUBIU'来触发冰箭技能，还可以一边施法一边喊'BIUBIUBIU'，在游戏里第三种的组合用法是比较常见的。"

"……"凌小路，"但是第三种听起来最中二。"

"因为游戏里的技能相当多，有物理攻击技能、法术攻击技能，还有辅助技能。很多玩家喜欢这样触发技能，比如说：平砍+喝=旋风斩，平砍+哈=火焰斩，平砍+吼=连环斩，又或者是：施法+点=冰箭术，施法+线=冰龙术，施法+面=冰雨术，这样比较方便记忆。"

"我直接用技能的名字做触发条件不是更省事？"

"强烈建议您不要那样，否则PK的时候，对手只要听声就知道您接下来要出什么招了，所以尽量设置得个性化一些。"凌龙讲到这里就收不住，"其实身为一个GM，我见过太多创意十足的玩家，有人每放一个技能前都要念诵一段心经，还有会功夫的玩家把触发技能的动作设定中融入武术招式，施放技能有如行云流水，令人叹为观止，有机会您一定要见识一下。"

"还能这么玩？那让我想想……"

凌小路给新学的两个技能做了设定，两根手指并拢一点的动作加上"别过来"的触发术语召唤出冰箭技能，原地后空翻的动作加上"我走"的触发术语可以触发出土遁技能。

凌龙却有些担忧："后空翻，难度会不会高了点？"

"会吗？"

凌小路从小学街舞玩跑酷长大的，这种程度的动作对他来说实属雕虫小技。他当场试验了一次，每催动出一个技能，虚拟界面中央就会叮地刷新一个图标，伴随的还有炫酷光感与劲爆音效，发起招来的凌小路有如武林高手附体。

"厉害厉害！"凌龙眼冒星星，"看不出来您还是个高手，我对您的未来充满期待。"

凌小路学习完两个技能后，是真正的一穷二白了。

"有什么赚钱的方法吗？"

"对于新手来说，想赚钱就要老老实实地接委托，完成委托后就有钱拿，委托过程中收集到的材料还可以卖到玩家店里，这样日积月累下来收益也是不错的。"

"那有什么快速赚钱的方法吗？"

"那就更简单了，您现在出门找一个人最多的地方，大喊'我是粉名'，马上就会有大款来认养您了，到时候您就什么都不用做，想怎么玩就怎么玩。"

凌小路："……"

被凌小路设置成了最小化的地区频道闪烁了一下，他点开看，原来是有人在里面发布了公告。玩家发布公告是要向系统缴纳一笔费用的，发布的频道范围越广，费用也就越高。

【地区】【公告】窦寇：私信提供头上是粉色名字的人的坐标奖励500W，提供不实信息者拉黑。

500万！

凌小路迫不及待地打开行囊数了两遍，确认自己全部家当也不足500钱币。

"快看！我居然值500万钱币哎！"

凌龙却很不屑："500万钱币算什么啊，您等着瞧。"

果然在那条公告下面很快又刷了一条：

【地区】【公告】嵇蒙：悬赏粉名坐标1000W，提供ID2000W。

2000万！凌小路要尖叫了："这位霸霸的ID好眼熟！"

凌龙：……骨气呢？

"不是，大家习惯叫上面那位'寇霸霸'，通常是喊下面这位'哈尼'的。"凌龙怕他叫错，好心解释。

果不其然热情的玩家们已经以身作则为凌小路示范了。

【地区】黑仔：哈尼霸气！

【地区】墨羽：哈尼你好棒！

【地区】咩咩："墙头"换得那么快，小心令尊跟你断绝父子关系。

【地区】墨羽：那有什么，有了哈尼我就不要霸霸了！

【地区】阿喵：姓嵇的也敢调戏，不怕被封号啊？

【地区】稀饭：新人求解释，该不会是我想象的那个嵇吧？

【地区】敌敌畏：楼上说脏话。

【地区】稀饭：晕，我不是那个意思！

凌小路深受启发："难怪大家叫他'哈尼'不叫'霸霸'，嵇霸霸实在太难听了。"

凌龙：……很想笑但是不能放肆。

"不过他们说会被封号，这个姓怎么了？"凌小路问。

"您是真不知，还是假不知？"

"不是网名吗？"

"不不，是真名哦。"

在游戏里用真名，这家伙心真大。

"我是真不知道，您给我科普一下呗。"

"鑫山公司的总裁您听说过吗？"

"不认识。"

"嵇泰桓。"

"难不成嵇蒙是你们总裁儿子？"

"不，是总裁的侄子。不过由于嵇总膝下无子，游戏里很多人叫他'太子嵇'。"凌龙小声补充，"这是个黑称，以后千万别当他面叫。"

凌小路："……"

凌小路理了一番人物关系："所以刚刚他说的大伯送的戒指，其实是你们老板送的咯？你刚刚怎么不说这么重要的情报？"

"嵇姓不太多见，我以为一般人会察觉到，至少玩这个游戏的人多多少少会有所耳闻。"

"那还真是抱歉哦,过去的我沉迷学习,完全没留意过鑫山的总裁姓什么这种问题。"

"没有关系,至少现在,您还跟嵇家人有过近距离接触了,不是吗?"

"我可以选择不接触吗?"凌小路问,"那先前的客服妹子还糊弄他,你们连总裁大侄子都敢骗。"

"我们公司是用户至上的,所有玩家一视同仁,根本不存在偏帮某一方。"

"难道他的钱不是程序员给改的?"

"篡改数据是违反游戏公约的,就算总裁亲闺女也不允许,他的游戏币全部是通过正当渠道买的。"

"但是买游戏币的钱是从玩家那里来的。"

"这个倒是没错,但玩家是正常消费,他也是正当所得,无可厚非呀。"

"他真的不会跑去技术部门查底吗?"凌小路还是不放心。

"要查一早就查了,他也不用找 GM 汇报 bug 了。这个您不用担心,这个游戏里活跃的高层家属不止他一人,大家都很自觉地遵守规则,不然玩家们早就闹事了。"

"那还好。"凌小路往外走,准备研究研究凌龙说的那个委托。

他出了宠物交易所的门,下一秒却迎面撞见嵇蒙,对方也几乎是同时发现了他。

"是你!"

嵇蒙一看到凌小路立刻拔脚朝他走来。

凌小路一慌,伸出两根指头一指:

"别过来!"

一道冰箭射了出去,嵇蒙脚下出现了冰冻减速的效果。

嵇蒙完全没想到有人敢正面攻击他,低头一看,气坏了:"你敢减我的速?"

凌小路哪管他说什么,紧接着原地向后一个空翻:

"我走!"

嵇蒙眼睁睁看着凌小路凭空消失了,原地只留下尘土飞扬的技能效果。

一级冰箭只持续 1.5 秒便结束了,嵇蒙立刻冲过来,东张西望,这时已经连凌小路的影子都看不到了。

这已经是第二次当面让他跑掉了,气急败坏的嵇蒙抽出背后大剑在空气中重重一挥,扬起一片尘埃。

"可恶!你给我等着!"

凌小路再一次虎口脱险,就是可惜了那两千万。

"我的两千万飞了啊。"他痛心疾首。

"这有什么,您现在回去,别说两千万了,就是两亿也不在话下。"

"我觉得你们这个游戏有点通货膨胀,这样不好。"凌小路一本正经地谴责。

"说实话您这次能逃掉全凭对方轻敌,以您二位悬殊的实力差距,只要他稍有防备就不会中招。"

"管他呢,跑掉一次是一次,猫还有九条命呢。"

"还有我想提醒您的是,玩家和宠物的技能效果并不完全相同,您还要留意不要在用技能的时候露馅。"

凌小路完全没有想到这一点。

"不是吧?那我岂不是已经穿帮了?"

"刚才还好,因为玩家也有类似冰箭术的技能,土遁那个有点危险,不过跟玩家的一个叫'醉卧沙场'的技能效果有相似之处,勉强可以蒙混过去。"

"哦,还好还好。"凌小路拍拍胸脯,心有余悸。

"总之,以后再用到宠物特有技能的时候,注意多用障眼法。"

"我尽量吧。话说我现在是不是该去升级了?"

"这个游戏没有人物等级,只按装备分数、宠物战力、成就点数等不同类型的数值排名。后续还有一些新手任务,建议您做一下,可以帮助您更好地理解游戏。"

第一个任务是学习使用游戏内的截图和录像功能。

"拇指食指成直角,两只手的手指做出长方形的手势,虚拟界面上会出现取景框。"

凌小路照做:"看到了。"

"取景框弹出后,会自动跟随您的视线移动和对焦。眨一下眼,为截图,眨两下眼,开始录像。录像过程中单眨眼暂停,双眨眼终止。"

任务要求是完成任意一张截图。

"我可以拍你吗?"凌小路把取景框对准凌龙。

凌龙一爪掐腰,一爪抵下颌,摆出一副妖娆的姿态:"当然!"

凌小路一脸麻木地转过头,默默地拍摄了一张风景照。

"唉,"凌龙摇头叹气,"您本可以去挑战一下新人摄影大赛的。"

"这些都是用我的视角来拍,如果想拍我自己该怎么操作?"

"那就是我的工作了。"凌龙骄傲地挺起胸脯,"单点这里,轻轻地……轻一点,我怕痒。"

凌小路照做后凌龙身侧出现一排菜单。

"您现在看到的就是非战斗小宠物的全部功能了,其中包括拍照、摄像、直播、定时提醒、宠物邮件等等。"

"想不到你能做的事情还不少。"

"其实是您的宠物能做的事情啦,"凌龙娇羞地说,"不管我有没有接入进来,您都可以安排它做这些事。"

凌小路单击了拍照选项,发现自己眼前多出来一个凌龙的视角。

"操作跟之前是一样的哦。"

凌小路挑了一个自认为最帅的角度,满意地按下快门。

"现在可以去参加新人摄影大赛了。"

"……并没有这项比赛,我刚刚只是逗您玩。"

三分钟后,凌小路的相册里多了一张凌龙被胖揍后哭丧着脸的照片。

"在哪里可以看到拍好的截图和录像?"凌小路松着手腕问。

凌龙蔫头耷脑地交代:"用随便一根手指在您眼前划一下,从一个眼角划到另一个眼角,即可打开个人相册。即使您下线了,也可以联网到您的个人账号,在现实世界中调用这些图片和视频,只是……"

"只是?"

"您现在使用的账号是特殊账号,根据约定,您没有线下读取和使用这些存档的权限。"

凌小路差点都忘记脖子上这东西了。

"哦,没事啊,反正我也用不到。"

第一个任务完成,获得 5 点成就点数。

第二个任务是激活个人主页。

"个人主页只能在安全区域打开,有四个不同功能的模块。"

"第一个模块包括您的装备展示、个人介绍、家族或商铺信息等,其他玩家可以在这里给您留言,或者送礼品。"

"嗯,那第二个呢?"

"第二个是类似于微博功能的社交模块,您在这里发布的任何内容都是公开的,系统也会自动更新比较重要的游戏历程。第三个则是私密的朋友圈,只有与您互加好友的玩家才看得到。"

"我懂了。最后一个是什么?"

"是您的直播间,玩家可以在这里观看您的直播。"

"这对我没什么用,我想低调还来不及呢,怎么可能直播。"

凌小路按照任务指引激活了主页。他一个纯新纯新的萌新,粉丝数为零,好友数也为零,发什么都不会有人看,所以也不用心经营,草草把前面拍的三张照片发到上面,交了任务,又赚了 5 点成就点。

第三个任务终于跟战斗有关了。

"收集二十条蜘蛛脚,这个有什么用?"凌小路问。

"炼金术用的,可以用来做药水,蜘蛛脚是非常常用的初级材料。因为太初级了,所以高级用户懒得自己去打,一般委托给新手,大家各取所需。"

凌小路方才在镇外见到过蜘蛛,轻车熟路地摸了回去。这里蜘蛛很多,个头还大,很多人大概不敢靠近,好在凌小路没什么感觉。

凌小路对丑陋的生物比较能痛下杀手,如果是很萌很可爱的,大概还不忍心伤害吧。他是这么想的。

凌小路瞄准了一只蜘蛛,向它施放了冰箭术。

冰箭术的主要功能在于减速,对其伤害并不大,好在蜘蛛等级低,凌小路打了有半分多钟的样子,终于磨死了一只。

"打怪时最好还是选择纯伤害性质的单体法术,比如火球术这样的。"凌龙建议他。

"我不打算玩法术伤害技能,我想攒天赋学一些物理伤害类型的技能,做个刺客。"

凌小路捡到把匕首,没有任何属性,破破烂烂的。

"您拿那个做什么?又没有属性加成。"凌龙问。

"瞧好了。"

凌小路随便挑了只倒霉蜘蛛,跳到它背后便是一刀。蜘蛛转身想要攻击凌小路,可又被凌小路敏捷地闪避掉。

就这样他走位风骚地一路绕一路打,正手反手,前后左右,身形如鬼魅一般,只看得人眼花缭乱、目不暇接,生怕一个眨眼丢失目标。

蜘蛛头顶的伤害数值一点点地向上冒,最后时刻,凌小路双手握住匕首,用力扎进蜘蛛头部,自己顺势借力一个漂亮的前空翻,稳稳落在两米开外的地面上。

在他身后,遭到致命一击的蜘蛛挣扎着吐出最后一条丝,浑身抽搐着倒下了,尸体发出光芒。

凌龙正想喝彩,猛然间扫到林子外不远处有一白色人影,不知是什么时候出现在那里,更不知道他看了多久。

凌小路也在落地后抬头的一瞬间发现有人窥视,可还没等看清是谁,一道光闪过,视野内便空无一人。

凌小路惊起了一身汗:"你看到了吗?刚才在那边!"

"看到了。"凌龙谨慎地飞到他身边,压低声音,生怕暴露,"是个穿白衣服的玩家,但是刚才传送走了,很快,我也没看清他名字。"

听说是玩家,凌小路反倒松了口气:"吓死我了,我差点忘记这里是游戏中了,我还以为是鬼呢。"

"您身手好快,果然适合往敏捷方向发展。"

"有什么用?"

"敏的数值高,可以让玩家跑得更快,跳得更高,如果全部搭配敏属性的装备,再吃 buff(游戏术语,增益效果)的情况下,玩家甚至可以达到瞬移。"

"那我岂不是无敌了?"

"当然不。这么做就意味着要放弃生命和力量,不容易打死人,还容易被人打死。每种装备都有自己的优势和劣势,没有哪一种是无敌的。"

凌小路跟凌龙边聊边刷怪,几乎把方圆半里的蜘蛛屠了个遍。

"打够了。"他捡起最后一条蜘蛛腿,行囊也满了。

"回城去交蜘蛛腿,顺便清下包,我得快点攒钱买个大一点的行囊。"

他带着凌龙往回走,没走几步,前方一个信号弹直冲云霄。

"这是什么意思,节日活动吗?"

见多识广的凌龙突然不淡定了,在空中旋转翻腾着:

"有大事了!快看看世界频道说什么!"

凌小路捏了下左耳:"世界频道。"

世界频道开启了。

【世界】【公告】玩家 [窦寇] 向玩家 [嵇蒙] 发起单人挑战,赌注超过百万,欢迎感兴趣的玩家前往 [源庭镇] 观战。

"哦哦哦!"凌龙上下翻着跟头。

凌小路有些无语,问:"你激动什么呀?"

"单人挑战赌注超过 100 万时,系统会自动发公告,两个金名玩家的对决,这可是一件大事!周边几个城的人都会来观战的!"

凌龙又焦虑地左右扭动:"天!为什么在源庭镇,为什么不去惊蛰城,这里这么小,主机又要卡成狗了。不行,我得让同事做好应急准备才可以。"

不知道凌龙那边做了些什么,反正凌小路沿途遇到不少往源庭镇赶的人,在世界频道上,人们大多是哭诉这件事情。

【世界】白花花:源庭镇!为什么我在汉阳镇!十六站的传送还能不能好了!

【世界】水蓝冲鸭:十六站算什么,我这里距离源庭镇二十六站。

【世界】薄套:西北角的朋友淡定地求直播。

【世界】九霄:东部的朋友你们还好吗?祝你们挤成馅[挥手]!

【世界】梨小虞:我才刚从那儿出来,我的行动力啊!

"为什么他们说的话我一个字都看不懂?什么是站?行动力又是什么?"凌小路问。

"假设您刚才在客栈开了一个传送点,再去临近的客栈开一个传送点,就可以

使用系统传送功能了,临近的两个传送点就是一站。"凌龙解释。

凌小路有点懂了:"所以站越多就是离得越远的意思吧?"

"没错,而行动力,就用在传送上。玩家每次使用传送功能,就会扣除一些行动力,传得越远行动力扣得越多,行动力为0的时候,玩家就不能再使用传送功能,只能自己跑路或喝行动药水,不过行动药水的冷却时间也是比较久的。"

"明白了,就是游戏公司想方设法不让玩家往远了跑是吧?"

"玩家的行动力会自动恢复,不是不可以走远,只是需要花费一点时间。"

【世界】帕果:[现场直播]链接

凌小路好奇地点了一下。

聊天窗口反转,画面变成了擂台,凌小路见过的唯二两名金名玩家面对面站着,上面还有人在刷弹幕。

——寇霸霸为什么要去挑战姓穄的啊?

——抓宠物宝宝失败了,一怒之下找鑫山泄愤吗?

——我猜是今天悬赏被穄蒙反压的缘故。

——什么悬赏什么反压?有没有博学的小伙伴为我这个刚上线的懵懂新人解惑一下?

——寇霸霸开价500W悬赏粉名坐标,结果哈尼直接把悬赏金额翻了倍,寇霸霸心里肯定不平衡。寇霸霸玩了一年多也没粉名,穄蒙哈尼才来了多久,也敢公然挑衅寇霸霸?我站寇霸霸。

——又有粉名玩家出现了?好吧,就算有,也没人规定先来后到啊,离争玩得更久吧,论资历也轮不到窦寇。

凌小路见大家都在热烈讨论,也强行插了条弹幕。

——拼资历跟钱有什么用?愿意跟谁是人家的自由,要尊重粉名玩家的意愿,强抓的宠物不乖!

凌龙看到他站着不动了,猜到他在干什么。

"您在看直播吗?等下就能目睹真人版了,还是把直播关了吧,会造成主机超负荷。"

凌小路听他的话叉掉了直播窗,反正这会儿直播画面已经完全被密集的弹幕遮住了。

此时此刻,源庭镇可谓是人山人海,所有赶来围观比赛的人都聚集在擂台周围,一些人因为各种琐事吵得不可开交。

"后面的能不能别挤了?想把我挤到台上去啊?"

"都是来看现场的,能不能安静点?做不到就回家看直播!"

"哈尼哈尼我爱你！干掉那个老男人！"

"啊啊啊啊啊！"

凌小路被吵得捂上了耳朵，忍不住说："我说你们有飞行坐骑的能不能上去，给下面腾点落脚的地方？"

这句话提醒了大家，不少人召出宠物宝宝，飞到半空观战。上千只飞行坐骑展着大翅膀，使得擂台这片区域遮天蔽日，密不透风。

而地面的玩家也受了启发，召了陆地坐骑出来，大家吵吵嚷嚷地又乱作一团。

"骑象的有点公德心好不好？有大象了不起吗？"

"你先从河马上下来再说话！"

"能不能给骑鳄鱼的人一点出路？！"

眼看着战况升级，凌龙扒在凌小路耳边偷偷说："别担心，在岗的同事已经全部出动了，就潜伏在人群里，一有问题立刻把人禁言送监，绝对保证场面秩序。"

他这么一说，凌小路看谁都像 GM，包括那些个大象、河马、鳄鱼。

而此时台上的两个人还在众目睽睽之下互打嘴炮。

"我跟你井水不犯河水，你这么做是什么意思？"

"你说呢？做人不能太狂妄，你姓嵇就能在游戏里横行霸道吗？"

"不就是因为我刚刚出了双倍的赏金吗？你有能力可以再双倍，我没有拦你。"

"呵，你的钱怎么来的？在场每一个人都有贡献吧。"窦寇煽动群众，"这小子用我们的血汗钱在游戏里挥霍，你们服气吗？"

下面三分之一的人喊不服气，三分之一喊我的钱就是太子的钱，还有三分之一喊净争论怎么还不打，我们又不是来听嘴炮的。

嵇蒙不屑："你花钱没有得到等价交换吗？你的戒指是有人逼你买的吗？说出这种话来，你是小学生吗？"

凌小路不服，他凭什么瞧不起小学生，难道他嵇蒙没念过小学吗？

"少废话，就问你敢不敢接？"窦寇说。

"我这不是已经来了嘛。我玩这个游戏没多久，打架未必赢过你，一点零花钱还是出得起，输了就当是替股东叔伯们感谢你多年来的支持吧。"嵇蒙回应。

围观的人起哄：

"我也支持鑫山多年，也出点零花钱感谢一下我吧！"

"我是内测用户！有感谢请让我先来！"

"太子输了就调高瑰魄掉落概率一个月，敢不敢比？！"

"同意！"

"上调概率！"

所有人的意见达成了惊人的一致。凌小路吃惊地看着刚才还各自为政的人一转

眼便一统天下了，原来人不是不能团结，只是缺乏一个共同的目标。

稽蒙更不屑："我在游戏里只代表我个人，鑫山公司不会因为任何一个人修改数据。要是我真的能随心所欲地做任何事，那我直接把粉名改到我名下岂不是更省事？"

"呸，不要脸，"凌小路骂，"谁要去你名下。"

窦寇也说："多少金名盯着呢，谅你也不敢那么嚣张。否则金名玩家都走了，我看你们赚谁的钱？"

凌小路想看得更清楚些，奈何周围的象、河马和鳄鱼都过于高大，这些战宠把擂台遮挡得严严实实。

他东张西望，在擂台不远处找到一根石柱，石柱比较高，上面刚好可以站一个人。他计算了周围的落脚点，觉得或许可以一试。

他悄无声息地从人群中退出来。

"您去哪儿？不看了吗？"凌龙还没看够。

"不是不看，是换个更好的地方看。"说着，凌小路爬上一栋建筑物的屋顶。

"这个地方虽然视野开阔，但您不觉得离得有点远吗？"凌龙眺望着远方，人群密密麻麻的好像蚂蚁。

"别急，跟我来。"

凌小路几个灵活的跳跃，直奔石柱而去。这个落脚点要找准很难，就连凌小路也不敢保证能一次成功。

他算准了距离，掌握好了力量，瞄准目标，跳！

完美！

就在他这样想的时候，一道光芒闪过，有不速之客相中他的目的地传送了过来。由于对方来得太快，他什么也没看清，就看到那人头顶金名一晃。

对方显然也是没想到有人会跳过来，凌小路找不到落脚点，只勉强踩到个边缘，眼见就要栽下去，千钧一发之际，那没看清的金名眼疾手快，一把抓住了他。

凌小路晃了晃，总算稳住身形，可对方只要松手，他还是会掉下去。

抓住凌小路的手强而有力，貌似是没有放手让他自由落体的打算。

凌小路惊出一身冷汗，要是自己刚才真的从这个高度摔下去了，恐怕要回复活点吧——还好这人反应及时，才令自己幸免于难。

"谢谢啊，"他抬头道谢，"真是太感谢……离争？"

在仅能容纳一个人的石柱顶端，两个人硬生生挤在了一起，尽管其中一个飘飘欲坠。

凌小路完全仰仗于离争的支撑才不至于掉下去，然而导致他此刻表情呆若木鸡的，不是对方如雷贯耳的名字，而是对方那张冷艳绝伦的面孔，那张面孔已经超过了他对真实人类的认知。

玉作肌骨，精雕细琢。

摘星为眸，璀璨生辉。

凌小路终于领悟为什么人们管窦寇叫"霸霸"，管嵇蒙叫"哈尼"，管离争叫"男神"。

面对这样一张超凡脱俗的脸，他也喊不出那些恶搞的称谓。

他不停地提醒自己，这是游戏，这是游戏，这是游戏，嵇蒙都能整容，搞不好这个人花了比嵇蒙多十倍的钱整容。

即便如此，他的视线依然停留在对方面孔上无法移开，仿佛那双眸中藏了无法抗拒的磁性。

离争一眼就认出了凌小路。

刚才在城外，他看到了这个小新手打怪，对方在没有任何装备属性加成的情况下，打出的伤害低到其实可以忽略不计，但其身形矫健犹如鬼魅，一招一式皆是不凡，这让他忍不住停留多看了几眼。

想不到转眼间两人就又相遇了。

"我不知道你要跳过来。"穿着一袭白衣的男人薄唇轻启，声音如雪山融水滴落于冰川的回响。

小新手也傻傻地开口了："你的脸是整的吗？"

离争："……是。"

好诚实！

凌小路感激他的诚实，不然自己差点就折服在一张人造脸上了！

但是现在该怎么办？他是没办法跳回去了，离争应该可以用传送技能走掉，可对方要是不想走呢？

毕竟周围没有视野更好的地方了，而他也不认为高冷的男神会下去和人群挤在一处。

人群中爆出一声喝彩，凌小路一怔：开打了吗？

果然，他一转头就看到嵇蒙拔出背后巨剑，率先朝着窦寇冲过去。

嵇蒙那把剑可真夸张，又宽又长，通体乌金，用起来还有电光四射的效果。

窦寇信心十足地抽出武器应战："来吧！"

嵇蒙冲到距离窦寇几步远的时候，毫无征兆地弹到了半空，利用巨剑旋转的离心力，越过窦寇，直直向他身后飞去。

"怎么，想逃跑吗？"窦寇转身想追，却发现嵇蒙的目标根本不是自己，而是不远处位置隐蔽的一根石柱，他方才背对着石柱，自然也没看到上面还站了两个人。

凌小路惊悚地盯着嵇蒙以电光石火的速度朝自己扑来，下意识地喊了声："小心！"

他语音未落，人已不受控制地向后飞去——竟是离争揪着他的后领将他带离了危险区，跳回到之前的屋顶。

嵇蒙显然不肯罢休，在石柱上一借力，又连追三步。离争也带着凌小路后跃三步，每一跃都退后数米。

下面的观众也被这突发的一幕弄蒙了。

"那不是离争吗？"

"真的是离争啊！"

"啊啊啊，我男神！"

"哈尼为什么要打我男神？"

"男神你抱的是谁？你知不知道这样我很心塞！"

刚才还万众瞩目的寇霸霸一下变得无人问津，现在已经没有人能够注意到他了。窦寇孤零零地站在擂台上，冷风吹过落叶飞，拔剑四顾心茫然。

一味的退让不是办法，离争见嵇蒙没有收手的意思，空闲的右臂一甩，一条银蛇从他的袖口里蹿出来。

凌小路一时还以为自己眼花了。

那白影在空中转了几个圈，被离争一把抄在手里，原来是一柄银色的长剑。

凌小路确认刚才是自己眼花。

银色长剑与乌金巨剑碰撞到一起，发出震荡鼓膜的低鸣。

"你发什么疯？"离争沉声问，声音中暗含怒意。

"你认识这个人？"嵇蒙反问。

"我不认识他。"

"那你干吗拦我？"

"我也不认识你。"

凌小路忙结结巴巴地补充："我我……我也不认识他！"

两个人互拆了一招，嵇蒙的武器又被离争压制住。

"他都不认识你，你为什么要攻击他？难道你看不出来他还只是个新手？"

穿了一身灰不溜秋短打的凌小路："……"确实没有几个人看上去比他更像新手了。

嵇蒙不依不饶："他耍了我两次，这次我说什么也不会让他逃掉了！"

"你身为一个金名，却非跟新手玩家过不去，要不要脸啊你？"凌小路躲在离争身后添油加醋。

"你给我出来，以为躲在你偶像后面就安全了吗？"

离争眉心微蹙:"偶像?"

凌小路拽住离争袖子:"偶像救我!"

底下的人群很是不忿。

"他是谁啊?为什么两个金名会为了他打架?明明他只是个绿名而已啊。"

"鹿比?没听说过这个名字。"

"无礼的新手,居然敢对我男神拉拉扯扯!"

"不是说好了跟寇霸霸打吗?这个剧情发展我怎么看不明白?"

"不管是谁你们打一场吧,我们传送过来也没少用行动力的!"

……

直播窗口的弹幕也被刷爆了。

——离争也在源庭镇?看来源庭镇有粉名出没的传闻是真的咯?

——可离争护着的那个人明明是绿名啊,金名都是色盲不成?

——去现场的人太值了,简直是买了《喜羊羊2415》贺岁版的票进场后发现放的是《复仇者联盟237》。

——早知道我倾家荡产也要买票啊!现在过去还来得及吗?

——弱弱地问,还有人记得寇霸霸吗……

"你让不让开?"嵇蒙有些不耐烦了,可他跟离争动手没有胜算,"我就想问他几句话而已。"

"不!我一点都不想回答!"凌小路抗拒得很强烈。

"你跟他打是为难新手,我跟你打也是为难新手,所以我不想跟你动手。"

离争言语中的威胁很明显,可嵇蒙是个吃软不吃硬的人,他这么一说反倒把嵇蒙的暴脾气点着了。

"好啊,我倒要看看你这个老手是怎么为难新手的!"

离争把凌小路向后一推,反手一个剑花,手中银剑与嵇蒙高高砍下的巨剑再次碰撞到一起,发出铿锵的剑吟。

两个人缠斗到一起,飞上半空复又落下,一时间打得难分难舍。嵇蒙的招式刚硬有力,却总被离争轻飘飘化解,对方长袖一甩,便把他的力气卸得一干二净。

嵇蒙不甘示弱,双手持剑重劈几下后,双臂蓄起电流,噼里啪啦越来越响亮,他的剑拖在地上,像在酝酿一场风暴。

离争却没有躲避,他立在原地,念起剑诀。

凌小路眼尖,一眼看到离争此刻双脚离地,微微悬浮在空中,脚下聚起一股旋风。那风力也是逐渐加剧,吹得离争衣袂狂舞,而他立于风暴中央,静如磐石。

嵇蒙蓄满电力,抡圆手臂,一道巨大的电波伴随重剑的落下直直冲向离争,将经过的房顶的墙瓦劈得碎石四溅。

"雷霆万钧！"

凌小路下意识地抬起手臂，挡住刺眼的亮光，心底暗自为离争捏了把汗，而离争却依然屹立不动，眼见就要被迎面而来的巨大电光吞噬。

千钧一发之际，离争薄唇轻启："破！"

电光仿佛像被人用利斧从中央骤然劈开般，分成两股向两边散开，从屋顶蔓延到地面，将沿途劈成两道巨大的裂隙，还险些波及"吃瓜"群众。凌小路看傻了眼，如果方才离争只顾自己躲开，被劈成焦炭的只怕就是他了。

观众们惊魂落定，爆发出一阵又一阵的喝彩：

"哇，哈尼加油！"

"男神好帅！"

"神仙打架！"

源庭镇从来没有一刻像今天这般热闹，不停地有人空降过来，害凌龙和他的同事们十分担忧主机会不会有个什么闪失。

凌小路猛地摇了摇脑袋，强迫自己清醒。这场对战再精彩又怎样，现在可不是他专心欣赏对战的时候。他瞄准二人酣战的时机，一步步向后挪，伺机而动。

嵇蒙战归战，余光却始终监视着凌小路的一举一动。此刻见他后退，便知对方又起了逃跑的念头。

"站住！"

他一个佯攻，准备摆脱离争冲向凌小路。

然而离争比嵇蒙更快，使了个技能传送到凌小路身边，一掌将凌小路推开数米，让嵇蒙再次扑了个空。

好巧不巧，离争这一掌正好接触到凌小路的后颈，他是何等敏感之人，仅仅是这么短暂的触碰，便敏锐地察觉出了凌小路后颈的异常。

离争手一松，长剑脱手，与嵇蒙的巨剑搅在一起，须臾后缠绕了数圈，硬生生缴械了嵇蒙手中的巨剑。

离争的长剑恢复成了蛇的本体。嵇蒙的巨剑被甩到半空，又重重落到地面，没入三尺。

离争右臂一扬，蛇又重新钻回袖内。

凌小路揉了揉眼睛，原来那真的是蛇，他没有眼花。

刺入地面的巨剑也"砰"的一声，变成了一个奇怪的生物，脑袋扎进地里，身子露在外面，四条小短腿拼命地刨啊刨。

小家伙四肢并用，总算把头从土里拔了出来，一屁股坐到了地上，紧接着晃了晃脑袋。

凌小路总算看清它的样子：圆乎乎的脑袋，胖乎乎的身体，通体金黄，有跟剑身上一致的黑色花纹，周围也有电光环绕。

怪兽像被撞傻了一样在原地呆坐了几秒，然后"哇"的一声哭了出来，奔向自己的主人。

凌小路："……"

嵇蒙输了决斗，连宠物都被人打哭了，脸色很难看。

离争没有对自己的手下败将说什么，缓缓转向了凌小路。

对上他审视的眼神，凌小路心里"咯噔"一声，刚才自己为了躲避嵇蒙而去寻求他的保护，却忽略了他也是自己最大的敌人之一。

凌小路害怕地倒退了两步，有经验的嵇蒙一看便知他要做什么。

"别让他跑了！"嵇蒙喝道。

为时已晚，凌小路在众目睽睽之下一个后空翻："我走！"

尘土飞扬，行迹无踪。

隔了一栋建筑物，凌小路安全地着了陆。

他又一次虎口脱险，还不等松一口气，就惊恐地发现自己的脚被不知名植物缠住，一步都动弹不得。

跟他一起传送过来的凌龙惊呼："追踪树种！"

同为植物系的技能，追踪树种是地遁类法术最大的克星。凌小路明明溜得很快，是谁能这么快在短时间内放出这么有针对性的克制技能？那得要多快的反应能力才能做到。

"怎么办？"凌小路焦灼地问，他被限制了行动力，土遁技能在冷却中，现在他连紧急下线都不能用了。

凌龙也是无计可施，就在这时身后传来了落地声。

凌小路身子一僵，不敢回头。

放出树种的人绕着凌小路缓缓走了半圈，全方位寻找他的破绽。

凌小路不敢抬头，余光扫到对方的脚，这人的每一步都像行走在他的心尖上。

当对方终于转到凌小路面前时，他早已惊出了一身冷汗。

不久之前凌小路还陶醉于离争的惊世容颜，可再次看到这张脸他只感到令人窒息的压迫力，觉得对方连再度开口发出的声音都寒彻刺骨——

"你刚才，用的是什么技能？"

第三章

副本和悬赏

凌小路紧张地咽了下口水:"醉、醉卧法场。"

凌龙有强烈扶额的冲动,可他不敢,生怕露出破绽。

"醉卧沙场?"

"对!是这个名字!"凌小路连连点头。

"我没见过哪个新手一来就学这种技能。"

"那恭喜你现在见到了。"

"嗯?"

"不,我是说……我也不知道该学什么技能,就随便点了一个,没想到这个技能只能用来跑路,重学还要花钱,真坑!"凌小路强行解释了一番。

离争表情纹丝不变,凌小路也不知道他信了几成。

"你为什么跑?"

"你也看到了,刚才那个人追着我打,我又打不过他,只能跑。"

"你一个新人,他为什么要追你?"

凌小路无语:"这个你别问我,要问他啊。"

离争沉默,凌小路心突突地跳,生怕离争看出什么。

"那什么,"他小心翼翼地指着脚下,"这个,能帮我解了不?缠久了脚怪麻的。"

离争缓慢地抬起手。凌小路心想这样一个长得像从仙侠小说里走出来的人,自定义的施招手势也一定超凡脱俗,于是目不转睛地盯着他。

然而离争并未给凌小路解咒,而是径直将手指伸向了凌小路后颈,在方才可疑的地方轻轻一搭。

明明他的指尖温度很低,凌小路却硬生生被搭出了一身冷汗。

方才被离争触碰到,项圈已经被触发隐藏了,凌小路现在只能祈祷时间还没过十五分钟。

离争没有摸到任何东西,眼神晦涩不明地暗了暗。

凌小路感觉到离争的手指离开了后颈,暗自长松了一口气。

"现在你可以……"

他话音未落,离争原本已经收回的手却一把扣住他左手手腕,疾速向上一翻,露出了他早已准备好的游戏手环。

凌小路:"……"

这个人真是谨慎得可怕!

"呃,刚买的,有什么问题吗?虽然没你的好,比你的便宜。"凌小路说了句实话,也是句废话。

离争见凌小路不是他要找的人,有些失望地松了手。

"我认错人了。"

"没、没事。"

离争手指轻轻一动,缠住凌小路脚腕的藤蔓迅速抽离,整株没入地面,又从离争脚边钻了出来。

凌小路低头一看,那是一只长有七八只荆棘触手的向日葵状植物,此时正挥舞着触手在跳《社会摇》,也不知道是智能还是系统设定的默认动作。突然,它抬起花盘冲凌小路"噗噜噜噜噜"地吐了下长长的舌头。

凌小路:……这跟你的男神气质不搭啊!

离争调出雷达,发现信号已经消失了,与此同时,凌小路也收到了来自凌龙的文字私聊。

凌龙:好消息!技术部突击解决了您的问题,现在宠物雷达已经彻底无法扫描到您了!

看来鑫山公司还是蛮有效率的嘛,凌小路乐观地想,兴许"程序猿"们加个夜班,自己脖子上的项圈就可以拿掉了。

"耽误你时间了。"离争说。

凌小路心情大好:"怎么会,能近距离接触到偶像是我的荣幸!"

这种话离争"司空听惯",自然不会深思,他长袖一挥,连人带宠在凌小路面前瞬间消失。

"危机解除!"

虎口脱险的凌小路得意地转身,下一秒,却像被雷劈了似的僵在原地。

国民哈尼,大家的哈尼,不,是霸道太子嵇蒙扯着他标志性的嘴角,气势汹汹地朝着凌小路走来。

凌龙此刻也忍不住想喊救命了,说:"您高兴得太早了。"

土遁刚刚冷却好,凌小路又想故技重施:"我……"

嵇蒙右手握爪,环绕手臂的闪电噼啪作响:"你再翻一个跟头试试,信不信我把你劈成焦炭!"

一个"走"字被凌小路生生咽下,他很不解了:"你一个金名,老盯着我这样的萌新,不觉得很丢脸吗?"

"让你这样的菜鸟从我手底下连逃三次,我那才叫丢脸。"嵇蒙大步流星,转眼就到了跟前,这下凌小路插翅难飞了。

"萌新,萌新,"凌小路无奈地纠正,"再不然叫新手也行啊,多少给他人一点尊重。"

嵇蒙在只要凌小路一翻跟头就能拎住他后领的距离处站定:"说吧。"

"说什么?"

嵇蒙被问住了:"我不知道!你说!"

凌小路:"……"

怕不是个傻瓜哦!

"第一次紧急下线是因为……我生病了嘛,不舒服,下线买药去了。"凌小路开始瞎编了。

"哼。"嵇蒙发出一声重重的鼻音,把凌小路后面要编的理由都吓回去了。

"那第二次呢?为什么见了我就跑?"

"第二次,第二次是因为……我学了新技能,想试试好不好用!"

"你去宠物交易所学技能?"

凌小路悔得想把舌头割下来:"我先学的技能,然后去宠物交易所看看有没有宠物宝宝卖,谁知道一出来就看到你了,你说咱俩是不是有缘?"

嵇蒙这次发出了一个声音较小一些的"哼"。

凌小路见他慢慢接受了,扯起谎来更有底气了:"第三次就更简单了,你冷不丁挥着把巨剑飞过来,任何人见到了第一反应肯定都是想逃啊。"

"你不跑,我干吗追你?"

"你不追我,我干吗要跑?"

谈话陷入了僵局。

"你真没有事瞒着我?"僵持半天后,嵇蒙不死心地问。

"我一个萌新,有什么好瞒你的呀。"

"那离争呢?离争又为什么跟你在一起?"

"我刚刚想去看热闹,没想到那么巧跟他相中同一根柱子了。我偶像心地善良,虽与我素不相识,但见你堂堂一个金名欺负新人,便把我从你的魔爪上救下来了。"

兴许是想起方才的惨败,嵇蒙脸色有些不佳。

凌小路很擅长察言观色:"但你也别难过,毕竟跟他一比你也是个萌新,输给他不丢人。尽管是当着很多人的面,哦,对了你还在直播,哇,搞不好在线所有人都看到了。"

嵇蒙面色更阴了:"你这是在安慰我?"

"我就是想告诉你,输,不可怕,被人围观才尴尬。"

"你想死是不是……"

"你看你看!又动手了!你说我见到你能不跑吗?"

嵇蒙揍他胜之不武,不揍心里憋屈。这时,听到身后传来一声大喊:"他们在那边!"

凌小路知道自己行踪被发现了,本想借助群众力量摆脱纠缠,结果绕过嵇蒙探头一看,却被密密麻麻拥过来的人群吓坏了。

还是嵇蒙面对这种场合有经验,凌小路只听到耳边一声尖锐的口哨响,随后自己整个人被拎着衣领揪起来,放在不知道什么物体上面。那东西扇动两下翅膀,迅速升上天空,还伴随着一声长啸,将穷追不舍的群众远远甩下。

凌小路第一次上天,且身下巨兽左颠右颠晃得厉害,耳边风声呼啸,生怕自己一个乱动掉下去粉身碎骨。他双目紧闭,牢牢抱紧前面不知道是什么的东西。

就这样飞行了一段距离——当然,对于凌小路来说飞了很久,巨兽终于落地。嵇蒙转头看着一动不敢动的凌小路,心情好了很多。

"抱够了吗?"

凌小路偷偷地睁开一只眼睛,根据周围环境确认自己已经不在天上了,这才发现方才牢牢抱住不放的是嵇蒙的腰,忙不迭地松了手。

嵇蒙哼笑一声,再一次像拎小鸡一样拎着人从坐骑上跳了下来,凌小路落地后脚都是软的,险些没站稳。

嵇蒙看他脸色苍白,不像是装的,问:"你恐高?难道你没坐过飞船?"

"你家飞船是敞篷的?"凌小路反问。

"不错啊,还有力气还嘴。"

凌小路很怕嵇蒙说出"既然有力气还嘴那就再飞一趟"这样的话来,立刻识趣地不说了。

他定下心神,这才有精力仔细端详嵇蒙的飞行坐骑。

这是一条个头巨大、肚子也巨大的飞龙。这条飞龙有着这么大的肚子,是怎么飞起来的?然而当他想离这一人一龙远点,环顾四周的时候,却发现自己不知道被嵇蒙带到了什么地方。

除了背后一棵粗壮的参天巨树,凌小路面前是一望无垠的草原,草原上活动着若干外表凶猛的怪兽。

"你可小心点,这里都是红名怪,最喜欢主动攻击像你这样的萌新。"

"萌新"两个字是凌小路特别强调的,这会儿被恶劣的嵇蒙用来讽刺他。

其实嵇蒙不说,凌小路也发现了,离得最近的几只怪物从他落地后就始终虎视眈眈地盯着这边,大概是一等他踏出安全区,就准备抓他去"练级",谁说游戏里的怪就没有升级需求了?

凌小路下意识地退了退,背靠大树:"你、你带我来这种地方干什么?"

嵇蒙又不轻不重地哼了下。凌小路怀疑他真是猪精转世,这"猪精"还好巧不巧养了条肥龙。此时此刻那龙从鼻子里吐出口粗气,卷着黑烟,"猪精"的注意力立刻转移到爱宠身上,从包里掏出些东西喂给它吃,把凌小路冷落在一旁。

肥龙吃饱飞走了,方才凌小路见过的,被离争的蛇打哭的"皮卡丘"不知从哪里蹦了出来,它一脸期盼地扯住嵇蒙的裤脚。凌小路隐约看出了一个规律:这个土豪养宠的标准就是要圆圆胖胖的!

"你也饿了?"嵇蒙对宠物宝宝说话的声音温柔得不像话,"这就喂你吃。"

凌小路眼睁睁地看着这个人席地而坐,召唤出行囊。他那胖成球的"皮卡丘"一把抓住行囊边缘,把大脑袋埋进去翻找,找到后又用小短手把食物掏出来,一股脑地往嘴里塞,塞得本来就很圆的腮帮子更圆了,嘴巴吧唧吧唧地大嚼特嚼,全程残渣四溅。这粗鲁的餐桌礼仪令凌小路不忍直视,主人嵇蒙却慈祥和蔼地注视着它,脸上露出可疑的慈祥微笑。

"咳咳!"

凌小路用咳嗽声提醒这里还有个活人,嵇蒙却会错了意:"你也饿了?"

"我……"凌小路刚要开口让嵇蒙送自己回镇上,没承想嵇蒙递了个食物过来。

"想吃吗?"

凌小路:"……"

不吃白不吃,他学嵇蒙的样子盘腿坐下,赌气地接过来。

嵇蒙给他的是模拟肉饼制成的食物,表皮是金黄的酥皮,入口是浓浓的芝士味,肉馅口感很像牛肉,伴有些许椒香的麻,他吃的时候还是冒着热气的。

"这真的是虚拟食物吗?"凌小路表示惊艳,"一点都没有人造食物的口感,最新鲜的牛肉也不过如此吧。而且,外皮这么酥脆,简直像刚从烤箱里拿出来一样。"

"那当然了。这里好吃的东西多得是,你七天七夜也吃不完。"嵇蒙的回答颇有"这就是我家厨房"的自豪。

"还有吗?"凌小路恋恋不舍地舔舔嘴角的余渣,肚子里的馋虫都被嵇蒙的食物勾了起来。

嵇蒙这会儿正用两根手指捏着一枚淡粉色圆圆的丸子,逗趴在左膝上的爱宠玩,突然感到另一侧多了重量,扭头一看,被凌小路凑近的脸吓了一跳。

凌小路的视线直勾勾地落在嵇蒙指间，嵇蒙极其不确定地看了看他，又看了看手里的丸子，又看了看他，又看了看丸子，确认他盯的是这个东西没错。

凌小路一脸期盼，指了指丸子，又指了指自己。

嵇蒙艰难地举起来一点："你想吃……这个？"

凌小路立刻使劲点头："可以吗？"

嵇蒙表情依然困惑，迟疑地把手伸出去："可以……是可以……"

凌小路一听他说可以，迫不及待地凑上去一口吃掉。

嵇蒙的表情瞬间变得古怪。

凌小路闭上眼，仰起头，露出无比陶醉的表情。这是一种什么世间罕有的美味啊，它已然超越了食物所能带来的愉悦，淡淡的樱花香透过味蕾将甜意输送到身体的每一个地方，直到身体越来越轻盈，浮到天空，与云融为一体。凌小路情不自禁地深呼吸，浑身沉浸在幸福的满足感中。

而一旁的嵇蒙，仍在呆呆地盯着自己空空如也的手指发愣。

"啊，好吃——"凌小路良久发出一声由衷的喟叹，他把头埋在嵇蒙右膝上，情难自抑地摩挲着脸颊，左蹭右蹭，忽地翻过来蹭后脑勺，忽地又滚回去。

"太好吃了，怎么会有这么好吃的东西，"凌小路终于冷静下来一点，瞪着大眼睛问，"这到底是什么？"

嵇蒙低头看着他，神色各种复杂："这个是……给宠物加忠诚度的丸子……"

凌小路一个激灵清醒了，发现自己还枕在嵇蒙腿上，一溜烟爬了起来，后知后觉地意识到方才的自己有多失态。他慌了神，语无伦次地朝地上的嵇蒙嚷嚷："宠物……那是宠物食品你怎么不早说！"

"因为你看起来一副很想吃的样子……"

"那你也不能随随便便喂我吃啊！你可以拒绝我的呀！万一我吃了中毒怎么——啊！"

喋喋不休的凌小路脚底蹿起一道电火花，吓得他往后跳了一步，饶是这样还是被电到了，有点疼痛感。

他一低头，嵇蒙的爱宠满怀敌意地瞪着他，腮帮子鼓鼓的，是气的。

嵇蒙赶紧把肇事宠物收了，有点尴尬地解释："你抢了它的口粮，它有点生气。"

凌小路沉默片刻，冷不防"哇"的一声蹲下去抱头大哭。

他哭是假的，委屈是真的："我怎么这么倒霉，第一天上线就被你追着打，被群众当猴看。你把我抓到这种地方来，骗我吃宠物粮食，连你的宠物宝宝都欺负我，我就想安静地玩个游戏我招谁惹谁了我，哇啊……"

当然，最委屈的是项圈这件事他不能说，他越想越伤心，假哭也带了三分真。

嵇蒙第一次见到男生说哭就哭，也有点慌，凌小路的条条指控听上去又有那么

点道理，让他无法反驳，可也拉不下面子道歉，只能硬着头皮凶巴巴地反问："那你想怎么样？"

凌小路没动静了，片刻后他装模作样地在眼睛上一抹，扬起下巴："你送我回镇子上。"

"不行。"

凌小路："……"

嵇蒙也不知道自己为什么不假思索就拒绝了："换一个。"

凌小路又沉默了稍许："那我想打你皮卡丘的屁股。"

"它不是皮卡丘，它是雷噜噜。"嵇蒙把宠物宝宝再次召了出来，却有点犹豫。

雷噜噜用小短手紧紧揪住嵇蒙的手腕，眼泪在圆溜溜的大眼睛里滚啊滚，愣是没掉下来一滴。

凌小路偷瞄了一眼，一个 AI 而已，要不要这么戏精！

"这个也不行，"嵇蒙做了个手势，又把宠物宝宝收了，"再换一个。"

要不是凌小路打不过嵇蒙，早就动手了。他最气的不是嵇蒙护短，而是嵇蒙收宠之前居然还拍了张照！他可是做过新手任务的人，他认得那个手势就是拍照！什么人啊这是！

"算了，我自己走。"凌小路将将迈出一步，附近就有几只红名怪齐刷刷看向这里，他又怂得缩了回去。

嵇蒙站起来，拍拍身上莫须有的土，吹了个口哨，黝黑的肥龙扇着翅膀，吐着热气，呼哧呼哧地飞来了。他照旧伸手去拎凌小路的后领，对方脖子一缩，他拎了个空。

嵇蒙的手悬空停滞了半天，最终改变路线，一把抄起凌小路的胳膊，抓着凌小路纵身跃上龙背。当然他还记得这家伙是个恐高患者，好心没好气地提醒一句："抓紧了。"说完他才发现多余，凌小路从离地那一瞬间起就紧紧抓住他不放。

嵇蒙迟疑了下，凑到坐骑耳边下了指令。肥龙仰头喷出一鼻浓烟，朝着西北方向"咚咚咚"地跑了过去，扬起一路尘土。这种飞行坐骑本来也不是在陆地行走用的，身腿比例严重不协调，短粗的小腿支撑着庞大的身子，跑起路来一晃一晃的，远远看上去十分滑稽。大地在它脚下震动，近处的怪兽反应不及时，被庞大的身躯撞飞出去数十米远。

【地区】旺仔：坐标祖咖平原，有人感觉到地震了吗？

【地区】弄弄：我在附近采药，震感强烈，猜测至少三级起。

【地区】阿年：这游戏体感做得这么逼真，还有地震呢？

【地区】凉凉：破案了，不是地震，是太子嵇刚跑了过去。[截图]

【地区】三水青：什么？我家哈尼？在哪里？有视频吗？

【地区】俞盾：刚巧我也遇到了，满足你。[视频]
【地区】慕青：有龙不飞在地上跑，这是有钱人的新式玩法吗？
【地区】双双：等等，放大看，嵇蒙背后是不是还有个人啊？
……

肥龙在长井洞穴入口停住，把二人放下后又飞走了。

"你不送我回城，又把我带到这里做什么？"

嵇蒙放弃了让肥龙飞行后凌小路确实踏实了许多，就是肥龙飞奔起来过于颠簸，凌小路浑身骨架差点被颠散了。

"带你刷副本。"

"为什么？"

嵇蒙不自在地把脸别过去，不情愿地解释说："你不是要我补偿你吗？我带你刷副本总可以了吧。"

"我可没要求过。"

嵇蒙差点被一口气噎住，前一秒才软化态度，后一秒又恢复凶巴巴的语气："带你刷副本有什么不好？你看你穿得破破烂烂的，别人一看就知道你是菜鸡了。"

"我一萌新，穿得不好怪我咯？嫌我装备差，直接让你们公司程序员把新手装改成大神装呀！"

"你……"

"再说了，你穿得就很体面吗？袒胸露背的，一看就不是什么正经人。"

"我，"嵇蒙气得低头瞅了眼，"我哪里有露！"

"你就有！"

"我没有！"

凌小路伸手往嵇蒙露出的胸肌上拍了一把："这难道不是吗？"

嵇蒙狠狠一把扣住凌小路乱摸的手，凌小路见嵇蒙气到面红耳赤，知道自己玩大了。

"那什么，"他隐露怯意，"你不会又要电我吧？"

嵇蒙明明"屈尊降贵"带人来刷副本了，结果人不领情，他五指松紧交替，又在揍与不揍之间天人交战了好几轮。

最后，嵇蒙选择强行把人拖入副本："你给我进去！"

凌小路耳边"嗡"的一声响，来到了另一个空间，对这里的好奇心让他暂时放下了对嵇蒙的戒备。

长井洞穴是《精灵契约》里最简单的一个副本，因此也没有什么花哨的场景，就只是一个普普通通的洞穴而已。为了方便新手不迷路，连迷宫分支都没有设计。

洞穴里本应是漆黑一片的，可凌小路发现细微到岩壁的纹理与钟乳石悬坠的水珠，他都能看得很清楚，这大概就是游戏赋予玩家的夜视效果。

嵇蒙进了副本后才放开他："老实跟在我后面，不要乱跑。"

"乱跑会怎样？"凌小路随口一问。

嵇蒙居然认真地想了想，可语气中依然充满嫌弃："乱跑就乱跑，我又不是救不了你。"

凌小路："……"

这话你要是好好说，没准我就被感动了！

"喂，"凌小路跟在嵇蒙后面边走边问，"外面想让你带刷副本的人是不是可多了？"

"你说呢？"嵇蒙觉得他简直是明知故问。

"那为什么只有我这么倒霉？"

嵇蒙停住，回头瞪他："是走运好不好？"

"走运，走运，走了十八辈子的运。"

嵇蒙明知道他在说反话，又不能打他，怕他哭，只好把怒火发泄在小怪身上——一道闪电劈过去，地上多了三具闪闪发光的尸体。

凌小路一看到有战利品捡，顿时将两人的恩怨一股脑抛到脑后，高高兴兴跑过去，把东西扫进行囊。塞最后一个的时候，他还迟疑了下，问嵇蒙："你要吗？"

嵇蒙往右上角斜了一眼，凌小路精准地解读了这一微表情——对方看不上这东西。很好，是他的了！

前方嵇蒙开启了揍揍揍模式，一路火花带闪电，这种级别的小怪，还不等摸到他衣角便一命呜呼。

后方凌小路开启了捡捡捡模式，把嵇蒙留下的尸体全部扫空。起初二人的进度还是基本一致的，可很快凌小路的24格新手包就满了，为了尽可能装更值钱的东西，他只好把先前捡的战利品翻出来，跟新的掉落物对比，再留下相对好的那一个。

嵇蒙一口气清了大半个副本，回头一看人没了，只得掉头来找。

找到凌小路的时候，发现他正蹲在尸体旁，一手拿着一个一看就很不值钱的东西，认真地对比两个东西的属性。

"你在做什么？"嵇蒙问。

"捡东西啊。"凌小路头也不抬地说，经过他认真比较，终于确定右手这件要比左手这件贵两个金币。

"捡东西用得着看那么久吗？"嵇蒙不懂。

"我的包满了，装不下那么多，只好挑好的拿。"

"你那也算好的？都是些卖不上几个钱的破烂。"

"对你来说不算钱,对我来说就很多了啊!"

嵇蒙无法反驳:"那就快点捡了走!"

"都说了包满了嘛!"

嵇蒙忍无可忍,指着他:"给你两条路,要么丢下你那堆垃圾走,要么我把你跟它们一起劈成灰。"

凌小路眼珠转了一圈,毅然决然地抱紧他那堆战利品不放,倔强地扬起下巴,摆出一副视死如归的表情。

举着食指下不来台的嵇蒙:"……"

一想到凌小路还要继续这样,不知道花费多少时间在拿一个渣滓跟另一个渣滓做比较上面,嵇蒙就觉得此行前路比洞穴本身还要黑暗。

"你一定要捡是吗?"

"不捡很浪费的!"

"时间更值钱!"

"我又不赶时间。"

二人僵持着,直到嵇蒙再次败下阵来。他生无可恋地打开行囊,开启了背包共享功能。

这个功能原本是方便游戏中结成的情侣使用的,开启共享的一方有多种授权等级。嵇蒙懒得看,麻木地一钩到底,直接给了凌小路最高权限。

凌小路收到系统通知,面板上行囊图标同步闪烁。

他不解地点开后,发现除了自己原本的背包,又额外多出来一个新的行囊。不同的是,自己背包上写着数字"24",新包上面却是一个"无穷"的数学符号。

"我的时间宝贵,允许你暂时把你那些垃圾放进来,"嵇蒙板着脸强调,"不过是暂时的!"

嵇蒙的藏品足以为任何一个新玩家打开新世界的大门,凌小路哪里还有精力注意到对方强调了什么。

饶是凌小路才接触这个游戏不久,都猜得出包里琳琅满目的装备与道具价格不菲,更别提各色高级消耗品,全是 99 个一组叠加的,凌小路一边滑动界面一边发出"哇哇"的惊叹声。

"原来土豪的行囊长这样,"凌小路感慨,"没有格数限制吗?"

"没有,这下足够你塞了吧?"嵇蒙凶道。

没有对比就没有伤害,凌小路回过头看看自己棕色粗麻布制成的 24 格包,在金名行囊的映衬下显得更加可怜兮兮了。

"有钱真好。"他摇摇头。

"有钱可恶。"他又叹气。

"到底是真好还是可恶？"嵇蒙搞不懂他。

"自己有钱真好，别人有钱可恶。"凌小路做了总结。

嵇蒙不想再跟他探讨有钱没钱的问题："捡上你的东西，赶紧走。"

凌小路手脚麻利地把所有低级掉落物品装进嵇蒙的行囊，连之前忍痛扔掉的那些也统统捡了回来，同嵇蒙昂贵的道具并排摆放在一起。

嵇蒙瞅了眼包，里面装满了各色垃圾，差一点又气背过去。

"回城以后，把你的破烂全都给我卖掉，一个都不许留！"

"你放心，那是肯定的！"凌小路拍着胸脯打包票，还趁机溜须拍马，"你包里的好玩意儿真多啊！"

嵇蒙装没听见，过了一会儿又若无其事道："有需要的就自己拿。"

"哦……啊？"凌小路没反应过来。

"啊什么啊？"

"真的？"凌小路惊喜，"我可以随便拿吗？"

"让你拿你就拿，哪那么多废话！"

"哈尼你真是太好了！"凌小路激动地喊道。

嵇蒙表情立刻又变得很古怪："你叫我什么？"

凌小路面露困惑："哈尼啊，游戏里的大家不是都这么叫你吗？你不喜欢？那叫你什么？"

嵇蒙脸色一阵红，一阵白，煞是精彩，半天硬生生憋出一句："随便你！"

"哦。哈尼。"

嵇蒙转身继续清副本，没走两步又回头，表情古怪，语气恶狠狠道："不准叫！"

凌小路："哦。"

多了无限空间后，凌小路捡东西的速度加快了不少，不出一刻钟二人便与镇本 boss 面对面。boss 是个蝙蝠怪，刚开口准备念台词，就被嵇蒙几道雷劈成了渣渣。

"去摸。"嵇蒙示意凌小路。

凌小路从 boss 尸体上摸出了天赋丸子和敏捷裤衩。

嵇蒙说："这颗丸子是宠物用的，你暂时还用不到，先收着。"

"了解。"凌小路把东西收进了自己的背包。

嵇蒙想起他有吃宠物食品的前科："你别自己给吃了。"

凌小路：……我偏吃！

这一趟收获不小，凌小路心想回去卖了战利品，肯定够换一个大一点的包包。

下一刻，两个人被系统传送出副本外。

"我们……"

"回去吧"尚未出口,凌小路瞧见嵇蒙用手在副本门口画了一个奇怪的符号。

"复原。"嵇蒙话音落,洞穴门口的光影逆时针转动,形成一道旋涡,片刻后又恢复原样。

"这是什么?"凌小路不解。

"重置副本。"

"为什么要重置?"

"当然是为了再刷一次。"

"等等!为什么要再刷?"

"你第一次玩游戏?"

"是啊!"凌小路理直气壮地说。

"这种初级副本,谁会来一趟只刷一次?"

"我呀!"他更理直气壮了。

得知他是新手中的新手,嵇蒙只能强耐着性子为他解释:"小副本是拿来刷装备用的。"

"我已经有了呀。"凌小路拍拍刚换上的裤衩,对它的属性很满意。

"每次掉落的装备不一样,你多刷几遍就会多几件装备,争取凑齐一套。"

"我不用凑齐一套,我有这一件就够了。"

嵇蒙语气中多了很多不耐烦:"怎么就够了?你只有下半身勉强能看,上半身不还是破破烂烂的吗?"

凌小路悲愤:"你为什么勉强看我的下半身?我没有要你看!"

嵇蒙:"……"

这是他第一次大发善心带新人刷本,原本他想象中的画面应该是这样——

凌小路:"哇!你好棒!这里的怪统统不是你的对手!"

嵇蒙:"现在知道我的厉害了?"

凌小路:"之前见你就跑是我不对,你带人家多刷几遍好不好?"

嵇蒙:"不好,我累了。"

凌小路:"不累不累哦,我给你捶捶腿!"

嵇蒙:"算了算了,拿你没办法,就只再刷一遍哦!"

……

"喂,喂喂!"凌小路见嵇蒙突然不说话开始发呆,不解地戳他,"你准备什么时候送我回镇上?"

嵇蒙从发呆状态中清醒过来,狠狠一把扣住凌小路不安分的手腕。

凌小路:不好,这个画面有点眼熟。

嵇蒙嘴角一扯,扯出一个颇具威胁性质的冷笑:"你给我进去!"

凌小路第二次被强拖进了副本，感觉整个人都不好了。他不过是想跟嵇蒙拉开距离，怎么就这么难！

这一回嵇蒙把宠物放出来协助打怪，凌小路看到那个肥嘟嘟的家伙就想起嵇蒙先前给它拍照的举动，越想越气，决定报复。他偷偷激活拍照功能，从背后喊嵇蒙："喂，喂！"

果然，嵇蒙没好气地回头："干什么？"

凌小路狂眨几下眼，拍下嵇蒙凶神恶煞的模样。

"没事，随便叫叫。"最后，他装作无辜状一耸肩。

嵇蒙越看越觉得他有问题，可又想不到他在暗中搞什么名堂，只能装作无事发生，继续杀怪泄愤。

凌小路故意落后几步，打开图像编辑功能，挑了一张最凶的，在下面P了一行字：

我现在要抓一个小朋友刷副本，让我看看是谁这么幸运呢？

随后，他把P好的图直接分享到个人主页。

即便一个粉丝都没有，也要黑嵇蒙！凌小路咬牙切齿地想。

"你怎么又这么慢！"嵇蒙发现人又没了，不得不再回头找。他还不信，凌小路能把他无限空间的行囊给塞满了？

"没有，"凌小路迅速叉掉了主页界面，"刷太久了，我有点累。"

"累吗？"嵇蒙大步逼到跟前，睥睨地问，"要不要我给你捶捶腿？"他压低脸，声音恶狠狠的，"保证捶断。"

"不累，不累……"凌小路吓得后仰摇头，"我还有力气刷十遍。"

刷第三遍副本后，凌小路就后悔了。

"今天就到这里吧，天色不早了。"

嵇蒙不依不饶："你说了，还能刷十遍。"

"我这不是担心你累吗？再说了，耽误你那么多时间，我也过意不去啊。"

嵇蒙一声冷哼，不予理睬。

"你说你带我刷本是补偿我，现在也补偿够了。再刷下去，就该我欠你了。要不然四遍吧……五遍？"凌小路小心翼翼地讨价还价。

这时，嵇蒙接到了一通电话。凌小路也是这时才知道游戏里还能接电话。

嵇蒙挂了电话后，说："我有点事要出去一趟，不能继续刷了，算你倒霉。"

"是走运好不好！"凌小路脱口而出。

嵇蒙："嗯？"

"倒霉……倒霉，倒了十八辈子的霉。"

这个人怎么能这样！想让他走运就走运，让他倒霉就倒霉！

"走之前你是不是应该把我……"凌小路指着脚下的土地疯狂暗示。

嵇蒙这才想起来他回不去，问："你没做传送水晶的任务吗？"

"我这么幸运的小朋友，一上线就被你抓来刷副本了，哪有时间做任务呀。"凌小路挖苦他。

嵇蒙装听不懂。

嵇蒙的坐骑来接他们了，还是之前那条冒着火的肥龙。

"我发现了，你是不是没有陆地坐骑呀？"凌小路问。

"少废话。"嵇蒙把他抱上去。

肥龙驮着二人一路飞奔到最近的村庄，又引发了一场地震。

嵇蒙把人放下，又不放心："你有地方住吗？"

"你网瘾严重了吧？没地方住，我不会下线抱着我亲爱的睡吗？"

"你亲爱的？"游戏里看不出年龄，但嵇蒙不太相信凌小路已经结婚了。

"怎么，男孩子睡觉，就不能抱熊吗？"

知道他"亲爱的"是玩偶，嵇蒙露出鄙夷的神色。

"不想下线可以住去我家。"

"我才不想去东野呢。"

嵇蒙："……"

凌小路："……"

两人谈话间出现片刻诡异的沉默。

"萌新又知道了。"嵇蒙幽幽道。

凌小路深知自己说漏了嘴，只能硬着头皮胡诌："这是什么秘密吗？恐怕全服的人都知道吧，随便看一眼世界频道就看到了，怪我咯？"

嵇蒙给了他一个"你最好别有事瞒着我"的警告眼神，他心虚地看向别处。

"鹿比。"嵇蒙叫他的名字，强行唤回他注意力。

凌小路看着嵇蒙冲自己举起大拇指，比了个赞的手势。

凌小路不懂他是什么意思，没有反应。

嵇蒙不耐烦地又把手往前送了送。

这难道是游戏中流行的某种临别前手势吗？互相点赞？

凌小路迟疑着，模仿嵇蒙的样子，竖起大拇指："棒棒的？"

嵇蒙额角青筋一跳，上前一步，粗暴扯过凌小路手腕，将他和自己的拇指用力地按到了一起。

【系统】您与嵇蒙加为好友。

"学点有用的吧，别整天看八卦！"嵇蒙凶道。

凌小路只能干笑:"嘿嘿,嘿嘿……"

嵇蒙亮出巨剑,用力往地上一插。地面裂开一道缝隙,从地底涌现的金光笼罩住他的身体,流动的光影将刀刻般的面部轮廓照得更立体了。

凌小路再一次在心底认定,在这个游戏里花钱整容还是很值得的。

嵇蒙还没完全消失,凌小路不动声色地打了个弹指,在弹出的好友界面里找到了新加的,也是唯一一个好友名字,悄悄把食指挪过去。

"不许删!"

凌小路火速将另一根食指凑上去凑成了"×",界面关掉了。

"没打算删,我就是看看。"

同时心里埋怨,这玩家下线时间也太久了。

"敢删你就死定了!"嵇蒙落下最后一句狠话,终于不见了。

"啊——"凌小路长嘘一口气,"总算是走了。"

几乎跟他同步传来另一声解脱:"呼——终于能开口说话了。"

"你还在啊?"凌小路没好气地看着凌龙,"我还以为你装死跑路了。"

"不要侮辱一个恪尽职守的 GM 的职业道德,我可是全程屏息不敢发声,光是维持系统规定的动作就已经很吃力了。"

"那还真是辛苦你了哦。"凌小路面无表情地夸奖。

"不过没穿帮就是好事,说明技术部的同事将您伪装得很成功。"

"怎么不说是我演技好呢?"凌小路不服,"不过话说回来,你们太子爷这么闲的吗?一下午什么都不做,强行带刚认识的新人刷副本?"

"实不相瞒,我这也是第一次跟嵇蒙近距离接触,我们老总的话,我还在年会上见过两次……"

凌小路摆摆手:"就当他在日行一善好了,反正我也捡了不少东西。"

他通过自动导航找到附近收杂货的 NPC,打开行囊。

短暂数秒的沉默后,村庄上空响起凌小路的惨叫声:

"啊!我的包呢?"

惨叫声惊起乌鸦,乌鸦扑棱着翅膀,一边叫着傻瓜,一边飞走了。

凌小路一脸阴郁地蹲在屋檐下,头顶乌云密布。

凌龙小心地赔笑在一旁:"行囊共享是个在线功能,对方下线了,行囊自然也下线了。不过没关系,只要嵇蒙没解除授权,等他再次上线的时候,共享的行囊就自动出现了。"

凌小路咬牙切齿:"那可是我一个下午,整整刷了三趟副本,卧薪尝胆、忍辱负重,一件一件捡回来的,那都是我的心血啊!"

"是是。"凌龙附和着。

"他堂堂一个土豪,居然对我这样一个萌新干得出卷款私逃这种丧心病狂的事?"

凌龙:"人家……可能,就是忘了。"

凌小路自觉从今天一早开始,他的人生就被谱写成了电影,弹幕密密麻麻却只有一个字——惨。

他愤愤不平地找出个人主页,企图在嵇蒙的罪行上,追加一笔。

然而页面刚开启,他就被海量的消息提醒淹没了。

他的上一条动态,在他完全不知情的时间里,被转发了十几万条。

就连他为完成任务而发的那条完全无意义的截图三连下面,都多了近五位数的转发和评论。

凌小路呆滞了片刻,点开其中一个。

热评第一名:你跟离争男神是什么关系?[离争抱他在石柱上的截图]

热评第二名:你跟嵇蒙哈尼是什么关系?[他抱嵇蒙在龙背上的截图]

热评第三名:你到底是谁?

凌小路心想还好还好,至少我还答得上来其中一个。

不对,你们这些人到底是从哪儿冒出来的啊?!

他往前翻阅消息历史,发现自从他的动态被一个叫作沉犬首的五百万粉丝大V转发后,事态就向着不可控制的方向发展。

这也太侮辱智商了,凌小路想,这个游戏一共才一百多万玩家!

在沉犬首的扩散下,在线玩家大量涌入凌小路的主页下。

这其中包括离争粉、嵇蒙粉、窦寇粉、不明真相的吃瓜群众……每个人都想见识一下,传说中让嵇蒙甩下窦寇、与离争决斗的人,到底是何方神圣。

"怎么办?"他问凌龙。

凌龙访问了一圈他的主页,沉吟后说:"要不咱直播赚钱吧哥?"

凌小路盯了凌龙至少有十秒,然后邪魅一笑。

五分钟后,一个路过的玩家偶然间往这个方向扫了一眼,夸张地大喊:"啊!你在这里!"

凌小路条件反射地否认:"我不在!"

路人被说愣了,上上下下看了几遍,确认自己看到的不是幻觉:"你明明就在!"

凌小路郁闷地捂住眼,不幸智商掉线,该如何治疗?

"你别走!"路人捏住耳垂,"我找到跟太子嵇在一起的人了!快叫族长过来!"

"族长?那是谁?"凌小路问。

路人听到提问,很是不可思议:"我是窦泥湾家族的人,你不知道窦泥湾的族

长是谁?"

凌小路倒是在他头顶看到了家族和家徽,总觉得好像在哪里见过同款。

见凌小路一脸茫然,路人更惊诧了:"你第一天玩游戏啊?"

"对呀。"

路人显然又被噎了下:"你等等!我们族长马上就到!"

金名玩家的专属传送果然快,尽管凌小路不愿意承认,但来的确实是他见过的人。

窦寇不是一个人来的,他还带了十来个跟班,为的就是防止今早被围堵到寸步难行的局面再发生。

跟班们熟练地清空了附近的人,以免再有无聊人士发布窦寇的行踪。

只留下凌小路一人,在铁桶一般严密的包围圈里,面对这位金名瑟瑟发抖。

"族长,是他没错吧?"最早发现凌小路的路人跟班说,"不过我怀疑这个人脑子不太好。"

凌小路:?

窦寇也问:"怎么说?"

"我说他在这里,他说他不在,可他明明就在啊!还有,我发现他的时候,他正撸起袖子揍他那个小宠物呢!一边揍还一边说:'谁是你哥?你叫谁哥?'"

凌小路:"……"

凌龙:"……"

路人跟班一边描述,一边模仿,模仿得惟妙惟肖,可窦寇没把他的话放在心上。

窦寇从头到脚打量了凌小路一遍——装备换过了,白天见到他的时候,他穿的还不是这一套。

"小朋友,嵇蒙人呢?"

"下线了。"凌小路本来都好一点了,听到这个名字又怒从中来,悲愤地控诉嵇蒙的恶行,"他卷了我的钱,下线了!"

窦寇:"……"

他瞄了眼刚刚说凌小路脑子不好的人,心想他还说得挺对的。

"那他什么时候上线?"面对病人,窦寇的语气温和了一点。

"不知道,我跟他又不熟。"

"族长他骗你的!你看!"路人跟班亮了面光屏,"这拍照距离老近了!太子嵇还带他下副本呢!"

窦寇捏住光屏一角,手飞快一抖,两指间多出来一张卡片。

凌小路看傻眼了:魔术大师哇?

窦寇把卡片飞到凌小路怀里,凌小路翻过来一看,正是他黑嵇蒙的那一张表情包。

"这咋还带现场冲印的呢?"凌小路要给鑫山科技跪了。

"我劝你说实话,"窦寇挥挥手,示意路人跟班把光屏关了,"嵇蒙也欠我东西。"

"他欠你什么?"

"一场决斗。"

"哦……"凌小路想起来了,"直接说欠你一百万呗,不过我觉得这个钱你不要指望了。"

"为什么?"

"你想想,他连我的钱都黑,整整三趟副本,加起来至少也有三千多……"

说到伤心处时,他又拿小宠物撒气,一下一下地戳人家的肚子。小风息翼龙不堪其扰,飞到了半空。

窦寇听了会儿他的胡言乱语,耐心逐渐欠费,说:"我找他不是因为钱的事。"

"哦。"

"这点钱我还不放在眼里。"

"哦。"

窦寇还想说话,但好像无论说什么都会被凌小路一个"哦"敷衍过去。

"你是不是觉得我在吹牛?"

"哦……没呀,你可是开得起五百万悬赏的人啊!"

凌小路是真心奉承,听在窦寇耳中那就是赤裸裸的嘲讽了,毕竟今天他被嵇蒙公然挑衅了。

"你真以为我压不过他的悬赏?只要我想,收购鑫山都可以。"

"口气挺狂啊,家里面有矿啊?"

"你怎么知道?"

凌小路:"……"

他默默在自己的游戏笔记上记下一笔:不要随随便便和这个游戏里的金名们打嘴炮!

窦寇微微扬起下颌:"我在十一个星球上有矿产,鑫山制作项圈和戒指使用的材料,全部由我的公司提供。窦大福连锁店听说过吗?那是我的集团产业。"

"原来是同行啊,幸会。"

窦寇有了点兴趣:"你家里也是做珠宝生意的?"

"我家街口有个大豆腐连锁店,我假期在那里打过工。"凌小路诚恳地说。

"噗——"窦寇身边的一跟班没忍住,喷了出来,被窦寇狠狠瞪了一眼,硬生生把笑声咽了下去。

窦寇也不跟他客气了:"小朋友,你刚玩不久吧,知道这个游戏最有趣的两点是什么吗?"

"呃,宠物与……PK系统?"

"……"

什么乱七八糟的,窦寇差点骂人:"让我告诉你吧:第一,游戏里死亡是假的,但恐惧是真的。第二,死了可以复活,复活可以再死,没有次数限制的,你说有没有趣?"

凌小路恍然大悟:"你要我给你表演一个反复去世!"

不等窦寇承认或是否认,凌小路抢着道:"你一个金名,这样威胁我一个萌新,不觉得以大欺小吗?"

"以大欺小?"窦寇左看看,右看看,都是他自己人,"谁知道?"

凌小路竖起三根手指,声音清脆明亮:"话可不能乱讲,举头三尺有神灵!"

窦寇又故意抬头东看看,西看看:"可是我怎么……只看到你的'四脚蛇'啊?"

窦寇看着看着,脸上的笑容逐渐消失,远处的天边出现了一些小黑点,且有越聚越多的趋势。

"族长,不……不好了,"窦寇身边的跟班声音也变了,"好像很多人在朝这个方向飞。"

窦寇急了:"怎么又……怎么走漏的消息?"

"好像是这个人!"跟班紧急查看了世界频道,指着凌小路,"这个人开了直播!"

"他……你什么时候……"窦寇猛地抬头瞪向凌龙,醍醐灌顶,"是这条'四脚蛇'!"

"啊——"凌小路一脸无辜状,"好像是刚才我戳我的'四脚蛇'的时候,不小心碰到了什么。"

跟班们很焦灼,来的人太多,凭他们几个根本拦不住。

"族长,快走吧!再不走就走不掉了!"

窦寇指着面前:"把这个小子一起……"

他话说到一半停住了,只见手指的地方空无一人,就在他刚刚抬头的工夫,凌小路人不见了。

"在树上!"一跟班大喊。

窦寇往旁边的树上一瞅,凌小路果然站在树杈间,居高临下笑盈盈地看着他。

窦寇耳边莫名响起凌小路清脆的声音——话可不能乱讲,举头三尺有神灵!

"嘻嘻。"凌小路露出几颗小白牙,漂亮地纵身后翻,"我走!"

玩家们从四面八方热情地奔来:"窦霸霸!听说咱家里面有矿,是真的吗?"

窦寇瞪大眼睛:"别、别过来!"

他慌乱地指挥跟班:"拦住他们!"

十几个跟班面对蜂拥而至的人群起初还妄图抵抗一下,可很快被越来越壮大的声势震慑到怀疑人生。

"族、族长,"跟班们僵硬地转头,"要不……咱还是把矿给大家分一分吧……"

窦寇离开的传送条读到 90%,闻言大怒:"分个屁!"

他激动地一跺脚,读条被打断了。

窦寇:"……"

半小时后,窦寇跟他的跟班们终于拼尽全力脱离人海,逃到了最偏僻的野外歇脚点。

游戏内势力排名前十的家族——窦泥湾的主力成员们,此刻蓬头卸甲,个个如惊弓之鸟,听到人声就乍起。

其中族长窦寇最为狼狈,不知道在刚刚的混乱中被踩了多少脚,价值千金的高级战靴耐久度被踩到了 0。

"族长头上有鸟哎。"跟班甲同跟班乙小声说。

"嘘!"跟班乙赶紧顶了下他让他闭嘴。

窦寇被一个新手耍了,怒火中烧。

"他不是不相信老子有钱吗?"窦寇狠狠撸了一把媲美鸟窝的乱发,"这一百万我还给嵇蒙了,就拿来悬赏他的小朋友。"

"一……一次一百万吗?"一跟班结结巴巴地问。

"十万。悬赏十次。"窦寇咬牙切齿地说,"这一回,我要让他表演真正的反复去世!"

凌小路人到了安全的地方,头顶却多了个金闪闪的"赏"字。

他头往左摆,字也往左,头往右摆,字也往右,伸手去抓,却抓了个空。

"快看!"他推凌龙,"我也是金名了!"

凌龙无奈:"您这是被通缉了。"

"通缉?"跟他有恩怨还有钱没处花的,凌小路只能想到那个人了,"寇霸霸干的?"

"应该是了。"凌龙用 GM 权限查记录,"十单通缉令,每单十万,看来您是真的惹怒人家了。"

凌小路十分痛惜:"这么多钱直接给我,我不介意原地自杀。"

"十万不是小数字,这么高额的赏金,足够吸引那些职业杀手出动了。"

"你们这个游戏还有职业杀手?"

"根据相关数据统计,上季度总悬赏金额高达十个亿,您就知道有多少赏金猎人可以以此为生了。不管游戏公司设计多少难攻的角色,游戏内最大的恩怨双方始

终是人与人。"

"听起来居然还有几分哲理。"

"现在恐怕杀手们已经在四处寻找您的下落了,敢接十万悬赏的杀手通常都不好对付,您打算怎么办?"

"怎么办?我只有一条命,外面不知道有多少人,当然是主动送死咯。"

"送死的意思是……"

【世界】鹿比:本人现被高价悬赏,坐标在此等你索命。机会只有十次,先到先得。[坐标]

【世界】蛋蛋:这不是跟男神和哈尼都有关系的鹿比吗?怎么,被通缉后放弃挣扎了?

【世界】田十:肯定是寇霸霸发的悬赏,刚才的直播我们都看了,寇霸霸好气啊!

【世界】草三心:我正打算找你呢,想不到你这么主动,真是踏破铁鞋无觅处,得来全不费功夫。

【世界】鹿比:友情提示:实力不够的,就不要来送死了。

【世界】草三心:嚇!这位萌新口气还挺狂,敢问你有什么实力?

【世界】鹿比:我是没有什么实力啦,不过你猜来的其他人有没有实力?

【世界】草三心:……说得好像有点道理,那我就不去了,你们好好玩!

凌小路实力劝退了大多数蠢蠢欲动的人,不过世上永远不乏自信者,更何况还有十万赏金这么大的诱饵存在,凌小路放眼一望,来了起码百余号人。

感觉来得差不多了,凌小路举着个喇叭,维持起了治安。

"感谢大家的抬爱,来了这么多人,我呢,打心底也希望能助各位发家致富。但是你们都看到了,通缉令只有十单,没办法满足现场的每一个人,所以我们只能按照先来后到的顺序发号,晚到的朋友,就只能请你们等下次机会了。"

他张望了几眼,随便指了最近的一个人:"喏,就从你开始吧,你是一号!"

一号刚露出得意的神色,瞬间被其他玩家的十几个技能砸到身上。一号身子晃了晃,单膝跪到地上,幽灵(游戏中角色死后到复活前这一段时间内的状态)从身体里飘了出来。

幽灵不能说话,只能举牌,一号……不,应该说是"前一号"愤愤地举了一块牌子,上面写着:你们这群畜生!

凌小路第一次在游戏里看到有人挂掉,还是秒挂,本该例行害怕一下的,却被幽灵举牌的模样逗得"扑哧"笑出声。

幽灵牌子一翻:笑什么?!

"不好意思不好意思,没忍住。"凌小路强行按捺住笑意,指着他的"遗体"

呵斥道，"你们这是干什么？有人复活他吗？"

显然没有，前一号自己也深知这一点，恼怒地释灵（游戏中角色死后释放灵魂）走了，原地留下一个小小的墓碑。

"一号走了，那怎么办？只能换人了。"凌小路指着刚刚一号旁边的人，"换你了。"

那人还没等表示不要就被秒了，毕竟现场这么多人，大家随便对一个人施施法术的话谁都受不了。

第二个被做掉的人愤愤举牌：我恨！

墓碑旁边多了一个墓碑，凌小路一本正经地板起脸："你们这可就不对了，这还让我的工作怎么进行？社会治安如何得到保障？高额赏金如何顺利瓜分？你们究竟还想不想赚这个钱？"

"再不可以这样了啊！"凌小路再次伸出手指，"那就从……"

被指到的人惊恐地摇着头："不是我不是我！我就是来吃瓜的一群众！"

凌小路指尖移动，第二个被扫到的人拼命往后退："我也是来吃瓜的，别指我！"

他指到哪儿人潮退到哪儿，一趟下来前排至少后退了两米。

凌小路无奈地放下手："吃瓜群众就不要站得那么靠前嘛，很容易引起误伤的。这样吧，给你们时间快点走，真心想拿赏金的留下来，OK？"

现场人数瞬间少了三分之二。

"剩下的想必都是业内精英了，大家如果对先来后到这个规则有意见呢，就互相投个票，选拔一下。都是杀手同行，千万别伤了和气，咱们文明劝退！"

现场安静了几秒钟，所有人不约而同出手，都想攻对方不备。

留下的都是顶尖杀手，一时间谁也不能干掉谁，各种暗器法器宠物乱飞。

凌小路从混战边缘退后几步，唯恐被波及。

而此时只有他能看到的对话框开始疯狂闪动。

凌龙：斜前方树上有人！！！极度危险！！！！

凌龙：不要刻意抬头看！！！！！！

能让凌龙一个GM打出这么多惊叹号的到底是何方神圣？就算在面对嵇蒙、窦寇这些金名时，凌小路记得凌龙都十分淡定。

他强行克制住抬头的欲望，暗自琢磨这次还能不能那么幸运，从一群杀手和一个危险分子手下无恙脱身。

战乱告一段落，存活的人停了手，地上横七竖八多了十几个墓碑。

"完了？"凌小路回过神来数数，"一个，两个，三个……十个，十一……哎？还多一个。"

"多出来一个怎么办？"凌小路选了个大块头，"你走吧，你被淘汰了。"

"凭什么？"大块头说。

"你太丑了，我不想被你杀。"

"哦。"大块头沮丧地低下头，转身走了。

走出几步后，他突然掉头凶神恶煞地冲凌小路扑过来："我杀了你！"

凌小路宛如绝世高手一般面无表情地立在原地，躲都不躲，仿佛有百分之百的自信能够接下他的铁拳。

大块头的拳头在凌小路面前一厘米处将将停住，紧绷的表情暴露了他已经使出全力的事实，可就算使出全力他也不能前进半步。

此刻，有两把不知道从哪个方向来的武器正一左一右地交叉架在了他胸口，两名闪出的杀手像保镖一样看守着他们的猎物。

大块头眼中充满了不甘心和不相信，在与十万奖金近在咫尺处重重跪了下去，凌小路这才看到他背上交错插着六张蜘蛛图案的扑克牌。

他倒地时露出身后的人，双手犹维持着飞牌的姿势，见得手后做了个收的动作，扑克牌竟化作一只只小蜘蛛，窸窸窣窣地爬了回去，顺着他的裤脚爬进衣袖。凌小路看了，头皮一阵阵发麻。

在场其他人也多少表露出嫌恶的意思，但又不敢表现得太明显。凌小路猜测，这个人的实力在十个人中应该位于前列。

大块头幽灵的牌子就是冲他举的：蜘蛛，你给我等着！

凌小路见那人 ID 并非蜘蛛，想来是个很有名的名号。在场的怕是十有八九都是游戏里叫得上名的人，可惜凌小路初来乍到，也没个杀手百强花名册类的东西供他照着认识。

蜘蛛对他的威胁不予理会，转而催促凌小路："现在人数够了。"

凌小路撇撇嘴，人数够了怎么样，够了他也不想被蜘蛛咬死喂！

"咳咳——"他清清喉咙，"既然这样就刚刚好，十个人每人十万，我只有一个要求……"

蜘蛛："你说。"

"我是个萌新，血也不多，请大家下手时温柔一点。"

"可以。"蜘蛛代表众人应了，冲斜前方一人一点下颌，"你先。"

那人却戒备地看着蜘蛛："为什么我先？你想干什么？"

"反正都要有一个人先动手，为什么不能你先？"

凌小路出来打圆场："总要一个一个来嘛，谁先谁后不重要。"

"不行！"被点到的人坚决反对，"他先，我保证不干涉，他走了我再动手。"

"那，要不这位蜘蛛先生……"

"哼，"蜘蛛冷笑打断，"你怕什么？"

"怕有人胃口太大，想吃双份。"

"同意！"另一人附和，"蜘蛛先拿，我们可以暂且退后几步。"

"不行！"又有人反对，"趁我们退后，把人掳走怎么办？难道你们追得上他？"

这些人你一言我一语，完美激怒了蜘蛛，他眼中杀机迸射："多谢诸位提醒，我突然想到，十人十万，确实比一人百万亏很多。"

凌小路已经眼尖地看到他暗中扣在指缝间的蜘蛛纸牌了，其余九人也是剑拔弩张，新一轮大战一触即发。

"等一下！停！"凌小路大声阻止他们，"你们这样僵持下去，谁都拿不到这个钱。蜘蛛先生，我知道你很强，可他们九个联手对付你，你还是打不过啊，不如我想个方法，大家和平解决如何？"

蜘蛛明显不信他的话："身为一个猎物，你这么积极做什么？"

"身为猎物，我的时间也是很宝贵的。你们在那边争来争去，万一有人路过取了我的命，我岂不是死得不明不白？"

"你放心，这里除了我们之外，没有第十二个人敢接近。"

"真的吗？"凌小路佯装东张西望，四处寻找，突然往斜上方一指，"哎？那里不就有个人吗？"

所有人顺着他指的方向望去，但见树枝一颤，还真从上面跃下一个人来。

凌小路本意是引人下来，先前也没看清对方样子，直到人落地，全貌出现在视野中后，凌小路竟惊讶得忘记收回手。

这人一袭紧身黑衣，完美融合了复古和科幻两种风格，视觉冲击感极强却不突兀，仅这一件装备，凌小路就想给游戏美术颁个巴黎时装设计奖。

而他浑身上下最抢眼的，要属那顶全封闭黑色金属机械鸟首头盔无疑。寥寥几道犀利线条，构成了尖锐的嘴喙，眼部镶嵌着微微凸起的护镜，护镜中间亮起一道红色激光。

"好、好酷啊……"凌小路情不自禁地低喃，那个头盔，简直是他梦想中的神装。

忽感哪里不对，凌小路回头一瞅，发现是凌龙躲到了自己背后，蜷起身子瑟瑟发抖。

不只是凌龙，现场除了凌小路，每个人在看清来者后都明显打起十二分戒心，连蜘蛛也脸色微变。

凌小路这才留意到来者头顶的名字，不是温和无害的绿色，不是立场对立的红色，更不是象征地位的金色，而是令人不寒而栗的黑色。

最开始被蜘蛛点名的人下意识地退了一步："鸩、鸩鸩……不知道你看上这一单，那我先撤了。"

"我也……"显然还有人跟他抱着一样的想法,但这个叫鸩鸠的人一句话将这些人的脚尽数钉在了地上。

"别走啊,"他的声音从面具下传出来,"我不是来打猎的,我是来看戏的。"他转向凌小路,"继续说你的方法,我很好奇。"

凌小路看不见他的脸,更不知他表情,但他轻飘飘几个字,传达出的命令感却很难抗拒。

"我想说的是,既然大家都互不退让,干脆做一个游戏,输的人出局,最后赢的人独得那一百万赏金,如何?"

十个人面面相觑,似乎都在心中权衡究竟是一百万的诱惑大,还是鸩鸠更可怕。

"什么类型的游戏呢?如果是解数学题,我可不干。"

"成语接龙也不行。"

"实名反对敲七。"

大家七嘴八舌否决着自身不擅长的项目。

鸩鸠在一旁又开口了:"你们想用人家性命换赏金的时候,也不问问人家同不同意。这会儿做游戏,又一个个挑三拣四。"

他一发话所有人都沉默了,再也没有人敢提反对意见。

凌小路对他报以感激的目光,继续阐述游戏规则:"放心,不解数学题也不成语接龙,各位都是杀手,就玩个大家都擅长的杀手游戏好了。现在你们十个是杀手,只有我是猎物,试想十只狼追一只羊,怎么够分?不如反过来。"

他右手一扬,手心一道银光飞速旋转,又被他一把握住,匕首刀刃向下,摆出迎战的姿势:"我做杀手,你们做猎物,这把匕首伤害值是1点,只要被它刺伤,就算出局。你们随便怎么躲,但不能攻击我,不能用技能也不能用宠物,敢玩吗?"

听了条件,十个人都没有异议,若不是忌惮鸩鸠,他们还真没把凌小路这个萌新放在眼里。

"我没意见。"蜘蛛率先表态,其他人也相继同意。

"这回说话算话,谁也不许输了反悔。这位看戏的哥哥,票钱我就不收了,请你客串个裁判如何?"凌小路说。

"没问题。"鸩鸠找了棵树,随随便便往后一靠,揣起双臂,真的摆出一副看戏的姿态。一个简单的游戏,因为多了他,赛场仿佛笼罩上一股低气压,每个参与者倍感压力山大。

"那么,"凌小路微微压低身体,"我开始了。"

他话音未落人便冲出,所有人都以为凌小路会优先挑离得最近的人下手,谁料他竟直奔距离最远的蜘蛛。蜘蛛托大,在这些人中是准备最不充分的一个,险些被凌小路一发偷袭成功。好在他反应敏捷,硬生生后仰,凌小路的匕首在他鼻梁上方划过,他侥幸以毫发距离躲过这一击。

匕首划过的夺目锋芒如慢镜头划过蜘蛛眼前,他诧异地瞪大眼睛:好快!

他此时才发现自己把注意力用于警惕鸠鸠而无视凌小路是个大大的错误,这个新人远不像他想象中那么容易对付。他不由得将全副精力转到凌小路身上。

凌小路一击未中,人忽地垂直起跃,跃到半空身子向着一个诡异的方向旋转,在空中转了两周半才落下,垂直落在蜘蛛面前。

蜘蛛全神戒备着,准备迎接他的下次进攻。凌小路却定了定神,站直,将匕首背向身后,冲蜘蛛笑了笑,将蜘蛛彻底弄蒙。

不远处,将这一切收在眼底的鸠鸠情不自禁地直了直身子。

凌小路微笑着转身,方才离蜘蛛最近的人还在盯着自己莫名被划破的手臂瞧,表情难以置信。

"OUT!"

"你、你什么时候……"凌小路从天而降,速度太快,他根本没看见,"你是不是刚才佯攻他的时候就已经……"

三秒出局的人震惊得连话都说不完整,他好歹也是这个游戏中,赏金猎人榜榜上有名的杀手。

"不是佯攻,"凌小路诚实交代,"只是赌一把,赌到就赚到,没赌到……就保底咯。"

听到凌小路把自己当赢注,蜘蛛一副"你说什么?"的表情。

而被当成保底的人,就更差点一口老血吐出来了。

不过内心反复回放了几遍刚才凌小路的表现,也不得不承认就算自己不大意,也未必躲得过凌小路那角度刁钻的一刀。

想到这些,他释怀了。

"是我小看你了,"他放松下来,朝凌小路回以肯定的微笑,"这次我愿赌服……输……"

只一刹那,在场的人均面色大惊,但并不包含刚才愿赌服输的这一位,因为他正瞠目结舌地缓缓倒地,露出身后冰冷的机械鸟首。

这面具离近了看,锐利无比的尖喙带来的攻击性逼得人喘不过气来。

凌小路迅速寻找方才鸠鸠倚靠的那棵树,又收回视线,确认这不是另一个戴着相同头盔的人。

那么远的距离,凌小路压根没捕捉到他是如何过来的。

鸠鸠被特殊金属机质过滤过的声音透过面具幽幽传出来:"杀手游戏就要逼真才有趣,不是吗?"

第四章

鹿儿酒

被第一个做掉的人的幽灵想冲鸠鸠举牌又不敢举,反复纠结了几次,气恼地释灵走了。

他们这些人跟普通玩家又不同,普通玩家死后可以立即复活,杀手无论黑名与否身上多少都带着些杀气值的,只有积累到一定程度才会去洗去杀气值。在这期间如若不慎挂掉,会被系统自动收监,要么花钱赎身,要么坐牢坐到杀气值清零。

所以比起其他人,杀手更怕死。

知道输掉的下场是死,杀气值较高的那几位当即有了离场的念头。

"如果规则是这样的话,恕不奉陪了。"其中一位甩下这句话,不料转身才迈出半步就跪了下去。

凌小路惊叹。

他之前没看见鸠鸠是怎么过来的,现在更没看到鸠鸠是怎么出手的。

居然能做到随随便便秒杀两个人,难怪大家见到鸠鸠就像见了鬼。

凌小路对第二个人的死有点惋惜,方才大块头攻击他的时候,对方是出手保护他的人之一。

"弃权等于输,"鸠鸠环视一圈,"还有人要走吗?"

才起了离场念头的几个人都默不作声了。

鸠鸠再次正面朝向凌小路:"非常抱歉,我好像为你增加难度了。"

刚开始大家都抱着赢了血赚输了不亏的心态,这下怕是要为保命拼尽全力了。

"没事。"凌小路手腕一抖,匕首沿着手背转了整整一圈,又回到他手上,"刚刚我也只是热身而已。"

猎物八人存活。

"下一个对手……"凌小路随便挑了一个,"我选你。"

蜘蛛皱起了眉——凌小路伤到任何一个人都算对方出局,这种情况下他没有必要锁定一个目标,而是像方才那样声东击西对他才最有利。他故意这样说,是想降低其他人的警惕性吗?

想到这点,蜘蛛没有放松戒备。然而,凌小路却像他说的那样,对其他几人熟视无睹,一心一意瞄准他的目标进攻。

不仅如此,蜘蛛还发现凌小路的进攻手段非常犀利,基本瞄准对手身体最柔弱的地方在打,可人对身体弱点的保护是最周密的,所以凌小路完全碰不到对手分毫。在懂的人看来,这两个人只是在浪费体力而已。

"小心了!"凌小路在距离对手极近时突然大喝一声,手中匕首变削为刺,瞄准对手的眼睛直直刺去。

对手大惊,下意识地反手一拨,只听"哎呀"一声,凌小路手中匕首飞出,不偏不倚地飞向西南角的一人,擦着他的右臂扎进身后的树干里。

再看凌小路,捂着手腕,眉心微蹙,一副因受伤而痛苦的模样。

裁判鸠鸠宣布结果:"被匕首刺伤,出局。猎物攻击杀手,出局。"

被凌小路针对的人才后知后觉地反应过来,惊怒地看着凌小路:"你演我?"

"我演你?"凌小路茫然地复述了一遍,又摇头,"我没有,明明是你打我。"

"你……"他突然表情一变,挥拳向地面砸去。

凌小路脚下土地开始剧烈波动,根本站立不稳。

与此同时,四头巨兽从东南西北四个方向张着血盆大口扑来。凌小路正觉得自己性命不保了,却被未知人士托起跃到了树上,他也在飞起的过程中清晰地看到四头巨兽统统扑向了地面上的鸠鸠。

狂风大作,黑沙四起,凌小路不得不举起双臂护住脸。

至少过了半分钟,风才渐渐停下,黑沙散去,凌小路眼前又恢复了光明。

在下前方的地面上,鸠鸠站在原地位置都没有移动过,脚边多了四块墓碑。

鸠鸠却在看与他们相反的方向,发现目标,手一扬,一只巨大的黑鸟呼啸而去,命中目标后化作黑烟散了,被它撞到的人从空中直直掉落下来,竟然是杀手之一。

"攻击裁判,出局。趁乱逃跑,出局。"

猎物三人存活。

鸠鸠一口气做掉了五个,嫌弃地掸了掸袖子上的灰。

"想不到当个裁判还要开大招。"

凌小路看了看身边,意识到刚才救他的人是蜘蛛。

"谢谢。"希望他不是拿蜘蛛丝把自己吊上来的。

"不客气,"蜘蛛斜睨着他,"你的命值一百万呢。"

凌小路也开启嘲讽:"看到这一地墓碑了吗?再值钱的命,也得有命拿才行。"

"你还剩三个。"鸠鸠对重新回到地面的凌小路道。

"是……"凌小路刚想开口说是两个,因为还有一个获胜者,身后的蜘蛛出其不意地动手,将最后两个毫无准备的对手斩杀。

两个幽灵极度愤怒,不约而同地举牌:蜘蛛,你给我等着!

又收到两张"等着"牌,蜘蛛却若无其事。

"游戏规定剩最后一个人胜出,我赢了。"

"你说得对,"鸠鸠口风一转,"不过游戏也规定不能使用宠物。"

蜘蛛把玩牌的手一僵,他刚刚是用这些牌杀死对方的,而牌就是他的"宠物"。

"你出局了。"鸠鸠说。

看蜘蛛的口型像是骂了一句,随后他便原地消失了。

"他紧急下线了,"鸠鸠评价,"算他机智。"

凌小路:所以另外九个人到底是为什么坚持不下线啊?!

"呃……裁判。"凌小路弱弱地举起手。

"嗯?"

"我有个请求。"

"你说。"

"请问我可以摸一摸你的头盔吗?"

鸠鸠很痛快地答应:"可以呀。"

头盔很亮,近距离面对面可以倒映出凌小路惊叹的面孔。

他小心翼翼地用指腹划过锋利的尖喙,触碰在金属边缘汇聚起耀眼的炫光,光斑甚至会随着凌小路手上的力量改变强弱。

"哇——"凌小路被那迷幻的光影吸引移不开视线,"真漂亮。"

"你不怕我吗?"鸠鸠突然问。

凌小路的手顿了一下:"我为什么要怕你?你又不是金名。"

鸠鸠貌似来了兴趣:"你为什么要怕金名?"

"因为……金名仗势欺人你不觉得吗?如果不是金名悬赏我,也没这么多人想杀我。"

鸠鸠原来如此地点点头。

"你喜欢这个头盔?"

"是啊。一定很难弄到吧?"

"内测道具,已经绝版了。"

"哎,早知道早点玩这个游戏了。"凌小路叹气,"你也是来拿赏金的吧?我准备好了。"

"我改变主意了,"鸠鸠虚空点了几下,"现在没有人敢杀你了。"

凌小路疑惑。

"你做了什么?"

"你以后就知道了。"

鸠鸠冲凌小路竖起大拇指,凌小路这回当然不会误以为对方是在夸他了。

拇指相对,两个人交换了好友。

"虽然不大清楚状况,不过好像你帮了我一个很大的忙?"

"似乎是这样呢。"

凌小路很仗义地一拍胸脯:"既然加好友了,以后你有需要帮忙的地方,也一定要喊我!"

鸠鸠想了想:"好像还真的有。"

他召唤出一只机械乌鸦。乌鸦身材比嵇蒙的巨龙小很多,金属外壳显得很滑,看起来更容易掉下去了。

凌小路下意识地退了一步:"该不是要我坐这个吧?"

鸠鸠听出他语气中的不自然:"你害怕?"

"呃,也不是完全……至少封闭的就不怕。"

鸠鸠挥挥手,把乌鸦换成了鸵鸟:"这个呢?"

"这个没问题,你是不是特别喜欢鸟啊?"

"我属鸡。"

凌小路:这是什么逻辑关系?

鸵鸟跑起来像冲刺,一溜烟的工夫就把两个人送到附近的镇子外,但没有进去。

鸠鸠丢过来一个袋子,凌小路打开看了一眼是钱。

"麻烦你到镇上帮我买些补给。"

"你进不去?"

鸠鸠指着头顶:"顶着这个不太方便。"

凌小路在他头顶只看到了黑名,心想我还顶着"赏"呢,岂不是更不方便?

"黑名进城会被卫兵追击,一旦被抓到,就会送到监狱。以我目前的杀气值估算,起码要关个两三年吧。"

那还玩什么游戏啊删号算了!

"放心吧,包在我身上!"凌小路满口应下来,在去买东西的路上呼叫凌龙。

鹿比:你人呢?

凌龙:刚才那位玩家走了吗?

鹿比:他这会儿不在。

一直跟在身边的小龙抖动了一下,然后很警惕地东张西望,确认目标不在才松

弛下来。

"我说你一个GM，就算他是个黑名，也不至于怕成这样呀。"

凌龙的职业礼节快要维持不下去了，情绪激动地反驳："谁……谁说我怕黑名了？！"

"那你怎么反应这么大？"

"我怕鸟！一切尖嘴的动物都好恐怖！我跟美术部门申请很多次删除这个头盔了，可他们就是不采纳！当初到底是为什么要设计这样一款外观，简直是报复社会！"

凌小路："……"

"那你应该很怕你们老总啊。"

"为什么？"

"因为他姓'嵇'啊。"

"再拿这个姓开玩笑您号没了信不信？"

凌小路不逗他了。

"不过你为什么会怕鸟啊？"

"我小时候被大鹅啄过！"

"鹅也算尖嘴动物？"

"还有鸡！还有鹦鹉！"

"那你该反省一下为什么它们都要啄你了。"

凌龙松了一口气："不过还好，这个头盔全服只有一个，能遇到也算小概率事件了。"

"也是哦，不过以后不会了。"

"哦？您是说以后都不会遇到他了？"

"不，我跟他加了好友，以后遇到就是大概率事件了。"

凌龙不解。

"我现在进城就是帮他买东西。对了，他刚刚说不会有人敢杀我了，是什么意思？"

凌龙这才注意到凌小路的头顶："咦？您被人锁定了？"

"锁定？"凌小路抬头，发现"赏"字上新插了一把刀。

"杀手如果在悬赏榜上主动'锁定'通缉目标，就表示这一单他要定了，那么其他人在动手之前，就要考虑清楚，抢了单，会不会反过来被杀手追杀的问题。如果杀手本身比较弱，锁定就没有意义，所以敢锁定的都不是寻常人。"

"如果锁定的人是鸠鸠呢？"

"那确实如他所说，不会再有人打您赏金的主意了。放眼整片大陆，应该没有什么人敢抢鸠鸠的猎物。"

"黑名都这么凶残吗？"

"他可不是普通的黑名。鸠鸠是内测用户，接触这个游戏的时间比我来公司的时间还要早。我也是听同事说，他从内测起就是令全服玩家闻风丧胆的人物了，经常守着枢纽地图开屠杀。客服每天都会接到关于他的投诉，监狱系统就是为此开发的，然而没有用，他即使进去也能越狱出来。"

"我怎么觉得你描述的跟我认识的不是同一个人，我觉得他很亲切很随和，还让我摸他的头盔呢。"

"您？摸了那个头盔？"

"别大惊小怪的好不好？"

"请不要用您摸过头盔的手摸我！会传染上鸟气的！"凌龙惊恐地躲开。

凌小路："……"

凌小路大摇大摆地进了镇子，到酒馆里开了传送点。

酒馆里人不少，他顶着醒目的标记进去，吸引了几乎所有人的注意力。

人们小声议论着：

"哎？这不是那个……"

"行走的一百万？"

"没错，就是他！"

"据说当时现场去了不少猎人，这都没死？"

"可他看起来不堪一击的样子，要不咱们……"

"嘘，别闹！你就没看看锁定的人是谁？"

"难怪那么多人铩羽而归，被那个人盯上了，还能活得过今晚？"

"突然觉得他有点可怜，才刚玩就要面对这个游戏里最恐怖的大魔王。"

可怜人看上去对自己的处境浑然不觉，还乐观地冲在座的玩家打招呼："嗨，这位大哥，能跟您打听点事吗？我想买食物和药水，要到哪里买啊？"

"这个，如果你用的话，跟这里的 NPC 买就够了。"

"不是我用，我帮朋友买，要最高级的那种。"

"那你就要去商铺，或者问问在场有没有炼金或烹饪专精的人了，直接跟玩家买，可以省掉交易税。"

"这样啊，那……"

凌小路环顾四周。

所有人都听到了他们刚才的对话，一个女生举手："我是高级炼金师，我可以卖你药水。"

凌小路开心地说："哇，谢谢你！"

又有人说话："刚做了一组羊排，你要吗？"

"羊排！听起来就好吃。"

凌小路跟两个人私下交易去了。

这时，有人气喘吁吁地出现在酒馆门口："不好了！鸠鸠来了，就在镇外！"

先前那位大哥拍桌而起，惊恐地指着凌小路："他是冲着他来的！"

凌小路一脸蒙："哈？"

其他人纷纷起身："快跑！不要被波及了！"

凌小路伸出手："等等！不是你们想的那个样子，你们听我解释！羊排大哥别走啊！羊……排……"

稽蒙上线习惯性打开行囊喂宠，却发现包里多了一堆来历不明的垃圾，想也不想便呼叫了客服。

"这是怎么回事？我的包里怎么多出这么多乱七八糟的东西？"

"稍等，我为您查一下。"

客服查询了片刻："您好，经过核实，您下午有为一位 ID 名为'鹿比'的玩家开放行囊共享功能，这些道具是由他放进去的。"

稽蒙一拍脑门，是了，他怎么把这家伙干的好事给忘了。

"想提醒您的是，您的行囊当前还处于共享状态，得到您授权的玩家在您在线的任何时间内都可以对其进行放入和取出的操作，存在一定安全隐患，请问需要为您关闭吗？"

"不用了，"稽蒙摆摆手，"谢谢你。"

好友面板显示对方位置在柒旺镇，也不知道这家伙在那边干吗。稽蒙刚打算传送过去，世界频道突然一阵躁动。

【世界】阿硕：大家千万不要去柒旺镇！鸠鸠正在追杀那个叫鹿比的人，半个镇子都被屠平了，大家一定要远离！！！

柒旺镇外，凌小路正愧疚地跟鸠鸠解释羊排长翅膀飞走的事，一个黑影从天而降。

凌小路大惊失色："小心！"

他的提醒明显是多余的，黑影的巨剑劈向鸠鸠，却劈散了一团黑烟，这个人居然是假的，而真正的鸠鸠不动声色地出现在偷袭者身后，只消一出手便能让偷袭者释放幽灵。

"等一下！"凌小路看清来人的脸，忙制止，"他是我朋友！"

鸠鸠的手停留在距离嵇蒙只有一厘米的地方，他手上也戴着类似鸟爪的手套，进攻时弹出的指甲锋锐无比，还淬着剧毒。

"他是你朋友？"鸠鸠重复地问了一遍。

凌小路情急之下脱口而出，不管愿不愿意也只能承认下来："勉强……算是……吧。"

"什么叫勉强算是？你再给我说一遍？"嵇蒙上前一步想去抓凌小路，却被鸠鸠的指甲劝退。

"别动。"

凌小路很想打嵇蒙——你有点垂死之人的自觉好不好？

鸠鸠扫了眼嵇蒙的头顶："看来你也没有你说的那么怕金名嘛。"

"金名有什么好怕的？像你这样的黑名才应该避而远之吧。"嵇蒙不屑地反驳。

凌小路忍不住开口："哇！大哥你少说两句吧！我怕下一句话你就要举牌表达了！"

"有我在，不会让你动鹿比的。"嵇蒙无视凌小路的劝告，反过来去警告鸠鸠。

"是吗？"鸠鸠也不解释，故意逗他，"你能怎么做，打赢我吗？"

打赢显然是不可能的，嵇蒙突然想到鸠鸠追杀的目的——

"他的赏金是多少？我给你双倍！"

"你疯了！那可是两百万啊！"凌小路喊。

"行，你把手拿开，我给你四百万。"

凌小路："啥？"

嵇蒙嫌弃地斜睨他："不过是什么人吃饱了撑的会拿一百万悬赏你？"

"你怎么不说是什么人吃饱了撑的会拿四百万赎我？！"

从面具下传来一声轻笑，鸠鸠指甲缩了回去，人也退后一步："我现在知道你为什么不怕他了。既然你朋友来了，我就先走了。"

鸠鸠身形隐去，化作一团乌鸦，呼啦散了。

嵇蒙没搞明白："他怎么钱不要就走了？"

凌小路说："你又在哪儿听的谣言？十个大汉围攻我，要不是鸠鸠我早就死去活来了。"

"那也要离他远点，这家伙有反社会人格，正常人哪有以在游戏里杀人为乐的。"

"现实社会压力繁重，还不许人在虚拟世界有点不同寻常的兴趣爱好了？真是的。"

嵇蒙大步迈到凌小路跟前，从头到脚将他打量了几遍："还有你，我才下线多久，你脑袋上的东西还敢多几样吗？"

"怎么啦？就许你头顶金光闪闪，不许我头顶金光闪闪？"

"金光闪闪？"嵇蒙鄙夷，"你叫'赏'吗？"

"不不不，"凌小路摇着手指，"那已经是半小时之前的事了，现在的我叫——'赏、刀'！"

他一副欠打的模样，惹得嵇蒙佯装拔剑要砍他。

凌小路愤愤地指着自己："你还要拿刀砍我？你怎么不问问我是因为谁才被悬赏的啊？"

嵇蒙把剑放下了："是谁悬赏你？"

"台词不对啊，你应该顺着我的话问，是因为谁才被悬赏的？"

"你到底是被谁悬赏的？"

"……"

凌小路服了："算了算了，告诉你吧，是寇霸霸。"

嵇蒙不信："窦寇居然舍得花钱悬赏你？"

"花你的钱，他有什么舍不得的？"

"怎么又成我的钱了？"

"你答应跟人家决斗又跑了，欠人家一百万，你还记得吗？"

嵇蒙稍加思索："哦，好像是有这么回事。"

"全服人都看见了，你别想赖账！"

"谁赖账了？我只是忘了而已。"嵇蒙想想气不是很顺，"还有，一直帮悬赏你的人说话，你到底站在哪一边？"

"我当然是站在公正的一边，绝不存在偏帮亲友！"

嵇蒙原本气呼呼的，听到这句话后脸色渐渐地缓和："你刚才说什么？再说一遍。"

"我说我站在公正的一边。"

"下一句。"

"绝不存在偏帮亲友。"

"那好吧，"嵇蒙得意之色溢于言表，"念在你把我当亲友的分上，不跟你计较了。"

凌小路："……"

嵇蒙在地上放了只蜗牛，又在蜗牛背上放了个更小的箱子。

"这是什么？"凌小路问。

"邮差。发过宠物邮件吗？"

凌小路知道"凌龙"也有这个功能，但他没试过。

凌小路问:"没有,你这是让它送什么?"

"当然是一百万了,难不成还要我当面转给他吗?"

"这这这……这么小一个箱子装得下一百万?"

嵇蒙嫌他大惊小怪:"邮包的体积肯定会根据宠物变化的,再说非战斗宠物本来体型就不大。"

凌小路盯着在地上……蠕动的小家伙:"可你用蜗牛当邮差,这得走多久啊?"

"那关我什么事,"嵇蒙一副事不关己的样子,"慢慢走总能走到的。"

在他们说话的过程中,蜗牛又向前蠕动了半米。

"你确定它不会把箱子搞丢吗?被路人捡了怎么办?"

"放心吧,它最多迷路,不会丢件的。"

"这哪里让人放心了啊?!"

嵇蒙懒洋洋地按着耳垂:"等我通知那边一声。"

嵇蒙:在?

窦寇:你敢上线了?说好决斗怎么又跑了?

嵇蒙:算我输行了吧,钱已经给你寄过去了。

窦寇:什么时候寄的?我怎么没收到?

嵇蒙低头看了看脚下的蜗牛。

嵇蒙:啊,寄出去有一阵了。

嵇蒙:不过邮差爬得慢,你最好别动地方,免得它爬了一半又要改变方向。

窦寇:爬得慢?你到底用什么寄的?

嵇蒙:蜗牛。

窦寇:(!)嵇蒙你居然用蜗牛给我发邮件??

系统提示:您已被该用户加入黑名单,无法发送私密消息。

解决完一个麻烦,嵇蒙抄起凌小路的胳膊,不由分说地把他往镇上拉:"现在去把你那些破烂给我卖掉。"

"破烂?明明是你卷款私逃好不好!"

"我?卷你的款?你那也好意思叫款?"嵇蒙毫不留情地吐槽,"我一上线打开包差点报警你知不知道?"

"太好了,报警抓走你这个卷款私逃的骗子!"

嵇蒙突然站住,后知后觉地问:"这镇子不对劲啊,镇上怎么一个人都没有?"

"大概都被鸩鸠吓跑了吧。"

"你看,别人都知道跑,就你傻乎乎地往上凑。"

"我……"

要不是打不过他好想打他哦。

稽蒙本想卖掉破烂带凌小路去买宠物来着，现在镇子里的人都跑光了，把他的计划打乱了。

稽蒙说："等下你卖完，跟我去隔壁镇。"

凌小路不禁说："干吗？我有事要下线一趟。"

"我刚上线你就下线，你故意的吗？"稽蒙为了尽快上线可是早早从他大伯家的餐桌上跑回来了。

"我要打电话。"

"游戏里也能打电话。"

"我要上天台打视频电话。"

"什么视频电话还要上天台打，你是要直播跳楼吗？"

凌小路："……"

他只好实话实说："我爸妈在飞船上工作，我妈关心我，每周五晚上都要跟我视频通话。"

"哦。"稽蒙看样子是信了，"天台又扮演了什么角色？"

"他们每天绕地球飞行一周，在 21:37 这个时间点上离我家直线距离最近，我上天台就更近了，四舍五入约等于见面了。"

"……"

稽蒙挑不出毛病来："那去吧，我在这儿等你。"

凌小路很想问稽蒙"你没别的事情可做了吗"，可时间快不够了，他赶紧读条下线。

刚要出门，凌小路想起脖子上的项圈，又匆忙折回去取了条围巾胡乱围上。

他火眼金睛的母亲大人——其实只要不瞎都看得见——果然对此不寻常举动表示质疑：

"夏天你围条围巾做什么？"

"晚上天台风大，怕吹着。"

凌妈妈有点诧异："我高中毕业的儿子都开始养生了？"

"是预备大学生好不好？这样听起来成熟一点。"

"成熟一点？我还没问你染的那个黄毛是怎么回事呢。"

"这个啊，"凌小路离近镜头，特地炫耀了下头发，"昨天刚染的，帅不？"

"像你小时候隔壁邻居养的那狮子狗。"

"妈……这是年轻人的流行色。"

"年轻人可不怕晚上出门见风。"

得,说不过她了!

母子俩有的没的聊了十分钟,凌小路坦承要回去打游戏了,因为他知道即便说回去读书,他妈妈也不会信。

再次上线,凌小路发现嵇蒙位置没变,居然真的留在原地等他。

只不过刚刚下线的时候只有嵇蒙自己,现在那里卧着一条巨大的飞龙,嵇蒙倚着龙坐在地上,手里拿着食物,在逗他那只短腿噜噜跳高高。

还是熟悉的一幕,还是熟悉的慈祥微笑。

凌小路没有第一时间暴露自己,而是暗中观察了一阵这样的嵇蒙,若有所思。

还是嵇蒙先发现了他:"你在那边干吗呢,上线怎么不吱一声?"

凌小路慢悠悠地晃过去,在他身边蹲下来:"我刚才在观察你,你让我想起我的一个初中同学。"

"他怎么了?很帅?"

"不帅也不丑,成绩挺好,也不打小报告,但就是没有同学跟他玩。"

"为什么?校园冷暴力?"

"因为他是我们学校一个非常凶的训导主任的儿子,虽然大家对他没什么意见,但看到他就想起他爸,不知不觉就敬而远之了。"

"幼稚。"嵇蒙不客气地评价。

"初中生嘛,能有多成熟,重点是……我看到你就像看到他一样。喂,"凌小路戳戳他,"你是不是平时在游戏里都没什么朋友,就总是这样跟宠物玩?"

"有……有吗?"嵇蒙难得有些慌乱,"跟宠物玩怎么了,宠物不好玩吗?"

凌小路一屁股坐到地上:"不过那个同学是别无选择,你为什么想不开非要用真名游戏?又是真名又是金名,就差在脸上写个关系户了,即便知道你们什么都没做错,但碍不住我们凡人就是有偏见啊。"

"你还知道你烦人。"

凌小路:这家伙怎么跟凌龙一个水平!

嵇蒙沉默了片刻:"用真名我乐意,也不算没有朋友,只不过那些人太轻浮了,不愿跟他们玩。"

凌小路从这句话中提炼出了有用信息:"你是说,别人一叫你哈尼,你就不愿意跟人家玩了?"

"差不多吧,难道你会喜欢交轻浮的朋友?"

凌小路眼睛越发明亮:"那是不是我继续叫你哈尼,你也会嫌弃我?"

想不到这竟是摆脱嵇蒙的捷径。

嵇蒙微顿:"不知道,你试试?"

凌小路用自己能想到最甜腻最恶心的腔调,摇着嵇蒙的胳膊撒娇道:"哈

尼……一起玩嘛……"

"行。"

"……"

凌小路愤愤摔开嵇蒙手臂："什么人嘛你，活该你没有朋友！"

嵇蒙强忍着笑，把凌小路从地上拉起来："走，去隔壁镇。"

"干吗？"凌小路没什么好气，但人还是跟着乖乖站起来了。

"买宠物。"

"怎么啦，那么多宠物都不够你玩？"

"你不是嫌我没有陆地坐骑嘛，正好你帮我挑一下。"

"我就随口一说，你那么认真啊？"

嵇蒙闻言回头，嘴角一勾："毕竟是我在这个游戏里为数不多的朋友提出的意见，怎么能不上心呢？"

"嘿！"凌小路服气，"嵇蒙你真不应该用真名的，赶紧买个道具改名，新名字我都帮你起好了，就叫'嵇寞'！"

隔壁风车镇地理位置的重要性不亚于源庭镇，也是商业极其发达的人口聚集地。凌小路在这里第一次见到了大型宠物卖场，就像凌龙说的那样，面积堪比若干个停车场的合集，七系宠物应有尽有。

卖场商贩们听说嵇蒙来了，无不摆出迎接大金主的殷勤姿态。在得知嵇蒙此行目的是要购买陆地坐骑后，纷纷拿出自家招牌坐骑供其挑选，凌小路有种陪大老板逛车行的错觉。

"我家主营野兽系坐骑，老虎、狮子、豹，什么属性品级的都有，骑出去倍儿拉风。"

"野兽系的太烂大街了，太子看看咱家的植物，食人花带你逛街酷不酷？还有南瓜车，能坐四个人呢。"

"不死系亡灵马了解一下，与众不同，彰显个性。"

挑剔的嵇蒙一个也没看上眼："就这些了吗？"

"这些还不够？"凌小路吃惊，"你看这老虎，多英俊啊！"

"骑虎难下，好看不好听。"

"那边的南瓜车也萌萌哒。"

"坐南瓜车，你以为你是小公主吗？"

"亡灵马那马蹄，冒蓝火的，嗨嗨嗨嗨嗨嗨。"

"全是骨头，你也不嫌硌得慌。"

凌小路不能忍了："这也看不上，那也看不上，那你来买什么坐骑啊？"

他俩在这儿拌嘴,旁边机灵的小贩猜出点端倪:"影鹿您二位感兴趣吗?跟这位小哥哥气质特别般配。"

这个推荐理由还真勾起了嵇蒙的兴趣:"是吗?拿出来看看。"

影鹿是暗元素属性的梅花鹿,通体乌黑,身上有荧光白的花斑。一对漂亮的鹿角,也是浸着幽暗光芒的,伴随头的动作,在空气中留下点点星光轨迹。

嵇蒙轻轻抚摸了它的角,似乎终于遇到一个能令他满意的。

"你觉得呢?"他问凌小路。

"我觉得上当受骗了,我的气质哪配得上它啊。"

这鹿不光好看,还很会讨人欢心,趁机在嵇蒙手心里亲昵地蹭脸,连凌小路看了都心痒想摸。

"我要了。你们这里有灵鹿吗?"嵇蒙问商贩。

对方面色为难:"这……灵鹿太稀有,而且难抓,暂时缺货,要不我帮你留意着?"

"不必了,我自己去抓。"

凌小路坐到了前面,他的注意力全被鹿角吸引去了,没有留意二人这样的姿势某些角度看着,很像他被嵇蒙抱在了怀里。

商贩意识到这可能是个大新闻,抢先截了张图,然后才问:"我能把照片拿去宣传店铺吗?"

"照片?"凌小路反身推嵇蒙,"朋友,寇霸霸会大变照片,你也会吗?"

嵇蒙冲商贩竖起手掌,对方立刻会意,调出光屏送到他手边。嵇蒙捏住上下边缘轻轻往侧方一划,照片就实体化了。

他把照片递给凌小路,递到中途扫了眼画面,改变路线自己收了起来。

凌小路伸手接了个空:"欸?不是给我的吗?"

嵇蒙重新给他弄了一张。

凌小路美滋滋地把它跟之前那张放在了一起。自从发现这游戏有专门的相册可以收集实体照片后,他的仓鼠症又有点小萌发。

"那一张是什么?"凌小路的相册被嵇蒙眼尖看到了。

"没什么。"凌小路心虚地用身体挡住,可他现在就坐在嵇蒙身前,对方想抢根本不费吹灰之力。

"我要抓个小朋友下副本?"嵇蒙斜睨着他,"你写的?"

凌小路东张西望:"就……随便P着玩。"

嵇蒙见凌小路眼神闪烁,知道一定还有事瞒着。他当着凌小路的面打开对方个人主页,看到自己的表情包被兴奋的吃瓜群众转发了十几万条。

凌小路黑嵇蒙的事情曝光了,想逃跑,嵇蒙双臂一伸如铁箍般牢固地抓住他,

别说翻跟头了,他连鹿都下不去。

"你给我等着。"嵇蒙给了他一个眼神警告,驾驭影鹿,来到"荒郊野外"。

嵇蒙把人抱下来,往一堆碎石边一放:"蹲着。"

凌小路别无选择,只好老老实实地蹲了下来。

"看镜头。表情委屈一点。"

凌小路委屈。

"再委屈一点。"

凌小路更委屈,他的委屈不是演的,他的委屈是真的。

嵇蒙终于眨下眼:"行了。"

他在凌小路看不见的面板上操作了一番:"这下扯平了。"

凌小路很想知道他到底干了啥,但是又不敢轻举妄动。

"你等我一下,不要乱跑。"

"在这儿?你去哪儿?"

"去采个道具。"

嵇蒙带凌小路来的地方是被誉为游戏内十佳美景之一的鹿潭,与影鹿属性相反的光系灵鹿就在此出没。

嵇蒙有了影鹿,想拿灵鹿配成一对。灵鹿天性谨慎、胆子极小,捕捉前必须设计用鹿儿酒将其灌醉。可鹿儿酒是限时道具,采集后只存在24小时,故只能随用随取。

凌小路待嵇蒙一走立刻打开他主页,发现两分钟前他如法炮制了一张表情包,自己无比委屈地蹲在地上,下书——

我就是那个小朋友。

凌小路:……幼稚。

嵇蒙的粉丝数跟凌小路的相比显然不是一个数量级的,这张幼稚的表情包刚发出去就被疯转,热评第一名居然还是广告。

@吴风:你们家的哈尼今天带着小朋友在本店消费了一只豪华双人坐骑影鹿[截图]。不愧是太子,眼光好,出手阔绰,重点是买宠物就来风车镇吴风宠物行,你想要的宠物应有尽有![坐标]

——影鹿!我梦寐以求的坐骑!

——我也想这么幸运,被哈尼抓去刷副本然后强制买坐骑。

——贵行的凤凰请帮我保留着,晚点我家哈尼带我去提。

——我来晚了,请问到哪里拿号?

凌小路:……幼稚!

他刚要关掉窗口，突然想起来他加好友后还没看过嵇蒙的朋友圈。

不过那个没什么朋友的家伙，朋友圈里应该也没什么……东西……吧……

凌小路瞠目结舌地盯着眼前的页面，对自己方才的臆想表示抱歉。

这个嵇蒙不仅发朋友圈，而且还是个朋友圈屠版者。每天少则三五条，多则十几条，发的内容也千篇一律，全是各种宠物的九宫格。有几组九宫格凌小路甚至都不好意思评价，根本就像把一张照片贴了九次！

敢情嵇蒙每天在游戏里的娱乐就是玩宠物、喂宠物、拍宠物、秀宠物……传说中网游里的单机玩家大概就是他了。

凌小路对嵇蒙的认知又刷新了：

刷屏狂魔·嵇蒙。

截图狂魔·嵇蒙。

秀宠狂魔·嵇蒙。

三位一体。

凌小路刷了半天朋友圈也不见嵇蒙回来，起身四下观望，后知后觉地发现自己所处位置风景极其秀美，青山碧潭，相映成辉。在花草芬芳间，还隐隐约约掺杂着一丝难以名状的香甜，若有若无地在凌小路鼻息间游荡。

"奇怪，这是什么味道，好甜啊。"他循着香气向下，越接近潭边，那味道便越浓，直到他见到了源头。

那是一座不属于大自然的、人工修建的白色理石矮坛，从外观看，很像是公园里给鸟饮水的那种水池，而此时，正有几只小鸟停留在坛边梳理羽毛。

凌小路不想打扰鸟的休憩，却又抵挡不住对香气的好奇。他悄悄接近，在距离一米处深吸了一口气：好甜——

是植物受阳光雨露孕育，结出的鲜艳果实，那果实又发了酵，将清甜的果香以另一种浓郁的状态散发出来，是走过整整一个四季才能酝酿出的天然酒香，引来路过的生物驻足陶醉。

鸟的反应都比平常迟钝了许多，不速之客近在咫尺了才想到要飞走，在空中七扭八歪地扑扇了几下翅膀后，不堪重力跌落柔软草地，又挣扎着爬起来，摇摇摆摆走了几步。

凌小路无暇在意鸟，在试探着掬起一捧透明液体浅酌后，瞬间被那直达心脾的沁甜彻底征服了。

离争赶来时见到的就是这样一幅景象，地上横七竖八地躺着几只鸟，他留下的鹿儿酒见了底，一个金发少年趴在酒池边上，脸颊绯红，双目紧闭，却唯独不见鹿的踪影。

他微微蹙眉,上前查看,疑似熟睡的少年却摇摇晃晃地坐了起来,眯着眼睛打量他。

"是你呀,"凌小路痴痴地笑起来,"我记得你,你是那个……整容怪。"

离争脸色不变,他当然也认出来这个人是谁。

"你怎么会在这里?"

凌小路回答:"我?我是……骑鹿来的。"

"我的酒是你喝的?"

凌小路呆呆地坐了会儿,又呆呆地扭头看池子,似乎做每个动作前都要考虑半天这个动作的意义。

"是呀,好喝。"他停顿,"还有吗?"

离争心底疑惑更深,他可不记得鹿儿酒还有醉人的功效。

可凌小路展现出来的又是典型的醉酒反应,想不明白的他叫来了自己的专属客服:"我想问一下,玩家喝了鹿儿酒会有什么反应?"

"您好,鹿儿酒是游戏内捉宠道具,普通玩家喝了不会有特别反应呢。"

客服说完才发现凌小路的存在,警觉地意识到发生了什么事,一个激灵:"但是!"

离争被她突然拔高的音调微微吓到:"但是?"

"极个别体质特殊、对酒精极其敏感的玩家误饮鹿儿酒后,是有可能出现类似于醉酒的症状呢,所以我们不建议玩家饮用。"

"那要是不小心喝了,而且喝醉了呢?"

"也没有大碍,跟现实中一样,睡一觉就好了。"

打发了线上,客服友情通知自己的同事:"不好啦!你家鹿比要被我的客户抓走了!"

"什么?!"

离争蹲下来:"谁送你过来的?有没有人能接你?"

醉酒的凌小路嘴角始终保持无意识的上扬:"你……你好像仙侠小说里的人哦,你会御剑飞行吗?"

"你能自己下线吗?或者你有地方住吗?"

"当我师父,教……我御剑飞行好不好?"

凌小路始终答非所问,离争束手无策,想起身时,却发现自己衣襟被凌小路抓住了。

"你不教会我,我就不……不让你走……"

离争倒是能直接传送离开,但把一个喝醉的人丢在这里似乎不太好。

犹豫再三，他把人打横抱起来。凌小路喝醉说胡话，身体却软趴趴的，没有丝毫挣扎。

这不是凌小路第一次距离争的脸这么近，但这一次的他喝醉了什么都敢说。

"你的脸，花多少钱……整的，我也要攒钱……整一个，真好看……不过相比之下……我更喜欢……鸟头，有了鸟头，就不用整容了，嘻嘻……"

凌龙就是这时连接成功的，听到"鸟"字，差点又吓了回去。

他已经做好实在不行把人踢下线的最坏准备了，可还是迟了一步，他眼前场景一变，随凌小路一起被迫传送到了离争家。

嵇蒙好不容易采满鹿儿酒回来，人却不见了。

打开好友面板，鹿比还在线，所在位置却显示在北邙。

北邙距鹿潭十万八千里，普通玩家过去也要大半天，更别说没有坐骑不会传送的凌小路了。

嵇蒙开启了疯狂私密模式。

嵇蒙：你人呢？

嵇蒙：不是说别乱跑？

嵇蒙：你怎么在北邙？？？

嵇蒙：你是怎么过去的？

嵇蒙：有人绑架你吗？是为了赏金吗？

嵇蒙：快回话！！！

此时的凌小路，在睡梦中痛快畅饮鹿儿酒，口中喃喃呓语："真香……"

嵇蒙左右等不到回复，干脆使用好友传送，却被告知"你无权访问该好友所在的区域"。

他以为是系统bug，又试了几次，每一次都得到同样的反馈。

心急如焚的嵇蒙也招来了客服："为什么我的好友传送功能用不了？系统提示我无权访问？"

"您好，发生这种情况可能是由于您的好友所在位置并非公共区域导致的。"

"非公共区域？他一个新手能去什么地方？"

"这类区域还是比较多的，譬如说副本、监狱、活动地图、私人住宅等等。"

嵇蒙想不出以上任何一个可能跟凌小路有关的地点，光瞬间出现在千里之外这一点就很可疑了。

"我给你名字，你能帮我查他的坐标吗？"

"抱歉，这属于用户隐私，我也爱莫能助呢。"

"那如果是特殊情况呢？我朋友不回我的话，我怀疑他遇到危险。"

"如有违反游戏公约的情况发生,用户面板会自动出现呼救按钮,您不必紧张。"

"就是说你什么都做不了呗?"嵇蒙第一次痛恨自己这个人人口中的"特权阶级"没有特权。

嵇蒙的客服毕竟还是偏心他的:"或许您可以从您朋友所在的位置获得线索。在极短时间内移动到远距离的地方,通常情况下只有金名才做得到这一点。"

"金名?北邙……"嵇蒙确定在哪里听过,就像他住东野也不是什么秘密,"离争?"

北邙终年由白雪覆盖,由于地理位置偏僻,发达程度远不如其他地区。

离争不接收陌生人消息,嵇蒙不得已又上世界频道悬赏了一波,才得到离争家坐标。

可想而知,吃瓜群众又有题材大展身手了,最没想象力也是大家公认最合理的——哈尼与男神大打出手,不慎落败后,再次登门求教。

当然"登门求教"是婉转说法,出镜率更高的词语是"杀上门去"。

若不是离争住所实在太远,恐又将成为众人的空降目标。

"杀上门去"的嵇蒙却连离争住宅的大门都没踏进,这游戏并没有私闯民宅的选项,他想访问必须获得房屋主人的授权。

可离争认定嵇蒙是凌小路的敌人,连解释的机会都不愿给他。

"你听我说!"嵇蒙再一次按响离争家的对讲,"我不是来追杀他的,我们已经和好了!"

"证据呢?"离争在光屏另一边问。

"你叫他来!我当面跟他说就是证据了!"

"他现在不方便说话。"

"不方便说话?"嵇蒙气急败坏,"你到底把他怎么了?离争,你要是敢碰他一下……喂!喂?"

离争切断对讲,可不出数秒,嵇蒙又在疯狂地按门铃。

他无可奈何地接通,打算给予对方最终警告:"你到底……"

屏幕上的嵇蒙一言不发地举着一张照片,照片上两个人同乘一匹影鹿,看起来确实关系亲密。

"……"

离争开门放行:"进来吧。"

嵇蒙一进门就大步流星往里冲,挨个房间寻找凌小路的身影。

"你把人藏到哪里去了?"

"我没藏,"离争随手一指地上,"他在那边。"

嵇蒙顺势一望,发现凌小路趴在一匹硕大的白狼身上,双臂搂住狼的脖子,流着口水睡得正香。

"他喝了我留的鹿儿酒,醉了,我只好把他带回来。"

"鹿儿酒?喝醉?他?"嵇蒙一脸不信。

"我问过客服,她说对酒精极其敏感的人是会这样。"

嵇蒙今天真是见到体质奇葩的人了:"既然这样,我先带他回去了。"

"等一下。"离争还没有百分之百相信他,"虽然你有合影,但我亲眼见到你攻击他也是事实,我怎么确定你没有强迫他?"

"我强迫他?"嵇蒙又想发火,硬生生忍住了,"那你要我怎么证明?"

"客服说他睡一觉就会醒,你已经确认他安全,可以回去了,明天他醒来后我会送他走。"

"不行,"嵇蒙斩钉截铁地拒绝,"我今天一定要带他走。"

"除非我听到他亲口同意。"

"这个简单。"

嵇蒙走到凌小路身边叫他:"鹿比,鹿比醒醒!"

凌小路依然熟睡,嵇蒙想伸手去拍他,趴在地上的白狼突然抬起头冲嵇蒙露出獠牙,嵇蒙及时缩回了手。

"喂,离争,把你的狼收了。"嵇蒙不满道。

"收了他就睡在地上了,你不怕他着凉吗?"

若是换个人来嵇蒙才不信,可凌小路,是在游戏里也能着凉发烧喝鹿儿酒都喝醉的体质,他亲眼所见,不敢不信也不得不服。

好在狼的动作反倒唤醒了凌小路,他迷迷瞪瞪地睁开眼睛,眼神失焦地分辨着蹲在面前的人。

"鹿比,认得我是谁吗?"嵇蒙伸手在他眼前晃。

凌小路嫌那晃动的手影烦,一把抓住:"认得,你是……你是秀宠狂魔。"

"秀?秀什么?"嵇蒙莫名其妙。

凌小路又叽里哇啦说了一堆,称其为中文都很勉强了,嵇蒙根本一个字都听不懂。他失去耐心,反手扣住凌小路手腕:"跟我回家。"

"不回!"凌小路醉归醉,回绝得倒十分干脆,"我不要跟你走!"

嵇蒙咬牙:"不要耍酒疯了,快跟我回去!"

"我要跟我师父在一起!"

"你什么?"

嵇蒙难以置信地扭头质疑离争,可离争表情云淡风轻,嵇蒙甚至分辨不出这是一句醉话抑或是真话。

他只好转回头,"微笑"着劝说凌小路:"你忘了是谁带你去买影鹿,还带你去抓灵鹿吗?"

凌小路想了想:"是你。"

"没错,我们还拍了照片记得吗?"

"照片……"凌小路拉了个长音,"是你强迫我拍的。"

嵇蒙震惊。

"我什么时候强迫你拍了?明明拍了之后你很喜欢还让我帮你取像的!"

离争有了动静:"我看你还是离开吧。"

"不是!他骗你!我没有……"嵇蒙恍然大悟,"他说的是另一张照片,不是我给你看的那一张,我没有强迫他……鹿比!"

嵇蒙见离争要下逐客令,不由分说地抓住凌小路的胳膊:"你跟他说清楚!"

"不要!放开我!"凌小路胡乱挥舞着手臂,"你再抓我,我就告你家暴了!"

嵇蒙手下一顿,脸上的表情由于这两个字起了明显的变化,愤怒中夹杂着三分得意,得意中又暗含着三分克制。

凌小路继续说:"你个臭小子,连你爹都敢打……"

嵇蒙的复杂表情僵在脸上,脸色越来越黑,直接弯腰要去抱凌小路:"再不走我真的动手了!"

凌小路死活不给他抱,满口胡言乱语:"我要跟 GM 投诉你!GM 呢?"他东张西望找到了凌龙,"在这里!我……我要投诉这家伙,快,封了他的号!"

凌龙瑟瑟发抖,面对两个警觉性超强的金名玩家,卖萌、发呆、空中盘旋。

凌小路粗暴地握住凌龙的身子前后摇晃:"你快管管……"

嵇蒙从他手里抢过风息翼龙,扔到一边:"你喝多了,这是你的小宠物!"

凌龙被扔出去后又乖乖地飞回来,卖萌、发呆、空中盘旋。

"不可能!这就是 GM,不信你找只……找只鸡来,把他吓出原形……"

"你再不走我只能送客了。"在闹剧中始终置身事外的离争淡淡开口。

"等等!再给我一分钟!"嵇蒙被逼无奈,只能使出撒手锏了。

他背对离争,不让离争看到自己手里拿的是什么东西,然后说:"鹿比?你看看这是什么?"

凌小路努力定睛,认出了嵇蒙手里的宠物忠诚丸子。他立刻咧开嘴:"嘻嘻,好吃的。"

"想要吗?"嵇蒙引诱他。

凌小路重重地点了两下头。

"那你告诉他,我跟你是什么关系?"

"朋友。"

嵇蒙得意地回头瞄了眼离争,宣告自己的胜利。

"我还有很多,跟我回家吧?"

"嗯,好。"凌小路又点了下头,挣扎了两次都没爬起来,朝嵇蒙伸出双臂求助。

嵇蒙配合地矮身把凌小路背起来,这一次没有遭到离争的阻拦。

凌龙也乖乖地飞起来,敬业地扮演一个贴身小宠物。

"打扰了。"嵇蒙面无表情地丢下一句,带着凌小路跟凌龙一起传送回到他在东野的家。

忠诚丸子只是嵇蒙拿出来哄骗凌小路的,给是肯定不可能给的,就像凌小路说过的那样,喂他吃狗粮,万一中毒了呢?

但凌小路可就不干了,借着酒劲非要找出丸子不可。

嵇蒙把凌小路两只不安分的手扣住,凌小路挣脱了几下挣脱不开,又开始使用语言攻击。

"金名了不起吗?金名就可以……随便抓人吗?金名就能……言而无信吗?放开我,我要……截图,发动态,揭穿你的恶行……"

嵇蒙刚刚还在犹豫要不要把他的手绑起来,现在已经在考虑怎么把他的嘴封起来了。

然而嵇蒙只能想想,对喝醉酒不讲道理的小孩只能靠哄:"鹿比,小鹿比?"

凌小路发出很像小猫咪呼噜的声音:"呜……"

"你乖乖到床上躺着,我就给你吃。"

凌小路安静了一会儿,处理这句话的逻辑关系:"真的?"

"真的。"

凌小路信了他的话,乖乖躺下,不闹了。

嵇蒙松了口气,在想后面怎么应付过去时,就听凌小路口中嘟囔。

"我才不要……"

后面的句子囫囵一团,嵇蒙听不清楚,便凑近了些,耳朵几乎贴在对方嘴边了。

"你说你不要什么?"

这回嵇蒙听清了,凌小路说的是——

"我说我才不要被你拍九宫格发朋友圈,丢死人了。"

嵇蒙不解。

他什么时候说过要拍凌小路的九宫格发朋友圈?

可再定睛一看,凌小路居然睡着了,嵇蒙手中三番五次犹豫才掏出来的忠诚丸子也失去了用武之地。

被醉酒的凌小路这么一闹腾,嵇蒙感觉比下整整十趟副本还累,但看到他安静熟睡的模样,刚才想打人的念头又飞到了九霄云外。

尤其是那一头淡黄色的毛，从发根到发梢都透露着乖巧。偷偷摸一摸，手感柔软，跟想象中一模一样，嵇蒙没忍住又摸了两把，要是他醒着的时候也能像现在这样无害该多好啊，可惜清醒的鹿比简直是个气人精。

刚刚他说什么来着？拍九宫格发朋友圈？

嵇蒙受到了启发……

嵇蒙发完朋友圈，一抬头吓了一跳，他养在屋里的宠物在床边围成一圈，好奇地打量着他们两个。

游戏里越高级的宠物 AI 智能等级越高，嵇蒙的收集都是极品，据说智力水平约等于三岁儿童。

是不是真的嵇蒙不知道，他只知道这些宠物淘起气来气人程度不亚于熊孩子。

"不许吵他，听见没有？"嵇蒙低声警告它们。

大家没什么反应，有几个还趁机划着小短腿爬上了床，也不清楚它们到底听懂了没有。

凌小路醒来时也被吓了一跳，头顶一二三四五，五只大脑袋围成圈，兴致勃勃地打量着他。

"哇啊啊啊啊啊——"

凌小路没有在游戏中醒来的经历，一时间以为自己进了妖怪洞，吓得哇哇乱叫。

直到他的余光扫到眼前的虚拟面板，才意识到自己可能还在游戏里，叫声戛然而止。

"这是哪儿啊？"凌小路没见过这场景，更没见过这些宠物，放眼望去，有身材肥硕的松鼠、身材肥硕的企鹅、身材肥硕的兔狲……像一个个圆滚滚的球，虽然不认识它们，但这养宠风格有点眼熟。

"凌龙？凌龙你在吗？"

回答他的是凌龙的对话框。

凌龙：我在这里！快点救我！

凌小路四下寻找，终于在一只巨大肥啾屁股下面发现一截拼命扭动的银色尾巴。

这肥啾坐着都比凌小路高了，翅膀却只有小小的一点，凌小路深切怀疑它要怎么飞起来，搞不好根本就不会飞。

他使尽全力，终于将肥啾抬离床面一点点，可算把压在下面的凌龙解救出来了。

"终于出来了！差点没把我压死！"凌龙扭头一看肥啾的脸，又吓得躲到凌小路身后去，"我的妈呀！"

"我这是在哪里？"凌小路至今一头雾水，他最后的记忆停留在潭边，怎么一

觉醒来就在屋里了?

"您说呢?"凌龙痛心疾首地诉苦,"我赌上全身力气踹您的那一脚,也只将您到东野的时间延缓了不到十个小时而已。"

"这里是……东野?我在……嵇蒙家?"

凌龙双爪一抖甩出一副对联,上联是"虽然不愿承认但这是事实",下联是"即便值得同情可您也活该",嘴里叨着横批,"这个游戏充满惊喜"。

"……"

凌小路假装字太小看不清,说:"既然在嵇蒙家怎么不见他人?"

凌龙吐了横批:"如果他在线的话,我还敢这么肆无忌惮地跟您交流吗?恕我直言,如果哪一天我不慎没有保住您,罪魁祸首一定是您的这张嘴。"

凌小路隐约有了印象:"我想起来了,我在潭边喝了一种水,特别好喝。"

"那不是水,是鹿儿酒,灵鹿喝了会醉,玩家只有这时才能接近它。鹿儿酒对人类来说,充其量就是酒精含量很低的果酒而已,我冒昧地问一句您在现实中是不是酒量特别差啊?"

"我怎么知道,我才刚满十八岁。"

"所以昨天竟然是您第一次喝酒吗?"

"不对啊,"凌小路捂着额头,"不是说宿醉后头会很痛吗?怎么我一点头疼的感觉都没有?"

"您是在夸奖我司技术人员业务精湛吗?"

"那我喝醉后没遇到什么过分的事吧?"

"您放心,在未经得您允许之前,没有人能对您做出出格举动。"

凌小路松了一口气。

"总之,我拜托您,如果不想暴露的话,一定不要再随便吃喝来历不明的东西了!"

凌小路什么都不记得了,就记得那酒着实好喝。

"唔,我尽量吧。"他含糊地敷衍。

凌小路跳下床,五只动物也连贯跟在身后,看起来就像身后拖了一截火车。

他还从来没见识过土豪的住宅,好奇是肯定有的。随便推开一扇门,发现这里是一间藏品室,激光交织组成一个个巴掌大的浅格,每一个格子里悬浮着扑克牌大的卡片。房间的光线是暗淡的,卡片边缘散发着明暗不等不同颜色的幽光。

凌龙跟在后面解说:"这是宠物图鉴卡。光的明暗代表宠物稀有程度,颜色对应着宠物的属性。图鉴收集是捉宠的第一步,只有拥有图鉴,才能驯服对应的宠物。"

凌小路问:"我能拿出来看吗?"

"可以的,游戏里的道具既不会损坏也不会弄脏,不需要防火防盗防熊孩子。"

凌小路就近取了一张,是不死系的水幽灵卡。卡片上方是宠物图像,下方有宠物的属性值、可学技能、捕捉地点等等信息。

他把卡片平放,卡片上空浮现出宠物的全息投影,缓慢旋转的同时做着各种动作,甚至还有声音效果。

"有趣。"

凌小路把卡片放回去,卡片自动悬浮在原处。他又换了一个房间,居然还是藏品室。

这个房间里收藏的是各式各样的迷你娃娃,跟宠物同款的娃娃们被整齐地陈列在玻璃柜里,宛如一间手办陈列馆。

"娃娃没有什么实际作用,纯粹是做出来满足玩家收藏欲的。女性玩家尤其喜欢,买起娃娃来真是不亦乐乎,个别稀有娃娃甚至被炒成了天价。"凌龙摇摇头,语气中充满了一个直男的不理解。

凌小路原本觉得自己有仓鼠症,跟嵇蒙一比,简直是小鼠见大鼠了。

有东西拽凌小路的裤子,他低头一看,是一只身材圆滚滚的松鼠。

凌小路指了指自己:"……你在叫我?"

松鼠继续拽。

"有事?"

松鼠拽着他往某个方向拉,其余几个宠物看起来也一副跃跃欲试的模样。

凌小路被一群宠物簇拥着向前走,直到被带到一个柜子前。松鼠终于松开他,使劲拍了拍柜门。

凌小路问:"你要我帮你打开这个?可以开吗?里面是什么?"

松鼠又用力拍了几下作为回答。

别看这松鼠手短,力气可是不小,柜子被它拍得咣咣摇晃,凌小路都担心被它暴力破解了。

凌小路轻轻一拉,柜门就开了,松鼠第一个跳了进去,后面四个也兴奋地一拥而上,在柜子里搜罗出各种食物,大吃特吃。

凌小路:"……"

敢情骗我过来就是为了给你们开柜门偷吃?

不过……那些东西看起来确实挺好吃的。

凌小路情不自禁咽了下口水。

嵇蒙在卧室上线,发现原本睡在这里的人和宠物都不见了,倒是屋外有窸窸窣窣的动静传来。

凌龙强行按捺住对肥啾的恐惧,用尾巴拼命抽打凌小路,打得凌小路不耐烦了。

"好端端你打我做什么呀？"

周围突然安静下来，凌小路也意识到哪里不妥。

嵇蒙来到食物储藏室门口，六只围聚在一片狼藉的储物柜边的偷吃贼齐刷刷扭头盯着他，十二只瞪大的眼珠中充满了干坏事被抓包的惊恐。

第五章

想做什么？

空气凝滞一秒、两秒、三秒……所有在场生物像被施了定身咒一般维持着被抓包瞬间的姿势，一动不动，滑稽可笑。

骨碌碌——一颗榛子滚到了地上，时间恢复运行。

凌小路飞速举起手指着松鼠："是它干的！"

几乎在同一时间，五只短手整齐划一地指向凌小路，其中甚至包括了那只小到可笑的翅膀。

凌小路：……这群忘恩负义的浑蛋。

嵇蒙面色不善地朝他们走来，动物们一哄而散，只留下"罪魁祸首"等待被屋主兴师问罪。

"我真的是从犯啊，你不要信它们，我……"

嵇蒙举起手，凌小路以为自己要挨电，吓得闭上了眼。

没等来想象中的电流声，反倒是嘴角边被人重重抹了一下。

凌小路偷偷把眼睛睁开一个缝，嵇蒙在离自己很近的地方黑着脸。

"都吃脸上了！"他不怎么客气地数落。

凌小路赶紧把整张脸胡乱抹了一遍，装作无辜状："我肚子饿了，也没找到你这儿有别的吃的，要是有的话我也不至于……"

嵇蒙一言不发地打开隔壁的储物柜，里面装满各式各样的食物和材料。

"……要是早知道那里边有吃的我肯定就不开这个柜子了。"凌小路流利地改口，若不是听内容根本听不出来这是两句话。

嵇蒙不屑拆穿他："我给了你这间屋子同居人的权限……"

"同……同什么人？"

"屋子里所有的东西你都可以拿，我包里的东西你也可以吃，但是——"他加重字音，"外面来历不明的东西绝对不许乱吃！"

"我没吃……"

"也不许喝!"嵇蒙气冲冲地打断凌小路,"你知不知道自己体质特殊?"

"我?体质特殊?有吗?"

"鹿儿酒你都能喝醉,下次万一吃了不明不白的东西被毒死了呢?"

"那你们公司就要赔很多钱了。"凌小路不假思索地接道,接完就后悔,因为嵇蒙确实一副很想打他的样子。照这个表现推测,估计自己前一天晚上没少折腾。

"我也不知道那个喝了会醉,我喝醉后是不是给你惹了不少麻烦?"

"你说呢?"

凌小路也怪不好意思的:"那怎么做才能让你消消气?"

嵇蒙原本没什么想法,余光扫到凌龙,突然想要以其人之道,还治其人之身。

"行啊,那我要打你那条迷你风息翼龙的屁股。"

凌小路毫不犹豫地抓住凌龙,送到他面前:"给。"

凌龙:"……"

嵇蒙:"……"

"别客气,动手吧。"凌小路热情地把凌龙往嵇蒙手里塞。

嵇蒙没兴趣真下手:"你也答应得太爽快了吧?"

"这话说的,你打他屁股,我又不疼。"

嵇蒙后悔了,他应该提出要打迷你风息翼龙主人的屁股!

"不过有个问题我早就想问了,你这小宠物是哪儿来的?"嵇蒙盛情难却地接过风息翼龙,拎起来左右打量。

风息翼龙是资料片新宠,游戏里目前尚不多见,而他第一次见到凌小路时,这条小龙就跟在身边。

好在柯经理早就对此交代过,凌小路并不慌:"一次性购买手环加豪华版资料片客户端送的,新玩家福利,你买你也有,不过估计你看不上。"

嵇蒙不疑有他,把风息翼龙还给凌小路:"这次就算了,下次可别再耍酒疯把这小龙当GM了。"

"啊?我我……我把他他……他认成GM?"凌小路惊慌,"我怎么可能那么蠢的?"

"你还追着它让它封我的号,真后悔没录下来给你看!"

凌小路这才意识到自己可能与"失去自由"在0.01毫米的距离擦身而过,喝酒误事这句话真是诚不欺我。

"多谢朋友不录像之恩!"

凌小路这句话说得相当真诚,真诚到嵇蒙有些后悔,为什么不录?录了以后就有素材嘲笑他,兴许还会被软声软气地哀求删掉——"你把人家的黑历史删掉好

不好……"

"不好。"嵇蒙板着脸说。

"什么不好?"凌小路见嵇蒙又在神游,伸手推醒他,"你没喝酒吧?"

回神后对上凌小路探究的目光,嵇蒙故作无事:"算了。"

以这家伙搞事的频率,以后肯定还有很多机会拍到他的糗态,这次就算了。

凌小路更莫名其妙:"怎么就算了?"

"你打算去哪儿?"

凌小路:……我们真的是在同一个时空内对话吗?

"什么叫我打算去哪儿?"

"我等下要出门,你想去哪儿我送你。"

两个人的频率总算对接了一次。

"你有事就去办呗,还特地上线一趟。"凌小路例行客气。

嵇蒙想上线看看人怎么样了,话到嘴边就变了:"我当然要上来……看看你有没有偷吃!"

"……"早知道就不跟他客气了,可凌小路又无法反驳,因为他确实偷吃了,还被抓个正着!

"去哪儿……我也不清楚啊,要不你送我去新手能做任务的地方吧。"

嵇蒙沉默,还在沉默,依旧沉默。

凌小路搞不懂了:"这个要求有这么难,需要想这么久吗?"

嵇蒙被戳到痛处:"我在想,我怎么知道,我又没做过新手任务!"

"那你刚进游戏的时候都做些什么啊?"

"抓宠物宝宝,刷怪。"

"还有呢?"

"继续抓宠物宝宝,继续刷怪。"

凌小路痛心疾首:"你大伯送了你金名玩家的戒指,你却活得像个外挂,你对得起贵公司加班的程序员吗?"

嵇蒙再次沉默片刻:"那你也别做任务了。"

凌小路不解。

"等我上线了一起做。"

凌小路震惊。

"你那是什么表情啊?"嵇蒙强行解释道,"我的意思是听说这游戏的任务很难,有很多都要组队完成,就凭你一个人根本做不了!"

"新手任务我一个人怎么就做不了了?你不要小瞧人。"

"我有说错吗?我下个线你就被通缉了,我离开一会儿你就喝醉了,只要我一

103

不在你就会惹事！"

凌小路不服："才不是你一不在我就会惹事，你在的时候我照样会惹事！"

"你……你还很骄傲了是吧？"

"就骄傲了怎么着？不服憋着！"

嵇蒙憋着一肚子气把（自认为）离了他寸步难行的凌小路送回到源庭镇。

凌小路见嵇蒙开始读条下线赶紧喊道："喂！你把你家同什么人的权限取消，我再也不去什么东野了！"

嵇蒙："哼！"

凌小路：……又来了又来了！猪精转世！

"你是不是自己不会取消？"嵇蒙反问。

"这个还能自己取消？怎么取消？"

得知他不会嵇蒙放心了，别过脸继续读条下线，摆明了不想告诉他。

凌小路好气，只能趁嵇蒙下线前最后一秒抓拍到对方梗着脖子的蛮横模样，再一次P成表情包发到主页：

我们一起学嵇叫，一起哼！

他凌小路已经今非昔比了，粉丝过万，新晋网红，只要表情包发得够快，太子嵇斗图就赢不过他！

常欢禧比约定时间晚了半个小时才等到嵇蒙出现，说："怎么这么晚？又上游戏喂宠了？"

嵇蒙心情不快中，说："没有喂宠。"

常欢禧见他否认了喂宠却没有否认上游戏，深感离奇：嵇蒙不喂宠，猪都能绝种！

"出啥事了？看在我等你半个多小时的分上，快说出来让我乐呵乐呵。"

嵇蒙心气不顺，被人一追问，便一五一十地把凌小路对他的塑料朋友情说了。

常欢禧理智地分析："也可能人家根本就嫌弃你，不想跟你产生接触呢？"

"不可能！"嵇蒙否认得很干脆。

"你怎么这么肯定？"

嵇蒙认真地回忆了二人的相处细节，抛出了强有力的论据："他亲口承认跟我是朋友了。"

这下轮到常欢禧一脸嫌弃："亲口承认是朋友又怎样，你家游戏里叫你哈尼的人多如过江之鲫，不也都是嘴上爱死你，心里骂脏话？"

嵇蒙沉默了下："这次不一样。"

"那这样，你当时原话是怎么说的，你跟我描述一遍。"

"我就说……'任务很难,就凭你一个人根本完成不了',这句话哪里不对了?"

"话是没错,但你不能好好说吗?"

"我怎么没好好说了?"嵇蒙不满地反问。

"来,跟我学,"常欢禧一字一顿教道,"我想跟你一起组队做任务。"

"……这么简单的话谁不会说?"

"都是汉语,你可以的,试试看!"

常欢禧对着他拼命打"来一个"的手势。

嵇蒙:"……"

他清清喉咙:"我想跟……跟你……"

嘴唇有点干,他舔了舔,左顾右盼。

"别东张西望,看我。"常欢禧不许他眼神逃避,"看着我的眼睛,真诚地说。"

嵇蒙被迫与常欢禧四目相对:"我想……我想……"

嵇蒙语塞,两个人只剩下对眼,最后是常欢禧坚持不下去了:"你还是别看我了,我怕你看上我。"

嵇蒙赌气地扭过头去。

常欢禧心里苦,如果天底下只有一个人能跟嵇蒙做朋友,这个人为什么偏偏是他?

游戏里,终于重获自由的凌小路飞奔进宠物交易所,把积攒的天赋丸子全数吃掉,习得几样有用的近身技能。

风怒:被动技。有一定概率在攻击时触发双倍伤害,2.5 秒内最多触发一次。

吸血:被动技。将物理攻击造成伤害的 15% 转化为自身血量。

阳炎:被动技。有一定概率闪避物理攻击,并在瞬间产生多个幻影迷惑敌人,15 秒内最多触发一次。

隐匿:与环境融为一体,不易被发现,任何形式的主动攻击或受到伤害均会解除效果,隐匿状态下第一次物理攻击必定暴击。持续时间 30 秒,5 分钟冷却。

这四个技能最大的优点是玩家宠物共有,不需要做掩饰,前三个被动技不用绑定动作,最后一个隐匿被设置成食指放在唇边无声触发,毕竟谁也不会在隐身前大喊一声:"我要隐身了!"

学完技能,钱包见底,但凌小路依旧很满意:我变穷了,也变强了。

源庭镇还是那么热闹,尽管是在线人数相对较少的上午时段,商业街依然繁华,叫卖声谈笑声此起彼伏,顶着绿名走在人群中的凌小路倍有安全感——如果忽略掉那个"赏"的话。

人多避免了凌龙的聒噪,但这并不影响他在凌小路全息对话屏上肆无忌惮地刷屏。

凌龙：想了解游戏最新动态吗？想不错过大陆最火资讯吗？那就快快打开新闻板，掌握一手热点！

凌龙：新闻板开启指令——

凌龙：一手摊开掌心，另一只手二指并拢，从手腕到指尖方向比手势。

凌小路一边严肃考虑拉黑 GM 的可行性，一边打开所谓的新闻板，终于知道为什么凌龙坚持要他看这个。

新闻板上记录的是前一日热点事件总结，凌小路也不知道该说幸运还是不幸，包揽了其中四席：

1.# 离争鹿比 #

凌小路边看边想：果然还是男神人气高啊。

2.# 嵇蒙鹿比 #

嗯，不愧是国民哈尼，有牌面。

3.# 鸠鸠锁定鹿比 #

就这？关注度也这么高吗？想不通。

4.# 寇霸霸家里有矿 #

金钱的力量不容小觑。

5.# 窦寇鹿比 #

……拒绝。

凌龙：心情如何？

鹿比：离争出了多少钱上的热搜第一，我太子嵇给你双倍！

凌龙：见您还有精神串戏我就放心了，毕竟现状跟您预期的低调似乎有些背道而驰，我还在检讨是不是自己在游戏引导上出现了问题呜呜呜。

鹿比：安心啦，我不会投诉你的。

凌小路安慰他。

鹿比：毕竟我不记得你工号。

凌龙十分感动并妥善藏好了工作证。

酒馆门口传来说书声，吸引了凌小路的注意，想不到游戏里还有人说书。有不少玩家在围着听，凌小路也过去凑热闹。

"话说那国民男神离争，亮出兵器，与国民哈尼嵇蒙战作一处，两个人打得昏天暗地、地动山摇、摇头摆尾、为所欲为，现场是风卷残云、天雷阵阵，银蛇与雷噜噜相互撕扯、蓄电绞杀、各出奇招……"

"瓜子、饮料、花生米！"

凌小路听得津津有味，招手叫来小贩："来包瓜子！"

"好嘞!"

凌小路嗑着瓜子,听说书人继续抑扬顿挫地讲道:"……说时迟,那时快,离争一把抱住身边少年向后跃起,只见那青葱少年,眉清目秀、粉雕玉琢,却哭得那叫一个梨花带雨、惹人怜惜。"

凌小路越听越好笑,追问道:"他哭什么呀?"

"那少年哭的是:'嘤嘤嘤,我与你嵇太子无冤无仇,为何百般刁难于我?'嵇蒙却质问道:'你与这人拉拉扯扯、投怀送抱,还有没有把本太子放在眼里?'"

"哈哈哈,讲得好!"凌小路喝彩。

说书人冲凌小路所在的方向一拱手,继续讲道:"这位名叫鹿比的少年……"

"喀喀喀喀喀!"人群中爆发出一串惊天动地的咳嗽,把周围的人吓坏了。

"你没事吧?"邻座的人关心地问。

凌小路声嘶力竭地指着嗓子:"瓜……瓜子……"

"不好啦!有人被瓜子壳卡住了!"

"哪里?谁?"

"这边!这边……这位名叫鹿比的少年……被瓜子壳卡住了……"目击者表情愕然地把说书人的话接了下去。

凌小路:……这种时候就不要想着连接上下文了!

"哇!我见到活的鹿比了!"

"想不到一次性见到了今日头条前五的4/5!"

"鹿比你昨天的直播我看了,寇霸霸被你坑得好惨!你什么时候再直播啊,我可关注你了。"

"能讲讲你跟三大金名玩家亲密接触的心得吗?"

"鹿比在这儿,那我家哈尼在哪儿?我男神又在哪儿?"

"各位还是担心一下鸠鸠会不会杀过来比较现实,没见他的悬赏还在身上吗?"

"更应该担心的不是他本人吗?你们难道没发现他快被卡死了?"

……

凌小路被附近的人连拍带打总算救了下来,他心有余悸,游戏里第一次死亡差点就贡献给瓜子壳了,死法这么丢人能不能给个成就?

还有这评书是谁编的?他这个粉雕玉琢的青葱少年要报警了!

说书人显然也认出了故事主角,笑嘻嘻地刚要开口招呼,突然表情大变:"当心!"

凌龙的警告也几乎是同步抵达——

凌龙:跑跑跑跑跑跑!

凌小路刚跑出一步,就感知到头顶有风,知道跑是来不及了,抱住头部,在地上极限地一滚。身后传来巨响,伴随的还有热浪,巨大的冲击力推动着凌小路在地上又连续翻了几个跟头。

那些没得到预警的人就没那么幸运了,被从天而降的流星雨法术当场砸成幽灵,一个个气呼呼地举牌质问:

谁干的?

竟然搞偷袭?

做鬼也不会放过你!

"吼——"

震耳欲聋的一声咆哮,凌小路同所有人一起循声望去,心里响起一声巨大的脏话:金刚?!

这只长相酷似金刚的巨大猩猩在屋顶将胸脯拍得震天响,不偏不倚冲着凌小路所在的方向跳下来。

被它迎面撞一下,岂不是要变成肉泥?凌小路紧张之际下意识伸出两指:"别过来!"

"金刚"被减速效果耽搁了 1.5 秒,凌小路赶紧趁这空当再次往旁边滚了两圈,食指凑近嘴唇,消失在众目睽睽之下。

下一秒,"金刚"重重落地,发出一声长啸,两只孔武有力的手臂高高举起,再狠狠搥向地面,震动产生的范围攻击不仅解除了凌小路的隐匿状态,连凌小路原本打算跑路用的土遁,也因为这一击摔倒在地而被打断。

"金刚"四肢着地,瞄准使尽浑身解数也未能逃掉的凌小路发起猛冲。这次无论如何也躲不过了,凌小路抬起手臂遮住眼睛。窦寇的警告是真的,这游戏死亡是假的,但面对死亡那一刻的恐惧——尤其对于他这样一个毫无死亡经验的新手来说——是货真价实的。

凌小路闭紧双眼等了半天,等待中的强力撞击却没有到来。

四周似乎起了风,他身处漩涡中心,不必睁眼也能感受到狂风卷起的树叶沙石打在自己身上。

风止,凌小路迟疑地将挡在眼前的手臂慢慢放下,眼前逐帧出现的背影,由于他跌坐在地的视角显得越发高大。

周遭的风已经停了,可来者白色的长发和同样白色的衣袂却无风自动。

"金刚"魁梧的身躯,被来者仅用一根手指定在原处。

"走。"他中指轻轻一弹,猩猩被高速弹开,足足撞毁三栋建筑才重重摔下。

将凌小路从"金刚"手里救下的人缓慢转身,露出无论看多少次都会令人感叹的绝世容颜。

面对呆坐在地上一脸发蒙的凌小路,对方一点也不意外他会出现这样的表情:

"你没事吧，徒儿。"

"徒、徒儿……"凌小路机械地重复最后两个字。

"不对，"离争纠正他，"你应该叫我师父。"

"师父？"

"嗯。"

凌小路还没从"金刚"带来的紧张感中逃脱，就被迫进入深一层的恐慌之中：离争什么时候成了自己的师父？莫非这个游戏拜师是包分配的吗？

"金刚"的突袭吓跑了现场几乎所有玩家，但这些人并未走远，全部留在附近偷偷躲起来观望事态进展。

凌小路所在的位置，自然是听不到这些人窃窃私语的。

"我是不是眼花了？我好像看到离争了。"

"我不仅眼花，耳朵也花了，我好像听到离争叫他徒儿了。"

"但是你们看到了吗？离争刚刚只用一根手指就定住了那只大猩猩，这总不是我眼花吧？"

"呜呜呜，男神，我不敢相信这是真的，我应该尖叫，但我声带走失，呜呜呜。"

"承认吧，从'金刚'出现的瞬间我们就集体中了幻术！"

……

"假的。"离争不知是说给群众听，还是当场为凌小路授课。

凌小路还没找到上课状态，比较蒙："什么假的？"

"猩猩。"离争用眼神示意了身后，"只是施加了巨大术的普通猩猩罢了。"

随着他的话音落下，倒在乱石残垣堆中的"金刚"也"砰"的一声，恢复了原形，虽说比雷噜噜大一号，但也算是个标准身材。

凌小路：……我当你无敌铁金刚，原来你只是虚胖！

离争回头，视线落在斜后方的屋顶。凌小路也条件反射地跟着看了过去，他记得猩猩刚刚就是从那个屋顶跳下来的。

屋顶上有一黑影，一闪便不见了。

天真！凌小路想，竟然妄想从离争眼皮下逃脱！

果不其然，离争袖子一甩，从屋后传来重物落地的声音外加一声惨叫。

凌小路想起自己还傻坐在地上，着实不雅，趁机爬了起来。

"你有得罪过什么人吗？"离争头也未回问道。

凌小路伸出手指去数，尴尬地发现两只手不够用。

天相信他只是个才玩了一天的新手玩家！

好在这次这个偷袭者没什么悬念，窦泥湾的家徽将动机暴露得很明显。

被离争的植物"绑"来的他拼命抬出窦寇为自己撑腰："我们族长说了，这个人,见一次,杀一次,直到……直到……"

"直到什么?"离争问。

"直到……蜗牛送到为止。"

"蜗牛?"离争蹙眉,"是什么?"

凌小路擦汗:"这个说来话长。"

他本以为窦寇悬赏了他气就消了,没想到他还对自己一个新人这么"用心关照"。

"这个人你要处置吗?"离争问。

凌小路愣了一下才意识到离争在询问他的意见,摇摇头:"既然是寇霸霸的意思,那也是跟寇霸霸本人讨回来比较合理。"

"不过,"他话音一转,指向旁边,"他们几个的精神损失不赔付一下说不过去吧?"

被流星雨波及的几个冤魂一直在以鬼的身份看戏,听到凌小路为他们讨公道,也为他举牌打气:

加油!鹿比!

跟寇霸霸斗争到底!

我看好你!

"既然这样,"离争交代假金刚的主人,"回去告诉窦寇,鹿比是我的徒弟,再来找他麻烦,我奉陪到底。"

凌小路:……阴谋!国民男神突然这么维护自己,这其中一定有天大的阴谋!

那人紧张地咽了下口水:"族……族长不可能信的!你……你是离争,你从来不收徒的!"

离争手指轻划,亮出系统给予的"鹿比的师父"称号——位于名字下面的五个小字,颜色也是金色的。

"不信,给他看截图。"

"哦……哦。"对方战战兢兢地比画出截图框,与此同时,躲在暗处的上百名围观群众也不约而同选择了同样的截图动作。

唯一一个瞠目结舌站着没动的是凌小路,他半分钟前才安慰自己,离争可能只是个自导自演的口头师父,原来竟然已经盖章认证了吗?

离争:"走吧。"

凌小路不解。

走哪儿去?

不容他发问,一阵飓风屏蔽了视觉,再睁眼时眼前已换了一幅光景。

此间的布置跟离争本人一样,带着股凡人止步的"仙气"。凌小路小心翼翼地跟在离争后面,大步不敢迈,生怕踩坏了脚下青砖。

"那个离……"

他刚开口,离争便站住了,回眸虽未开口,但颇有几分"容你再想"的深意。

凌小路试探着:"……男神?"

离争表情不变。

"师……父?"

离争这才有答应的意思。

"嗯?"

"我能不能问问,咱俩这师徒情……是从什么时候起缔结的缘分啊?"

"你不记得了?"离争反问。

凌小路傻眼了,难道这里面真有过他的出演?

离争轻描淡写:"昨天你喝醉之后,扯着我的衣服要拜我为师,不答应就不放开,你都忘了吗?"

"昨天……我喝醉了,难道不是跟稽蒙在一起吗?"凌小路彻底傻了。

"忘了没关系,"离争一点,在凌小路面前落下一面全息屏幕,"我帮你回忆一下。"

凌小路看着自己的身影出现在屏幕上,背景正是他现在所处的地方。与当下这个拘谨的自己不同,影像中的他百无顾忌地揪着离争的长袖,口齿不清地要人家收他为徒。

"师父……师父……你不教我御剑飞行,我今天就不放手……"

画面切换到进行拜师仪式的凌小路:"给师父敬茶……这个任务敬茶就完成了吗?还用磕头吗?"

下一个画面,凌小路坐在地上,把行囊里的钱币倒了一地,一边数一边说:"我有一个两个三个……好多个金币,够不够整得像师父一样好看?

"我要跟师父一起成为四海八荒颜值最高的师徒组合!

"师父,我告诉你,其实我是……"

醉醺醺的凌小路痴痴地笑了出来,他是什么呢?拯救地球的绝世高手?还是……师父正在寻找的粉名?

好在很快又切换场景,这一次凌小路追逐着一匹身材巨大的白狼四处乱跑:"好漂亮的萨摩耶!别跑!"

凌小路怀着复杂的心情看完这一连串的视频,心道他早上还感谢稽蒙不录像之恩呢,敢情真正的录像在这里等着他!

正所谓,是福不是祸,是祸躲不过!

镜头一转,离争的正脸出现在镜头里,貌似在查看镜头外凌小路的状态。

"鹿比。"他轻声呼唤。

凌小路听到画外音里自己"嗯"了一声。

"我问你……"

离争说到这里时似乎想起摄像宠物的存在，抬眼瞄了下镜头，一抬手，画面结束。

凌小路不解。

后面呢？离争到底问了什么？自己又答了什么？为什么拍个视频还要给观众留下悬念？

"想起来了吗？"离争自带一股寒冰气场，说出来的每一个字都像在千尺寒潭底沉浸过再打捞出来，冰冷冷地钻进听者耳朵一样。

凌小路结结巴巴："我喝醉了，说的话……当不得真的。"

"哦？"离争应了一声，"说我好看也不当真吗？"

"那个……酒后吐真言，也不是完全没有道理……"

"那到底是真的还是假的？"

"半……真半假……半痴心，半梦半醒半知音，"凌小路快哭了，"师父，人生如戏，何必认真？"

凌龙：他在诈您！不要上钩！

凌小路一个激灵，是哦！他还有个"线人"在，如果发生过什么事，凌龙肯定一早就告诉他了！

想不到这离争白衣胜雪，竟然是个"切开黑"！

凌龙：出了点意外，正在了解情况！您先稳住！

有了凌龙的定心针，凌小路就从容多了。

"自从五岁那年吃了一块酒心巧克力大睡三天三夜后，我就知道自己这辈子不该喝一滴酒，想不到在游戏里却大意了。"凌小路追悔莫及道，"我知道我的行为恶劣，对师父你和你的萨摩耶都造成了困扰，我必须向你们道歉！对不起！是我不好！"

离争："……"

情节发展跟他想象的不大一样。

凌小路又信誓旦旦地说："这个师徒关系怎么解除？我现在就跟师父断绝关系，绝不给师父添任何麻烦！"

"你很想断绝师徒关系？"

"当……"凌小路突然警觉，当初嵇蒙就是因为他一句"快走"赖着不走，离争会不会也因为这样不肯跟他断绝关系？这些金名莫不是都有什么叛逆心理？

"……然不想，"他飞速改口，"你是我男神，我偶像，能做你的徒弟是我的荣幸！但你并不是真心想收我为徒，是我死皮赖脸缠着你，你才不得不收，我没脸再叫这一声师父。"

凌小路说得情真意切，差一点就把自己感动了，这时凌龙回来了。

凌龙：我回来了！下面我说，您看着，注意眼神灵动，千万别让他看出来您在跟人私聊！

凌龙：事情是这样的——您第一次上线的时候金名系统发了公告，粉名玩家却没有出现，于是，公司收到了若干金名玩家的投诉！

凌龙：您也知道，金名玩家是我们公司重要的衣食父母，有的还跟公司有业务往来，得罪不起。于是客服经理又发了解释公告，承认有新的粉名玩家，但该玩家只是参与测试，并没有用粉名玩家的身份进入游戏的意图。

凌龙：至于上线公告是由于新玩家对客户端不了解，做出了登录游戏的误操作，不过事后很快下线并使用普通账号登入游戏，这是用户的个人选择公司无权干涉，也不能透露玩家个人资料。所以金名们更新后的信息库是——在昨天建号的新玩家中，存在着一名粉名玩家。

凌龙：这是公司能想到的最合情合理的解释，虽然您还是有嫌疑，但暑假购买客户端的新玩家很多，您的嫌疑也会减少。离争一定是看了公告才试探您的，只要不露出破绽，他就找不到证据！

凌小路恍然大悟，难怪离争对他有那样的态度，原来他怀疑自己是换了号的粉名玩家！仔细想想这则公告可信度高达99%，如果没有发生项圈拿不下来那档意外，这甚至可能会成为昨天发生的事实。

这个解释甚至比事实更令人信服，谁能想到会有项圈戴上拿不下来的倒霉人士存在呢？

离争听了凌小路的"真情告白"，沉吟片刻："那好吧。"

凌小路表面失落，内心窃喜，离争同意断绝关系，就代表自己在他这里没嫌疑了。

"既然你不想断绝关系，那就维持现状吧。"

凌小路不解。

不是，《我的叛逆金名》剧本呢？我写得那么完美的一部剧本呢？明明戴着同样的戒指，为什么不能统一人设？

常欢禧敏锐地发现嵇蒙今天一个人不止一次小声嘀咕了，实在好奇，悄悄凑过去偷听，发现他来来回回重复的内容是："我想……一起……任务……"

常欢禧："没想到你这么上心，看来这个人不一般啊。"

"哼。"嵇蒙轻轻应了一声，用这一声代表了"也就那样吧""除了气人没什么本事""我只是随便练练"等多种意思。

"哎，给我讲讲，"常欢禧兴奋地推他，"是个什么样的人啊？男的女的？是不是特别好看？"

嵇蒙不屑地撇撇嘴:"也就那样吧。"

"那样是哪样啊?"

"那样就是……"

嵇蒙话音突然止住了,脸上流露出迷茫的表情。他左手扶上额头,遮住半张脸,若隐若现的深锁眉心暴露了他陷入了回忆困境中。

常欢禧不明所以,还在迫切追问着:"快说呀!"

嵇蒙放下手,面露不解地转向常欢禧,声音充满困惑:"我想不起来他长什么样子了。"

"什么?你说离争收了嵇蒙的小朋友做徒弟?"

对猩猩主人带回来的讯息,窦寇深表怀疑。

还好有截图为他做证,不过就算他没有物证,头顶新称号的离争已经被三百六十度无死角截图传遍整个大陆,只要窦寇打开个人主页,就会被铺天盖地的海量议论淹没。

"没有道理啊。"窦寇踱步思考道,"嵇蒙和离争两个人都对他另眼相待,这个小朋友除了特别气人之外,难道还有什么特别之处?"

跟班们一个个闷着头不说话,窦寇看着心里来气:"都别傻站着,帮忙想一想!"

大家赶紧没头没脑地乱猜:

"特别美?"

"特别帅?"

"特别可爱?"

也有人弱弱地说:"两个金名为他打破头,不知道的还以为他是个粉名呢。"

粉名?窦寇脑中灵光一现:"鑫山发公告说出现了新的能戴上粉名项圈的人,难不成这个人说的就是小朋友?"

窦寇越想越觉得自己这个猜测合理:"说是为了保护隐私不肯公布用户身份,可嵇蒙是什么人?嵇泰桓亲侄子,说他没有内部消息,谁信?"

他冷笑一声:"亏他还大言不惭地吹鑫山对所有用户一视同仁,自己早就拿到粉名信息,还在那里跟我演戏,把我当猴耍!"

跟班们频频点头称是:"族长分析得有道理!不过离争又是怎么知道的?"

"离争?离争……肯定也是有内部关系的,不然的话,他那张脸能捏得那么好看?"

跟班甲(小声):"族长是离争颜粉实锤了。"

跟班乙:"嘘——"

别人早早就下手了,他还蒙在鼓里,他不是输在起跑线上了,他根本就跑反了方向。要不是他智商在线,及时发现破绽,搞不好还会反向跑个马拉松!窦寇愤然:"好个没有契约精神的鑫山,我一定投诉到底!我要给他们寄律师函!"

"投诉!寄律师函!"大家七嘴八舌地附和。

又有人弱弱地说:"那现在我们知道了,要不要派人把他抓回来?"

"胡说八道!"窦寇骂他,"粉名自己不同意,五花大绑来也没用!"

跟班们点头:"当务之急还是要挽救族长在小朋友心目中的形象,狂刷好感值!"

窦寇回忆自己跟凌小路有限的接触:"等等,我是不是带人围堵过他?"

跟班们点头。

"我还威胁他了?"

跟班们点头。

跟班甲:"您还悬赏他了呢。"

跟班乙给跟班甲一个肘击!

窦寇狠狠地瞪跟班甲一眼。

猩猩主人深吸一口气,刚想说话,又憋了回去。

为了不憋死,他只能在心里吐槽:您还盼咐全家族的人,见一次,杀一次,让他早日体会虚拟世界的残酷。如果真有好感值这种东西,他对您的好感值怕不是早就负到了峰值。

窦寇没好气问:"有人知道小朋友现在在哪里吗?"

猩猩主人:"跟离争走了,可能是被带回北邙了吧。"

窦寇把心一横:"去,准备定金!"

跟班们不解。

"不对,准备彩礼!"

跟班们不解。

"也不对……管它是什么都准备上,丰厚一点,跟我去北邙找小朋友刷好感值!"

白雪皑皑的北邙,凌小路衣衫单薄地站在院子里:"师父,你这雪是唬人的吧?我一点冷的感觉都没有欸。"

离争优雅地坐在避雪的亭子里:"感官设置,环境敏感度调到最高。"

凌小路不解。

还有这么高级的设置呢?

凌小路从系统设置里找到感官设置,把环境敏感度调到最大值。

115

离争见凌小路调完后就没动静了:"感觉如何?"

凌小路冻得牙齿打战,想改回去却苦于手被冻僵了动弹不得:"师父……冷……"

离争手一挥,一件纯白色长毛披风不偏不倚落在凌小路肩上。

"谢谢师父。"凌小路缓过来后把设置调到适中的位置,既能体验冬天,也不至于冻成冰雕。

他低头瞅了眼离争抛过来的披风:"萨摩耶这么能掉毛啊?"都攒出件大氅了。

卧在亭子旁边的白狼:"……"

"不过师父,我真的要把这些地全种了吗?"金名的院子真的很大,虽然也有各种园林装饰点缀,但像这样的空地放眼望过去起码还有十块。

"嗯,"离争居然还在这冰天雪地中泡了壶热茶,"我暂时也没有别的事情给你做。"

凌小路:……没有事也可以不做的,真的!

"师父的院子为什么不自己种?"凌小路眨巴着眼睛故作天真地问。

离争轻声吐出两个字:"麻烦。"

凌小路第一次见到有人把懒说得这么清新脱俗!奈何这个人泡茶举手投足都美如画,就连说"麻烦"时都好看得不行,让人气是真的气,打又打不过,骂也不舍得。有句俗话叫,有招想去,没招死去,凌小路现在就很想死一死。

"难道我就不怕麻烦吗?"凌小路抱怨道。

离争长睫轻抬:"突然想起,我收徒后还没有公示过。"

凌小路不解。

"我是不是应该在主页上宣布一下,显得郑重一点?不过我也没有别的素材,只有你喝醉后的录像……好像有点长,不如拆成几段再发吧。"

凌小路震惊。

这个人怎么这样?拍自己的黑历史也就罢了,还拿出来威胁他?

他面带怨念:"师父,游戏里有人知道你是这样的人吗?"

离争好整以暇地喝着茶问:"哪样的人?"

凌小路硬气道:"一个'表里如一'的人!"

离争轻轻吹去茶杯上的热气,凌小路没脾气了,只能认命地往地里撒种子,一边撒一边自言自语着发泄。

"我原本以为这是一篇网游文,没想到是种田文!"

凌小路在离争的"亲切"关注下种完整个院子,回头检查第一片地里种下的种子,居然在这风雪中倔强地抽出了嫩芽。

一种劳动的成就感油然而生。

116

"我发现种地也蛮有意思的欸师父！"难怪游戏里有那么多生活休闲党。

要是没有离争一直盯着他，对他造成过大心理压力这一点就更好了！

"那以后就交给你了。"

凌小路：不，等等。

凌小路假借蹲下查看植物长势的机会，动作隐蔽地捏了下耳垂。

鹿比：凌龙，你在吗？

凌龙：我在您旁边！

知道凌龙也在陪他一起被"监视"，凌小路心里好受多了。

鹿比：快告诉我！录像最后我师父到底问了什么？！

凌龙沉默一会儿。

凌龙：您一定要知道？

鹿比：一定要！不告诉我我会寝食难安的！

凌龙的回忆——

凌小路撒完酒疯，抱紧白狼不撒手，迷迷糊糊似乎是要睡着了。

突然靠近的离争差点将凌龙吓出了不符合系统规范的动作。

"鹿比。"

"嗯。"半梦半醒中的凌小路含含糊糊地动了动嘴巴，据说这种情况下的人内心最不设防，问什么都会照实回答。

"我问你……"

离争意识到有摄像头的存在，抬手关闭了录像功能。

"你到底是谁？"

凌龙心脏都快跳出来了，意识不清的凌小路听到这个问题后竟眯着眼睛嘻嘻笑了起来。

"没错，我就是你要找的那个人……"

凌龙心跳骤停。

"是能够拯救全宇宙的男人！"

离争："……"

凌龙："……"

凌龙的回忆结束。

听完凌龙回忆录的凌小路表示："……"

一时间竟无法判断，究竟是酒后泄露天机好，还是酒后丢人现眼好。

鹿比：可我不懂，他是怎么怀疑上我的呢？

凌龙：这还用说吗？真相只有一个！

凌龙、鹿比：嵇蒙！

两个人异口同声说出了答案。

刚刚凌龙说真相的时候凌小路就想到了，要是没有嵇蒙锲而不舍地追着他（打），离争又怎么可能怀疑到一个普通过路新人身上？

离争肯定以为嵇蒙有内部消息，所以才一而再、再而三地试探他。凌小路想想都替鑫山含冤，明明人家那么多员工都做到了守口如瓶，连总裁家属都被蒙在鼓里，可耐不住这个总裁家属他……他寂寞啊！

可即便罪魁祸首是嵇蒙，他现在最想念的人依然是他。

鹿比：呜呜呜，早上不该说那样的话，我现在好想回东野啊！

凌龙：您不怕嵇蒙了？

鹿比：我发现跟嵇蒙在一起反倒是最安全的，他的智商最多也就约等于两个雷噜噜。

凌小路愁眉苦脸。

鹿比：我为什么要跟嵇蒙吵架，跟他在一起半点心理压力都没有，就算吃空狗粮柜子他也不会起疑。

鹿比：可是你看我师父，跟嵇蒙之间起码差了一万个雷噜噜！我总觉得他下一秒就要看穿我！

凌龙：不瞒您说，我也有同样的感受，尤其是您昨天追着我喊GM之后，我觉得他也开始怀疑我了……啊他又在看我了好可怕！

第一批作物成熟了，植物绿叶下长出红色的浆果。

凌小路假装活动筋骨划走了跟凌龙的对话框："师父，这是什么呀？"

"宠粮。"离争简洁地回答。

凌小路在心里鄙弃，什么宠粮，看着就有毒，一定不好吃！

离争的蛇从袖子里钻出来，在地上蜿蜒前行，又顺着凌小路的腿绕爬上腰部，吐出红红长长的芯子。

凌小路：……虽然我不太怕蛇，但你这是想吓死我！

他采下一点浆果喂它。

蛇吃饱后满意地爬走了。

看看人家养的宠物，食量最多也就约等于十分之一个雷噜噜。

凌小路突然觉得让离争知道真相也无所谓，他不仅没人家的蛇能打，还比人家的蛇能吃！离争脑抽了才会不要蛇要他。

"师父，剩下的这些全收了吗？"凌小路问。

"收。"

凌小路动作麻利,不一会儿就把地收完了,除了垒起来满满一组的果实,还意外收获到几个名字是"???"的不明种子。

"这是什么种子?我能种吗?"

"不能。"离争一口回绝。

凌小路:嘤。

"会随机长出奇怪的作物,运气差的话会破坏整个院子。"

这么可怕。

"那送给我?"

离争下颌轻点,同意了。

凌小路把种子收起来,听到有人声从正门外传来,而且不止一个人。

凌小路奇怪道:"师父,你这里还有客人?"

离争也在暗自诧异:"去看看。"

两个人来到门口,发现外面整齐划一地站了两排窦泥湾的人,为首的金名正是窦寇。

"寇霸霸你太过分了!"凌小路惊呼,"居然带这么多人来打我师父一个?"

"关你师父什么事,"窦寇皱眉,"我是来找你的,小朋友。"

凌小路后退了一步:"当着我师父的面想绑架我?那就更不行了!"

窦寇多说无益,拍拍手,两排跟班齐刷刷地鞠躬:"小朋友好!"

鹿小朋友不解。

站在队尾的两名跟班毕恭毕敬地抬上来一个华丽的箱子,打开后里面装满了金币装备和道具,最上方还横着把大宝剑。

"这些算是我送你的一点见面礼。"窦寇自信道。他相信任何一个人看到这些好感度都能正到峰值。

凌小路以为自己耳朵聋了:"送我?"

"就当是为我先前的无礼行为赔礼道歉吧。"

凌小路顿生警觉:"我不要,你拿回去。"

窦寇露出会意的微笑:"是嫌少吗?"

一直没出声的离争冷冷地开口:"你没听到吗?我徒儿让你拿回去。"

窦寇对离争就没什么笑容了:"就算你长得好看,这件事情也跟你没关系。"

跟班们:⋯⋯前半句可以不用说的族长。

窦寇又春风满面地转向凌小路:"适度的矜持,我是欣赏的。"

矜持你大爷!谁跟你矜持!

凌小路真想检查下寇霸霸脑子是不是被金刚踢傻了!

"我想……想跟……"嵇蒙上线的时候还在练习,可打开好友面板后他又把练习成果全忘了。

这家伙,怎么又跑北邙去了?!

凌小路在被窦寇和离争前后夹击的困境中,突然听到一声熟悉的大吼。

"鹿比!"

嵇蒙身披黑金铠甲,骑着喷火巨龙,气势汹汹地杀到。他凶神恶煞地从坐骑上跳下,脸上清清楚楚地写着"在场所有人都欠我钱"。

"你怎么又来找这个家伙?"他冲凌小路凶道,转头一看窦寇居然也在,"还有你?!"

凌小路被嵇蒙的强势登场震慑住几秒,表情渐渐委屈,冷不丁鼻子一酸。

"什……什么?"嵇蒙对着突然扑上来的凌小路手足无措,兴师问罪的气焰瞬间熄灭,长手长脚慌得不知道往哪儿搁。

凌小路飞扑过去一把搂住嵇蒙的手臂,眼泪汪汪,委屈巴巴:"带我回家!"

嵇蒙根本不知道在他来以前发生了什么,不过看到凌小路一副梨花带雨(脑补)的模样,就足以让他定罪两个金名趁他不在时仗势欺人的恶行了。

"你们两个,到底对他做了什么?!"他又恢复来时的气势了,犀利的视线轮流定格在离争和窦寇身上,像一只好斗的雄鸡。

窦寇冷笑一声:"我倒是想做什么,可有人不遵守游戏规则,怎么说?"

"你还想做什么?"嵇蒙听了后怒气值提高了两百个百分点,"你说你想做什么?啊?你到底想做什么?"

凌小路:……无法直视"想做什么"四个字了。

窦寇咬牙切齿:"我想做什么,太子嵇你还不知道吗?"

"我就是不知道你想做什么,才问你想做什么!"嵇蒙怒喝。

"装得还挺像。"窦寇嗤之以鼻,下巴冲离争一比,"你问问他,知不知道我想做什么?"

离争表情纹丝不变:"你想做什么,我怎么会知道?"

"够了!"凌小路受不了了,"你们几个究竟想做什么?如果不想做什么的话,能不能不要继续车轱辘地问想做什么了!"

窦寇狐疑地瞅瞅离争,再瞅瞅嵇蒙,两个人明面上都演得天衣无缝,让他对自己的猜测第一次产生了怀疑。

不对,事情绝对没有这么简单!他又仔细观察了凌小路,义愤填膺的模样像是真的完全不明就里。

窦寇一辈子的智慧都用在此时此刻了,在他思考过各种各样的可能后,终于眼前一亮!

这两个人虽然暗中知道了真相，却伪装成什么都不知道的样子，让小朋友误以为这些金名都是没有目的性地接近他，以此来骗取小朋友的信任！

窦寇自以为看透一切的目光在二人身上游走。

就好比这个离争，妄图利用师徒情绑架小朋友！

这个嵇蒙就更过分了，企图利用友情诱惑小朋友！

这两个人有钱的有钱，有颜的有颜，为了达到目的，却偏偏要走心，简直卑鄙！无耻！

"嵇蒙啊嵇蒙，"窦寇摇头恨道，"我原本以为你是一只权限狗，想不到你竟然还是心机狗！"

嵇蒙不解。

"还有你，"窦寇冷眼看离争，"心机……美人！"

所有人："……"

只有他们两个会演，难道他窦寇就不会演？

"既然你们那么想演，我就陪你们演到底，看谁才是这个游戏里最好的——"窦寇一甩头，"演员！"

"我们走！"

窦泥湾众虽然也没搞懂族长到底想做什么，但接到指令后立即训练有素地集体撤离，不到一分钟就走得一干二净。

只剩下三个人，凌小路偷偷往嵇蒙身后躲了躲，生怕再被离争抓去种地。

离争大概也觉得多留无用，几乎算得上是"和颜悦色"地交代他："去朋友家玩可以，到时间要记得回来收地。"

凌小路："是……师父。"

"师父？"嵇蒙又参毛，"你还真拜了他做师父？"

"快走吧。"凌小路拼命拉嵇蒙，万一离争为了证明自己确实拜了师，请嵇蒙看短视频了可咋整。

嵇蒙不情不愿地被凌小路拖走："你到底知不知道他们想做什么？为什么一个比一个怪里怪气？"

凌小路想侧面推敲一下嵇蒙的想法，冒险含糊其词答道："不清楚啊，听他们对话好像提到金名公告什么的，我又不是金名怎么会懂这些。"

"今早是有一条金名公告，"嵇蒙对把人无辜牵连进来表示不满，"但跟你又没关系。"

凌小路一愣，明知故问："内容是什么呀？"

嵇蒙懒得解释，直接把公告投出来给他看。

"天啊，"凌小路演技爆棚，"他们该不会……该不会以为这个人是我吧？"

嵇蒙嗤笑:"怎么可能会是你?"

凌小路小心翼翼地试探:"你怎么就那么肯定……你难道就一点都不怀疑?"

嵇蒙瞪了他一眼:"我第一次在森林里遇见你的时候,宠物雷达还有信号,证明当时那个粉名在线。如果是你的话,难道你有分身术不成?"

凌小路:"……"

嵇蒙见凌小路呆呆地盯着自己:"怎么了,我说得不对吗?"

"你说得太对了!"凌小路激动地抓着他的手臂,"什么叫逻辑?什么叫推理?观察仔细,有理有据!你真的是太聪明了,我要为自己说过你蠢向你道歉!"

嵇蒙实力上演"突然得意"和"得意渐渐消失":"你什么时候说过我蠢?"

"呃,这不重要!"

重要的是,鑫山的这条面向金名的公告,歪打正着地洗脱了他在嵇蒙这里的嫌疑。从即日起,他的玩家身份就正式做——实——啦!

东野永远四季如春,举目四望到处是一望无垠的盎然绿意。

凌小路深深吸了一口气——这是东野的空气吗?不,这是自由的空气!

可嵇蒙还是要吐槽他:"你不热吗?"

"哎呀!"凌小路这才发现自己把离争的毛披风穿回来了,脱下来妥善收好,"是我师父的披风,下次还给他。"

嵇蒙莫名有点生气,气的不仅仅是凌小路穿着离争的披风,更气穿成这样的他毛茸茸的有点可爱。

"对了,"凌小路问,"你院子里有空地吗?我带回来些不知道是什么的种子,能不能种到你的地里去?"

嵇蒙给他一个废话真多的眼神,眼神的含意是"这点小事还用得着问"。

嵇蒙宅邸的后院面积更大,且不像离争的院子五脏俱全,根本就是什么都没有的一片草地。

如果是在现实里,凌小路怀疑这片地早就因嵇蒙的疏于打理而变得杂草丛生,怎会有现在这般平整。

"你怎么都不打理院子呀?"凌小路经过一上午的实战以后,播起种来都轻车熟路了,"起码造个水景,我师父有汪小温泉,在雪地里可漂亮了。"

"懒。"嵇蒙不假思索地回答。

……就是欣赏你这种直截了当的不造作!

"你来。"

"我来的意思是……"

"造花园啊,听不懂吗?"嵇蒙若无其事道,"你喜欢什么水景自己铺就是了,

反正我懒得弄。"

嘿！凌小路想，怎么一个两个的都拿他当免费劳动力呀！

嵇蒙养的动物们跑过来求投喂，嵇蒙也发现在种地方面自己帮不上什么忙，转身回屋喂动物去了。

凌小路趁这机会跟凌龙打听消息："最近游戏里有没有什么大型活动？参与人数越多越好的那种。"

凌龙略一思考："您运气真好，后天就是惊蛰城指挥官提斯迎娶春分城女神官飒迪娅的日子，这可是一整年都未必赶得上一次的特大事件，附近的玩家肯定都会来参加婚礼庆典的。"

"指挥官和女神官……都是 NPC 吗？你们游戏里 NPC 也会结婚的吗？"凌小路不懂。

凌龙骄傲地说："我们游戏里每一个主要 NPC 都有属于自己的故事线，是会随着时间推移发展剧情的。就拿这次的大婚来说，飒迪娅是春分城人气最高的 NPC，但这次嫁过来之后，玩家们就只能到惊蛰城瞻仰她的美貌了。"

"那诸如此类大型活动，大家一般选择什么方式庆祝呢？"

"大家族会在城里摆只有充值才能购买的酒席宴请大众，玩家们吃了会获得各种增益 buff。摆酒席也是大家族展示自身财力的一种方式，主城的酒席数量上限是六百桌，不过这个数量很多了，通常达不到。"

"不愧是'氪金'游戏。还有吗？"

"除此之外，还有很多猜谜、表演、比武这样的娱乐项目。毕竟您知道的，我们游戏自由度非常高，几乎一切您想做的事都能成真。"

凌小路若有所思："这样啊……那我知道了。"

嵇蒙喂饱动物们回到后院，一眼便看到凌小路站在那里，低着头状似沉思。

这样安静思索的凌小路是他很少见到的，也是他一眼之下很难忘记的。

奇怪的是，那些他在下线后无论如何都想不起来的朦胧影像——笑得狡黠却又可爱的鹿比、见缝插针地挠他一爪的鹿比、被抓包后装扮可怜的鹿比——在他上线的一瞬间，统统重现在脑海里，就好像记忆从来不曾模糊过一样，那样清晰，那样鲜活。

现在那个鲜活的形象就伫立在院落中央，专心致志的模样让人不忍心打扰。嵇蒙安静地停留在不远处看着，看他沉浸在自己的世界里，心里也好奇那个世界里究竟有什么。

凌小路从自己的世界里走出来，扭头看到嵇蒙在看他，似乎有些出神的样子。

他咧开嘴，眼睛笑得宛若两弯月牙。

"我学了个新技能,你要不要看?"

说罢,也不待嵇蒙回答,他兀自举起食指,轻轻放在嘴边,比出一个"嘘"的手势。

在做完这个手势后,凌小路消失了。嵇蒙左右寻找,却空无一人。

"鹿比!鹿……"

凌小路猫着腰,踮着脚,绕到嵇蒙背后,双手各伸出两根手指,贴在头顶伪装成"角",瞄准嵇蒙的后背重重地顶了过去,口中大喊:"鹿!顶!嵇!"

"啊!"嵇蒙吓了一跳,回头看到往后跳开半米的凌小路,因为偷袭得逞而乐得指着他哈哈大笑。

被算计了的嵇蒙额顶青筋暴跳,一字一顿:"鹿、比。"

"啊喔。"凌小路笑声骤停,意识到自己好像把嵇蒙惹火了,见情况不妙,脚底抹油,掉头就溜。

"想跑?"嵇蒙二话不说追了上去,"你给我站住!"

"哈哈哈哈,我不!"凌小路边跑边回头气他,"来追我呀……哎呀!"

凌小路突然一声大喊,把嵇蒙也吓得定在原地。

凌小路一脸震怒地指着他脚下:"你把我的苗踩坏了!"

嵇蒙慢慢低下头,心虚地抬起脚,果不其然看到一株可怜的已被踩扁的幼苗。

"你!"凌小路吼,"你赔我种子!"

嵇蒙犹豫了半秒,选择就地逃跑。

凌小路气得追上去:"嵇蒙!你别跑!你给我站住!"

……

被迫跟随飞到东又飞到西的凌龙,在这一刻生无可恋——

为什么他一个有正经工作的成年 GM,要陪小学生们玩这种,"你追我,你追上我,我就让你……被我追"的追逐游戏呢?好想高吼一声:苍天啊!让他去做一个成年人该做的事情不好吗?啊!

第六章

嘘，你听

小学生的"追逐游戏"总有追不动的一刻，两个人并肩倒地，头顶是蓝天白云，身下是青青草地。

"鹿比。"

凌小路被阳光晒得暖洋洋的，舒服得不想睁眼："嗯？"

"有没有人跟你说过你长得不起眼？"

"哈？"

"不是，我是说，有没有人说过你的长相让人过目就忘？"

凌小路气呼呼："对我的外表有意见你可以直接说，不要甩锅给'有没有人'！"

嵇蒙着急："我不是那个意思！"

"再说平凡点怎么了，那也是我自己的脸，不像你整容脸！"

"什么整容脸？"嵇蒙莫名其妙。

"不跟你说了，我种子熟了。"凌小路甩给他一个傲娇的表情后跑去查看自己的劳动成果。

名为"？？？"的种子成熟了，结出了一个更大的金黄色问号。

凌小路伸手去摘，在指尖触碰到问号的一刹那眼前弹出对话框。

您的神秘种子已成熟，确认采摘？

"确认。"

问号散发出金黄色的光芒，光芒闪烁着、增强着，直到变得刺眼，又渐渐暗淡。

原本问号所在的位置，一棵似曾相识的向日葵妖娆地挥舞着触手，抬头冲凌小路一吐长长的舌头。

"噗噜噜噜噜……"

凌小路："……"

"这不是我师父的向日葵吗？不对，这个要比我师父的小很多。"

小了一倍有余的迷你葵用叶片撑住地面,奋力向上一跃,脱离了泥土的束缚,与此同时它的根须变化成荆棘模样的枝条,这就完全是离争向日葵的微缩版了。

"这……有什么用啊?"凌小路问。

嵇蒙也没见过,不认识凌小路之前,他这院子就是个摆设。

"不知道,"他突然一怔,"怎么后面还有一个?"

紧跟在第一棵迷你葵后面,地里又长出了第二棵、第三棵……一时间难以计数的小向日葵争先恐后从地里跳了出来,排着长长的纵队,忽又围成大大的一圈,将面面相觑的两个人围在圆心,集体冲着他们"噗噜噗噜"地甩舌头。

"你种了些什么鬼东西?!"嵇蒙受到了惊吓,这哪里是向日葵,简直是向日葵癌细胞入侵!

凌小路也很慌,眼看着向日葵还在不停地繁殖,没有停下来的意思:"我怎么知道!你有麻袋吗?"

嵇蒙嫌弃地踹开一棵企图往他身上爬的向日葵:"我哪儿来的麻袋啊!"

"赶快想想办法!"凌小路满耳朵都是它们吐舌头的声音,就算捂住耳朵也要被满眼的"社会摇"摇晕,离直接昏厥只有一步之遥。

嵇蒙开始蓄电。

"不是这个!"凌小路抓狂,"你见过什么植物怕电!"

最后嵇蒙不知道从哪里搞来张大渔网,两个人开始跟一院子的向日葵捉迷藏,一个追击,一个围堵,抓到就扔进网里。可向日葵也不是什么省油的花,常常抓到这棵,那棵趁机又溜了。为了扑到一个调皮精,二人重重地撞到了一起,一声惨叫后双双负伤。

"你……看你干的好事!"嵇蒙捂着额头吼道。

凌小路也好不到哪里去:"呜呜,难怪我师父不让种呢,我终于知道是为什么了。"

这场花园清理战历时半个小时,嵇蒙费尽九牛二虎之力,终于抓到最后一棵幸存的向日葵。

"最后一个!"他气喘吁吁地说。

向日葵"噗噜噜噜",舔了嵇蒙的脸一下。

"呀!"他气得作势要摔,凌小路连忙出声制止。

"别扔!好不容易抓到的!"

嵇蒙强忍着恶心把手里的东西丢进网里,凌小路飞速地在网口打了个结。落网的向日葵也不安分,隔着网眼不停地"噗噜噜噜"。嵇蒙看着,有将它们就地焚烧的冲动。

两个人坐倒在地上,彼此都有一种精疲力竭感。

"你就不能种点正常的东西！"嵇蒙稍微好一些，还有力气凶人。

"我哪知道会是这样，"凌小路委屈，"所有种子结果都一样吗？"

"怎么可能，是看脸知道吗？看脸！"

"那……那剩下的怎么办？要不铲了吧？"

"铲什么铲？"嵇蒙没有好气，"你种都种了，继续收就是了！"

凌小路怕怕："那万一我运气不好，下次还出这个坑货怎么办？"

"怎么办？当然是接着抓了！"

见嵇蒙其实并没怪他，还愿意继续陪他抓向日葵，凌小路心中有一丢丢的感动，就听嵇蒙说："抓完找个小黑屋，把你跟它们关在一起！关一天！"

凌小路："……"

"要不下一个你来，转转运。"凌小路推着嵇蒙说。

嵇蒙鄙视玩游戏迷信的人，白了他一眼，不过还是起身收种子去了。

金光亮起的一瞬间，凌小路很紧张，还好这次光退去后结果比较平淡，没再蹦出什么离奇的东西。

"红豆麻薯蛋黄酥，"嵇蒙扔给他，"吃的。"

凌小路接过来后，眼前弹出文字说明，这是一个吃了可以加 buff 的食物，总算不是坑货了。

他壮了胆，摩拳擦掌："我来摸一个。"

这一次凌小路收获了六枚巨大丸。

"没什么用，"嵇蒙评价，"人或宠物宝宝吃了会变大。"

凌小路想起那个袭击他的假金刚，赶紧把丸子揣好："我觉得有用。"

"你，"嵇蒙想起凌小路是一个有前科的人，"你不许吃！"

凌小路无语："你是不是觉得我是一个见什么吃什么的人？"

"难道你不是？"嵇蒙反问。

凌小路：……还真的是！

"是时候揭晓下一颗种子的产物了！"凌小路拙劣地岔开话题。

"哼。"嵇蒙懒得拆穿他。

凌小路突发奇想："有没有什么隐藏的金手指，比如大喊三声'嵇蒙真帅'，可以增加开出极品的概率？"

"别迷信了，怎么可能！"

"我觉得很科学啊。你是太子，贵公司程序员为了讨好你，暗中设置了这个功能，搞不好连你自己都不知道。"

嵇蒙想拎起他耳朵看看他脑子里到底装了些什么："你这么会想，怎么不去当程序员呢？"

凌小路一意孤行："不试试怎么知道。"

【世界】鹿比：嵇蒙真帅！嵇蒙真帅！嵇蒙真帅！

【世界】玩家[鹿比]采摘神秘种子，获得了[天外鎏金矿]！

凌小路张大嘴巴，吃惊地望着嵇蒙。他虽然不知道这个天外鎏金矿是什么，但能上世界频道公告的东西一定是好东西。

嵇蒙的科学信仰受到了质疑："你那是什么表情啊？只是凑巧运气好罢了！"

"你亲口说开出什么要看脸的！"

"我……我又不是说看我的脸！"

"不是吗？"凌小路大胆假设，大胆求证，每一次采摘前都上世界频道大吼三声。

【世界】鹿比：嵇蒙真美！嵇蒙真美！嵇蒙真美！

【世界】玩家[鹿比]采摘神秘种子，获得了[还魂草]！

【世界】鹿比：嵇蒙真萌！嵇蒙真萌！嵇蒙真萌！

【世界】玩家[鹿比]采摘神秘种子，获得了[碎片：离别爪图样]！

【世界】鹿比：哈尼第一！哈尼第一！哈尼第一！

【世界】玩家[鹿比]采摘神秘种子，获得了[恶魔幽灵图鉴]！

……

世界频道上一片哗然。

【世界】乔洛：这是什么小红手我的天！

【世界】BWIP：GM！举报开挂！

【世界】如风：围观锦鲤本鲤。

【世界】灰嘟嘟：社会葵三连开的我，实名表示嫉妒。

【世界】条条：那么问题来了，在这锦鲤四连中起到决定性作用的究竟是：A.鹿比的头条体质buff；B.离争的师父buff；还是C.嵇蒙的帅buff？

【世界】蠢男：这还用问吗？显然是C，不然为什么要喊？

【世界】尔东：一群迷信狗，我这里也有一颗成熟的神秘种子，我就不信喊几嗓子就能开出好东西了。

【世界】尔东：嵇蒙真帅！嵇蒙真帅！嵇蒙真帅！

【世界】玩家[尔东]采摘神秘种子，获得了[风息翼龙的鳞片]！

【世界】尔东：……

短暂的停顿后，世界频道的发言像瀑布倒流一样井喷。

【世界】三岁：鹿比那几句话你们都记下来了吗？还不快拿小本本。

【世界】画圆：太好了我一直留着种子没敢种，我这就去种！

【世界】合阳：高价收神秘种子，有的速密！

【世界】鹿比：太子嵇英俊！太子嵇英俊！太子嵇英俊！

世界频道突然安静，大家屏息凝气，期待着下一个奇迹出现。

片刻之后。

【世界】鹿比：太子嵇不行。

全体玩家：Get！

凌小路又腰仰天长笑："曾几何时，我也迷信过科学！"

嵇蒙想反驳他又苦无论据，险些憋出内伤。

世界频道再次热闹起来，这回是来自窦泥湾众族人整齐划一地刷屏：

鹿比小朋友真棒！性感"欧皇"，在线种田！

窦泥湾的人早上还在追杀别人，下午摇身一变变殷勤，众人讨论的话题又被引到鹿比和窦泥湾的爱恨情仇上面。

当事人凌小路也纳闷了："这个窦泥湾家族的人脑子怕不是有什么问题？"

嵇蒙难得跟他意见一致："无事献殷勤，非奸即盗。"

"对了朋友，你对寇霸霸了解多少？"

嵇蒙对他这种有事喊哈尼无事叫朋友的双标态度极度鄙视，也不待见他关心不相干的人。

"我跟他又不熟，问这个做什么？"

"寇霸霸悬赏我就算了，还派人追杀我。追杀我就算了，还连累到无辜的人。连累无辜的人可以忍，追杀我就不能忍了。"

嵇蒙：……这句话通常情况下都不是这么讲的。

凌小路眼珠乌溜溜地转动，一看就在起坏心眼："就算他突然对我态度一百八十度大转变，我也要想办法把追杀我的账讨回来。"

嵇蒙皱眉："我好像听人说过，窦寇自己花钱大方，对别人就很抠，就连对他家族里人也是。"

"对人抠门的金名啊……"凌小路酝酿着他的整人大计，视线无意落在那满满一网社会摇片刻不消停的向日葵上。

既然种了，肯定是要物尽其用的，不然岂不是浪费？

凌小路突然兴奋地抓住嵇蒙手臂："你会跳舞吗？"

"跳舞？"嵇蒙有点慌，"我不会……"

"从来都没跳过吗？"

"只有班级演出的时候……"

"被抓过壮丁是吗？"凌小路抢答，"一看就知道，你手脚那么长，随便跳跳就很好看了。"

"会……会吗？"嵇蒙被抓充数的时候同学也是这么说的，看来凌小路也很有经验了。

凌小路不由分说地把嵇蒙拉到身边："做几个动作我看看。"

嵇蒙在凌小路的摆布下摆了几个POSE，他自己感觉很僵硬，凌小路却赞不绝口。

"肌肉线条这么流畅，不跳舞可惜了呀。"凌小路捏捏嵇蒙的手臂，嵇蒙穿的是贴身软甲，隔着甲胄仍能感触到下面肌肉的弹性，"你去健身房吗？"

"有时候吧。"嵇蒙暗下决心以后要增加去健身房的次数。

"羡慕。"凌小路撩起袖子，给他看自己的肱二头肌。

"我这个就是跳舞练出来的，但只能练成这样了，而且一段时间不练它就没了，我是很难增肌的体质。"

嵇蒙盯着那个微微股起的小山丘看，就这？有什么好值得炫耀的？

"就这么说定了！后天你跟我在指挥官婚庆大典上跳舞吧！"

"啊？"嵇蒙没反应过来，怎么就说定了？

"不过只有咱们两个不够，你还认识别的人吗？"

嵇蒙稍加沉默："没有人，但是有钱。"

"有钱有什么用？"

"有钱就有人。"

十分钟后，凌小路面前整齐地站了一排职业雇佣兵。这些雇佣兵为了统一形象，全部换了一样的人物模型，身材魁梧、高大威猛，只有脸部细节不一样，从外形评价，简直是合适到不能再合适的伴舞团了。

"你们都能做什么呀？"凌小路问。

为首的人回答："只要有钱，什么都能做。"

"太棒了！"凌小路拍手，"跟我一起跳舞吧！"

雇佣兵们："……"

【世界】鹿比：后天晚上婚礼庆典，你们的哈尼嵇蒙同学在惊蛰城摆席一百桌，届时欢迎大家来捧场啊！

"这个嵇蒙，又在粉名面前炫富，笼络人心。"窦寇一眼就识破了嵇蒙的意图。

"族长，输人不能输阵啊。"跟班劝道。

"谁说我输人了？"窦寇瞪他一眼。

【世界】窦寇：我摆两百桌！

【世界】欣晨：哦哦哦！

喜闻乐见的场景，一群人跟风起哄让嵇蒙"刚"正面。

凌小路等的就是这一句，他推推嵇蒙。

【世界】嵇蒙：三百！

【世界】狗饼干：哈尼无敌！哈尼阔绰！

【世界】窦寇：四百桌！

【世界】菊皮皮：霸霸宇宙首豪！霸霸家里有矿！

【世界】嵇蒙：再加一百！

窦寇咬牙。

【世界】窦寇：六百！我出六百桌！但凡来我窦泥湾酒席用餐的朋友，额外送一个抽奖金蛋，砸出什么都是你的！

举世界欢呼，赞颂寇霸霸的豪爽。

凌小路笑够了，这才发言。

【世界】鹿比：不好意思，刚才咨询了客服，她说一座主城最多只能摆六百桌酒席。既然寇霸霸这么积极，那这个机会就忍痛让给他吧，感谢寇霸霸！

窦寇："噗——"

跟班们："不好啦！族长吐血啦！"

凌小路查看好友面板，发现鸠鸠在线，随手把刚刚采到的蛋黄酥用宠物邮件给他发了过去。

鸠鸠还没回复，凌龙的对话框先亮起来，情绪激动得说话都乱码了。

凌龙：鹿比我€**{ €, € \ 你 !?¥]*#=

凌小路心虚，他忘记凌龙还在迷你风息翼龙身体里，这可怜的恐鸡患者怕是吓得不轻。

鸠鸠收到宠邮，发过来一个惊讶的表情。

鹿比：上次羊排没吃成，请你吃蛋黄酥，我自己种的。

鸠鸠：谢谢 [微笑]。

凌小路真想让那些整天管鸠鸠叫大魔王的网友看看，见到这个微笑的表情了吗？多么亲切随和的一个人啊！

鹿比：后天大婚典礼你来不来？

鹿比：有我的节目！

鸠鸠：好啊，我一定去。

凌小路后知后觉地想起来他还是个黑名。

鹿比：哎呀，忘记你是不是不能进城？

鸠鸠：别担心，我会想办法。

迷你风息翼龙回来了，凌小路悄悄唤了好几声"凌龙"都没反应，看来是被吓跑了。

真是太糟糕了，凌小路真心实意地忏悔，要不下次送他一只尖叫鸡赔罪好了。

万众期待的大婚如期而至。为了参加这次庆典，同时也是为了不错过寇霸霸难得一遇的酒席，不少远道的玩家提前一天就结伴踏上了前往惊蛰城的旅程。

婚礼当天正午，送亲队伍从春分城准时出发。除了女神官飒迪娅和她的护卫队以外，其余均为自发参与送亲的玩家。飒迪娅，这个在春分城拥有着极高人气的虚拟角色，裙下崇拜者云集。这些崇拜者以女神的骑士自居，甚至成立了家族女神骑士团，实力丝毫不逊色于窦泥湾。

送亲队伍从春分城到惊蛰城，需穿越四分之一张地图，历时一整个下午，沿途不断有新的玩家加入，组成了浩浩荡荡的长队，共同护送准新娘去见她未来的新郎。

待到傍晚时分，由指挥官提斯的亲卫兵们组成的迎亲队，出城迎接即将抵达的飒迪娅一行人，城内热闹非凡的婚庆大典也拉开了序幕。

"欢迎大家来参加……参加这个……"

窦寇才刚开麦就卡壳，身后的跟班小声提醒："提斯指挥官与飒迪娅神官。"

"……参加两位NPC的婚礼。我，窦寇，惊蛰城现任城主，窦泥湾家族族长，代表惊蛰城欢迎各位的到来……"

凌小路坐在窦寇为他安排的观众席黄金位置上，与嵇蒙耳语。

"为什么惊蛰城的城主是寇霸霸？"

"每个月月底都有攻城战，赢了城战的家族可以获得主城的管理权，从我玩这个游戏起，惊蛰城就一直是窦泥湾的管辖地。"

"有什么用？"

"用处就是你在城内和近郊开的每一间店面，做的每一笔交易，都要向窦泥湾上缴租金和税收。"

凌小路想到源庭镇林林总总的铺面，不免惊呼："那可真不少！看来让寇霸霸摆六百桌酒席还是太便宜他了。"

黄金席位距离舞台很近，窦寇能一眼看得清台下。

此时此刻的他相当不满，他明明只给小朋友留了位置，嵇蒙这个一桌不摆的吝啬鬼有什么脸过来蹭吃蹭喝？

两个人说话时还离得那么近，搞不好嵇蒙的计划已经得逞了！他真是替小朋友抱不平。

跟班戳戳思想开小差的窦寇，提醒他下面还有观众在等。

窦寇收敛心思，继续发言："我知道，女神一直是春分城居民的骄傲，尤其是在周末，很多人不远万里前往春分城，就是为了听女神一展歌喉。但是从今天起，这个骄傲，将是属于我们惊蛰城了！欢迎所有玩家，今后的每一个周末，来我惊蛰城聆听女神唱歌，这六百桌酒席，权作我为八方来客接风洗尘的见面礼！"

"寇霸霸说得好！"凌小路在台下鼓掌喊道。

窦寇暗中留意着凌小路的反应，见状暗自得意：小朋友一定是感受到了我的出手阔绰。

游戏开服这么久，还没有哪次活动的酒席数量达到主城能够容纳的上限，只有他窦寇才有这种财力，连太子嵇都不是对手。

这将是小朋友对他印象转好的第一步，虽然这第一步走得有点肉痛，窦寇现在想起账单还隐约有心梗发作的预兆。

不过如果能换来粉名的话，那一切也值了。本来讲话就该到此为止，可窦寇手握麦克风，望着台下一双双注视着他的眼睛，突然有几句心里话想要倾诉。

"有了女神的加盟，我们惊蛰城的综合实力又上升了一层楼。我窦寇玩这个游戏这么久，拥有游戏里人气数一数二的主城，实力万中无一的家族，还有取之不尽用之不竭的资源。

"如果说还有什么遗憾的话，那就是我至今未能拥有粉名，如果能让我获得一个粉名的话，我愿意……"

窦寇顿了顿，运足气："赠予他我名下的一处矿产！"

"哦哦哦哦！"众人集体喝彩，以凌小路声音最高。

"……的一年开采权！"窦寇激情补完。

"噫——"凌小路带头发出嘘声，台下群众也喝起了倒彩。

窦寇一看他前后反差这么大，急了："两年！采出来都是你的！"

嘘声更大了，跟班们见势不妙，赶紧把族长窦寇半劝半推哄下台，花了这么多钱笼络民心，万一弄巧成拙可就不好了。

"感谢族长如此精彩的演讲，接下来大家该吃吃、该喝喝，尽情玩耍，有没有哪位想主动上来表演节目的？"跟班努力地暖场。

凌小路当然不会错过这个机会，纵身一跃跳上了台。

从看清他是谁那一刻起，观众便开始欢呼，这个自带热门和锦鲤体质的少年，每次出现都能给大家带来不同程度的惊喜。

凌小路试了试麦："大家都知道今天的东道主原本是你们的嵇蒙哈尼，但没想到寇霸霸一出手就是六百桌，完全把嵇蒙比下去了。为了致谢如此豪爽的寇霸霸，我为大家跳一段舞助兴！"

"好！"叫好声此起彼伏，舞台上的灯光频繁闪烁，动感前奏响起，几个魁梧的身影训练有素地跑上台，摆出了专业的舞蹈队形。

下面的观众起初没认出来伴舞是谁，直到演出开始才一个个露出惊讶的神色。

这个全服最有名的雇佣兵团队，接的向来是攻城、护送、打王这样的战斗委托，谁都没想到此时此刻他们会出现在舞台上，认真跳着与严肃的面部表情全然不符的动感舞步,展现出一种出其不意的反差感。

凌小路,作为舞台上表情生动的唯一一人,配合他曼妙的身姿、灵活的步伐,在雇佣兵肃然的衬托下,宛若干涸大地破壳而出的一朵生命之花,又如深邃夜空一记璀璨烟花,瞬间点燃全场。

观众们不约而同开启截图和录像功能,数以千计的人异口同声高喊他的名字:"鹿比!鹿比!鹿比!"

凌小路在这样的喝彩声中完成着一个又一个令人眼花缭乱的花式动作,在观众情绪被调动到最高点时,他突然伏下身一动不动。音乐也由动感转为低沉,灯光渐渐变暗,似乎一切即将归于平静。

"雾来!"他大喝一声,舞台刹那间被迷雾笼罩,昏暗的舞台灯时明时暗,隐约照出舞台中央某个人的轮廓。

观众们抻长了脖子,想看清到底发生了什么。

聚光灯骤亮,一个背影出现在众人眼前,一个名字涌现到大家嘴边,却怎么都想不起来。

音乐急转高昂,背影转身,光芒四射。

"啊——"一个女生激动地尖叫出来,"哈……尼!"

凌小路后退一步,将C位让给稽蒙。他表情孤高冷酷,动作刚柔并济,肌肉线条的每一次收紧舒展都令人血脉偾张,一个眼神点燃荷尔蒙,一勾手指全体肾上腺素飙到顶峰。

高分贝的尖叫声此起彼伏,女孩子喊到缺氧,男同胞们也喜闻乐见地抢着打开直播,小宠物们陆陆续续升到空中,将惊蛰城上演的这一幕传播到全服每一个角落。

十数盏远射灯将夜空照亮,亮度直达天际,稽蒙的帅气也突破天际,照亮了惊蛰这座不夜城。

一段紧张的鼓点过后,音乐戛然而止,稽蒙冷峻无双的定格动作将全场气氛推向了最高潮。倘若天有顶,这顶肯定会被现场激动的人群掀得无影无踪。

在一片热烈的呐喊尖叫声中凌小路跳上前抓起麦克风:"哈尼跳得好不好?"

"好!"

"大家还想不想看?"

"想!!"

"今天请客的主角是谁?"

"寇霸霸!!!"

"寇霸霸要不要来一个?"

观众已经几近疯狂了:"来一个!来一个!来一个!"

窦寇好端端坐在台下突然被点名,下意识否决三连:"我不行,我没有,我不

会……"

跟班们："来一个！来一个！"

窦寇竖眉："连你们都跟着起哄？"

跟班们集体闭嘴，只有跟班甲低眉顺目，小声地跟着人群喊："来一个，来一个。"

撺掇窦寇上台的呼声一浪高过一浪，震耳欲聋，响彻全场。

凌小路拍了两下手，冲身后使了个眼色。五六个身材魁梧的雇佣兵跳下台，将手里预先准备好的花环往窦寇脖子上一戴，不由分说把人扛上了台。

被迫上台的窦寇茫然不知所措地站在舞台中央，脖子上由向日葵扎成的花环此起彼伏地吐着舌头："噗噜噜噜——噗噜噜噜——"

观众们静了静，认出那是什么后叫得更欢了。

凌小路在窦寇上台的同时拉着嵇蒙跳了下去，口中大喊一声："音乐！"

音乐响起，雇佣兵们改变队形，他们将窦寇围在中央，一脸严肃地跟着节奏翩翩起舞。

"来呀——快活啊——反正有——大把时光——"

窦寇毫无舞蹈经验，可前后左右都在跳，只能照着雇佣兵的表现往左晃动了几下手臂，勉强算做了个动作出来。

"啊！！！"台下又是一片尖叫，凌小路的鼓舞手势也被窦寇看在眼里。

窦寇心里一美：难道小朋友喜欢这种？

想到能刷好感值，他也不顾忌那么多了，跟随雇佣兵的舞步僵硬地摆动起身体，虽然永远都比台上其他人慢半拍，但也很努力地在表现，甚至学着他常看的舞者那样性感地扭了几下胯部。

凌小路跳上椅子，将手指放在口中吹了个长长的口哨。

仿佛打开了某个开关，兴奋的观众们纷纷爬上椅子桌子，纵情地欢呼尖叫，把披风举在空中甩，其中以窦泥湾的成员舞得最欢。宠物宝宝也加入了辣舞行列，千姿百态地舞动着身体，小宠物们在空中飞翔盘旋，全方位无死角地向全服直播这一狂欢盛况。

更多的向日葵摇头晃脑，排成长队踩着台阶跳上舞台，雇佣兵们默契地后退，把前半区的舞台让给窦寇和向日葵们，五颜六色的灯光交替闪烁，音乐切换成了快节奏的舞曲。这下窦寇想不跳也难了，肢体本能地随着鼓点摇摆，每次他把手举起来摇，都会在人群中掀起一股热浪。

受众人的热情影响，窦寇越跳越卖力，把能想到的动作都跳了出来，完全忘记自己是被架到台上来的。

有几个宠物宝宝趁机爬上了台，跟着台上的大伙一起摇头摆尾，不亦乐乎。

凌小路定睛一看，乐着指道："雷噜噜！"

嵇蒙一看宠物栏，才后知后觉地发现这家伙又跑出去了。

雷噜噜舞动着短手短腿，跳到兴奋时开始噼里啪啦地放电。

窦寇眼角一瞥这怎么行，忙把自己的陆地坐骑——一只威猛的吊睛黑斑白虎放了出来。白虎衔住雷噜噜一甩，把它甩到空中，雷噜噜在半空一个前滚翻接一个高难度的落地动作，落在白虎背上，拥有了更高的舞台的它肚子扭扭屁股扭扭，舞动得更加欢实。

惊蛰城的热烈氛围透过直播感染了大陆的每一个角落，无论人们身在何处，都情不自禁地随着音乐摇头抖腿，有的甚至也跟着跳了起来。

凌龙的同事，负责暗中监管活动秩序的 GM 们，也在狂欢中放松了警惕，脖子一顿一顿打着节拍。

"不不不不不……不好啦！"

从城外火急火燎地冲进来一个人，声音被淹没在欢天喜地的热舞人潮中。

他不顾一切地跳上台，抢过麦克风："不好啦！不好啦！别跳了！"

音乐停下来，人们也渐渐停下舞步，视线聚焦到声音的来源处。

报信的人喘着粗气："我们的迎亲队伍，被人袭击了！"

上一秒还在庆祝的人们不知道发生了什么事，面面相觑。迎亲队伍都是友善NPC，玩家必须开屠杀模式才能对这些 NPC 动手，可谁会无聊到这么做呢？

"是春分城的人！他们说拒绝女神嫁到惊蛰城，我们的迎亲队伍一到，他们就全体开了屠杀，而且他们的人数比我们多得多，个个全副武装。他们有备而来，目的根本不是送亲……"

他使尽浑身力气喊道："而是抢亲啊！"

突如其来的意外使刚才热闹非凡的现场瞬间气氛沉重。

嵇蒙开口："他们来了多少人？"

报信人摇着头："我不知道，可能有在场的……两倍？甚至更多。"

今天做客惊蛰城的人已不少，按这个数量推断，来的不仅仅是春分城的玩家，怕是连附近几座城池的玩家都被他们发动了起来，联合起来要将女神留在春分城。

更重要的是，这边的玩家都是抱着娱乐心情来玩的，根本不像对面早就做好了万全的战斗准备。

"无论如何，我们不能让他们得逞，这涉及惊蛰城的颜面，我们一定要将女神平安护送进城！"

众人七嘴八舌地附和：

"说得对！"

"迎娶女神！"

"捍卫惊蛰城尊严！"

"可我们没有他们人多怎么办？"

"是啊是啊。"人们想到这一点，心态又焦灼了。

"你们公会还有多少人？"嵇蒙问雇佣兵首领。

"像我们这样的，还有二百个。"

"叫他们全部上线，护送飒迪娅进城，"嵇蒙说话掷地有声，"钱我来出。"

凌小路刚要叫好，一杆大旗从天而降，他吃惊地看着自己的双手泛起浅白色的光雾，光雾由内向外涌动，同时他感到身体内充满了能量。

懂的人脱口而出："鼓舞战旗！商城售价398盟币，一小时内旗帜范围内所有友军属性提升50%！"

凌小路拍着嵇蒙："不愧是太子，出手就是大方。"

嵇蒙皱眉："不是我。"

"不是你？"凌小路好奇道，"那是谁？"

又一杆战旗从天而降，这次旗杆被牢牢握在一个人手中。

窦寇跨上一节台阶，手握大旗，意气风发："女神不是春分城的女神，女神是大家的女神，从现在起更是我们大惊蛰城的女神！那些异想天开的人，我代表窦泥湾全体族员，以及惊蛰的所有居民，誓要跟他们作战到底，绝不允许任何人，抢走属于我们的女神！"

窦寇慷慨激昂地讲完游戏生涯中最帅的一段台词，自我感觉无比良好。他想偷瞄一眼小朋友是不是同样被他的帅气迷到了，却发现凌小路拼命地在用食指点他。

窦寇不解。

凌小路又指了指自己的脖子，窦寇低头一瞅，发现社会葵花环还戴在脖子上。

上一秒还自觉高大无比的形象瞬间打了折扣，窦寇恨恨地摘下花环扔到地上，心中踌躇要不要重新再念一遍台词，其他人却已越过他，斗志高昂地朝着城门外奔去。

"族长，咱还不上吗？"跟班们迫切地等他发话。

窦寇咽下这口闷气，手中大旗一挥："冲呀！"

冲锋声自惊蛰城城门处传来，从微弱到洪亮，人们骑着各式各样的陆地和飞行坐骑，身后跟着作战宠物，杀气腾腾地奔赴战场。

"是谁，胆敢对我们的女神动手？"

"你们的女神？呵，"对面的首领笑了，声音逐渐转冷，"飒迪娅自诞生以来就是我们春分城的女神，谁也不能把她从我们手中抢走！"

这人一身骑士装扮，身骑白马，面容冷峻，头顶的金名在夜色中格外醒目。

"这个叫邶风的金名是谁？"凌小路问。

"全服最狂热的女神脑……最狂热的女神粉丝，据说对飒迪娅的热爱达到了痴迷的程度。"这人的事迹出名到连嵇蒙都有所耳闻，"女神骑士团就是他创建的，一直以女神的骑士自居。"

凌小路感慨："玩游戏玩到这种程度，也算是走火入魔了吧。"

"邶风！"窦寇隔空喊话，"你的女神是出嫁又不是赴死，你如果真的喜欢她，难道不应该祝福吗？"

邶风脸上变幻了好几种表情，半晌从牙缝中挤出几个字："出嫁，更不行！"

他举起手中长枪，直指窦寇："Honesty（忠诚）！"

一道白光发出去，划破夜空，直指窦寇。

窦寇也不慌，手中大旗一转，身前出现一面金色之盾："吾盾之坚，物莫能陷也！"

白光击中盾，迸发出更刺眼的光芒，窦寇在盾后以旗帜为武器，反手进攻："吾矛之利，与物无不陷也！"

"Humility（谦逊）！"邶风收枪防守，将窦寇的攻击化解为无形。

凌小路旁观他们回合交手，抱臂沉思。

"我发现了，要是没点文化，这游戏都玩不下去。"

嵇蒙不以为然："华而不实，施法自定义太复杂，PK 的时候很容易忘词。"

"就你的'雷霆万钧'接地气，好记。"凌小路反讽他。

"总比某人的'我走'好。"

凌小路：……哼！

嵇蒙把 cos（模仿）猪精的凌小路往旁边一带。凌小路还没反应过来，一道火球重重砸下，恰好落在离他不远的位置。

战场上有人在诵读火球雨的范围性法术，连凌小路所在的边缘地带也险些被波及。

嵇蒙虽说救了凌小路，却没什么好脸色："你想变烤猪？还是给人送赏金？"

每次凌小路想感谢嵇蒙的时候，总能被他一句话噎回去，赌气说反话："好呀，乱战之中做点慈善也不赖！"

嵇蒙也气得哼了一声："我看谁敢拿这个钱！"

他双手蓄电，电流噼啪作响，从指尖逐渐蔓延至全身。

蓄满电力的嵇蒙骤然睁眼："雷霆之怒！"

从天而降数十道天雷，无情地砸在交战中的两军头顶。天雷一道接着一道，血皮薄的玩家当场被劈成幽灵，侥幸存活下来的玩家被后续伤害一点点消耗着仅存的

血量，敌军肉眼可见的跪倒一片。

凌小路吓呆。

嵇蒙也有些茫然地望着自己的双手，他从玩这个游戏起就闷头抓宠物宝宝打怪，从未参与过大规模团战，不打都不知道自己这么厉害。

邶风气息一凝，他们这边人数装备占了明显优势，可对面两个金名，还有一队纪律严明、作战经验丰富的雇佣兵团，保护着司令官的亲卫队，让他们无法轻松地突进重围。

他长枪一挥，下令："复活！"

治疗兵们开始缓慢吟唱复活术。

惊蛰城怎会放过这样的大好机会，窦寇大吼一声："打断！"

众人将攻击目标转向治疗兵，对面人群却组成铜墙铁壁，不给他们打断的机会。

嵇蒙见凌小路双手一展，亮出了一对武器爪。这对爪平时只是毛茸茸的熊掌模样，战斗时可伸出三道利刃，是嵇蒙见凌小路没有称手武器，昨天买来给他玩的。

"你想做什么？"他警惕地问。

"风头不能让你一个人出啊。"凌小路给了他一个"放心"的眼神，食指放于唇边，身形逐渐消匿在夜色中。

借着战旗buff的加成，隐身状态下的凌小路移速更快。他冲到人墙前，借助敌人的肩膀二次跳跃进包围圈。对面有人只觉得肩膀被重重踩了下，却遍寻不到人。

"有人潜进来了！"他喊道。

所有人下意识锁紧包围圈，可凌小路早就隐身于圆圈中央。

"雾来！"这个他为了舞台效果新学的迷雾术发挥了莫大的作用，被迷雾笼罩的人们短时间失去了视觉，一片慌乱。

"怎么了？"

"我看不见了！"

"驱散！速度驱散！"

凌小路原地起跳，在空中快速旋转着身体，利爪经过之处，治疗兵们读到最后零点几秒的复活术被打断，没被打断的也被他果断跳过去补上一爪。凌小路在雾中前后左右突击，灵活宛如魅影，敌方遍寻不着。

好在对面的一人及时反应过来，使出一招范围禁锢术："觅迹寻踪！"

他脚底生出树根，冲破土壤向四面八方光速扩散，直到紧紧缠住凌小路脚踝。

"御风！"另一人及时召来狂风，吹散迷雾。

凌小路毫无防御手段暴露在敌人视线中。

"他在这里！"

眼看各种技能要往自己身上招呼，凌小路丝毫不慌，他还有一招土遁在手。

"我……"还未说完,一道黑影天外袭来,凌小路身体腾空,被动离开了地面。

嵇蒙的雷光球紧随而至,命中第一个目标后爆炸,散裂成无数小球,周围所有人无一幸免被击中。

凌小路被人拎起飞在半空,耳边风声呼啸,直到对方落地把他放下,他才看清救他的人是谁。

"鸠鸠?"他惊喜道,"你来啦!"

鸠鸠的表情看不到,他摸摸凌小路的头,算作友好地回答了这个问题。

鸠鸠做完这个动作后直起背脊,缓速地扫视了一遍战场,隔着面具凌小路都感受到了他凌架一切的傲然。

进攻者在认清来人后表现出了忌惮:

"鸠鸠?"

"鸠鸠来了。"

"他为什么会来?"

即便被凌小路这样搅和了一下,防守方依然处于劣势。嵇蒙虽然出手就消灭了一小群人,可对面的人数实在太多了,这期间惊蛰城也不断有人牺牲,被复活,再牺牲,复活时间不断延长。

鸠鸠的出现令无论是春分城还是惊蛰城的人,统统心中凛然。被鸟首扫视到的人,都下意识地退缩:"团长……"

邶风心急地望了眼速度缓慢但不断前进的飒迪娅的婚车,喝道:"慌什么!我们这么多人,难道还敌不过他一个吗?"他激励众人,"所有人一起进攻,谁能乱中取了鸠鸠性命,谁就是英雄!"

大家受到了鼓舞,邶风说得对,鸠鸠再强也难以一敌百,若是能将他击杀,那可足够吹嘘一整个游戏生涯了。

有了同伴的壮胆,骑士们举起武器和盾牌,指挥着战斗宠物,朝这个游戏内人人闻风丧胆的终极魔王发起冲锋。

鸠鸠身形一抖,凌小路惊讶地看着这个"鸠鸠"还留在原地,另一个"鸠鸠"却如幽灵鬼魅般逆着人群穿梭。片刻之后,两个幻影都消失了,真正的鸠鸠悬浮在远处的半空中,居高临下地注视着一个个被他攻击过的目标接连离奇倒下。

凌小路看到瞠目结舌,倒下的都是对面的精锐部队,这也太强了,强到可怕。

春分城实力瞬间折损,邶风及时意识到此时"硬刚"鸠鸠不是什么好主意,果断改变策略。

"放弃攻击玩家,所有人集火 NPC,一个都不要放过!"

敌人改变目标,不顾一切地攻击司令官亲卫队,惊蛰城派来迎亲的 NPC 太少,根本不是他们的对手。

"怎么办?"凌小路眼看着NPC血量迅速减少,急得喊了一声。

嵇蒙赶过来与他会合:"能给NPC加血吗?"

治疗玩家的尝试以失败告终:"加不上!"

凌小路心中涌起一股异样感,他猛地回头,飒迪娅的婚车从他身边缓缓经过。她高高在上、庄严神圣,她不染纤尘、完美无瑕。她周身散发着圣洁的光芒,足以驱散亘古长夜。她是夜的星,雾的灯,是迷途的指引,黑暗的救赎。凌小路维持着回头一刹那的姿势,定格在原地,目不转睛地目送着她缓慢前行,心灵受到了莫大的震撼。

他突然有点能够理解邶风的感受了。

始终冷眼旁观这场战争的飒迪娅,此刻终于举起她手中神杖,向天空吟唱。数道金光降临在受伤卫兵身上,几名濒死NPC满血重生,再次投身战场,为婚车杀出一条血路。车队在护送下义无反顾地前行,任何力量都无法阻止。

凌小路受到了鼓舞,一拉嵇蒙,二人也重新加入战场,跟惊蛰城所有守护者一起,清理着前行道路上的一切障碍。窦寇手里的旗帜换成了武器,他一声巨喝,大剑插入土地,地面犹如被凿穿一般产生巨大裂隙,一直延伸到邶风脚下,受惊的白马前蹄离地,发出阵阵嘶鸣。

"Valor(英勇)!"邶风稳住坐骑,吟诵强化法术,将力量注入他的团员。

窦寇威风凛凛地站在他制造的鸿沟后面:"谁都不能,从这里跨过!"

四个人同时冲向他,嵇蒙双手相扣,一道闪电链解决两个,另两个也应声倒下,身后插着黑色的鸟羽。

无数乌鸦于空中盘旋飞舞,翅翼似墨似碳,啼声如嘶如泣。

不论敌我,闻之心悸。

卫兵们在凌厉的攻势下不断阵亡,凌小路无奈地看着又一个卫兵在他面前倒下却无力回天。

倒地的卫兵伸出手,抓住凌小路的脚踝,艰难地将自己的佩剑递了出去。

"你……能帮我把这个……转交给指挥官吗?"

凌小路怔了一下接了过来。

【系统】你接受了任务[无名卫兵的遗愿]。

卫兵见他接受了,松了口气。

"我一生……追随指挥官,南征北伐,如今却在这里倒下……"他的视线落在不远处的城门,"我本以为,我会为了全体臣民,战斗到生命终止……想不到,却是为了您一个人的幸福……"

"这样也好。"卫兵咽下最后一口气,直到最后他也牢牢地注视着城门的方向,没有合眼。

凌小路心情沉重地站起身，对那个不曾谋面的指挥官充满了怨气。

"我们在这里为了他的婚姻大事拼命，他却龟缩在城里连面都不露。"

"虽然越高级的NPC智能程度越高，但也受一定制约所限，只要没有被卷入战场，就不能主动出城。"嵇蒙解释道。

"意思是，只要他被卷进来就可以参战了吗？那他厉害吗？"

"当然，提斯是实力最强的正义NPC之一，一百个玩家组团都不是他的对手。"

凌小路迅速搜索着游戏中他已知的规则，心生一计："我有办法了！鸩鸠！"

鸩鸠现身半空，鸦群在他身边聚拢又散开，他的身影也因此时隐时现。

"你说过，黑名进城会被NPC主动攻击的，是吗？"

鸩鸠略加思忖便领悟了他的意图，转身朝惊蛰城的方向几次纵跃不见了踪影。

凌小路心悬一线，嵇蒙说指挥官的实力以一敌百，他也没有把握鸩鸠能不能安然无恙地把人带出来。

片刻之后，鸩鸠重新出现在众人的视线中，他匪夷所思的走位助他躲过了好几次致命攻击，却仍不可避免地被攻击到仅剩一丝血皮。

婚礼的男主角紧随其后，冲危在旦夕的鸩鸠高高举起了长剑。

凌小路还记得鸩鸠那变态的死亡惩罚，他也一下子想起来，对于春分城鸩鸠是敌人，对于惊蛰城他也不是朋友。

"'奶'他啊！"他全然不抱希望地吼了一声。

几乎在他话音落下刹那，十几道治疗术不约而同地落在鸩鸠身上，将鸩鸠濒危的血量瞬间抬满。与此同时，鸩鸠的身上多出来各种护盾和增益buff。惊蛰城的人们以自己的方式，向这位并肩作战的"战友"表达了接纳。

凌小路松了口气，邺风就没有这么好过了。

"停手！所有人停手！"

邺风企图阻止正面冲突，然而为时已晚，指挥官被屠杀模式下的玩家接二连三的范围攻击卷入战斗，鸩鸠也恰到好处地隐身消失，全身而退。

指挥官失去了第一目标，停下脚步，缓缓转向邺风。

糟糕！邺风暗骂一声，他们现存所有战力集合起来未必不是指挥官的对手，然而阻止女神婚车进城才是他们的目的。

"退！先退下来！"他吼道。

指挥官挥舞长剑，近处的人退避不及，眨眼间跪倒一片。

"不要管指挥官！封路！继续封路！"邺风继续吼。

一直被围攻的窦寇也打红了眼："谁敢拦路？有来无回！"

他的跟班在后面焦灼地叫他："族长，先撤下来休整一下，你身上有重伤的debuff，无法接受治疗！"

窦寇充耳不闻,挥舞着大剑在人群中疯狂斩杀。

对面自然也注意到这一点:"团长,是解决窦寇的好时候!"

邶风召唤出信天翁,枪指窦寇:"Honor(荣耀)!"

信天翁长啸一声,从空中旋转俯冲,在接近窦寇的瞬间自爆,化作一团白炽的烟火。

"寇霸霸挂了!"惊蛰城的人们惊呼。

"族长!族长!"窦泥湾众人急喊。

"窦寇死了!窦寇死了!"春分城的人们士气大振,"冲呀!一定不能让他复活!"

治疗兵们争分夺秒地复活窦寇,对面敌人排山倒海般袭来,最激烈的冲突即将爆发,化身幽灵的窦寇在两军当前高高举起了遗言牌。

这是凌小路第一次见到金名举牌,竟然还是LED霓虹灯牌,生前金光璀璨,死后亦高调如斯。

窦寇:谁都不许复活我!

两边人都看愣了,不许复活是什么操作?

窦寇一句一句更换着灯牌上的字。

窦寇:搞什么?

窦寇:不要侮辱金名的尊严了!

窦寇:"大软"不"氪金"!

窦寇:跟平民有什么区别!

窦寇的幽灵仰头喝下复活药剂——原地复活,三十秒无敌,十五分钟全属性翻倍!

金光拔地而起,跪倒在地的窦寇气势汹汹地站了起来,浑身散发着光芒。

他昂首挺胸,声若洪钟。一夫当关,万夫莫开。

"我窦寇,言出必行!谁敢破坏这场婚礼,先从我的尸体上踏过去!"

凌小路激动地喊了一声:"寇霸霸牛!"

所有人情绪高昂地附和,"寇霸霸牛"声不绝于耳。

飒迪娅的婚车仍在毅然前行,距离城门只有一步之遥。

邶风破釜沉舟:"不要管人了,砸车!"

所有进攻者目标转向婚车,孤注一掷。

惊蛰城的人死亡过多,很多进入了复活等待模式,只能慢慢地等待死亡读秒,眼睁睁看着婚车血量一点点减少却无计可施。

指挥官和窦寇努力清理着场上的人,可他们却不要命一般,眼里只有婚车,一个人倒下了,更多人拥上来。在他们用生命筑成的人墙前,最终的一步之遥也变得

寸步难行。

凌小路拉着嵇蒙跑出人群："也该轮到我们发挥了。"

嵇蒙放出巨龙，带着凌小路一起跳上龙背。

凌小路把巨大丸扔给他："给！"

吃了巨大丸的巨龙体型转眼放大了一倍，摇身一变变成一只庞然大物。凌小路瞅着瞬间远离的地面，牢牢抓紧嵇蒙。

"冲呀！"他喊道。

嵇蒙一拍龙颈，倍化的巨龙朝着围攻婚车的人高速冲过去。

"闪开！"他又喊。

对面听是听到了，可这哪闪得开，只能面带惊恐眼睁睁看着庞然大物越来越近。

巨龙撞飞了所有人，为婚车撞出了一条畅通无阻的路。

邶风飞身下马，横起手中长枪，开始念技能口令："Sacrifi（献祭）……"

知道他要做什么的人见状忙惊呼："拦住他！"

没人拦得住他，婚车上的飒迪娅突然开口："邶风，我很失望。"

凌小路一愣，凌龙说得没错，这高等 AI 智能是真智能，扎心也是真扎心。

邶风被这句话钉在原地，停下了手里一切动作，不知道是不是凌小路的错觉，他总觉得邶风要哭了。

"你说过……你会永远庇佑春分城的臣民……"邶风嘴唇微颤道。

"是的，我会永远信守我的誓言，无论我身处何方。"飒迪娅说道。

一轮巨大的圆月从地平线上升起，将邶风的身影衬托得无比单薄。

飒迪娅回眸："你看，这里的月色也是如此皎洁，一如我的故乡。"

凌小路倒吸一口凉气，月下的邶风背后生出了巨大的黑色翅膀。

不对！是展着巨大黑色翅膀的鸩鸠出现在他背后，悄无声息地给予了他致命一击。

"飒迪娅……"邶风低声念着心中女神的名字，缓缓地跪了下去，释放出一缕幽灵。

因他倒下而彻底现身的鸩鸠，黑衣如夜，黑翼如鸦，宛如从月宫中走下的死神，金属面具在月光下闪过一道银光。

婚车缓缓驶入城内，所有 NPC 变为不可攻击状态。

指挥官放下武器，跑回他迎接新娘的位置。

皇家乐队奏起交响乐，指挥官单膝跪地，幸存的卫兵们也列队整齐划一地跪了下去。

"欢迎来到惊蛰城，我的女神，愿你的光辉也照耀这里的臣民，正如你照进我的生命。"

飒迪娅走下婚车,将手搭在对方手心的那一刻,天边绽放出第一朵烟花。

"成功了!"惊蛰城的人欢呼起来,喜悦在人群中传递,传递这来之不易的幸福。

"成功了!"凌小路也高兴地抓着嵇蒙跳起来,为两段压根不存在于现实世界中的数据相聚而欢呼。

周遭突然安静了,凌小路以为自己听觉出了问题,问:"怎么了?"

"嘘——"嵇蒙小声道,"你听。"

凌小路屏息聆听,空气中隐约有歌声传来,歌声好似在天边,又好似在耳边。先是只有细微的一点,渐渐放大,持续扩大,直到占据整个耳蜗,娓娓动听,犹如天籁。

女神的歌声,在这惊蛰城的一草一木、一石一瓦中碰撞,惊醒了城墙,飞扬了战旗,所有的静止从此有了生命。

所有能动的却静了,鸟停了,风止了,地壳停止移动,皎月不再东升。

随着时间推移,歌声变得铿锵有力,一切又蓬勃旺盛起来,凌小路仿佛重回到那个硝烟弥漫的战场,刀光剑影,法术横飞,执着的邶风,英勇的窦寇,鬼魅的鸩鸠,为坚守的信仰战斗的每一个人……

和声的人逐渐多了起来,凌小路起初以为这是错觉,但很快发现不是。来自春分城的人们陆陆续续复活了战友,步行来到城中,伴随女神的歌声轻轻地合唱。

只有邶风,无论被多少人复活,都执着地以幽灵的形态,静静地站在城外,眺望婚车最后消失的方向。

凌小路从一个个合唱的人脸上望过去,他们有的面如止水,有的眼含热泪,他们看似不甘,却又都平静地接受了事实。他们的歌声中有离别,有不舍,亦有祝福,有新生。

他们从最初就知道设定好的故事背景不会因人为而改变,却还是执着地发起了这一场必输的战役。

凌小路听得鼻子发酸,他顿悟了许多之前不懂的东西,他终于知道邶风为什么会那样走火入魔,也明白为何这些人会勇敢地举起武器。

这个世界是虚拟的,可世界里的人是真实的。角色的故事是虚拟的,但听故事人的情感是真实的。

就算结局终将走向失败,他们却依然拥有在现实世界中几乎绝无可能存在的回忆:一场义无反顾的战役,一个誓死守护的信仰,一群携手并肩的战友,一帮可敬可畏的对手,乃至一次无怨无悔的死亡。

指挥官牵着他的新娘,女神骑士团的骑士们单膝跪地,目送他们的女神面带幸福走向礼堂。

百乐齐鸣,千人合唱,绚烂的烟花接二连三地绽放,装点着硝烟过后的惊蛰城

夜空。

璀璨夺目，熠熠生辉。繁华刹那，印记永恒。

嵇蒙扯了一把凌小路，指了指后面的树。

凌小路不解。

"到那上面看，视野好。"

凌小路和嵇蒙并排坐在树顶，欣赏着漫天烟花。

盛大的烟火照亮夜幕，五光十色，变幻缥缈。盛开的岂止是烟花，还有希冀，还有憧憬。

晚风袭来，将树上淡淡的花香也带入鼻息。烟花绽放的声音、乐队奏鸣的声音、人们欢笑的声音，在远处交织响起，却又仿佛触手可及。

这是凌小路打进入游戏以来，亲眼所见、亲耳所闻、亲身体会到的最浪漫美好的一幕。他深呼吸了一口气，那些令人不快的烦恼尽数遗忘脑后，只有美好的回忆清晰地留存下来。

"能来玩这个游戏真是太好了。"凌小路由衷地感慨。

下面有人在趁机表白，有人起哄，被表白的人羞涩地答应了，又有人欢呼。紧接着有人效仿，有人被鼓舞，有人鼓起勇气，有人得偿所愿。今夜的惊蛰城，仿佛成了爱情的源头，悄然促使着世间美好的姻缘发生。在这个空气中充满浪漫气泡的氛围里，似乎每个人的情绪都会被感染，会勇敢地将心底的绮思向暗恋的人袒露。

凌小路也沉浸在这样的情绪里，从激动到感动得说不出话来，遥看着地面上一对对情侣紧紧相拥，自己似乎也能感受到那份海誓山盟的爱意。

他下意识地转头看了眼嵇蒙，却发现嵇蒙的视线也落在自己身上。二人四目相对，他在嵇蒙的眼里看见了星辰。

今夜最大的一朵烟花轰轰烈烈地亮相，在空中久久停留，又带着斑驳星光，依依不舍地坠落。

嵇蒙的轮廓被照亮，又淹没，可眼里的星辰不仅没有暗淡，反而更加璀璨。

"鹿比。"嵇蒙轻声叫他的名字。

"干什么？"凌小路喉咙发紧，如果这时做出了什么冲动的错误决定，也是烟花太美的错吧。

嵇蒙深吸一口气，借着漫天烟花，说出了心底的话。

"我想跟你一起组队做任务。"

凌小路："……"

第七章

PVP 战场

惊蛰城迎来了崭新的一天,凌小路走在城堡的砖石地面上,好奇地打量着这里的一切。

巡逻的卫兵们列队经过,凌小路仔细辨认每一张面孔。

"不是,不是,也不是……"

他遍寻不着前一晚将任务委托给他的卫兵,心中奇怪,NPC死亡难道不应该再次刷新吗?

"指挥官早!"

卫兵们的齐声问安打断了他的思考。

这是凌小路第二次见到指挥官本人,他朝卫兵们点头回礼后,巡视四周,像是在寻找什么人。

"提斯。"一个凌小路听得不多,但印象却格外深刻的声音从墙的另一边传来。指挥官转过身,面对自己的新婚妻子,情不自禁地露出了微笑:"早安。"

飒迪娅走过来:"你在这里做什么呢?"

"我的一个卫兵不见了,我出来找找看。"

指挥官边说边牵起妻子的手,带着她离开了此处。

凌小路刚想追上去,又生生止住了脚步。

嵇蒙杀过来——凌小路佩服他这种无论去哪里都是一副杀到的气势:"不是说好了一起任务的吗?!"

凌小路鄙夷道:"你是骑蜗牛来的吗?就因为你,刚刚人都走了。"

两个人拌着嘴,沿着指挥官离开的路线来到正厅,没见到要找的人,却见到了不该出现在这里的人。

"邺风?你怎么在这里?"凌小路好奇地问。

"女神在哪里,我就在哪里。"邺风警惕地望了一眼嵇蒙,"除我以外,骑士团所有的人也都搬来了惊蛰城。"

嵇蒙对此没什么想法,敷衍道:"哦,欢迎啊。"他拉上凌小路想走,却被邶风叫住。

"嵇蒙。"

嵇蒙转头:"有事?"

"骑士团进驻惊蛰城,会在月底的家族战中正式宣战。"

凌小路乐了:"女神在哪里,你们就要占领哪里吗?"

"不是占领,"邶风纠正他,"是守护。"

"我懂你的意思了。"嵇蒙终于听懂邶风的话里有话,他讨厌说话弯弯绕绕,"昨天我参战是因为惊蛰城是我的主城,至于城主是谁跟我一点关系都没有。"

邶风听嵇蒙表态后放心了许多,家族战中多一个少一个金名,对战局的影响很关键。

"你们要打惊蛰城,那寇霸霸怎么办?"凌小路问。

"如果他愿意和平解决的话,我们可以拿春分城与他交换。"

凌小路想到昨天窦寇拼死为女神开路的奋勇英姿,对这个提议的结果一点也不看好。

"我看你们怕是要做好苦战的准备。"

"一次失败就两次,两次失败三次,我们有决心。"

凌小路还能说什么:"祝你们好运。对了,你刚才看到指挥官了吗?"

邶风一愣,指了个方向,目送二人朝那个方向去了。中途两人好像还发生点小矛盾,边走边打了起来。

邶风:……奇怪的两个人。

凌小路和嵇蒙在作战指挥大厅找到了独处的指挥官。

凌小路问:"我把剑直接交给他吗?就这么简单?"

"任务说明怎么说的?"

凌小路掌心合拢又打开,模仿书本摊开的动作:"让我看看任务面板……唔,没错,就写把无名士兵的佩剑交给指挥官,那我就交咯?"

他上前去:"你好啊,指挥官。"

伏案工作的指挥官抬起头,见到陌生人:"请问你是……"

凌小路把前一天晚上得到的佩剑毕恭毕敬地递过去:"有人临终前要我把这个交给你。"

指挥官怔住,片刻后接下来,低头望着佩剑继续发愣。

凌小路不解地回头:"这样……就完啦?"

"有提示任务完成吗？"嵇蒙问。

凌小路摇头："没有。"

嵇蒙也走上前："你认得这把佩剑吗？"

指挥官回答得很快："当然，这是我的佩剑，剑柄上有我的名字缩写。"他掉转佩剑，将剑柄示意给二人看。

"是你手下的一个卫兵委托我交给你的，你知道他叫什么吗？"

指挥官缓慢地摇摇头："你刚刚说什么？临终前？"

"是的，我刚才在城堡里找了一圈也没有见到这个人。"

指挥官用指腹缓慢地划过剑鞘，突然手上用力，拔剑出鞘，剑身竟迸射出刺眼的光芒。

"咦？"凌小路发出惊讶的声音，他面前出现一个对话框，上面写着：

即将进入"无名卫兵的遗愿"回忆世界，请选择附近参与玩家。

附近的玩家除了凌小路就只有嵇蒙一个，凌小路在他的名字前打了钩。

一旦任务开始，将不能有新的玩家加入，请确认你的选择。

确认。

旧世界开启……

周围的景象发生了改变，陌生中又带着点眼熟。

"我是不是色盲了？"凌小路四下张望，视线最后落在嵇蒙身上，"我看什么都是一片昏黄，包括你。"

"我看你也是一样，"嵇蒙同样打量着周围，"应该是进入旧世界的视觉特效。"

"啊，我知道这是哪儿了，我早上才刚刚去过，"凌小路回忆道，"这里是城堡后面的训练场。"

训练场上士兵们正在刻苦晨练。

凌小路在人群中搜寻着，突然兴奋惊呼："找到了！就是他！"

他激动地跑到其中一人面前："原来你在这里！你还记得我吗？你叫什么名字呀？"

卫兵对凌小路的一连串追问毫无反应，反倒高举手中的剑纵向劈了下去。

"啊！"凌小路以为自己要中剑，来不及躲闪，剑却从他身上穿了过去，犹如劈到一团空气。

嵇蒙也走了过来："不要费力叫他了，没有用。"他环顾四周，没有一个人因为他们的出现有任何异常的表现，"你没发现吗？对这个世界的人来说你是不存在的，他们既看不见你，也听不到你说话。"

凌小路失望："是这样吗？那把我们传送进来做什么，就只是看戏吗？"他看看身边存在感很真实的嵇蒙,"那是不是连你我也碰不到啊?让我试试。"说完也不等嵇蒙反应过来,一记祖传鹿拳瞄准嵇蒙捶了过去,"哦吼!"

嵇蒙:"……"

凌小路望着正中嵇蒙胸口的拳头,尴尬地收起拳假装拍了拍:"锻炼得不错。"悄悄抬眼一看嵇蒙脸又气红了,他立刻赔笑道,"原来碰得到哦,我还以为咱们两个都是幻影呢。"

嵇蒙强忍了半天,才决定不跟傻子计较。

凌小路悄悄离危险源挪远了几步。虽然他眼里看不出太多色彩,但仍能推断出这是在深秋,原本该是枯黄的落叶在地上堆积了厚厚的一层。

"难道没有任何办法,让这个世界的人知道我们的存在吗?"

凌小路闷头想了会儿,在原地飞快地转起了圈。

嵇蒙皱眉:"你在干什么?"

凌小路的转动带起了风,风卷起落叶,在地上形成一道小小的旋涡。

"呼!"凌小路停下来,"我尽力了。"

周围的人都在认真训练,只有卫兵注意到这不同寻常的旋涡。他停下手里的动作,脸上露出困惑的表情。

"那边的卫兵!不好好训练,为什么开小差?"

凌小路这才注意到,训练场上指挥官的存在。

"报告指挥官!刚才……刚才……"卫兵十分不解地指着地面,"明明没有起风,但叶子被吹起来了。"

指挥官跟随他的手指瞥了眼平静的地面:"哪里有吹起来?"

"就是……我真的有看到……"

指挥官打断他:"卫兵,希望你能记住,在战场开小差非常危险,无论任何理由。操场,十圈,现在。"

卫兵立正:"是!指挥官!"

凌小路望着卫兵跑圈的背影:"我觉得指挥官有点不讲道理。"

嵇蒙数落他:"还不是因为你?"

凌小路东张西望:"这个嘛,指挥官严格一点,我觉得是好事……"

他望着望着发现周围的场景又变了,这回他们出现在疑似春天的野外,微风拂面,草长莺飞。

"欸?换地方了。"

还是先前那群人,他们潜伏在长草中,做野外埋伏训练。

有了经验的凌小路一眼就看到了卫兵。

突然一只金黄色的仓鼠闯进卫兵蹲伏的草丛里,像没头苍蝇一样往卫兵身上蹭。

卫兵意外之下小心翼翼地用手把仓鼠托了起来："小家伙，你是哪儿来的啊？"

仓鼠也不怕人，在他手心里兴奋地拱来拱去，还反反复复地转圈。

卫兵不由自主地面带微笑，轻轻摸了摸仓鼠柔软的背毛。

"卫兵！"指挥官发现了这边的动静，严厉地喊道。

卫兵赶紧放下仓鼠，起立站好："对不起，指挥官！"

指挥官一看还是上次的人："怎么又是你？战场上开小差很危险，你难道记不住吗？"

卫兵自觉犯错，重复道歉："对不起，指挥官！"

"蛙跳一百个！"

"是！指挥官！"

卫兵偷偷低头冲仓鼠挤了下眼睛，转身蛙跳着走了。仓鼠在后面追了几步，又停下来，呆呆地眺望着他的背影。

凌小路一摊手："这次可不怪我了，都怪那只老鼠。"

"是仓鼠！"嵇蒙没好气地纠正他。

"仓鼠，老鼠，傻傻分不清楚。"凌小路回头再去找，仓鼠早已不知道跑到哪里去了。

"我有预感，这个场景又要结束了。"

"小心！"嵇蒙按住凌小路往地上一扑，一条巨龙贴着二人后背呼啸着飞了过去，带起的狂风卷得二人衣角纷飞。

凌小路：垃圾游戏公司，知道要切场景，但能不能切得不要这么毫无防备？

"奇怪，"嵇蒙警惕地蹲起来，"这些龙好像能攻击到我们。"

"我知道，现在是打怪环节，做任务哪有不打怪的。"

嵇蒙试着往飞龙身上劈了一道雷，果然看到龙的血量有所减少。

"被你蒙对了一次。"嵇蒙说。

"什么叫蒙啊！"凌小路不服，"明明是有理有据的推理！"

"快走！这些龙是去攻击村子的！"

凌小路不假思索地跟着嵇蒙往山下跑："哎，我发现这些龙长得跟你那条一模一样。"

"那条龙是被我驯服的魔物。"

"它可真惨，不过是因为长得胖，就要被你驯服。"

嵇蒙边跑边瞪他一眼："跟长得胖有什么关系？"

两个人跑到山脚时，村子已是一片火海。

"坏了！来晚了！"

不远处传来厮杀声。

"是他们！"

二人奔向声音的源头，指挥官正带领着一小队人马跟巨龙们展开着殊死搏斗。

"他们的人也太少了！"凌小路惊呼，一眼看过去就知道两边实力悬殊，指挥官这一边很多人都负了伤。

"应该没有准备，只是恰巧路过，去帮忙！"

凌小路哪用得着他说，一早就亮出了熊爪，飞身加入了战局。

"空中作战欸，我没有优势。"

凌小路嘴上说着泄气的话，手脚动作可一点也不慢，瞄准一条低飞的巨龙，纵身跃到背上。

巨龙感觉背上凭空多了重量，旋转翻滚着想把入侵者甩下去，凌小路将利爪牢牢刺进龙背，口中惊恐地号道："我……我有恐高症啊啊啊！"

嵇蒙从地面上赏了巨龙一道雷，同时放出了雷噜噜。雷噜噜跃到半空中，瞅准飞来飞去的巨龙，东踩一脚，西踹一下，从一个龙背跳到另一个龙背上，把战斗当戏耍，玩得不亦乐乎。

凌小路骑的这条龙也被雷劈老实了，乖乖载着凌小路逆着龙群展翅飞翔。凌小路也不做别的，专门瞄准龙的眼睛攻击，被刺瞎的飞龙辨别不了方向，没飞几下就旋转着头朝下栽到地面，扬起阵阵尘土。

一条巨龙摔落至卫兵不远处，将战至伤痕累累的他惊了一跳。他握着早已断成半截的佩剑，紧张地举头张望，然而他看不到嵇蒙和凌小路的存在，自然也不理解为什么龙会自己从空中掉下来。

凌小路解决完一个麻烦，抬头一看，心跳骤停："危险啊！"

卫兵心有灵犀地感知到危险，回头却只见半空中朝自己高速俯冲的巨龙。

嵇蒙不顾一切地朝他扑了过去，却仍然慢了一秒。

卫兵瞪大眼睛，不可思议地看着替自己挡下这致命一击的指挥官。

指挥官僵硬地低头瞅了瞅刺穿身体的龙爪，又僵硬地抬起头。

"你……卫兵……不是告诉过你很多遍了吗……战场上开小差……是一件非常危险的……事情啊……"他将手中染着鲜血的佩剑往卫兵怀里一拍，缓缓无声地倒了下去。

卫兵神情呆滞地抱着指挥官的佩剑，明明是泛黄的画面，凌小路却透过那些明暗饱和度不尽相同的黄，眼前出现卫兵脸色苍白、双目泛红、浑身浴满鲜血的模样。

从空白中醒悟的他，突然"啊啊啊啊啊"地大叫起来，发了疯似的冲进巨龙群中，完全丧失了理智，以几近送死的姿态，毫无章法地迎着巨龙乱挥乱砍。指挥官救了他的命，却也带走了他求生的欲望。

凌小路想进去阻止他，却被人按住肩膀。

152

嵇蒙难得表情凝重地摇摇头："别担心，要是他们两个在这里牺牲掉的话，就没有后面的剧情了。"

凌小路混乱中竟依稀觉得他说得有道理，他只是不理解。

"难道我们在这个任务里的作用，就是为 NPC 们'打 call'的吗？"

嵇蒙虽然也没怎么做过任务，但这方面经验还是胜过凌小路的。

"有的任务目的是杀怪，有的任务目的是收集，但也有的任务，目的就是陪角色一起，将该走的路走完。"

巨龙将疯狂的卫兵团团围住。

为首的一条巨龙在空中扇了两下翅膀，长长吸了一口气，准备将这个不自量力的小卒烧为灰烬。

十字圣光魔法从天而降，巨龙被这毫无实体的光束禁锢住，拼命地挣扎吐息。从天边飞过来十数支箭，箭无虚发地命中巨龙。受伤的巨龙发出愤怒的嘶吼，竟挣脱了法术的束缚，掉头飞往箭来的方向。

嵇蒙精神一振："来了！"

飒迪娅站在她的战车上，不慌不忙地念着法术的咒语，她手中的法杖如注入生命般颤动着，发出金属碰撞的铿锵鸣响。

念完最后一个音节，圆形的魔法阵倏地飞出，与迎面而来的巨龙碰撞在一起，引来一声震耳欲聋的哀号。

女神的军队紧随其后，巨龙首领和它的龙群在空中被万箭齐发射中，有的当场从高空坠落，幸存的落荒而逃，一次魔族入侵以双方均损失惨重告终。

飒迪娅从战车上走下，走到一息尚存的指挥官身边。

凌小路激动地喊了声："女神！"

又是那宛如天籁的声音，自第一声吟唱响起，以飒迪娅站立的位置为中心迅速地蔓延开，天地万物突然有了色彩，绿荫遍野、百花争鸣、艳阳高照、蓝天白云……泛黄的旧照片摇身一变，从此化作斑斓的油画，凌小路从未留意过有颜色的夏天是这么美，吟唱治愈法术的女神更是美得让人挪不开眼。

指挥官身上的致命伤口奇迹般地愈合了，原本静止的睫毛颤了颤，生气重新回到他的身上。奄奄一息的人缓慢地睁开双眼，瞳孔里倒映着飒迪娅天使般的轮廓。

"是你救了我吗？"虚弱的指挥官露出极浅的微笑，"我能不能有这个荣幸，知道你的名字？"

飒迪娅居高临下，与他四目相对："我来自春分城，我的名字叫飒迪娅。"

"飒迪娅，"指挥官将手放在胸口，"我本以为是恶龙贯穿了我的胸膛，没想到真正贯穿这里的，是来自于你的圣光。"

凌小路的注意力一直在这对神仙眷侣身上，直到此时才记起卫兵的存在。

"咦？卫兵呢？"

被遗忘的卫兵凭借最后一丝信念支撑着身体，如今再也支撑不住了，他将佩剑紧紧抱在怀里，无力地倒在了身旁巨龙的尸体边……

正在返回现世界……

凌小路与嵇蒙被传送回了作战指挥大厅，指挥官还维持着他们离开时的姿势。对他而言，时间只过去了弹指，并没有意识到两个人短暂地在这个时空消失过。

"我……似乎想到了你说的人是谁，"他遗憾地抬起头，"但是很抱歉，我并不知道那位卫兵的名字。我的卫兵都是最优秀的，失去他我很难过。"他郑重地收起佩剑，"谢谢你为我带回了这个，我会妥善珍藏，永不再使用。"

"可是那位卫兵……"凌小路迟疑着。

"我一定会找到他的遗体，并为其厚葬。"指挥官说。

凌小路与嵇蒙面前同步出现了选择对话框：

是否将卫兵的心意告知指挥官？

二人对视一眼，不约而同地选择了"否"。

【系统】你完成了任务"无名卫兵的遗愿"。

【系统】你获得了[无名卫兵的雕像]。

凌小路小心地摊开双手，手心出现了一个小小的单膝下跪的卫兵雕像。

雕像没有任何属性，只有视线落在它上面时，会跳出一行注释小字：

无法言说的情谊。

凌小路俯身将纯白色的花束在卫兵墓前静静放下，这是一个无名之冢，无名卫兵到最后也没能拥有名字。

"如果没有抢亲，他是不是就不会死？"凌小路突发奇想。

嵇蒙摇头："他的'时间'到了，也许婚礼就是策划为他设置的剧情节点，一旦过了这个节点，任何原因导致的阵亡，都不会让他再次刷新。"

虽然不断提醒自己这一切都是假的，凌小路依然意难平："不行，想想还是很憋屈。"他恨恨地抓过凌龙，"打龙发泄。"

嵇蒙把迷你风息翼龙抢下来："你怎么老拿你的小宠物撒气？虽然它没什么智能，但跟卫兵本质都是一样的。"

凌小路心想：我这条龙可智能了。

"那怎么办？我能打策划出气吗？"

"不能。但是你可以给策划寄刀片。"

惊蛰城不举办活动的时候，反倒没有镇子热闹，街上鲜有商铺，凌小路沿途见到的大多是一些功能性店铺。

嵇蒙带着凌小路在邮局门前停下来。

"这里出售的刀片一元一个，买下来后可以在门口的邮筒邮寄给策划。"

凌小路不知道说什么好："这个游戏做得真是太贴心了。"

"可能是跟你抱有同样想法的人太多了，才开发了这么个功能平息民愤。"

"还能借机赚钱。"凌小路补充了关键。

嵇蒙走进邮局，NPC 服务人员礼貌地迎接他："请问需要什么？"

"你要寄多少？"嵇蒙扭头问跟在后面的凌小路。

凌小路量化了自己的不满度："我要寄 99 个！"

嵇蒙转回去："200 个刀片。"

"买那么多？"

"我跟你一起寄。"嵇蒙头也不回地说。

凌小路：……策划收到太子寄的刀片，不知道心慌不慌。

游戏公司真的很贴心，寄刀片的时候可以选择任务定向投递，凌小路毫不犹豫地全投了"无名卫兵的遗愿"。

"扎心很可怕，圈钱更可怕。但扎完你的心，还要圈你的钱，这才是最可怕的。你们公司策划的工资一定很高吧？"

嵇蒙一边往邮筒里扔刀片，一边回答："别人不是这么说的。"

"那他们怎么说？"

"他们说这个游戏里很多任务，都像是公司不给策划发工资才被设计出来的。"

凌小路："……我居然觉得这句话更有道理。"

"看到那边的排行榜了吗？"

"是什么？"

"任务收到刀片数量的排行榜。"

"……"

排行榜上的数字大到触目惊心，最多的一个任务收到了三百多万个刀片，进入游戏不久的凌小路承认自己被吓到了。

"这是什么任务？居然惹众怒到这种程度？"

"你想做？"嵇蒙误解了他的意思。

凌小路表情像见鬼："你在逗我？等下我截张图，把榜上的任务全部拉黑！我这会儿血糖过低，急需做点高兴的事情缓解一下心情。"

嵇蒙能想到的高兴的事情非常有限："那去抓宠物宝宝？"

"除了抓宠物宝宝、喂宠物宝宝、玩宠物宝宝、拍宠物宝宝……以外高兴的事

155

情,还有吗?"

嵇蒙想了想:"那去取像吧。"

照相馆就在邮局的斜对街,馆正中央悬浮着透明的长方体,长度约有成年人臂展那样长。

嵇蒙从相册里做了个"抓"的手势,"扔"进了长方体,他们做任务时的景象便全息立体地出现在框体内部。

"好神奇,你为什么会有?"凌小路扒在顶上往里看。

"开始任务时可以选全程录像。"

"怎么不告诉我?早知道我也录!"凌小路遗憾做任务的时候太投入,连张截图都忘记拍。

嵇蒙将空中的操作面板划到他跟前:"用这个可以选择进度,放大缩小,调整拍照视角,选好了就按取像键。"

凌小路用手指滑动进度条,里面的人物飞快地行动,他滑回去,角色又以几倍的速度倒退,仿佛在操控一部全息微缩电影,连电影中的色调都与任务保持同步,从泛黄到斑斓。

"印这张怎么样?"画面停留在凌小路用祖传鹿拳暴击嵇蒙胸口上。

嵇蒙瞪他。

"我看还是印这张比较好。"嵇蒙一口气拖到后面,凌小路刚跳到龙背上时鬼哭狼嚎的疵样,还很气人地放大成特写。

凌小路:"……"

他一帧一帧地寻找嵇蒙的丑照:"你等着,我今天不凑够你的九宫格表情包不罢休……等下!我要这一张!"

他按下取像键,小心翼翼地把印好的照片捏在手里,那是卫兵托着仓鼠,笑得一脸温柔的模样。

凌小路如获至宝:"虽然不知道你的名字,但可以留下你的样子。"

他把照片在相册里收藏好,回头一看这么一眨眼的工夫,嵇蒙竟然印了十几张,拿在手里有薄薄的一摞。

"你怎么印了那么多?"他好奇道,"都印了什么?给我看看。"

嵇蒙光速把照片塞进相册:"没有啊。"

行为更加可疑。

"你是不是拿我印表情包了?"凌小路揪住嵇蒙质问。

"谁印你了?"嵇蒙装作无事一样瞅东瞅西,"我印你做什么?"

"那你印了一堆什么?"

"雷……雷噜噜啊!"

凌小路看他说得理直气壮的样子,半信半疑地放开他,回头继续截自己的图,口中小声嘀咕:"印雷噜噜那么心虚做什么,还不给人看,就好像谁不知道你秀宠狂魔似的……"

最后两个人每人都印了一堆照片,心满意足地走出照相馆。

凌小路用胳膊肘碰碰嵇蒙:"你家空房间那么多,借我一个行不行?"

嵇蒙对此的回应是:"早跟你说过不要问那么多废话。"

凌小路在二楼挑了一个阳光最好的空房,精心地把照片一张张贴上了墙,有手捧仓鼠的卫兵、舍己救人的指挥官、吟诵圣诗的女神,还有嵇蒙按倒他躲避巨龙的画面,他跟着嵇蒙跑下山的画面,两个人一只雷噜噜与龙群搏斗的画面……当然也少不了祖传鹿拳的画面。种种画面加在一起,组成了他在游戏里第一次被任务感动的回忆。而那个小小的卫兵雕像,被妥善珍藏在房间中央的展示柜中。

凌小路离开前回头望了一眼,雕像静静地待在阳光里。

他下意识地扬了扬嘴角,将房门在身后轻轻掩上。

离争的大氅没能还给正主,又披在了凌小路肩上。

尽管环境敏感度调到最低时的感官效果近乎于没有,可凌小路还是执着地要体验北邙的寒冬,不肯把数值调低,认为这样才有真实感。

雪中的他呵一口气,搓搓冻红的手,将才钻出土壤不久的嫩芽围在手心,试图帮它遮挡风雪。

种子撒在四季如春的东野,生机勃勃,郁郁葱葱,让人满足于自然的馈赠。

种子撒在冰天雪地的北邙,迎风怒放,傲然挺立,让人感叹于生命的倔强。

凌小路每天往返于春冬两季,凭借种地生生悟出了人生哲理。

"如果你担心它冻死的话,可以找个玻璃罩把它罩住。"与气温等温的声音乍一响起,凌小路就知道是离争来了。

"师父,这么早呀。"凌小路转身站起来,乖巧礼貌地问了声好。

"不早的话,你是不是又打算种完地就溜?"

凌小路意图被拆穿,讪讪地否认:"怎么会呢师父,我每次都是凑巧才跟师父的上线时间擦肩而过,其实我也很想念师父。"

"那样正好,等下留下来。"

凌小路眨眨眼,心中忐忑:"留下来……做什么?"

"我这院子的格局需要改一改,那边的温泉也要扩一下。"

能忍吗?不能忍,凌小路决定以男人的身份与离争正面交涉!

他嘴角一咧:"师父,我学了个新技能,你要不要看?"也不等离争回答,便举起食指,嘘——

隐身的他踮起脚，偷偷摸摸往大门口走，我走，我走——

奇怪，脚怎么扎在地上动不了？

凌小路纳闷地低头瞅，与捆住自己脚踝的向日葵故友相见，热泪两行。

"怎么又是你？"他可怜巴巴地抬头。

梅树下的离争眼皮也未抬："好看。"

……师父你夸得真走心啊。

凌小路抹了把泪，义正词严地控诉："师父，虽说咱俩师徒缘起于我的死缠烂打，可这事后待遇也太不公平了吧！你看看别人家师父，不是教玩游戏，就是带打装备，没事也要嘘寒问暖：'徒弟弟，你饿不饿？徒弟弟，你冷不冷？徒弟弟，你累不累？'再看看我，种地栽树搬砖喂蛇，干的全是苦力活，师父就不能偶尔关心一下徒儿吗？"

"徒——"离争重读，"弟弟，你饿不饿？"

凌小路裹紧大氅："弟弟不饿，弟弟就是有点冷。"

为什么会提出让离争关心他，他果然是个弟弟。

"你想让我教你？"离争视线这才完全落在他身上。

"想啊！"凌小路发自内心地附议，"师父你那么厉害，就算不教我打架，教我捏脸也行啊！"

"我见过你打怪。"

"欸？什么时候？"凌小路自己都没怎么见过自己打怪！

"还算比较有可塑性。"

"那就更要教我了师父！"凌小路怎么可能错过这个机会，"你想想，我是你徒弟，要是出门谁也打不过，不是给你丢人吗？"

离争沉吟："那边有个树桩，你攻击它看看。"

凌小路换上熊爪，开始攻击树桩。

伤害值628、587、662，暴击1372……

"你过来。"离争看了一会儿，叫了停。

"哪儿来的？"他问。

"这个？"凌小路搓搓熊爪，"嵇蒙送的，他说之前那个匕首不行。"

"他给你武器，为什么不给你附魔？"他取出一根发光的细线，"伸手。"

凌小路把爪子伸出去，看着离争将细线缠在利刃上，又用手指凭空画了几道印记。

细线消失不见了，爪上出现了橙色的光效。

"咦？"凌小路好奇地舞动手臂，光效还会随着手的动作产生运动轨迹。

"再去试试。"

伤害值 1488、1738、1258，暴击 3088……

凌小路惊呼："师父！翻了一倍！"

"这个够你现阶段用了，剩下的就要靠操作提升。"

"那我现在是不是很厉害，可以出去找人 PK 了？"凌小路激动地说。

"还早一百年呢，"离争毫不留情地打击他，"以你现在的装备，只能去不需要装备的 PVP 战场试炼。"

"哦，"凌小路失望了一下，"那是什么？"

十分钟后，凌小路被传送到了战场。

"师父？师父你在哪儿？师父人呢？师——哎哟！"他的后脑勺被人重重拍了一下。

"吵。"

凌小路："……"

这个语气，这个行为，这个态度，是他师父无误了，可这个样子？

离争一身白衣无影无踪，取而代之的是普通到不能再普通的卫兵装备，脸也换成了一张平凡无奇的脸。

"师父，你怎么变成这个样子？"

离争扫了他一眼："在问这个问题之前，不应该首先看看你自己吗？"

凌小路低下头，后知后觉发现自己身上的装备也换成了离争同款。

"我的脸呢？脸也变了吗？"他忙伸手摸，"天！我变方了！"

"一个战场四十人，四支队伍，等下还会随机组进来八人。我们是绿队，记住，穿绿色装备的是队友。"

"绿色，记住了！"

凌小路又问："那进去之后做什么呢？"

"等下你就知道了。"

随机匹配的队友陆续进了准备大厅，大家都长得差不多，凌小路也看不到任何一个人的名字。

最后一个进来的人嗓门洪亮："经验指挥，在线带队。听我安排，不送包赢！"

凌小路小声问："师父，这个人是大神吗？"

那人听力还好得很："036！你有什么意见？"

"036？我？"凌小路指着自己问。

对方面露吃惊："你连这都不知道？第一次玩吗？你看你自己衣服上的数字！"

凌小路在胸口找到了自己的编号——036，也看到了离争的——627，以及这个嗓门洪亮的大哥是 411。

159

"数字是怎么来的?"凌小路问离争。

"随机。"

"哦……"还以为能挑呢。

411自认晦气:"排到个什么都不懂的新手,这不是9打31嘛!"

凌小路不这么觉得:"我师父在,他可以教我。"

411不屑地打量下离争:"627是你师父?希望他不是坑货,不然真是大门口挖陷阱——坑到家了。"

"你怎么能这么说我师父呢?"凌小路不高兴了,"我师父可是……可是……"他想说很厉害的人,又想起自己没见过离争打战场,万一不厉害怎么办?于是换了个有把握的说法。

"——全服最好看的人!"

411被他逗乐了:"哧——全服最好看的人?谁呀,离争吗?"他推旁边的人,"哎,听到了没?他说627是离争。"

旁边有几个人也跟着笑了出来。

凌小路:"……"

离争淡淡开口:"倒计时了,别多话了。"

411偏要多话:"627要是离争,我还是鸠鸠呢,匿名膨胀谁不会呀?我说036,你吹牛我管不着,拜托你进去之后别坑队友,找个角落'苟'着别送。还有那个师父,场上记得多用美色迷惑对手,咱们今天能不能赢全靠你师徒俩了。"

凌小路嫌弃地撇撇嘴:"师父,这里面能攻击队友吗?"

他才问完,就整队被传送进战场。安全区尚未解除,不远处有一个战备箱。

"我先!"411抢先打开箱子,拿走了火枪、防具和治疗道具。

离争使唤凌小路:"去,看看里面有没有飞弩。"

"有的,师父!"凌小路把飞弩抢到手,给了离争。

离争飞弩上膛抬手给了411一箭,打掉他四分之一血量。

所有人不解。

"你!"411满脸怒气,"你有病吗?"

离争面不改色:"我徒弟问我战场上能不能攻击队友,我示范给他看,免得他后面误伤。"

说罢,他转向凌小路:"能。"

凌小路:……这个回答真的一点也不多余呢师父。

"那我用什么?"这里的装备都很原始,凌小路翻出一把木弓,"能用这个吗?"

离争从他手里把弓夺下来,扔回箱子,又捡了把短到可怜的短刀给他:"你用这个。"

凌小路很婉转地表达:"师父,这刀拿来剔牙,我都嫌它太短。"

"你不是进来练习操作的吗?这个是最难的近战武器。它重量很轻,不影响速度,还能近身一击毙命。"

凌小路看着其他人手里的火枪、长弓、飞弩……那也得他有命才能近身啊,就怕人没靠近就被射成筛子。

"让他拿个远程武器'苟'角落吧,"拿着斧头的745插话道,"近战难玩,留着短刀防身就行。"

"不必。"离争一口回绝。

凌小路很感激他:"没事,我师父就是带我进来试炼的。"

"来这种地方试炼?太残酷了吧。"

凌小路内心点赞,表面虚伪:"怎么会,严师出高徒嘛。"

"一个连队友都偷袭的严师,还有一个不知天高地厚的高徒,"411把血重新加满,但这也消耗了他一个宝贵的治疗道具,"等出去后看我不举报你们两个!"

离争置若罔闻:"看到水晶了吗?"

战场上大大小小的水晶放眼望去有几十个。

"嗯!"凌小路点头。

"现在是透明的,接触十秒会激活变色。"

"哦!"

"不能用技能,不能用宠物,只能使用提供的道具。"

"明白!我尽可能去抢大的是吧?"

411刚想出声嘲讽又咽了回去,让这个一无所知的新人去抢竞争更激烈的大水晶,残酷的战场会教育他做人。

安全区解除,411分派任务:"745去上,122去下,036……你不是想拿大的吗?去中间!"

凌小路只听离争的:"师父?"

"嗯。"

得到肯定答复,凌小路往目标跑去,没跑几步就中了一枪,从背后。

411吹吹枪筒:"让他亲身体验能不能攻击队友这件事,印象岂不是更深刻?"

离争手里的弩有抬起的迹象。

"师父!"凌小路忙道,"先打战场吧,事后再说!"

手指触摸到水晶的一瞬间,指尖出现读秒条。

1,2,3……

时间在这里过得很慢。

7,8,9……

"嗖"——凌小路警觉地向后一仰，躲过了飞来的箭，可惜手也离开了水晶，前功尽弃。

对方暴露了位置，离争举起弩，啪啪两箭命中目标，虽未造成击杀，但足以将对方劝退。

凌小路趁机重新读秒，心道我师父果然战场上也是厉害的。

水晶变成绿色，他们的队伍一举拿下5分，但第一组水晶是最好拿下的，其余三队也是同样的成果。

"留两个守家，其余人跟我去下一组！"411喊道。

"去偷红队的水晶。"离争对凌小路下了不同的命令。

凌小路想也不想地掉头往红队阵营奔去，411气这两人不听指挥，但见他们去送死也不拦着。

"以为9打31是我乐观，明明是8打32！"

凌小路猫腰潜伏到红队的防守队员身后，却被远处埋伏的远程发现，躲过第一箭没躲过第二箭，又被近战冲上来劈了一斧子，血量只够扛下一次攻击了。

"胸前和背后的编号牌是致命点。"离争朝远程藏匿的方向射出一弩，不慌不忙道。

要是什么都没做就挂掉，那也太丢脸了。凌小路咬牙从地上鱼跃起身，以一个匪夷所思的角度避开了下一斧，跪在地上滑到对方身后，一刀挑掉了他背后编号牌。

远程也被离争干掉了，复活时间30秒，凌小路争分夺秒地拿下红队占领的大水晶。

红队队友回援，将残血的他送回复活点。

绿队积分11，排名第三。

"学艺不精，给师父丢人了。"凌小路复活后惭愧检讨。

"你知道就好。"

凌小路："……"

"不过为什么水晶没丢？"不仅大的没丢，还多出来一个小的。这不仅是4分的入账，还使得红队瞬间损失4分全场垫底。

"为师守下来了。"离争轻描淡写地说。

凌小路记住了，下次除了吹师父很好看，还可以吹师父很厉害！

有这么厉害的师父，徒弟也一定要争气！

"后面我一定不会挂了！"

"挂了就回去修院子。"

……那必须不能挂了！

411："有人偷家！回去防守！"

离争:"继续进攻。"

411:"绿队有两个落单的,草里埋伏一下!"

离争:"不要管人,去偷黄队水晶。"

411:"(*&¥(*&#……$!"

凌小路:好烦,能屏蔽单人吗?

他摸到黄色水晶前,手刚放上去就被人偷袭。

凌小路脚下左闪右躲,左手却始终没离开过水晶,对方发现明明这么近却始终无法碰到他。

"怎么用这么久?"黄队队友来支援,凌小路坚持到最后一秒,拿下水晶后被迫一打二。

难怪离争说战场可以练习操作,凌小路在一次次进攻闪躲中,加深了对战斗的理解。

只可惜,他的武器太短,血量渐渐不支。

危急关头,从暗处飞来的两支弩箭救了他的命,至少暂时不用修院子了。

绿队积分29,暂列第二。

凌小路抹了一把汗:"师父,下次出手能不能早点?"

离争在旁边看了半天的戏:"你不是来试炼的吗?试炼就是要拼到极限。"

745远远跑过来,放下两个治疗道具。

"谢谢,谢谢。"凌小路忙捡起来给自己加满血。

"我觉得你们师徒打得更好,411指挥大家守家,结果家也丢了。"

凌小路无语地看看身后:"没关系,我也把别人的家偷了,扯平,扯平。"

"剩下不到一分钟,我们还落后2分。"

"我可以去试试偷中间的水晶,但需要人掩护。"

好几个人跑了过来:"我们掩护你!"

411跳脚:"还听不听指挥了?我们现在目标就是保住第二名,还有积分!"

"那我上了。"凌小路把刀柄叼在嘴里,义无反顾地冲出去,躲开了一次又一次远程攻击,还顺便挑下了两个人的号码牌。

黄队队员集中包夹,却被埋伏在四周的绿队队员团灭。

"时间不够了!"凌小路在激活水晶的同时喊道。

745不解:"还有十几秒呢,他们已经团灭了,胜利是我们的。"

……8,9,10,中央水晶变绿,积分上升第一。

411举起枪,悄悄瞄准血量只剩10%的凌小路。

"啊——"411再次中了一弩,就像开局的时候一样,"又是你?"他怒了,刚把枪转向离争却被人从背后挑了号码牌。

"不好意思，最后这点时间是留给你的。"凌小路一边抛着他的号码牌一边道。

"你……给我等着！"

战场关闭，411 累计死亡五次，虽然战队排名第一，但个人成绩扣除 50%。

回到结算大厅，411 恢复成原本的样子，气冲冲地吼道："036 孙子在哪里？给我出来！"

人们陆陆续续地传出战场，绿队最后内讧的事差不多在场每个人都亲眼看见，不管赢了还是输了，都留下来看热闹。

"411，你找我？"凌小路终于现身。

"你就是 036 ？"411 咬牙，"不孬，很好！啊？你还敢顶着悬赏到处走，是打算用金钱补偿我的精神损失吗？鹿比，我记住你了，举报加追杀，套餐不用谢！还有你师父，你师父人呢？！"

凌小路回头："师父！有人找！"

"你们师徒俩挺嚣张，还敢杀我？我倒要看看你师父到底是——是——是——"

411 表情好似一只被掐住喉咙的尖叫鸡，足以吓退凌龙三百里。他目瞪口呆地盯着离争足不染尘地朝这边走来，冷不防在众目睽睽下抬手扇了自己左脸一巴掌。

凌小路："……"

"嘿嘿——"411 开心地笑了起来，"不疼，做梦呢，我就说离争怎么可能出现在这种战场。"

旁边好心人提醒："你开疼痛感知了吗？"

411 把疼痛敏感度调到最大又轻轻扇了右脸一下，顿时疼得跳了起来："疼！嗷嗷，疼！"

凌小路：这也太浮夸了吧！

如果到场的金名是窭寇，大家准一窝蜂拥上去叫"霸霸"；如果来的是稔蒙，也自有那奔放的玩家扑上去喊"哈尼"。可离争往大厅中央一站，自带隔绝气场，人们又跃跃欲试，又不敢造次，一时间都在暗暗找角度拍自己和离争的合影，也有那幸灾乐祸的趁机起哄。

"刚才在战场里暗算小鹿比，还指挥人家去送死，我们可是都看见了。"

"还说离争是什么……大门口挖陷阱——坑到家了？"

"要不是男神师徒俩给力，我们上一局输定了！"

没经历这桩公案的其他队成员恍然大悟："我说呢，难怪最后你们队自己人打起来了。"

"411，"更有那记性好的打趣他，"你不是说 627 要是离争，你就是鸠鸠吗？你倒是把面具拿出来呀！"

"假的吧，"411捂着脸不愿意接受现实，"离争怎么可能收徒呢？"

"你村刚通网吗？"

"离争收徒这件事全服都知道，你居然不知道？"

"我……"411语塞，"我一心战场，无心八卦，这也怪我咯？再说，刚才跟我一队的队友，谁也没信啊。"

他话音一出，现场顿时有几个人别过头佯装吹口哨。

"就是你们！"411此刻倒变得火眼金睛，"明明开局前我说离争的时候，你们几个跟着笑了的！"

"别乱说啊，谁跟着笑了你有证据吗？"

"我是笑了，但我是在笑你，人家暗示得那么明显你居然不信！"

"我从一开始就相信627就是离争，师父来低级战场带徒弟很奇怪吗？"

绿队成员一个个言之凿凿地否认，说得凌小路都快信以为真了。

"你们……"411被他们气到无话可说。

"就算知道又怎么了，"他转向凌小路，先前的嚣张气焰又回来了些，"金名的徒弟就能乱杀人吗？我……我照样举报！"

"师父，"凌小路做可怜状，"他说要举报我。"

"你误杀队友，举报你有什么不对？"离争说。

411险些吐血，什么叫误杀？明明就是故意杀！

"那怎么办？"凌小路看起来比他更像受害者，"我会被封号吗？"

"不是没有这种可能。"

凌小路委屈："我也是看师父先动了手，我才动手的。"

411忙插嘴："你师父好看，你也好看吗？"

离争冷眸一扫："我是打了他，但你看我打死他了吗？"

411不解。

"我错了，下次我只打他，保证不打死他。"

"我有说你打死他不对吗？"

"师父的意思是……"

"你刚刚偷袭得手，赢得不光彩，我要你一对一正面击败他，才算过今天的试炼关。"

411震惊。

"等等，就算你是离争，也太看不起人了吧？"411有话要说，"看到我这把十八米长的大刀了吗？我一刀下去怕是你徒弟连命带赏金都要归我了。"

凌小路定睛一瞅411抽出的那把大刀，深表赞同："说得有道理，偷袭不光彩，以强欺弱难道就光彩吗？人与人的矛盾不能只通过武力解决，这个游戏里好玩的东西那么多，又何必执着于 PK 呢？"

离争也不强迫："行，那就回去修院子吧。"

"但话说回来，游戏里刷副本、打战场、养宠物宝宝，都是为了更好地 PK，PK 才是游戏的终极意义，没有 PK 的游戏将毫无乐趣，我热爱 PK，我愿与你一战！"

411 被他无缝衔接的转换惊住了："想不到你竟然是这样一个见风使舵的人！"

"那是，也不看看我师父是谁！"

411 更惊："你师父也是个见风使舵的人？"

凌小路神情深沉："如果你有这样一个师父，你也会无师自通学会见风使舵的。"

按捺不住的吃瓜群众忙问："那要怎样才能拥有跟你一样的师父呢？"

凌小路被问住了："这个嘛，可能要先把自己灌醉？"

离争薄唇轻启："你还打算聊多久？"

"不要废话了！"凌小路指着 411，"来跟我打！"

411：明明是你一直在废话好不好？！

"打就打！"他长刀一横，"在场的都是证人，是离争要他徒弟跟我打，可不是老子欺负新人。"

"要是我赢了，你可不能举报。"凌小路说。

411 不屑地嗤笑一声，伸出大拇指比向自己："你要是能赢我，我就举报我自己，菜！"

"且慢，"离争出声打断，"徒儿你什么都没有，拿什么同他打？"

凌小路不懂："徒儿没有什么？"

离争抛来一物："姑且先用这个。"

周围的人看清那是什么之后，羡慕有之嫉妒亦有之，集中过来的视线险些将凌小路引燃了，唯独当事人一脸茫然。

凌小路歪着脑袋打量，这玩意儿颜色灰不溜秋，极不起眼，像是将岩石雕刻成了"狐球"的模样。

"你该不会连这是什么都不知道吧？"411 离得最近，看得眼睛发直，偏巧凌小路一副不认识它的样子，这就让人很气。

凌小路不愿被他小瞧了去，把石头揣进怀里："我当然知道这是什么，等下用它打你的时候，别哭！"

"少啰唆，动手吧！"

凌小路早就计划好了，有他那洞察秋毫的师父在场外旁观，他必须利用障眼法速战速决，以免露出马脚。

"雾来！"他大喝一声。

离争:"散!"

凌小路:"……"

"说了要正面击败对手,怎么又使这些旁门左道的花招?"

凌小路保持微笑:"看到了吗?我师父绑技能只用一个字也能这么帅。"

"一个字有什么了不起?我也有一个字的技能。"411不屑。

"真的?"

"滚!"411说着在地上打了个滚。

"这有什么用?"

"解除控制效果。"411得意扬扬道。

凌小路点头:"厉害。"他亮出熊爪飞扑过去。

411又大吼一声:"等一下!"

凌小路差点没刹住:"又怎么了?!"

几支箭从空中"咻咻咻"地飞来,还好凌小路反应快,往旁边一闪,箭矢接连扎入他站过的地方。

凌小路惊魂未定:"你暗算我?"

"没想到吧,"411得意地叉着腰,"我的技能触发口令就是'等一下'!"

凌小路:……真是贱人有贱招!

他这次不跟对方废话了,冲上去就挠。

411挨了凌小路一爪后脸色剧变,抱着脑袋大喊:"等一下!等一下!哎哟!这次是真的等一下!哎哟!停!别打了!!"

凌小路揍够了,跳开歇歇手:"再信你才有鬼!"

411快哭了:"是真的,我疼痛感知开到最大还没调回去!"

凌小路:"……"

吃瓜群众看得无比欢乐。

"哈哈哈哈,活该!"

"自作自受,要不是你用'等一下'骗人,人家也不会不信你!"

"继续上啊小鹿比,不要给他调回去的时间!"

411手忙脚乱改回设定:"刚才的不算,重来!"

凌小路翻了个白眼,谁跟你重来,不等他回血冲上去又是一顿挠。

"看天上!"地面接二连三冒出一个个蘑菇,又一个接一个地爆炸。

凌小路东跳西跳,躲过了所有的蘑菇,跳到411跟前一爪拍到对方脑袋上:"看地下!"

场外观众亲切互动:"还是411听话,让看地下就看地下!"

411跺跺脚,招出一大片地刺:"快卧倒!"

"哇,又用这种阴招,"围观群众都看不下去了,"上一次当就够了,谁还老上当啊!"

凌小路当然不会上当,一跃跳到他肩膀上:"雾来!"

这回离争没有清屏,411也没学驱散,等雾自己散去后,大家喜闻乐见地发现411的头发被揉成了鸟窝,最顶端还扎了个小辫儿。

"哈哈哈哈……"

411气得将大刀耍得密不透风,凌小路就明显处于劣势了。

"我看你还能怎么蹦跶!"411呼啦啦地逼近,轮到凌小路节节撤退,"哈哈哈,怕了吧!"

凌小路两指一点:"别过来!"

"滚!"

技能冷却。

"别过来!"

"滚!"

"别过来!"

"滚!"

411没忍住骂人了:"你遛我呢?!"

凌小路比了个"嘘",411眼前一空,人呢?

瞅准他发愣的空当,凌小路毫不犹豫地绕背袭击:"再见!"

熊爪打到了某种坚硬的物体上,凌小路拼尽全力的一击,411毫发无伤。

"嘿嘿嘿嘿,想不到吧,我还有这一身坚不可摧的铠甲!"411躲在一个土黄色的椭圆形壳里,只露出一张脸。

"你看起来像个土豆。"凌小路不客气地评价。

"因为这就是我的宠物!铠甲土豆!"

凌小路没有见识过土豆的厉害,唰唰几爪挠下去,结果,土豆纹丝不裂。

还真是个棘手难题。

吃瓜群众开始出谋划策:

"植物系宝宝最怕昆虫系宝宝,你有虫子没?快拿出来!"

"铠甲土豆是土属性,用木属性的宝宝也可以破它!"

说了一堆建议,对凌小路来说跟没说一样。

411浑身都动不了,嘴倒是叭叭个不停:"放弃吧,你突破不了我这无死角的铜墙铁壁!"

"真的是无死角吗?"

411一愣:"那当然!"

"我看不见得，"凌小路伸手入怀，"看暗器！"

"哎哟！"411被所谓的暗器打中脸部，发出惨叫。击中他的东西则弹到地上，滚了几圈，停了下来。

大厅骤然鸦雀无声，除了挨打的411。

"你有病吗？有病治病好不好？打什么游戏啊！"411捂着鼻子狂吼，看样子气得不轻。

凌小路敏锐察觉出周遭氛围不对，刚才还在热闹看戏的人此刻一个个瞪大眼睛像张着嘴不出声的金鱼。

难不成是他方才扔暗器的姿势不够帅气？

被他丢出的暗器旁，出现了一个纯白的鞋尖。

离争俯身，将地上的石像拾起来，举到凌小路眼前。

凌小路一瞬间脑海里浮现出各种跟玉有关的描写，离争伸过来的手指如同美玉雕琢而成，是怎样的"细节控"才能塑造得如此完美，他现实中的身份会不会是一名雕塑家？

不对！凌小路摇摇脑袋，都什么时候了还在想这些有的没的，重点是玉吗？重点是这块石头！

离争一言不发，五指轻轻合拢。掌心石像进出白光，碎石层层剥落，最后"嗡"的一声，里面蹦出一只浑身雪白的狐球。它在空中转了两个圈后落在离争肩头，伸懒腰的同时打了个哈欠，最后乖乖趴下用毛茸茸的尾巴卷住离争的脖子。

凌小路：……好萌，是心动的感觉。

吃瓜群众窃窃私语：

"我没看错，果然是只出没于北邙雪山的稀有宝宝云狐！"

"我抓了整整一个月也没抓到！"

"一个月？我在山顶住了三个月，连根毛都没见着！"

"这宝宝现在市价几百万也未必买得到吧，离争居然随随便便丢出去给徒弟用，徒弟居然随随便便丢出去当暗器用，这师徒二人难道是'随便派'的吗？"

"男神还缺徒弟吗？论见风使舵我也不差啊！"

更有甚者仰头"咕咕咕"灌起了白酒。

议论得多了，难免有几句飘到凌小路耳朵里，他意识到自己好像做了件大蠢事？

"每个账号都有系统赠送的新手宠物，将封印的宠物解封是新手教学里必做的任务。"离争的声音不冷不淡。

凌小路懂了，原来石头的真实身份是封印状态下的宠物宝宝，可他怎么会知道啊！他也是个宝宝啊！

"是哦……"凌宝宝心虚应道。

"你的新手宠物呢？"离争盯着他，"给我看看。"

"……"凌小路脸上笑嘻嘻，心中已经在默念"紧急下线"。

"砰！"身边弹出气团，凌小路吓了一跳，紧急下线也被打断了。

凌龙：别慌！我来了！

凌龙神兵天降，凌小路有史以来第一次觉得他帅如神龙！

"新手宠物？"凌小路天真地眨巴眨巴眼，"师父说的是这个吗？"

他把凌龙变出来的小家伙抓到手里，原来是一个长着翅膀和爪子的蛋。

感天动地！怕鸟的凌龙居然为了他化身为蛋！

"我当什么呢，原来新手宠物就是个蛋啊……"凌小路小声嘀咕道。

他一抬眼，与离争四目相对，打了个激灵，慌忙改口："不是我是说……不就是个蛋嘛，哈哈哈……"

离争探究地盯着干笑的凌小路，盯到他渐渐笑不出来。

半晌，离争才幽幽开口："你最好有。"

凌小路咕噜把剩下的"哈"字统统咽了下去。

离争长袖一摆，云狐又从肩头跳回他手臂上。

"既然你看不上，就算了。"

凌小路下意识一把扯住离争袖摆："不是！师父你误会了！"

"怎么？"离争垂眸扫了一眼，"后悔了？"

凌小路有苦说不出："我后悔……后悔……"

离争眼睛里写着"继续说"。

"……没有帮师父修院子，连院子都不肯修的我怎么敢拿师父这么贵重的东西？"凌小路眉宇间有一种破釜沉舟的悲壮气势，"我不打了，我这就回去修院子！"

第八章

鸠鸠

到头来还是摆脱不了修院子的命运，凌小路赌气地盯着脚下的温泉，似乎想从这汩汩泉水中寻找人生的真谛。

"师父，原来盯着水面可以参悟人生是真的。"

离争漫不经心地拨弄着梅花瓣上的积雪，之前的事仿佛没发生一样："你悟到了什么？"

"我悟到了有温泉不泡是傻瓜，嘿——"他抬脚便往池里跳，不承想踩到不知名物体，又软又滑居然还会动。

凌小路"啊呀"一声，狼狈地栽进了池子里，从头到脚湿了个透。

"有水鬼！"他害怕地叫了出来。

从池内窜出一黑影，离争伸手接住，凌小路定睛一看，可不就是那条蛇。

"你——"凌小路气愤地抹了把脸上的水，"仗着你是冷血动物就可以在温泉里潜伏吗？"

那温泉池本来就小，凌小路原本只是想泡泡脚，现在整个人湿漉漉地挤在池子里，显得弱小无助又可怜。

"师父，你最开始设计院子的时候为什么不把温泉弄得大一点，这样——"

话说到一半戛然而止，是因为凌小路在离争嘴角捕捉到一丝百年难遇的弧度。在这样的冰天雪地里，在蜡梅绽放的树下，比风雪更冰冷、比蜡梅更孤高的美人嘴角噙笑，惊艳令他一时忘记了要说的话。

"怎样？"离争勾唇问道。

凌小路很想自我欺骗，然而他不能："师父，你是在嘲笑我吗？"

"是的，"离争承认得无比坦率，"有问题吗？"

"没问题，"凌小路心疼地抱住湿湿的自己，恨恨道，"还挺好看的。"

离争听了，笑意更深。云狐从他身上跳下来，在雪地里转圈追逐自己的尾巴。

这画面太美凌小路不仅敢看,还敢在作死的边缘试探。

"师父,你会吹箫吗?"

离争冷冽的眸光一晃,凌小路秒怂:"我……我就随便问问。"

不敢再与离争对视,凌小路做贼心虚地沉到了池底,水面咕噜噜浮起了气泡。

待到他实在憋不住冒出水面时,却发现离争依然立于树下,手里却多出一支玉箫。

这下手与箫便似浑然一体了,那箫身晶莹剔透,手竟也晶莹剔透似的,指尖时起时落,乐声时起时伏,若隐若现,若近若远,如怨如慕,如泣如诉。有诗云,乘流东下,玉箫吹落残月。离争一曲吹落的又岂止是残月,还有这漫天风雪与数九寒梅。花瓣簌簌飘落,落在发顶,落在肩头,落在皑皑雪地上。

白狐狸也停止玩耍了,同温泉里落水的鹿一起静静地听着,乌漆湿润的黑眼睛里映着吹箫人的倒影。

凌小路在短暂的失神后火速调出录像功能,记录下这千载难逢的一幕。错过了这一次,他大概只能在电影特效里寻找相同的画面了。

"哇,师父,"一曲终了,凌小路发出不可思议的喟叹,"好听!我……我录像了,师父介意吗?介意我就删了。"

"不介意。"离争收了箫,脚下涌起千万缕银丝线。

凌小路见过这个场面,知道他是要下线了,追问道:"那我能放到我主页里吗?"

泛着银光的丝线越来越多,离争被丝线缠绕包裹着,身影逐渐淡去。

"随便你。"

"谢谢师父!"凌小路忙喊,"温泉包在我身上!"

离争消失后,凌小路迫不及待地把全息录像投出来回看了两遍。方才离争在场,他不好意思明目张胆犯花痴,现在一看回放,亏他当时忍得住!

游戏里录制的短视频,可以发布到个人直播页面上,吸引粉丝点赞和打赏。凌小路上一段视频《嵇蒙跳舞》,从发布至今统共收到了几十万个"舔屏"和价值几万金币的礼物,礼物可以兑换成真金白银在游戏里消费,新手凌小路靠卖"哈尼"一夜脱贫。

等这段《离争吹箫》发布之后,我就能靠卖"男神"发家致富了!凌小路激动地搓手。

发完视频,他吭哧吭哧地扩建了温泉,调整了院子布局。想到离争与蜡梅相互映照的场景,他又加种了十几棵梅树。

等到下次离争上线的时候,那一定是一步一景,景景入画,想想都觉得醉了。

劳动结束的凌小路惬意舒展地躺在温泉池里,银蛇蜿蜒曲折地爬来,想分享他

的劳动成果。

"去去，"凌小路摆手赶它，"找个地方冬眠去。"

蛇在岸边绕了一圈，选了一个离他最远的位置下了水。

"唉，算了，我大方分你一半。"

凌小路屈了屈腿，一人一蛇在温泉里和谐共处。

云狐也来了，但似乎不太想沾到水，最后它相中了凌小路的脑袋，盘成一个球睡在上面。

"只要萨摩耶不来，这里还是挺宽敞的。"

蛇嘶嘶地往他斜后方吐着芯子。

凌小路转头，与身后的白狼四目相对。

行吧。

凌小路躺在池子里刷起了主页。

方才上传的视频果然爆红，毕竟稔蒙跳舞很多人亲眼看见，录像版本也有很多，而离争吹箫只有这独一份。凌小路每秒刷新一次页面，浏览量以百为单位疯狂往上增。

——这录像我可以目不转睛地看一年！不！十年！

——谢博主分享！博主好人一生平安！十八辈子都平安！

——男神，你缺箫吗？会海豚音的那一种！

——我好羡慕好美慕好美慕鹿比啊，居然可以听现场演奏！

——不，有录像我就满足了，不再奢望更多！（"咕咚咚"灌起了白酒）

——凭什么鹿比可以享受这样的待遇，你们知道今天离争给了他一只云狐，又被他扔了吗？狐狸又做错了什么？

……

凌小路刷了会儿评论，发现评论实在太多了看不过来，索性不看了。

切换到朋友圈，给稔蒙的九宫格依次点了赞，他猜他大概是游戏里唯一做这件事的人了。

突然，有个陌生人私密过来，名字有点眼熟，但凌小路想不起这是谁。

陌生人：离争徒弟你在不在！

鹿比：你谁啊？

陌生人：我411！

凌小路脑海里浮现一个土豆。

鹿比：你找我做什么？

那边411像是心不甘情不愿，过了一会儿才回信息过来。

411：我战场态度不好！跟你赔礼道歉！

鹿比：不接受。

411：我真心的！

鹿比：哦。

411：我用实际行动向你赔礼道歉！

鹿比：是吗？

411：你不是看不上狐狸吗？刚刚刷了个稀有宠，坐标只有我知道，我带你去抓！

411怕他不来，添油加醋。

411：特别厉害！比云狐强百倍，去晚了就被别人抓走了！

凌小路自然不信他说的，但打算跟去看看他葫芦里究竟卖的什么药。金名、黑名他都不怕了，还能怕一个土豆？

鹿比：行啊，怎么去？

411带凌小路去的地方很偏远。

"稀有宝宝当然刷在人烟稀少的地方，"411突然变得异常热情，"我带你去，保证你抓到手！"

"行吧。"凌小路假装相信，随他来到一片枫树林。

枫叶黄如金箔红胜火，越往深处走，秋意越浓，脚下厚厚的一层落叶，不怕人的松鼠在他们面前跳来跳去。

"你说的地方到底在哪里啊？"

"别急！马上就到了！"411看上去比凌小路还着急，甚至没注意到从林子里射出来的飞镖。

"哪个射老子！"411大喊。

凌小路刚刚就留意到林子里有人影，他还以为是411安排的伏兵，如此看来是冤枉411了。

一个穿着灰扑扑服装的人低着头走出来，还没走近就鞠躬道歉："对不起，打到你们了……"他弓着腰，极端不自信的模样，说话也吞吞吐吐，凌小路完全看不清他的脸。

"我当是谁呢，"411一见这人的打扮顿时没好气，"蝗虫能不能滚远一点？"

"对不起对不起……"被骂的人不停唯唯诺诺地低头道歉。

"快滚快滚。"411晦气地吼道。

灰衣人捡了飞镖，很快退回到林子里去。

凌小路注意到远处还有他的同伴，问411："你那么凶做什么？"

411冷笑："对蝗虫用得着客气吗？"

"蝗虫是什么？"

"蝗虫你不知道？外挂你知道吗？打金工作室？"

"我知道外挂。"

"他们也就比外挂好那么一点点而已，区别是外挂自动，他们手动，天天挂在线上杀怪，就为赚那么几个破钱。"

"哦……"凌小路似懂非懂，"通过劳动赚钱，有什么不对？"

"蝗虫破坏游戏平衡，弄得游戏里的金币都不值钱了，游戏里没有不讨厌他们的！"

"那为什么鑫山不封他们的账号？"

"鑫山？"411再度冷笑，"你知道蝗虫们最大的客户是谁吗？"

"是谁？"

"太子嵇！"

凌小路："……"

"太子嵇一个人就能养活一个工作室，有他在这些人怎么可能被封？"411突然想起来，"太子嵇你知道是谁吗？"

"有所耳闻……"

"也不是什么好人！"

"……"

凌小路觉得身为朋友，他有义务为嵇蒙辩解两句："你这么说有点过分了吧，你又不了解他……"

"我不了解，难道你了解？"

凌小路摸摸鼻子："也不是很了解。"

"那家伙仗着自己有点关系，勾结工作室，扰乱金价，还让全服的妹子都叫他'哈尼'，做这么多人的哈尼真不要脸！"

要说这个，可就引起凌小路共鸣了。

"可不是嘛！你是不知道——"凌小路正要深入地吐槽，猛地反应过来自己再说就要说漏嘴了，连忙蒙混过去，"你说的宠物宝宝在哪里？怎么走这么久都没有见到？"

"嘘——"411突然变得很小心谨慎，东张西望，似乎随时会有猛兽蹿出来。

"怎么了？难道那宝宝还很凶不成？"

"不凶，不凶，很温柔的。"

凌小路见411眼神闪烁，连声音也刻意压低，就知道离陷阱不远了。

"不行，我……我害怕，你走我前面呗。"

凌小路故意装作很胆怯的样子要往后面躲，谁知411比凌小路看起来还要害怕，非要凌小路走在前面，两个人推推搡搡，穿过了一道隘口，眼前豁然开朗。

这是一片入口隐蔽的山谷，三面环山，西南角有一洼小池塘。

一栋质朴的木屋坐落在池塘边，三两乌鸦落在房顶，再远处是一小片农田，几个NPC在田中耕作。

此处秋意深浓、枫林尽染，也是一番美景，可比起漫无边际的北邙与东野，终归显得朴素田园了些。

没有预想中的凶兽出没，凌小路略感失望："你带我来的这是什么地方？哪有什么稀有宝宝？"

"有的！"411坚持，"你再往前走一走。"他嘴上这么说，自己却是一步都不肯向前。

许是这边有了动静，从木屋中闪出人影，凌小路一见便愣了，对方脚步也有短暂的停滞。

鸠鸠的银白色头盔被秋色镀上了一层金，凌小路看不见对方的表情，不过他猜想鸠鸠此刻同他一样惊讶。

"你怎么来了？"鸠鸠问。

"你问他。"

扭头只见411退出十余米远，隔空朝着鸠鸠喊话，声音还打着战。

"鸠鸠鸠……鸠鸠！你锁定的悬赏对象，我给你带过来了！这家伙赏金有一百万呢，你……你全拿去，不用分我！"

凌小路："……"

聪明如鸠鸠瞬间猜到前因后果："你把他怎么了？"

"唔，"凌小路掰着手指数，"在战场偷袭他，出来还打了一架……对了，我师父也打他了。"

"那你还真是挺坏的。"

"上梁不正下梁歪，我也是被教坏的。"

411吃惊地看到这两个人熟络地唠上了，恨自己离得远，什么都听不见。

鸠鸠突然提高声音："我正想找他呢，你就把人带来了，多谢了。"

411傻乎乎地应道："不不不……不用谢。"

"毕竟你也辛苦了，赏金不分你怎么行？"

"分……分我吗？"411心动了，没想到鸠鸠是这么善良的人，"那……那也行。"他往前走了两步，见鸠鸠没动手，以为还在等他，又克服恐惧往前蹭了蹭。

"我不要多，一————成就行。"411开出了他认为合理的价格，毕竟唬人走了这么远的路，还要搭上传送费什么的。他还假装给人低头赔罪，这个名誉损失费也要一并算上。

176

"行，"鸠鸠很干脆地答应了，"你过来拿吧。"

411 有点飘。鸠鸠是谁？全服玩家闻之变色的大魔王，自己不仅跟人家谈笑风生，还产生了金钱交易。他飘飘然地走过去，心中尚在酝酿日后与人吹牛的姿势，却发现自己飘起来了。

凌小路眼里的鸠鸠站着纹丝未动，411 走着走着却变成了幽灵，他变成幽灵的时候，脸上得意的表情还没来得及撤下，一只乌鸦落在他跪倒的尸体肩头上，低头用尖喙梳理黑亮的羽毛。

幽灵傻傻地举牌：大哥你杀错人了！

鸠鸠说："难为你千里迢迢来送死，不过把人带过来这点我很赏识，就不替你守尸了。"

幽灵不解。

鸠鸠熟视无睹，转向凌小路："进来坐？"

"好呀。"凌小路蹦蹦跳跳地跟在鸠鸠后面进了木屋。

两个人谁都没看见 411 的幽灵在身后疯狂举牌。

幽灵：这是怎么一回事啊？

幽灵：能不能让人死个明白？？

幽灵：沉迷战场无心八卦我咯？？？

小木屋内部跟外面看起来一样质朴无华，见惯了离争和嵇蒙的豪宅，凌小路很难相信鸠鸠选择在这么狭窄简陋的环境里落脚。

房间里还有一个女性 NPC 在走动，见到凌小路进来后便问："你看见我的羽毛了吗？"

"不用回她，她是 AI 智能等级比较低的 NPC，只会说系统设定好的台词。"

果然片刻之后，她又问鸠鸠同样的台词："你看见我的羽毛了吗？"

"你怎么会在这里？"凌小路问。

"我住在这里，不是秘密。"所以 411 才能轻易把人带过来。

"住？你买的？"

"这实际上是 NPC 的房子，被我借用而已。"鸠鸠指了指头顶，"我是黑名，不能置业，这里位置偏僻，平时没什么人来。"

凌小路这才发现黑名有诸多不便，不能进城、不能购物、不能置业……

"黑名难道没有办法解除吗？"

"有，用道具洗，或者坐牢。"

坐牢当然不予考虑。

"道具是充值购买的那种吗？是不是很贵？"

鸠鸠顿了下:"不知道,我没计算过。"

凌小路顿生同情:"原来黑名这么辛苦。"

"还好,我习惯了。"

凌小路低头陷入沉思。

鸠鸠觉得他思考的模样很认真,没有出声打扰。

"有了!"凌小路想到了,"那你能不能住别人的房子,就像我现在暂住在嵇蒙家一样?"

"只要房主开通同居权限就可以。"

"那就好办了,我可以买房子,你可以住我家呀。"

鸠鸠抿嘴:"那不成你养我了?"

"我养你呀!"凌小路不假思索地接道。

鸠鸠更想笑了:"你有钱吗?游戏里置业要先买地皮再盖房子,很贵的。"

"现在可能不够,不过我可以赚。"

"你怎么赚?"

凌小路想了想:"我发布的录像,有很多打赏。"

说罢,他点开主页查了下,自己也惊呆:"你看,才这么一会儿打赏金额就十几万了,我师父果然能打!"

"是吗?我看看。"鸠鸠也打开了凌小路的个人页面。

"确实不错,想不到你还挺厉害的。"鸠鸠用手指在视频的名字上点了点,"如果是离争跳舞,那收入就更可观了。"

凌小路肃然起敬:"商业奇才!"他再一沉吟,"就是成本略高。"

"成本多少?"

"我的一条命。"

鸠鸠乐了:"你的命是我的,别人拿不走。"

"说得对,别忘了你还有一百万的活期存款。"

"一百万?在哪里?"

凌小路指着自己:"在这里,你的私人移动金库。"

鸠鸠莞尔:"好,先存着,随用随提。"

"我们攒多一点,买个大房子,我觉得这片地也不错,秋景很美啊。"

凌小路有了新的奋斗目标,斗志满满,却听到外面传来技能攻击的声音。

鸠鸠先听到:"外面有人。"

"不会是411又带人来了吧?"

二人来到屋外,见到的却是凌小路来时遇上的那些灰衣人。田里活动着一些怪物,灰衣人们在闷头打怪,谁也没往这边望。

"啊,是他们。"

鸠鸠只看了一眼:"没事,进去吧。"

"你不赶他们走?"有了411的示范在先,凌小路以为工作室在游戏里是人人喊打的存在。

"为什么?"鸠鸠反问。

"他们不会吵到你吗?你刚刚说这里平时没什么人来。"

"正因为没什么人来,他们才过来的。要是这里也不让他们待,他们就没什么地方可去了。"

"你也是他们的客户?"

"不是。"

"那你不觉得他们这样破坏了金价平衡吗?"

鸠鸠笑笑不以为然:"如果不是特别困难,谁会辛苦赚这个钱。"

凌小路啧啧称奇。

人人皆传鸠鸠可怕,工作室又人人容不下,可偏偏最可怕的能与那最容不下的和谐相处,这半封闭的山谷俨然一处世外桃源。

抱着这样的想法,凌小路再看那遍山红叶,也足以与北邙的雪和东野的绿并驾齐驱了。

"在这里!"

一声大喝撕裂了桃源的祥和。

凌小路皱眉,远远冲过来一群人,先到的顾忌鸠鸠不敢靠近,等到老大到场了才仗着人多杀到附近。

"寇霸霸?你来这里做什么?"凌小路搞不懂,为什么每次见窦寇对方都带着一群跟班小弟,他难道没有独立生活能力吗?

窦寇此次登门,差不多把全家族在线的人都叫上了,连不在线的也挨个打电话通知上线,带这么多人狙击一个人说出去有点丢人,但如果那个人是鸠鸠就大不同了。

"小朋友,"窦寇和颜悦色,"听说有人骗你来送死,我是特地带人来救你的。"

凌小路皱眉:"听说?你听谁说,那边的墓吗?"

"你不知道你身后那个人的可怕之处,"窦寇耐着性子哄他,"他杀人不眨眼的。"

"戴着面具你怎么知道眨没眨眼,难道你的眼睛是X光吗?"

"你先过来再说,那边危险。"

"危险我还走得掉吗?危险我早就死在你通缉我的第一天了,还能把'赏'字顶到现在？"

窦寇赔笑："之前不是一场误会嘛，我也诚恳地向你道歉了。"

"算我接受了，现在跟你没什么关系，你把人带走吧。"到场的人数在不停地增加，几乎挤满了半个山谷，凌小路有不祥的预感。

人多自然有管不住手的，一道剑气贴地面飞来，鸠鸠手一扬，剑气朝来时方向高速飞去，连续削过前排四五个人才衰减。

"谁动的手？谁动的手！"窦寇训斥道，"谁让你们动手的？没看到小朋友还在那边吗？"

"小兄弟。"鸠鸠声音严肃。

凌小路闻声转头。

"你下线吧。"

凌小路也严肃起来："我下线，难道他们就会离开？无缘无故来了这么多人，说他们是来救我的我都不信。"

"我们就是来救你的！"窦寇高声喊道。

"不可能！"

"这个人只要一死，就会被系统强制入狱，没有几年是出不来的，这个账号就废了，"窦寇抑制不住地激动，"我们这是为民除害啊。"

"为民除害！为民除害！"跟班们异口同声地喊起了口号，仿佛真的在替天行道揭竿而起。

鸠鸠在没人看得到的面具下抿了抿嘴角："何必说得那么冠冕堂皇，你们应该是看了更新日记才兴师动众前来讨伐，我猜得没错吧？"

"更新？什么更新？"凌小路追问。

"刷新在这个山谷的野外首领boss，从这周起随机掉落风息翼龙的龙鳞。窦寇，你想打风息翼龙的主意，不必拐弯抹角。"

见意图被揭穿，窦寇索性大大方方承认："鸠鸠，我寻思这地方也不是你家的，就因为你住在这儿，导致整个服务器都没什么人敢来打boss，这不太合适吧？"

"我没有拦过任何人。"

"是，我承认，但架不住大家怕你呀。"窦寇摊手，"谁知道你会不会在boss垂死的时候飞出来插一手，到时候人头和boss掉落都是你的，玩家找谁说理去？身为一个金名，我有义务，维持游戏内的公平、公正。"

凌小路听懂了："寇霸霸，你抢地盘就抢地盘，干吗还打着救我的旗号？直接说为了满足你的私心不就得了。"

窦寇一秒切换成亲切模式："小朋友，你玩这个游戏玩得晚，不了解这个人做过什么。他横霸一方太久了，你看，我就说了句'围剿鸠鸠'，现场就来了这么多

人,还不足以说明一切吗?"

凌小路说:"人多不代表正义!"

"但人少一定代表被孤立。"窦寇露出势在必得的表情,仿佛此谷已是他囊中之物。

"那我问你,如果鸠鸠不在,这里的 boss 是谁都能打,还是只有你们家族的人能打?"

窦寇笑得高深莫测:"这个嘛,boss 当然是有实力者得之,其他家族的人若是敢来挑战,我们窦泥湾当然也会全力应战。"

"说到底,你只是想把鸠鸠赶走,然后自己占领这里罢了,为了那个什么风息翼龙。"

窦寇贪婪地盯着他:"风息翼龙虽好,也仍属无奈之选。倘若能让我拥有粉名,我保证立刻撤兵,不仅将风息翼龙拱手相让,连鸠鸠,也绝不碰他一根毫毛!"

凌小路咬紧牙关,坚决不被窦寇开出的条件迷惑。

越来越多的人聚集在山谷,几乎封锁了空中,莫说鸠鸠,这个阵仗就是打世界 boss 都绰绰有余,光瞧这一点,就知道这些人今天是铁了心要将鸠鸠斩杀于谷内。

窦寇看出些不对的苗头,低声问身边的人:"不是只叫了家族的人吗,怎么还有外人?"

跟班:"族长,消息走漏了,现在全服都知道咱们在围剿鸠鸠,都想过来浑水摸鱼。"

剿杀黑名是有奖励的,黑名杀气值越高,奖励越丰厚,知道这次鸠鸠必死无疑,谁不想来赌一把运气。

"窦泥湾的人还打不打了?不打我们可就动手了!"

群声附和。

"这些贪财不要命的,爹还没死呢,就急着分家产。"窦寇见人越聚越多,生怕局势脱离掌控,就想速战速决,"不能再等了,以免节外生枝,这个 boss 点我一定要拿下!"

"小朋友,"他朗声道,"我劝你尽早弃暗投明,这里这么多人,误伤你我会心疼的。"

鸠鸠居然也赞同他的话:"下线吧,听话。"

凌小路执着不肯动,反过来劝鸠鸠:"我不走,你快下线吧,下线他们就杀不了你了!"

"哈哈哈——"窦寇大笑,"让鸠鸠当着这么多人的面下线,我怕他丢不起这个人!"

凌小路气急："你分明是故意这么说，断人后路！"

窦寇居然恬不知耻地承认了："小朋友，你知道就好。"

"我不走，我死也不走！这些人以多打少，欺人太甚！"凌小路张开双臂挡在鸠鸠前，"寇霸霸，你忘了是谁帮忙护送女神进城的，像你这种过河拆桥的人，一辈子都得不到粉名！"

窦寇脸一黑："动手吧，尽量不要伤到小朋友。"

一句话让跟班们为难了，凌小路就挡在前面，如何绕过他精准地只攻击身后的人，可是很有难度。

但窦泥湾以外的人就没有这种思想包袱，他们跃跃欲试很久了，最先遭受打击的不是木屋，而是旁边的农田。

"鸠鸠，你也横行太久了，今日就是你的死期！"

"还记得去年你杀过我吗？我也让你尝尝被杀的滋味！"

"窦泥湾可以，我也可以！"

"大魔王今后直播坐牢，我发誓第一个去打赏！"

"看到这些蝗虫了吗？他们的下场就是你的下场！"

在田里闷头杀怪的灰衣人因此遭了殃。

窦寇也因此留意到了那边，皱眉："哪来的蝗虫，把他们赶走，真碍事！"

对待蝗虫大家可就不客气了，五花八门的技能往那边招呼。突然，一道黑影在人群中左右穿梭，大家只听到黑影带起的嗖嗖风声，紧接着便陆陆续续有人跪倒。

凌小路才后知后觉发现鸠鸠已不在身后，但下一秒他又回来了，带着一身肃杀之气，在萧瑟秋风中，令人不寒而栗。

"既然你们说这是我的地盘，那么只要我还活着，就不允许任何人对我地盘上的人动手。"

他的气势威慑到了很多人，近处的人下意识地向后撤了撤，明明一哄而上就可以把人解决掉，愣是没有人敢第一个动手。

"族……族长，要不你先……"跟班紧张地咽了口吐沫。

"都是些废物。"窦寇气愤地亮出长枪，"忽魂悸以魄动……"

"他要念诗了！"窦寇的技能口令给凌小路留下了深刻的印象。

鸠鸠隐入鸦群，成群的乌鸦盘旋冲撞，时聚时散，不停有人从空中掉落，跪倒在地面，化身成幽灵。

窦寇盯着乌鸦聚集的路线："……恍惊起而长嗟！"

一道道巨型地刺从他脚下的地面凸起，直奔鸠鸠所在的方位刺去，一道高过一道，终将鸦群冲得七零八散，鸠鸠再次落回原地，身形晃了晃。

"你受伤了吗？"凌小路急道。

"他中了我的技能,不仅生命恢复减慢,受到伤害还会加倍,快劝他不要挣扎了!"窦寇高喊。

窦寇的得手给了众人勇气,一时间二人所在的位置成为集火的目标。

窦寇也急了:"不要伤了小朋友!"

可攻击总比言语快,镰刀锋利的螳螂、咆哮的雄狮、冰锥与火球,各种叫得上名叫不上名的宝宝和技能同时袭来,只待将凌小路秒成亡魂。

嗡——

闪着金色光芒的蛋形外壳将凌小路笼罩,同时将所有伤害阻拦在了外面。

凌小路伸出手,摸到了实实际际的内壁。

"是你给我套的盾?"他忙问鸩鸩。

"不要出来。"

"他们是来杀你的,不要管我!"凌小路急了。这么完美的护盾估计只有一个,给了他,鸩鸩怎么办?

那边窦寇反倒松了一口气,鸩鸩保命的技能给了凌小路,自己就只有等死的份了。

"给我上!"他下令。

窦泥湾族员毫无顾虑地出手了,特效漫天,眼花缭乱。

凌小路用力地拍打着蛋壳内壁,却发现它看似透明,却根本打不破,外面枪林弹雨,自己毫发无伤。

"凌龙!凌龙你在不在?我需要帮助!"

凌小路焦灼的呼唤没有回应,这才反应过来,有鸩鸩的地方怎么可能有凌龙的存在。

那厢鸩鸩化成龙卷风,卷起漫天落叶,所有发出去的技能都扑了个空。风途经的地方,敌军片甲不留。他的乌鸦重新聚起,借着落叶的掩护,用尖喙刺穿敌人的铠甲,鸦的叫声如死亡哀号,闻者无不胆战心惊。

"他坚持不了多久的!"窦寇见众人萌生退意,忙稳住军心,"等他所有技能用完,就只剩任人宰割的份了!"

这句话鼓舞了士气,大家纷纷开启保命技能,抓紧时间补血,争取撑得一刻是一刻。

被困在盾里的凌小路眼睁睁地看着鸩鸩危在旦夕,却无法出去帮忙。他无助地拍打着蛋壳内壁,妄图将它打破,可盾坚如磐石,无论从里从外,都无法破坏。

离争不在,稽蒙也不在,他一遍遍地刷新着好友面板,期待谁能突然上线,解救鸩鸩于绝境。

叮——

兴许上天听到了他的祈求，嵇蒙的名字在面板上高高亮起，凌小路如同遇到了救星。

鹿比：你终于来了！！

嵇蒙一愣。

嵇蒙：怎么，谁欺负你？

鹿比：别问！快过来！！！

嵇蒙二话不说用好友传送功能传到凌小路身边，毫无防备地被这气势磅礴的战场惊慑到了。

"有世界boss？"嵇蒙劈头便问。

此间最像boss的鸩鸠已被逼出终极技能，他驻足于半空，脚下踩着旋风，几米长的鸦翅在背后伸展着，一根根金属羽毛硬如钢铁，薄如蝉翼。

这惊艳的亮翅凌小路只在那晚的月下见过，过目不忘，一眼终身。而此刻，鸦翅上的羽毛已如暗器般一根根甩出，翅膀的末端空余金属铸造的骨架。

每有一根羽毛射出，便有一个敌人被终结，可凌小路却从这藐视一切的凌厉杀气中，感受到鸩鸠生命的流逝。

"快去帮忙！"凌小路隔着蛋壳冲嵇蒙喊。

嵇蒙二话不说抽出巨剑："打谁？"他抬头发现鸩鸠，"他吗？"

"不是！"凌小路急得差点说不出话，"是……是……除他以外的所有人！"

嵇蒙不可思议地瞪了凌小路一眼，仿佛说"你在逗我"，但不等凌小路说第二句，挥着雷电环绕的巨剑杀进了人群。

所有人都在用心对付鸩鸠，谁也没留意突然多出个程咬金，嵇蒙杀得众人措手不及，阵型很快被冲散，血薄的治疗和法师被冲撞到前排，瞬间惨死在鸩鸠羽毛下，防御高的战士也在鸩鸠的剑下吃尽苦头，不断地受到电击而导致身体僵直。

窦寇没料到还会有金名过来捣乱，待看清ID后脱口而出："嵇蒙？怎么到哪儿都有你？"

嵇蒙一道闪电链劈倒一片："我也想问这句话！"

这两个人也算有宿怨了，窦寇见鸩鸠已是强弩之末，长枪一转攻击嵇蒙。

鸩鸠甩出去的羽毛越来越多，大家也看出他命在旦夕，后面人踩着前面人的墓碑往前冲，人人都争抢这最后一击。

凌小路焦急地直跳脚，那边嵇蒙与窦寇打得不可开交。

"身既死兮神以灵，魂魄毅兮为鬼雄！"

"电闪雷鸣！"

"醉卧沙场君莫笑，古来征战几人回！"

"驱雷掣电！"

"三十功名尘与土,八千里路云和月!"

"欧雷欧雷欧雷!"

有个人倒下了,但并非死在鸩鸠的飞羽下。

凌小路揉揉眼睛,确认场上还有他们的同盟。

工作室的灰衣人们,不知何时起也加入了战场,他们很努力地与攻击鸩鸠的人战斗,只可惜装备与他人不是一个量级,往往没打几下就被添作炮灰。

可他们却很执着地复活、再战,谁也没有半分退却之意。凌小路想起来了,他们跟嵇蒙有金钱交易,参战是为了保护他们的雇主。

可这样的杯水车薪,不足以拯救生命濒危的鸩鸠,他带着一股萧败颓唐的美感,生生飞光了一身的钢羽,裸露在外的黑色骨架的模样,狠狠地扎进凌小路心里。

"鸩鸠!"凌小路声嘶力竭地吼道。

以鸩鸠为圆心迸发出毁天灭地的爆炸,爆炸产生的热浪火速朝着四面八方蔓延,近处的人被冲击波无情地推走,飞出去时又撞到后面的人,风卷落叶、飞沙走石,人们被障碍物晃得睁不开眼睛,唯有哀号呻吟声不绝于耳。

鸩鸠重重从空中摔落,再次扬起漫天飞沙。

待一切尘归尘,土归土,山谷也恢复寂静,人们重新获得视觉,曾经傲视众生不可一世的大魔王屈膝跪倒在少年面前,凋零的羽翼蜷曲在身后,漆漆如染黑的白骨。

少年身上套着金光闪闪的护盾,是整场残酷战役中唯一毫发无伤的人。他紧紧地咬着下唇,嘴角发颤,用充满不甘与愤慨的眼神仰望着面前的幽灵。

一位无名小卒不确信地看了看系统通知,又看了看行囊,发出了迟疑的声音。

"是我吗?我杀了鸩鸠?鸩鸠死了?大魔王死了?"

寂静的山谷被瞬间引燃,欢呼声撼天动地。

"大魔王死了!大魔王死了!"

风暴卷起的枫叶瑟瑟飘落,像讴歌胜利的礼花,亦像血色浸染的葬礼冥纸。

只有极少一部分人是被隔绝在这场狂欢之外的,嵇蒙重重放下手里巨剑,给了窦寇一个带有警告意味的眼神。

窦寇,作为这场游戏的赢家,高高抬起下颌,傲慢地迎接来自败者的挑衅。

灰衣人默默地离开了,一如他们来时,无声无息,了无踪迹。

鸩鸠留给凌小路的护盾耗尽了最后的光明,熄灭在白昼里。

这不是凌小路在游戏第一次面对死亡,却是他最难以忍受的一次。

他将下唇咬得发痛,他的眼睛发红,但他仍然强忍着,既然鸩鸠面对千军万马不曾选择下线逃避,那么他就不应在鸩鸠死后哭。

骄傲地来,骄傲地走,骄傲地送别。

凌小路强忍眼泪的模样全都落在鸩鸩眼里。

幽灵举起半透明的手,在少年的头顶上亲昵地揉了揉,再无半句遗言,此地空余一座墓碑。

只有乌鸦,在山谷上空不舍地盘旋,发出凄凉的悲鸣,久久不肯离去。

凌小路抿紧嘴唇,孤零零地走向人群中的嵇蒙。

欢呼的人们静了下来。

窦寇既想将风息翼龙纳为己有,又舍不得凌小路这个疑似稀有粉名的玩家,还是想妄图挽救一下的。

"小朋友……"

才刚开口,后半句话就被凌小路一个犀利的眼刀堵了回去。

窦寇讪讪地抚摸着手背,这次得罪得有点深,可能败了小朋友不少好感,后续要花更多的精力去讨好、去安抚,这点他很清楚。

但他毕竟是生意人,能否得到凌小路是个未知数,但拿下这片山谷,承包这个野外首领刷新点未来掉落的所有龙鳞,是板上钉钉的事情,这笔账他算得更清楚。

凌小路狠狠瞪了一眼窦寇后,走到嵇蒙身边。

杀死鸩鸩的无名小卒惶惶地往后退了两步,被鸩鸩保护下来的这个小号,不仅跟嵇蒙交情匪浅,还是离争唯一的徒弟。一次性得罪这么多大佬,他还能不能在这个游戏里混下去?

不过,凌小路从始至终没往他的方向瞄过一眼,只是紧紧抓住嵇蒙的手臂:"我们走。"

嵇蒙原地召出飞龙,长臂一捞,拎起凌小路跳上龙背,在众目睽睽下驭龙起飞。周遭的人群,他理都不理,吝于分给他们一个眼神。

地面的人逐渐变小,不出数秒就变得有如蚂蚁大小,仿佛一只脚就能令他们全军覆没,凌小路恨自己没有这样的能力。

"去哪儿?"飞出去一段距离后,嵇蒙才问。

凌小路不知道。

"鸩鸩死了以后会去哪儿?"

嵇蒙掉转龙头,飞龙朝另一个方向俯冲飞去。

着陆地点是游戏内唯一的一处监狱岛,所有没来得及洗掉杀气值的黑名,死亡后都会被传送关押在这里,直到杀气值清零才能重获自由。

听起来比较残酷,但毕竟游戏里鲜有人以屠杀为乐,被关进去的人大多一天半天就刑满释放,一个星期已算是长期徒刑,有钱的人还可以购买道具免除牢狱之灾。

直到落地,凌小路才发现嵇蒙哪里变得不对。

"你的名字怎么也黑了?"

刚才在谷里,嵇蒙也没少杀人,硬生生把金名杀成了黑名。

"小事情。"

嵇蒙开启商城,片刻后手里多了一瓶金光闪闪的药水。他仰头一饮而尽,名字又变回了原样。

"原来黑名是可以覆盖的,这个药贵吗?"

"一般。"

凌小路在心里用嵇语翻译了一下,嵇蒙的"一般"="很贵"。

嵇蒙洗完杀气值,开始拿凌小路兴师问罪:"说你呢,你怎么总是结交一些不三不四的朋友?"

"我——"凌小路噎道,"我哪有结交不三不四的朋友?迄今为止我在游戏里的朋友就只有你一个!"

嵇蒙脸色略有缓和:"那鸩鸠呢?"

"我兄弟!"

"离争?"

"我师父!"

"窦寇?"

凌小路拉下脸:"不要提他,我们已经断绝关系了!"

嵇蒙偷偷在内心比较了朋友、兄弟、师徒关系的亲密级别,气愤地发现自己好像只排在断绝关系之后的窦寇前面。

监狱门口的看守是一只身穿警服的狗,看到两人走近了,张口讲出来的居然是人话。

"干什么的?!"还挺凶。

嵇蒙丢出二百个金币:"探监,两个人。"

狗子揣起钱,换了副嘴脸,尾巴摇成螺旋桨:"您里面请,探监两位——"

凌小路:"……"

这么点钱就能收买狱警,这个监狱的安保系统真的牢靠吗?!

他跟着嵇蒙往里走,沿途发现院子里好多猫,三五成群,聚在墙根下不怀好意地盯着他们。

"监狱里怎么这么多猫啊?"他不解地问。

"嘘,"嵇蒙暗示他小声,"这个不能提。"

上了一层又一层楼梯,终于在戒备森严的牢房外见到了熟悉的鸟首。

"鸩鸠,你还好吗?"凌小路很激动。

"你怎么跑到这里来了？"

"我们来看你，我还以为再也见不到你了！"

鸠鸠隔着狭小铁窗，不能伸手摸他的头："傻瓜，又不是真的挂了。"

凌小路最关心的就是鸠鸠能不能出去："你还出得来吗？要被关到什么时间？"

"比我想象中多点，四年零六个月。"

"这么久？"凌小路吃惊。

"刚才杀的人略多了些。"鸠鸠轻描淡写地阐述着，仿佛刑期长短对他一点影响都没有。

"那……有什么别的方法出去吗？"

"我有过两次越狱记录，所以这次直接被关进防守等级最高的牢房，不太好走。"

"这可怎么办，"凌小路心急如焚，"你都住在那样的小房子里，更不可能有钱洗黑名。"

鸠鸠想说话，又止住了。

一直没开口的嵇蒙发话了："虽然我对你没什么好感，但念在你刚刚保护他的分上，你洗杀气值要多少钱，我出了。"

鸠鸠一秒拒绝："杀气值是我一点点地攒下来的，我不想洗，更不想欠你的人情。"

凌小路第一次听说还有人拿攒杀气值当爱好，鸠鸠洗黑名估计要很巨额的一笔钱，他也觉得不该让嵇蒙出这个钱。

"你刚刚说不太好走，就是说不是完全没有希望，还是有越狱成功的可能性？"

嵇蒙嗤之以鼻："他进了这里还怎么越狱，首先这个牢房就密不透风，其次监狱的正门他完全出不去，就算出去了，这个海岛的地图设有结界，黑名在身的人离开一段距离就会持续掉血，等不到上岸就会淹死。"

凌小路说："游戏也是人设计的，我相信只要是程序员写的就一定会有bug。"

"我们公司的程序员一定不会出bug。"

"我不信。"

鸠鸠打断他俩的对话："多谢你小兄弟，不过坐牢是我个人的原因，你不需要这么努力帮我。"

"不行！"凌小路坚持道，"我被人通缉的时候是你救了我，刚才有保命的机会你又给了我，我如果留你在牢里自生自灭，岂不是太不知恩图报了？今天就算炸了这里，我也要劫狱救你出去……等等，炸？"

凌小路自己启发了自己。

"你就算把监狱夷为平地，他也只会再死一次，还是出不去。"嵇蒙泼冷水。

"不，我不是那个意思。"凌小路想起凌龙跟他说过的话，"你知道你们的服务器有可能因为人多而被挤宕机吗？"

"不可能，"嵇蒙自信否认，"我们服务器的承载量是最高在线人数的十倍还多，根本不可能出现过载。"

凌小路心道，当初不知是谁差点把源庭镇挤爆，如果凌龙说得没错，服务器总在线量过载不可能，但如果短时间大量人聚集到同一个地方，引起局域宕机绝对有可能！

"朋友，啊不，哈尼……"凌小路开始酝酿他的劫狱计划。

"……"

嵇蒙不满地低头看了眼凌小路搭在自己胳膊上的手，又一次有事喊哈尼无事叫朋友……行吧，他忍了，谁让他是一个宽宏大量的人。

"你有多少钱？能不能先借我，我很快就还给你。"凌小路说。

"钱是有，不过你要做什么？"

"悬赏我，金额越大越好。"

"你是嫌你头上的赏字不够亮吗？"

"我要把所有在线玩家都引过来，如果所有人都聚集在同一个区域，我相信服务器没那么容易承载得住。"

嵇蒙不屑："我可以给你钱，不过我给你钱的目的是为了让你知道，我们鑫山的服务器有多稳定。"

凌小路不想打击嵇蒙的自信，继续讲解他的计划。

"如果区域人数饱和，GM 就必须把人分流到其他地图，届时鸠鸠就有可能被传送离开。"

"我看未必，就算你预想的情况真的发生了，也可以只传送牢房以外的用户。"

"那……"凌小路被难住了。

"我知道有个办法可以打开这里的牢门。"鸠鸠突然插嘴。

"真的？"凌小路惊喜，"不愧是越狱专业户，告诉我，怎么做？"

【悬赏公告】神秘用户以1000000金币的价格悬赏玩家[鹿比]，请各位有识之士速速捉拿其归案！

【世界】蠢男：个十百千万十万百万一百万！我没看错吧，又有人花一百万悬赏我们小鹿比！

【世界】饕餮：是谁这么狠心？小鹿比到底做错了什么？

【世界】辟鸠：是眼红他有个师父？还是眼红他跟在嵇蒙哈尼身边？

【世界】于富贵：你们还有心思在世界上闲聊？不知鸠鸠已被送去到牢里，

杀了他就有两百万拿啊!

【世界】鹿比：明人不做暗事！窦寇你这个渣滓，我知道是你干的！

【世界】窦寇：？？？？？

【悬赏公告】神秘用户以1000000金币的价格悬赏玩家[鹿比]，请各位有识之士速速捉拿其归案！

【世界】尔东：三百万？？

【悬赏公告】神秘用户以1000000金币的价格悬赏玩家[鹿比]，请各位有识之士速速捉拿其归案！

【世界】九霄：四百万了！

【悬赏公告】神秘用户以1000000金币的价格悬赏玩家[鹿比]，请各位有识之士速速捉拿其归案！

【世界】条条：五五五、五百万？！

【世界】世贤：寇霸霸，这人抢了你家矿吗？看我替你打死他！

【世界】阿月：这种沾血的脏活不要麻烦别人了，我一个人就可以解决！

【世界】窦寇：不是我啊！我怎么可能悬赏小朋友？

【世界】鹿比：呵，有本事悬赏，没本事承认吗？

【世界】窦寇：真的不是我啊，你相信我！

【世界】鹿比：那你说说，是谁一百万悬赏了我十次？

【世界】窦寇：……那次是我，但这次真的不是啊！我用家里的矿发誓！

就在二人对话的工夫，悬赏公告又不间断跳了六次，总赏金达到了惊人的一千一百万。

大家本来都信了凌小路说的，这样一来又有些半信半疑。

【世界】素衣：你们真的觉得神秘用户是寇霸霸吗？那可是整整一千万的赏金！

【世界】林对对：有道理，我觉得我抠……寇霸霸应该不舍得拿出那么多钱去悬赏别人。

【世界】张德庄：可是今天寇霸霸打大魔王是千真万确，鹿比又护着大魔王，会不会是这个过程中产生了矛盾？

【世界】檀祁：我想不出还有哪个能随随便便拿出这么多钱，还跟鹿比有矛盾的人。

【世界】阿硕：这么财大气粗的悬赏，是我干的早就站出来承认了，多有面子啊！

众人的分析凌小路假装没看到。

【世界】鹿比：窦渣，就算你悬赏我也没用，我人在无名岛，这笔钱你们想都

不要想!

【世界】窦寇:小朋友,你听我解释,我怎么舍得悬赏你呢?还有那个悬赏的人你给我出来,为什么挑拨我跟小朋友的感情!

【世界】带刀:无名岛?不就是监狱岛?

【世界】带钱:好聪明!居然躲进了监狱!

【世界】带茶:不好意思,监狱里也是能杀人的,那里的狱警给钱就让进,入场费只要一百块。

【世界】带饭:大家还在等什么?一千一百万,摸到一次就是赚呀!

【世界】窦寇:小朋友你不要怕,我这就派全家族的人过去保护你!

凌小路一边栽赃窦寇,一边在监狱四处寻找鸠鸠口中的关键"人"物。

"抓到了!"

"喵!"被凌小路揪住后颈的肥猫发出不爽的猫叫。

"是它吗?"凌小路不确定,"但是找遍整个监狱就只见到这一只狸花。"

"喵——喵——"狸花大声抗议着。

"应该是吧,虽然我不相信那家伙说的,哪有会开锁的狸花猫。"嵇蒙说。

"带回去看看就知道了。"

倒霉的狸花猫被拎到了鸠鸠牢门口。

凌小路问:"鸠鸠,你确定这猫会开锁?"

还是全监狱安防等级最高的锁,这么高难度的技能,是一只猫能掌握的?

鸠鸠说:"这是监狱里的隐藏任务,一般人不知道。东西买到了吗?"

凌小路从包里摸出条炸虾天妇罗,这是鸠鸠让他去问另一只猫买的。

"一条炸虾就能搞定?也没几个钱啊。"

狸花猫看到炸虾,眼睛都亮了,悬在半空的身子不安分地左右扭动。

"想要吗?把锁开开就给你。"

狸花猫犹豫了下,点点头。

"居然还听得懂人话!"

"抓紧时间,"嵇蒙催促,"好像陆续有人来了。"

在凌小路的刻意宣传下,数以万计的在线玩家踏上了奔赴无名岛的旅程。毕竟十万一次的悬赏金额还会让部分人惜命不妄动,一百万一次的赏金足以让所有人为了金钱奋不顾身。

凌小路把猫放到地上,狸花伸出爪子在锁眼里拨动了几下,牢门"吱嘎"一声开了。

"这就是全监狱防守最森严的牢房!连猫爪子都捅得开!"凌小路真的很想吐

槽。

鸠鸠光速从牢里闪出:"把炸虾给它。狱警很快就到,我们先去上次越狱的地道里躲一下。"

三人方躲进地道,就听头顶传来络绎不绝的脚步声,足足响了几分钟。

鸠鸠竖耳听了听:"这些不只是狱警,狱警数量没有这么多,应该是奔着悬赏来的。"

凌小路开口:"不瞒你们说,一想到自己现在身价一千多万,我走路脚都是软的。"

"等下跑出去的时候,你可不能脚软。"嵇蒙警告他。

"我尽力吧。"

一行人顺着地道摸黑往外走,凌小路又发现了槽点——

"为什么监狱里会有地道呢?这不是明摆着让人逃狱吗?"

"这或许是游戏设计师留下的彩蛋,给关押在这里的人一个逃走的机会。但是这个地道我已经用过一次,现在理应是封锁状态。"

该锁的地道没有锁,听起来好像有陷阱。

"有陷阱,我们被埋伏了。"嵇蒙第一个抵达出口,一群狱警狗子举着枪,专程守在这里,迎接越狱者们的到来。

第九章

恭喜你们，家族成立

"闪开，让我来对付它们，打狗棒法——"

凌小路一马当先……被嵇蒙拦了下来。

"你们，"嵇蒙对着狱警们呵斥道，"知道外面来了多少人吗？"

狗子们都愣住了。

"留在门口收费的同事只有一个，你们觉得单凭它自己，收得过来这么多人的探监费吗？"

狗子们都慌了。

"收不过来就会硬闯，这么多人一同闯进来，你们知道自己会损失多少钱吗？就算收得过来，你们觉得它是会中饱私囊，还是会平分给在场的每一只狗？"

狗子们你看看我，我看看你，不约而同地扔下枪跑得无影无踪。

凌小路看得目瞪口呆："这样也行？"

"这里应该暂时安全了。"嵇蒙冷静道。

"但是我得出去，露个脸，"凌小路说，"现在来的只是探路的，如果找不见我，大家会觉得我在故意骗他们。只有确定我在岛上，才会有更多的人登岛。"

"你现在露面肯定会被秒杀，我带你出去。"嵇蒙转向鸠鸠，"你留在这儿。"

大家不知道鸠鸠已经逃出监牢，为了越狱顺利着想还是暂时不要声张比较好。

鸠鸠叮嘱凌小路："注意安全。"

嵇蒙的飞龙载着凌小路冲破地道出口，撞翻了路过的人群。

为了让大家看清，嵇蒙有意无意地在空中逗留了一下。

"看到了！在那里！"

"在哪儿在哪儿？"

"在嵇蒙哈尼的龙背上，跟嵇蒙哈尼在一起！"

"我混乱了，这是悬赏现场，还是抢人现场？"

"两把抓嘛，杀鹿比，抢嵇蒙哈尼，拿赏金，我们上啊！"

"抱紧了！"嵇蒙操纵着巨龙上下翻腾，躲过一波又一波远程攻击，硕大的身躯无比的灵活。而那些被它身子挡下来的技能，又像奶猫挠人一样没造成半点伤害。

相比之下，凌小路就不那么好过了，肥龙时高时低，时东时西，时而翻腾，时而旋转，还要留意躲避擦肩而过的各种火焰流星冰锥暗器。他不得已，用力抓住嵇蒙的腰带，紧闭双眼，恨不得将整颗脑袋埋进对方宽厚的背脊，嘴里配合巨龙的飞行方向转换，发出各种各样奇怪的声音。

"啊啊啊啊啊啊啊啊——"

"呀呀呀呀呀呀呀——"

"我的爹娘啊——"

这真是有史以来最狼狈的英雄壮举了，凌小路又把头往嵇蒙背后藏了藏，还是无法忽视耳边呼啸的风声。

"来的人够不够多？！"他不敢睁眼看。

嵇蒙操纵着龙在空中绕了巨大的三百六十度，闪避攻击的同时观测周围现况。

"已经很多了！"

单单是他们身后，就起码有上百个飞行坐骑在穷追不舍。

"服务器怎么还不爆！"凌小路狂吼。

"我都跟你说了，不可能爆……低头！"

凌小路下意识地低头。

一群蝙蝠密密麻麻地迎头飞来，翅膀扇动着空气，耳膜里传来令人极不舒服的声音，还有很多蝙蝠撞死在巨龙身上，噼噼啪啪地响个不停。

迎面飞来了新的敌人，前后夹击，断了嵇蒙的去路。他当机立断一咬牙，巨龙如高速旋转的钻头向地面俯冲而去。

"哇哇哇哇哇哇哇——"

凌小路被转得脑子里都是糨糊，他强忍惧意将眼睛睁开一道缝，惊恐地发现地面上黑压压的人群，正摩拳擦掌地等待着他。

眼看龙要与地面剧烈碰撞，目标地区的人群已开始争先恐后地逃跑，龙头突然一抬，载着二人垂直向上飞去。凌小路在高速运动下被重力和风力撕扯，长时间用力的手突然一麻，知觉尽失。

"我——撑——不——住——啦——"

速度太快，风声太强，嵇蒙听不清楚。

"什么？！"

凌小路再也坚持不住，手一松，从龙背上跌落下去。

嵇蒙心一沉："鹿比——"

坠落的凌小路脑子一片空白,被人击杀奖金归杀手,那摔死的怎么算?奖金是不是该属于大地?

嵇蒙好不容易刹住坐骑,反身去救,可凌小路下落速度太快,他无力回天。

一道黑影从地底窜出,凌小路下落的速度陡然慢了下来。他找回神志,发现自己被鸠鸠抓住腰带拎着浮在半空,鸠鸠身后展开的巨大鸦翅,重新长满茂密漆黑的钢羽,片片淬着寒光。

"鸠鸠!你羽毛长出来了!"凌小路自己还没脱险,先急着为鸠鸠欢呼。

"嗯。"

嵇蒙见凌小路无恙,连自己也没意识到地长松一口气:"笨蛋,这都能掉下去!"

凌小路不服:"你飞得太快了!过山车都没你快!"

天上和地面的人们亲眼看见了鸠鸠救人的一幕。

"大大大……大魔王?!"

"他不是被寇霸霸送到牢里去了吗?"

"他到底是怎么出来的?游戏里的监狱不是号称固若金汤吗?"

"我就知道这里的监狱关不住人!狱警都是狗啊!"

"完了,我今天也去山谷了,大魔王会不会报复啊?!"

"我的妈呀!挤疯了!到底来了多少人啊?要钱不要命啊!"

"别挤了别挤了!老子都快被挤成比萨了!"

……

岛屿突然一震,醒目的系统公告出现在每个人的虚拟屏幕中央,所有人都停了下来。

【系统公告】由于检测到无名岛地区在线人数过多,超过局域承载最大负荷,为保障游戏健康运行,将在60秒后对该区域进行短暂的服务器重启。服务器重启期间,监狱外的玩家将被随机传送到附近城镇,请在监狱内的玩家尽快离开现场。重启完成后,监狱的进出权限将被暂时关闭,探监服务暂停使用,直到检测无故障后重新开启。感谢玩家们的配合,运营团队为给您带来的不便深表歉意。

【系统公告】无名岛重启倒计时,60,59,58,57……

"什么意思?服务器要重启了?"

"意思就是监狱外的人会被随机传走。"

"那里面的人呢?"

"里面的人只能留在这儿,等检修完才能离开。"

"那还不快走?被困在监狱就完了!"

【系统公告】40,39,38……

监狱大门开启,所有人一窝蜂地往外拥,门口的狗子们一直在忙着收入场费,抬头一看乌泱泱的大军呼啸而来,吓傻了。

凌小路一行也趁乱往外冲,这会儿场面混乱,谁都没心思留意人群中多了三个不该有的人。

"行走的一百万算什么?让你们看看奔跑的一千万!"

奔跑的"一千万"脚下被猫一绊,"叭唧"一声,摔了。

【系统公告】18,17,16……

嵇蒙用力把人从地上拖起来,拉着凌小路的后颈衣领往监狱大门的方向狂奔。

"让你嘚瑟!"

"都说了我脚软!"

凌小路打量周围,发现连猫也跟着人群往外出逃。

"猫都跑掉了!"他惊呼。

"别管那么多了!"嵇蒙吼,都什么时候了,这人还有心思关心猫!

【系统公告】10,9,8,7,6……

倒计时十秒,嵇蒙索性把人扛起来数米一步往外飞跃。

"鸠鸠呢?鸠鸠跟上了吗?"

"先关心关心自己吧!"

鸠鸠展翅低空滑过,一手一个,千钧一发之际将二人送到门外。

"成功上垒!"

【系统公告】3,2,1。服务器重启中,请耐心等待传送……

越狱三人组在约定好的地点碰头了。

"越狱计划,成功!"凌小路高举右手,与鸠鸠一击掌,他再想跟嵇蒙做同样的庆祝动作,对方却不乐意地撇开头。

"哼,运气好罢了。"

"别气嘛。"凌小路收回手,安慰嵇蒙,"这也算给你们的服务器查漏补缺对不对?"

"我这就投诉硬件组,让他们立刻升级服务器!"

"谢谢你了,小兄弟。"鸠鸠开口。

"先别谢,还没结束呢。"凌小路闭上眼,"这可是我在游戏里的第一次死亡,你轻一点。"

鸠鸠勾唇:"好。"

被手套包裹的指节轻轻抚上凌小路脖子,很快,凌小路就变了幽灵。

幽灵举牌:这么简单?

幽灵换了句话：我还没有感觉呢。

幽灵左右摇晃手中的牌子：原来死也没什么可怕的。

幽灵上下晃动牌子：举牌真好玩！

嵇蒙黑着脸对凌小路用了复活术，一眨眼凌小路又是活蹦乱跳的一条好汉。

鸠鸠取出了凌小路身上所有的赏金，告别了伴随多日的"赏"，凌小路还有些不舍。

"你直接把嵇蒙的钱转给他，窦渣的那份你自己留着。"

鸠鸠才要交易，又停了下来。

"这么信任我，不怕我把钱拿走了？"他这话是冲着嵇蒙问的。

嵇蒙冷哼一声："一千万换鹿比认清你这个人，不亏。"

鸠鸠笑而不语，完成了交易。

"你给多了。"嵇蒙交易完说。

"不多，正好一千万。"

"系统抽成扣10%，给我九百万。"

"抽成算我的。"

凌小路在一边听了半天才明白原来悬赏金还要给系统抽成。嵇蒙是他叫来帮忙的，当然不能让嵇蒙倒贴钱，而鸠鸠又很穷，凌小路一拍胸脯："别争了，这笔钱我来填！"

嵇蒙鄙夷地看着他："你？有钱？"

凌小路把打赏金翻出来数了数，足足有二十多万。

"暂时不够，不过我可以慢慢补。"他又叹了一口气，"不过房子就要迟一些买了。"

"你都住我家了还买什么房子？"嵇蒙说。

"我要买一栋自己的房子，让鸠鸠住过来。"

"你还要买房子给他住？啊？你是不是还要跟他一起住？"嵇蒙气不打一处来。

"怎么了嘛，你不知道他过得有多艰苦，挤在NPC的房子里，那房子只有这么大……还被窦渣给抢走了。"凌小路想到这里也很气。

嵇蒙根本不关心鸠鸠过得怎么样，他现在特想把人抓回去，关起来，远离那些个不三不四的兄弟师父……断绝关系的更不能再来往了！

鸠鸠旁观这气呼呼的两个人拌嘴，放弃了解释。

"说到窦渣，这次的事不能这么算了，鸠鸠的仇我一定要报！"凌小路握拳。

"就凭你？"嵇蒙不是想抬举窦寇，他就是单纯想给凌小路挑刺。

"凭我单枪匹马当然不够，我决定了，我也要成立一个家族，与窦泥湾一决高下！"

"创建家族至少要十个人,你有人吗?"

凌小路屈起手指:"我、你……"

数不下去了。

"为什么不算我一个?"意想不到的发言。

"鸠鸠?我以为你独行侠,不会想加入家族。"

"你不是为了帮我报仇才决定成立家族吗?我怎么可以缺席?"

嵇蒙嘲笑:"很好,那家族人数上限就是三个人了,有他在保证没有第四个人敢进来。"

"害怕的话你可以把位置让出来。"鸠鸠说。

"凭什么?他第一个数的就是我!"嵇蒙生气。

"不好意思,他第一个数的是他自己。"

"总好过某些人连姓名都没有!"

"不要吵了!"凌小路打断他们,"鸠鸠你可以加入,但我有一个条件。"

"不对家族的人动手吗?这个我自然懂。"

"并不是。"

凌小路正色:"我要你……不,你们两个答应我,今后若是再有今日的事情发生,不要再把我一个人装在蛋壳里保护起来,不要让我眼睁睁地看着你们独自面对危险。"

他一字一句,铿锵有力:"我知道,我的实力与你们相比,差距太大,不值一提,对你们来说,我是否参战,对结局毫无影响。但即便这样,我也不想躲在一旁,做你羽翼下的雏鸟,你龙窝里的危卵。我也想堂堂正正地,尽我所能,跟你们并肩战斗。

"我还是新人,还能成长,我也想变得跟你们一样强!有困难,共同面对,要死,一起死!这是个游戏,死有什么可怕的,怕的是无能为力。像今天这种无能为力的感觉,我再也不想经历!"

他伸出右手,手心向下:"如果你们同意,就加入我!"

另外二人谁也没动。

凌小路看看左,看看右,嵇蒙还俨然一副状况外的表情。

凌小路用空闲的那只手,强行抓着嵇蒙的手放到自己手背上,然后盯向另一边的鸠鸠。

嵇蒙皱皱眉,倒也没把手抽回去。

面具下的鸠鸠勾了勾嘴角,也将自己的手搭上去,三个人手掌相叠。

"我听你的。"他轻轻吐出字来,三只手用力下压,又高高扬到空中。

"一起战斗!"

"亲爱的鹿比，您已提交家族申请，请在现实时间 48 小时内集结十位意气相投的小伙伴，邀他们与您共建家族，逾期不候哦！"

"48 小时，"凌小路叹口气，"我玩这个游戏到现在认识的人加起来也不到十个。"

"所以说，是谁给你的勇气申请家族的？"嵇蒙出言打击。

"如果你出去拉人，应该很快就能凑够……不，还会多出不少。"

"那还用说。"嵇蒙对此十分自信。

"不行，那样的话到时候家族里都是你的拥趸，天天'哈尼''哈尼'地叫，这谁受得了？"

嵇蒙品出凌小路的潜台词，面露得意之色。

"受不了就直说，我又不是不能理解你这种嫉妒心情。"他又怕凌小路真的生气，紧接着补充道，"不过别人叫我什么不是我能控制的，不代表我个人立场。"

凌小路："……"

"算了算了，看在你这么拜托我的分上，我就帮你想想办法。"

凌小路："……那还真是拜托你了。不过你也没什么游戏好友吧，别告诉我你又要花钱去请雇佣兵大哥。"

"雇佣兵有自己的公会，不会加其他家族。你先回家等着，我去找人。"

凌小路回到东野，轻车熟路打开宠粮柜子找东西吃。嵇蒙对宠物宝宝们实在是好得不得了，宠物食品都是游戏内最高档的，而且无限量供应，凌小路从来没发现柜子空过。

所以他也能肆无忌惮地吃，反正嵇蒙只要看到食物缺少就会补满，根本没发现有人偷吃。

他抱着满满一碗零食跳上沙发，松鼠它们也都凑过来跟他挤作一堆。他们像一群肥宅一样，一边吃，一边看搞笑直播。看到好笑的地方，凌小路抖得差点连碗都颠翻。

"早上好，小鹿比！"

鹿比吓了一大跳，终于成功地将碗里的东西抖了出去。

"凌龙！你吓死我了！"

只有嵇蒙不在的时候，凌龙才敢这么嚣张地大声讲话。

但谁也没料到，凌龙才是被吓得不轻的那一个："鸟——鸟——鸟……"

嵇蒙的肥啾对凌龙情有独钟，翅膀虽短也阻止不了它将凌龙紧搂入怀的热情。

被鸟柔软的羽毛包裹着，凌龙几乎要窒息了："救……"

凌小路赶忙把碗往松鼠怀里一塞,抢救下凌龙,又赶跑肥啾。

凌龙瘫在沙发上狂喘。

凌小路用手掌帮凌龙扇风:"好点了没?"

凌龙边喘边道:"吓……吓死我了。"

扇了半天,可怜的小家伙才缓过气来。

"鸠鸠的面具吓人,离争的警觉性吓人,嵇蒙又养鸟吓人。"凌龙假装大号,"亲爱的小鹿比,我能陪在您身边的时候不多了。"

"不要为你的玩忽职守寻找借口。"

凌龙秒恢复正常:"说起玩忽职守,我昨天不过休了半天假,就听说您把游戏服务器给卡爆了?"

"这个嘛,"凌小路讪笑,"我也是帮你们检验一下终端质量。"

"还好这事对我没什么影响,不过硬件组的同事就倒霉了,嵇蒙直接投诉到项目经理,未来几天他们都要加班扩容呢。"

"那还真是对不住啊,其实不扩也可以的……"凌小路听了心中有愧。

凌龙摆摆尾巴:"本来就该改善了,每逢大型活动,服务器总在崩溃边缘徘徊,我们这些 GM 忙得半死又提心吊胆,还要承受来自玩家的投诉。今天我一上班,客服部的大家都要我感谢您呢。"

凌小路:怎么还莫名其妙做了件好事?

"那要怎么感谢我呢?"

凌龙想了想:"我给您跳个舞吧。"他跳起二人转,"骑得龙,龙咚锵,骑得龙咚锵咚锵……"

"停!"简直辣耳朵 + 辣眼睛。

"那您说,想看什么,我都会跳。"

凌小路眼珠乌溜溜一转。

"亲,鑫山允不允许员工私下打游戏呀?"

"亲,您需要什么帮助?"

"亲,我申请了一个家族,但是必须招满十个人才能成立。你要是有私人账号的话,能不能帮我凑个人头?"

凌龙捻着龙须思了片刻:"我不行,但是我可以介绍一个人过来。这个人身份特殊,您也别问,就当他是个普通玩家。"

"特殊?难不成比我这个伪绿名还特殊?"

"这个我不敢讲,我只能保证……"

"保证什么?"

"他的的确确是个绿名。"

"嘘——"凌小路突然压低声音,"有人来了。"

外面有动静,凌小路探头望,看到院墙外站着一个一米六出头的小胖子,浓眉毛,短寸头,粗布衣裳,正拿着一根火柴样的初级法杖,用冰魔法轰嵇蒙家大门。

凌小路第一次见到这么嚣张的新人,长得挺接地气,名字却有些女性化,叫"禧儿"。

"嘿,干什么呢小老弟?"

小老弟打量了站在院子里的他一眼:"你是谁?为什么在嵇蒙家里?"

"你认识嵇蒙?"

"我是他朋友。"

"嵇蒙还有朋友?"凌小路恍然大悟,"他是不是叫你来加入我们家族?"

"他叫我来帮忙,没说做什么……等等,难不成你就是那个他游戏里唯一的朋友?太好了,终于见到你了!"

凌小路愣:"你认识我?"

"我是嵇蒙现实中唯一的朋友!"

两个人热泪盈眶地握手,仿佛跨越次元壁遇到了知音。

"幸会幸会。"

"真是委屈你了。"

"你也一样。"

"对了,你们一起做任务了吗?"

"呃,做了。"

"那就好。"

"老母亲"放心了。

两个人一见如故。

"你叫鹿比?那我叫你小鹿好了,你叫我禧儿就行。"

"好的……禧儿。"

"话说你的面子真大,嵇蒙威胁我必须来帮忙,不然天天到我家堵我,小学生霸王你敢惹?"

"不敢惹不敢惹。小学生人呢?"

"等下就来。对了,我先去附近的镇子学几个技能,我觉得我这个法术不厉害,你等我哈!"

禧儿说罢翻身骑上黄鼠狼,颠儿颠儿地跑了。

黄鼠狼是屎黄色的,他的衣服也是屎黄色的,从背影看竟达到了人和宠物合一的境界。

想不到嵇蒙还挺厉害,这么快就找到人来。凌小路心想,现实中唯一的朋友都叫来了，简直是倾其所有啊……

起风了，粉红的花瓣在风中起舞，如瑞雪纷飞。

凌小路在空中捞了一把，摊开手掌。

"樱花？"

凌龙突然躁动起来，压低的声音掩盖不住激动："大小姐！大小姐！"

凌小路不解。

"鑫山的大小姐！我们总裁的亲闺女！"凌龙兴奋地翻起了跟头，如果他不是龙身，凌小路简直怀疑他是不是会扑过去亲吻地上的花瓣。

不过，凌小路很快就明白凌龙为什么这般激动了。

漫天的樱花汇聚成了人形，肤若凝脂，明眸善睐，金色长发，随风摇摆。流淌着银光的轻薄铠甲包裹住凹凸有致的完美身材——抹胸、短裙、细跟长靴高达膝盖。

凌小路眼睛看直了，好一个大小姐，英姿飒爽，风华绝代！

更重要的是，这位名叫初晴的鑫山的真正大小姐，头上顶着一个金灿灿的名字！

"凌凌……凌龙……"凌小路结结巴巴地说。

凌龙还陶醉在大小姐的盛世美颜下："啊，想不到能在这里幸会大小姐……"

"你怎么不早跟我说，金名玩家还有女孩子啊？！"

凌龙这才困惑地回头："这很重要吗？我们的金名戒指，本来就没有限定只有男性可以购买啊！"

"当然重要！"凌小路压低声音吼道，"如果早知道金名有女生，我一点都不介意做她的宠物啊！"

"小鹿比！您冷静一点！"

来自脑后的话一个字也没有传到凌小路耳朵里，他一个箭步冲到初晴面前："大小姐！真人不露相，露相不真人！别看我这副样子，其实我是——"

一串悦耳的银铃声打断了凌小路莽撞的自我介绍，扎着双马尾的可爱"萝莉"紧随初晴传送过来，在空中转了一圈后，轻盈地落到地面。她挽住初晴的胳膊，甜甜地叫了声"姐姐"。

凌小路呆。

"来了？"初晴打了声招呼，又回头问凌小路，"你刚刚说你是什么？"

凌小路表情呆滞地抬头看了看初晴头顶的金名，又看了看旁边女孩子头顶的粉名，把"粉名"两个字咽了下去，倔强地扬起下巴。

"大小姐，你还有樱花吗？"

初晴一弹指，花瓣纷纷飘落。

凌小路走远了。

"你去哪儿？"小姑娘好奇地开口。

凌小路坚强地说:"别问,我只想留给世界一个落寞的背影。"

"……"

"你去哪儿?"这没好气的声音来自于嵇蒙,"我把人给你叫来了,你又往哪儿跑?"

凌小路被嵇蒙重新拎回到初晴面前。

"介绍下,这是我姐嵇晴,这位是她的粉名初芽。"

凌小路蔫头耷脑地自我介绍:"姐姐好,小姐姐好,我是鹿比,小鹿斑比的鹿比。"

嵇晴说:"我知道你,我弟很在意的朋友。"

凌小路迷惑。

"姐!"嵇蒙大声道。

"我有说错吗?不然为什么让我们把家族退了,来帮你们凑人数?上一次你这么求我的时候,还是看上了我刚抓的稀有宠物宝宝。"

"姐!"嵇蒙气得涨红了脸,"不是说好了不提嘛!"

凌小路惶恐:"姐姐为我们特地退了家族?这恐怕不太好吧?"

"没事。"嵇晴纯粹想逗他一下,"正好我们跟前家族发生了点矛盾,本来也是要退的。况且我们来这里也开了条件。"

"什么条件?"凌小路傻乎乎地问。

嵇晴给了他一个意味深长的眼神:"你会知道的。"

初芽从嵇晴背后冒出脑袋,悄悄说:"我是你们的粉丝哦!"

"什么粉丝?"凌小路一头雾水。

"还有一个家伙呢?怎么没来?"嵇蒙突然抬高音量,生硬地岔开话题。

"你是说禧儿吗?他刚刚已经来了。"

"什么'儿'?"轮到嵇蒙吃惊了。

"嗨,兄弟!"说曹操曹操到,与黄鼠狼融为一体的禧儿重新颠儿颠儿地跑了回来。

嵇蒙用复杂的眼神反复打量着眼前的人,发出极不确定的问话:"常欢禧?"

常欢禧收起表情:"不要叫我真名!你当人人都跟你一样,上网用真名啊?尊重点他人的隐私好不好?"

他狡黠地挤挤眼睛,绿豆眼在面包脸上显得格外滑稽,颧骨周围还有一圈小麻子,这几样组合在一起令人不忍直视。

"叫我禧儿。"

"滚远点,我才不会叫那么恶心的名字。"

常欢禧无可奈何:"那你自己起。"

嵇蒙憋了会儿:"阿欢!"

"不行,这名字好像狗啊。"

嵇蒙忍不了了:"常子!爱听不听!"

"哎,行吧行吧,就这个了,真拿你没办法。"

常欢禧又乖巧地溜去嵇晴跟前:"姐姐。"

嵇晴也辨认了一番:"你是常欢禧?"

"是我呀,姐姐。"

嵇晴笑了:"你怎么把自己整成这副样子?"

常欢禧骚气地摸了一把刺头:"英俊了十几年,我也想过过不一样的人生。"

"没想到小蒙连你也拉来凑人数,"嵇晴的视线越过他,飘到凌小路身上,"很走心了。"

"那是。"常欢禧大大咧咧地揽住凌小路的脖子,"毕竟小鹿兄弟一表人才,我也是相见恨晚。"

现场气压骤然降低,压力来自于黑脸的嵇蒙。

常欢禧被盯得浑身不自在:"你看我干什么?"

"你想改名吗?"

"改名?改什么名?我这名字挺好的呀!"

"过——儿。"

"……"常欢禧不动声色地把右臂抽了回来,又下意识地摸了摸,还在还在,还好还好。

"小蒙,你们有几个人了?"嵇晴问。

"六个。"

凌小路忙道:"如果无意外的话是七个,有人介绍了个朋友过来。"

"人呢?"

"我还没见到。"

"听着就不靠谱。"

嵇晴算了下这十以内的加减法:"也就是说,在小蒙找我们帮忙之前,你们只有三个人。"

凌小路怪不好意思的:"是的。"

"勇气可嘉,来加个好友。"

在场的人互相对了拇指,凌小路对着好友面板左看右看,不敢相信自己跟大小姐"互粉"了。

"我们刚退了家族,有24小时冷却时间,希望在这段时间里,你们能凑够十个人。"

204

嵇晴吟唱起传送法术，这两个人同时传送的特效也很漂亮，初芽从旁边抱住了嵇晴的腰，卷着花瓣的风将二人带离地面。

嵇晴微笑："常欢禧，祝你玩得开心。"

常欢禧拍胸脯保证："放心吧姐姐，招人的事包在我身上！"

"小鹿比，祝你和嵇蒙也玩得开心。"

凌小路：为什么他听着这句话意思有点不太一样？

初芽也腾出一只手："拜拜哦！"

"姐姐慢走！"

现场只剩下三位男性。

"哎，兄弟，你家游戏真的太好玩了，施法居然还能绑定口令。刚才姐姐在我不好意思展示，你一定要看看这招。"

常欢禧掏出火柴杖，蹦出一个单字谐音的脏话。

嗖——冰箭术。

两个字谐音脏话。

冰锥术。

三个字谐音脏话。

冰雨术。

凌小路："……"

嵇蒙："……"

二人掉头就走。

"哎？别走啊，我还没演示完呢！"常欢禧大喊。

凌小路："我不认识他。"

嵇蒙："我原本认识，现在开始不认识了。"

常欢禧："……"

才踏入这个游戏的常欢禧就这样被无情地抛弃了，只得到了来自嵇蒙的一条密语。

嵇蒙："限明天之前做完进家族前置任务，不然你号没了。"

常欢禧内心：让我来帮忙还不管我，加个家族还要做前置任务，在游戏里做太子爷很拽哦？

不过他常欢禧怕过什么，一个人也能浪！

他骑着他充钱买的黄鼠狼，参考着任务指南，来到家族管理处。在他要找的NPC前，矗着一个高大的背影。

"这位大兄弟也是来做前置任务的吗？巧了，一起呀？"

高大的男人缓慢转过身来。

常欢禧一愣,这位大兄弟从眉骨到眼窝,从鼻梁到嘴唇,从下颌到喉结,所有裸露在外的线条,都硬朗得有如刀刻,说是杰出艺术家的作品也不为过。头顶一层薄薄的发茬,短到可以忽略不计,光是想象着摸上去都觉得扎手。作为男人,他的皮肤白得过分了,且是苍白的白,这颜色给人的感觉很冷,就像他深邃的眼睛,不含一丝温度。

常欢禧第一反应是现实中不存在这样的人,随即想到这是游戏,模样是可以自定义的。

他自来熟络的天赋启动:"嚯!这位大兄弟外形整得不错呀?我喜欢!我叫禧儿——"

他自然而然地伸出大拇指。

对方垂眸注视片刻,才与他拇指相对。

"零。"

"名字也很酷!"

声音也好听,低沉、磁性,如果非说有什么问题的话,那就是这个声音很耳熟,常欢禧在现实中绝对听过这个声音。

那个好听的声音又响起来:"一起?"

管他是谁的声音呢,就算是认识的人,也不可能认出现在这个样子的他。

常欢禧欣然应答:"一起!"

想不到这么快就凑够七个人了,还剩下三个人去哪里找呢?

凌小路冥思苦想。

他思考的时候就想吃东西,下意识地抓起手边的零食,边想边吃,边吃边想,余光里发现嵇蒙仿佛在盯着他看。

重新调整焦距,定睛一看,才知道不是他的错觉。

"你看我做什么?"

嵇蒙阴着脸,视线从他的脸下移到他的手。

凌小路顺着他的视线低头瞧,发现自己手上捧着刚才装宠粮的碗。

"啊呸,呸呸呸!"凌小路赶紧装出一副大惊失色的样子——也不完全是装的——把碗烫手似的扔到一边,"这是什么东西?什么时候跑到我手里的?我还在认真想事情呢,这谁干的好事?"

嵇蒙懒得说凌小路,恰巧金名系统弹出通知,他点开看了,却皱起了眉。

"有事?"凌小路抓住一切机会转移他的注意力。

"没什么。"嵇蒙不假思索地叉掉了窗口。

没过一分钟，嵇蒙的专属客服现身，凌小路只在上线第一天时见过她一次。

谁知嵇蒙态度却很不耐烦："你怎么来了，我没呼叫帮助。"

客服先是提起小裙子，礼貌地鞠了一躬。

"您好，我是怕您漏看系统通知，特地来通知您……"

"我没漏看！"嵇蒙打断她，"我知道了。"

"你知道什么了？"凌小路被勾起了好奇心，"也告诉我，让我也知道知道呗？"

"就是……"

客服刚想说，又被嵇蒙拦下来。

"你有什么好知道的，你是金名吗？"

嘿！这态度！凌小路叉腰："怎么了？我们劳苦大众就没有权利憧憬土豪过的生活吗？"

客服抿嘴笑道："也不是什么大事，就是有新的粉名在陆班镇上线了，很多金名都已经赶了过去，如果不想错过的话，最好快点动身哦。"

凌小路："哦。"

凌小路："嗯？"

他激动地抓着嵇蒙的手："这可是件大事啊！"

"什么大不大事的，"嵇蒙眉头皱得很紧，埋怨自己的客服，"要你多嘴。"

"这么敬业的客服，你居然说人家多嘴！"凌小路态度比嵇蒙还积极，拉起对方胳膊就要往外走，"还愣着干什么，快去呀！"

"去干吗？"嵇蒙很不情愿了。

"去认识认识人家粉名，好跟对方签契约啊！"

"不去。"嵇蒙把他甩开，自己又坐了回去。

"为什么啊？"凌小路跑回他身边，"你不是一直想要跟粉名契约吗？"

"谁说我想要？"

凌小路揣起手臂："要不要我提醒你，咱俩第一次见面时，你在做什么？"

嵇蒙无法反驳："那时候想，现在又不想了，不行吗？"

凌小路失望："你怎么这样，做事没有恒心。"

"……"

嵇蒙很烦。

"你看到我姐和她家那丫头了吗？"

"看到了呀！"

"金名玩家和粉名玩家一旦缔结契约，基本上只要上线就在一起。"

"我知道呀！"

"身边的位置就那么多，有了这个就容不下别的了！"

"那又怎样啊？"

看嵇蒙心里还有话但又说不出来的样子，凌小路想来想去，估计就只有那一个理由了。

"哦，我懂了，我住在这里，会影响你和粉名玩家的感情！"

"你……"

"那没关系，我可以搬出去呀！反正我也打算买房子。"

"买房子给那个杀手住是吧？给你能的，还学会养小白脸了！"嵇蒙一提起这事气不打一处来。

"不是小白脸，是帅气的鸟脸！"凌小路还比画了一个鸟嘴的样子。

"哎呀，我们不要再在这里吵了，"他想起还有正事要做，"晚了粉名就花落别家了。"

"关我什么事？"

嵇蒙被凌小路强行往外推。

"你一个金名，还是太子，没有粉名没有排面啊！听我的，这次去，一定能手到擒来！"

"都说了我不要！"

"行行行，陪我去看看行不行？太子爷？嵇哥哥？"

"你烦死了！"

陆班镇比想象中还要热闹，毕竟这次的粉名是自愿佩戴项圈进行游戏的，不用躲躲藏藏，而是留在镇子中心大大方方接受金名玩家们的示好。

凌小路、嵇蒙他们赶到时，已经有五六个金名玩家排在前面，不无意外窦寇也在场。

"太子嵇来了！我就说他一定会来！"看热闹不嫌事大的绿名们一见他来就奔走相告。

"冲啊！他们都不是你的对手！"

"太子股我买了！全押！"

窦寇听到起哄声也扭头望了一眼，恰好看到凌小路扯着嵇蒙努力穿过人墙，来到人群的最前面。

他在心里唾弃，这个嵇蒙不知足，有了小朋友还打粉名的主意，吃着碗里的，看着锅里的，简直是贪狗！

凌小路总算看清了粉名的模样，兴奋地摇着嵇蒙的手，说："你看你看！是女孩子欸！"

嵇蒙不情愿地被他摇着："女孩子怎么了，你没见过初芽吗？"

"初芽有姐姐了,可是她呢?她只有你!"

嵇蒙不耐烦地往那边扫了一眼:"我看她身边围了不少金名玩家。"

"不能因为竞争激烈就打退堂鼓,就我这么直观地一比较,那几个金名玩家条件都不如你。"

嵇蒙臭脸略有缓解:"真的?"

"真的!"凌小路说的是真心话,嵇蒙有颜值有身份有钱还讲义气,哪点比不过那些金名了,尤其是姓窦的某位,"我要是她我一定选你!"

嵇蒙听了这话,也不知该得意还是继续生气。

窦寇当然不想错失这次机会,使尽浑身解数讨对方欢心。

"小妹妹,你有什么要求,不妨说出来,只要是你喜欢的,我上天下海也帮你弄到。我是窦泥湾的族长、惊蛰城的城主,在这个游戏里拥有数不清的资源,全服务器像我这种条件的金名,你怕是找不到第二个了。"

"像你这种贪心、吝啬又以多欺少的金名,确实是找不到第二个了。"凌小路挤过去,揭他的短,"小妹妹,这个人老奸巨猾,你可千万不要上他的贼船。"

窦寇刚想发火,一看是凌小路,火气又压了下去。

"小朋友,你对我误会有些深啊。那个 boss 刷新点,我不抢,也会有别人去抢。还有我发誓,悬赏你的人真的不是我!"

凌小路不予理睬:"小妹妹别难过,他虽然不合适,但游戏里优秀的金名还有很多,不如看看我们家太子嵇⋯⋯不是不是,嵇哈尼⋯⋯也不对,哈尼嵇⋯⋯"

"喂!"嵇蒙忍无可忍。

那位粉名玩家见到了嵇蒙,嫣然一笑,道出了上线后第一句话:"嵇蒙哥哥。"

凌小路不解。

窦寇不解。

嵇蒙不解。

嵇蒙皱起眉头打量,实在想不起自己在什么地方见过这位叫南薰的粉名玩家:"你是谁啊?"

凌小路一巴掌拍过去:"对女生说话口气也太凶了吧!"转身和颜悦色,"小妹妹,你认识我们家嵇蒙哥哥呀?"

南薰抿起嘴:"嵇蒙哥哥不记得我了吗?"

嵇蒙拼命回想,终于露出恍然大悟的表情。

"噢,你是⋯⋯你是那个⋯⋯我想起来了。"可他还是面露困惑,"不过你怎么⋯⋯还有粉名是怎么回事?"

"这个呀,"南薰摸了摸脖子,"哥哥公司的工作人员拿到中心来,要大家试试看的,没想到我能戴上它。我是我们这里唯一一个能戴上项圈的人。"

"哦，"嵇蒙不痛不痒地应了句，"那不错啊。"

凌小路窃喜地推了把嵇蒙："没想到啊，还是熟人！那就更合适了！"

嵇蒙又被点燃了火气："怎么就熟人，怎么就合适了？我们不过是认识！"

"认识还不足以赢在起跑线上吗？你问问她认识窦渣吗？"

"豆渣是谁？"南薰一脸懵懂地问。

"……"

窦寇没料到新来的粉名跟嵇蒙还有这层关系，可他怎么甘心就这样退出争夺？

"小妹妹，只要你跟了我，我保证，未来我会像宠女儿一样宠着你，绝不让你受半点委屈！"

南薰歪着脑袋，慢悠悠地说："嗯……这话很有吸引力是没错，但我在戴上这个项圈后就决定了，能跟我缔结契约的，就只有嵇蒙哥哥一个。"

"有眼光！呜呜呜……"凌小路喝彩，嘴却被嵇蒙用手掌捂住。

"你少说几句吧！"

"呜呜呜呜（我还要说）！"

"住嘴！"

凌小路强行挣脱了嵇蒙的魔掌："怎么还不让人说话呢？你是金名玩家，她是粉名玩家，一个金名，一个粉名，天生一对，天造地设，天作之和，天……赐的良缘，这是多好的缘分啊？况且人家还非你不可。"

"你知道个……"嵇蒙把脏话咽了下去，"你什么都不知道，她就是一小孩儿！"

"嵇蒙哥哥嫌弃我吗？"南薰抿紧嘴，似乎受到了委屈。

"我不是那个意思，"嵇蒙连忙否认，"我……"

他冷静下来，眉心依然紧紧蹙着。

"南薰，我目前没有跟人结契的意思，你如果想绑定金名玩家，我可以帮你把关，免得遇人不淑。"

他说这话时明晃晃指向窦寇。

窦寇也气笑了："嵇蒙，我肯定比你年长，作为过来人我奉劝你一句，不要做贪狗，贪狗贪到最后一无所有。"

"你怎么能说我嵇蒙哥哥是贪狗呢？"南薰不悦。

"得陇望蜀，不是贪狗是什么？"窦寇鄙弃道，"你问问他，不想契约粉名真正的理由是什么？"

凌小路："哇，我都不知道，难道窦渣你知道？"

事到如今，窦寇也不怕跟他们摊牌："你不想要粉名，难道不是因为你身边已经站着一位现成的粉名吗？"

凌小路左看看，右看看，站在嵇蒙身边的人只有他一个。

"我？"他惊诧地指着自己，"你是说我吗？"

窦寇直勾勾地瞪着嵇蒙："你敢说，他不是粉名吗？"

围观群众听到这里低声惊呼：

"什么？难道那个鹿比是粉名吗？"

"不可能，是我瞎了还是寇霸霸瞎？"

"想想也不是不可能啊，不然我们哈尼和男神为什么只对他一个人另眼相待？"

"说起来鸠鸠也待他不寻常。"

"如果是粉名的话就一切都说得通了……不对，大魔王那里还是说不通。"

众人的议论统统传到嵇蒙耳里，他却不屑地冷笑："他是粉名玩家？你是色盲吗？"

窦寇说："你敢说他不是？"

"他当然不是！"

"还装！"窦寇咄咄逼人地质问着，"他如果不是粉名的话，你会无条件地对他那么好？"

嵇蒙面色如常，冷冷道："我不懂你在说什么，我对他好，跟他是不是粉名有什么关系？我对他好，只是因为他是鹿比啊！"

嵇蒙的眼神不含一丝说谎导致的犹豫，连窦寇都开始相信他说的是真的了。

如果不是真的，那嵇蒙的演技实在太好了，甚至可以去竞争一下奥斯卡。

这场针锋相对先败下阵来的反而是窦寇。

"是这样吗……"他声音里的不确定与嵇蒙的肯定形成了鲜明的对比。

嵇蒙继续说："我不知道你是从哪里得来的小道消息，但自从我认识鹿比，他就是绿名，你觉得我是因为他的身份特殊，才对他好，未免也太以己度人了。"

凌小路心中忽然暖暖的，像一颗种子被灌溉了。种子抬头看着漆黑一片的土壤想，啊，我要发芽了，等我穿透这片黑暗，就能看到太阳了。

窦寇已有九成相信，但仍怀有一分疑心，他索性向凌小路抛出直球："你真的不是粉名？"

凌小路从发芽的幻想中收敛心神，忙为嵇蒙送上助攻。

"哦，我说你怎么前脚悬赏我，后脚就叫我小朋友，还给我送各色礼物，原来你是另有所图啊。窦渣，我果然没看错你。"

他没有直接否认窦寇的话，但是这模棱两可的球打回去，反倒让窦寇更信以为真了。

"难道真的是我搞错了？"窦寇皱起眉头，自言自语。

跟班甲小声："心疼族长，既搞不到假的，又搞不到真的。"

跟班乙："闭嘴吧你……"

凌小路趁机对南薰道："你看，这种人，不管对方是谁，只要是粉名就行，根本不是真心的，你一定要擦亮眼睛。"

南薰认真地点点头："我一定会的。"

多乖的女孩子啊！凌小路心想。

"不如你来我们家族吧，我们家族还有一个位置，是专门为你留的。"

嵇蒙迷惑。

"你嵇蒙哥哥虽然暂时不想绑定粉名……"他说到这里时犹豫了一下，不知为何不再像先前那样拼命想撮合二人了，"但我们家族还有很多金名玩家，我保证帮你挑一个最好的！"

"很多金名玩家？"嵇蒙拆台，"你再变出来一个给我瞧瞧啊？"

凌小路又不想发芽了。

"事态是在不断发展的，目前没有，不代表以后没有。"

凌小路转回头游说南薰："怎么样？加入我们吧！"

南薰试探性地问嵇蒙："我可以吗？"

嵇蒙目光放柔："随便你。"

凌小路充满狐疑，他仔细观察，竟从嵇蒙对南薰的态度中品出了一丝……怜爱？悟到这一点的他打了个哆嗦，怜爱他人的嵇蒙，听起来有点恐怖。

"我愿意加入。嵇蒙哥哥是好人，嵇蒙哥哥的朋友也一定是好人，我相信你。"

两个人愉快地碰了碰大拇指。

"欢迎你成为我们家族的第八位成员！"

南薰又歪过脑袋："可是鹿比哥哥，你刚刚说这个位置是特地为我留的，成立家族要十个人，加上我才八个，所以不是你们缺人吗？"

凌小路："……"

"嗤——"

他迅速扭头，发现嘲笑的表情留在嵇蒙脸上还没来得及收回去。

凌小路气呼呼地瞪嵇蒙，看到我被女孩子当众拆穿那么开心吗？

这个世界上永远不缺上道的围观群众。

"不缺人不缺人，我就是人呀！"

"巧了，我也是人啊！"

"难道我看起来不像人吗？"

"说吧，要男人女人还是半兽人？我都能演绎！"

凌小路受到嵇蒙嘲笑，偏偏还傲娇起来了："不好意思，我们家族不公开招人，不管男人女人还是半兽人，我们统统不要！"

一天后，凌小路尝到了傲娇的苦果。

他既没找到合适的人选，也不好意思公开招募。为了避免被嵇蒙再次嘲笑，他躲到离争家里的温泉里唉声叹气。

大概是苍天看他可怜，过去 24 小时一直在线但不知在哪里鬼混的常欢禧发来捷报。

禧儿：小鹿兄弟！我新交了个不错的朋友，经过一天的考察，完全符合咱家族收人的条件！

鹿比：真的吗？太好了！不过咱家族收人的条件是什么？

禧儿：活的！没家族的！

鹿比：……

鹿比：棒极了！这就是完完全全适合咱们家族的精英人选啊！他人怎么样？

禧儿：沉默寡言！不苟言笑！惜字如金！

这完全就是一句话，硬掰成三句话去说，翻来覆去只表达了一个意思。

什么样的人能有这种语言天赋？

网文作者！

常欢禧不去当网文写手真的可惜！

鹿比：我就喜欢这种沉默寡言、不苟言笑、惜字如金的家族成员！禧儿你拉下线的业务水平真的强！

禧儿：必须的！我都说了，包在我身上！

禧儿：不聊了！他在等我做任务，晚点家族管理处见！

虽然是好消息，但也只解决了 50% 的难题，凌小路又忍不住叹了口气。

旁边突然冒出一个声音——

"你从早上开始就在那里长吁短叹，是温泉太冷了吗？"

"师父！"凌小路直了直身子，把整个脑袋露出水面，"今天还吹箫吗？"

"不吹箫，想看你吹泡泡。"

凌小路严肃："师父，我是那种毫无尊严和立场的人吗？"

"你是！"

凌小路："咕嘟咕嘟咕嘟……"

"吹得不错，"离争刻意顿了顿，"可以发布视频了。"

凌小路："……"

同样是才艺展示，为何人与人之间的差距会如此悬殊？！

"不瞒你说啊师父，我想组一个家族，但是居然要组满十个人才允许成立。"

凌小路不吐泡泡了，开始诉苦。

"现在有几个了？"

"九个,还差一个。"凌小路垂头丧气地说,"凑了一整天也只凑到这么多。"

"哦。"离争淡淡地应了,片刻后才道,"我还没有家族。"

"是哦……"

凌小路不解。

凌小路震惊。

他结结巴巴:"师师师……师父,你说这种话,很很……很容易引起误误误……误会的。"

"什么误会?"

凌小路眨巴眼睛:"就是,误会师父你要——加入我们家族的意思。"

"哦。"离争再次应了,"那你没有误会。"

凌小路瞪大了眼睛:"师父你说的是真的吗?我不是耳朵聋了吧!"

"你可能是温泉泡久了,脑子进水了。"

"啊!师父——谢谢你——"凌小路跳出温泉,忘我地张开双臂扑过去。

"定!"

定在半空的凌小路:"……"

"你叫人吧,我等下过去。"

凌小路内心:好好好好好好好!

离争:"解!"

"叭唧——"

凌小路从半空中摔了下来,摔成了一张鹿皮。

鹿比:禧儿!别做任务了!家族管理处,集合!!

禧儿:哦哦哦?人齐了?我们这就来!

鹿比:呼叫凌龙!你昨天介绍的人呢?在哪里?叫什么?

凌龙:零!就单名一个字"零"!我昨天让他去做前置任务,应该已经做完了。您那边人够了吗?那我通知他去家族管理处与您会合!

鹿比:爱死你了!

常欢禧是最早到的,凌小路刚进家族管理处的门就见到了他,旁边还站着位身材高大的男性。常欢禧换了套昂贵的商城时装,看起来比昨天顺眼了一丁点。

"禧儿你到了!"

二人同时转身。

零独树一帜的造型也令凌小路惊艳了两秒。

"你就是凌龙介绍来的朋友吧,"凌小路大大方方地走过去,"我是鹿比。"

常欢禧奇:"咦?你们认识啊?"

凌小路迷惑。

"给你介绍下,这就是我跟你提到的那位惜字如金的朋友——零。"

凌小路眨眨眼:"零?"

"零!"

"零??"

"零!!"

凌小路不死心地把凌龙的私聊重新翻出来看了一遍:"零???"

"零!!!"

零:"是我。"

凌小路一个单字脏话脱口而出。

常欢禧下意识地一躲。

凌小路不解:"你躲什么?"

"我以为你放冰箭呢。"

"……"

凌小路再次呼叫凌龙。

鹿比:亲,这个游戏里有重名的人吗?

凌龙:亲,当然不会,每个玩家的ID都是唯一的哦。

鹿比:那为什么你介绍来的人,跟禧儿找来的人,名字会一模一样?!

凌龙:您先别急,您那边什么情况?

凌小路一五一十地讲了。

凌龙:亲亲,这种情况我认为,有可能这两个人就是同一个人呢,您说说,这不巧了嘛。

凌小路脸色不佳。

常欢禧也察觉到了:"小鹿兄弟,怎么了?"

"搞了个大乌龙,现在还是只有九个人。"

"这有什么,再找一个就是了。"

"可是我已经通知大家都过来了。"

平白无故地遛一趟大家,并且这个大家里面还包含了离争和大小姐……

"啊——"

凌小路绝望地捂住脸。

一个熟悉的身影出现在管理处门口。

凌小路透过指缝看见了,大喝一声:"411!"

411被吓了一跳:"是你?"他谨慎地看看左右,"你师父在吗?"

"不在。"

411松了一口气,气焰顿时嚣张:"那就好,听说大魔王被关到牢里去了,你师父又不在,我看今天谁替你撑腰!"

凌小路态度突然和蔼:"411,你有家族吗?"

411警惕道:"没有,干吗?为什么突然这副态度跟我说话?"

"难怪你各种八卦消息总是滞后呢,有了家族就不会有这种烦恼。"

"所以我就是来看看有没有家族招……这跟你有什么关系!"

"亲,新家族在线九等一了解一下?"

"新家族?"411痞气地笑了笑,"都有谁?你,还有那边两位大神吗?怎么才玩不久的菜鸡都爱抱团建家族啊?"

"也不全都是萌新,还是有老玩家的。"

"得得!"411摆手打断,"我是一定要加一个大公会的,那才配得上我的身份。像你们这种初出茅庐的小家族,靠边站。"

"鹿比哥哥。"甜甜的声音响起。

"南薰你来了啊。"

"嗯,"南薰点头,"听说鹿比哥哥把人找齐了。"

凌小路叹气:"出了点意外,现在还差——"

"不、差、人!"

地动山摇的一声吼,凌小路差点被吓到耳鸣。

411道貌岸然:"我们不差人!"

凌小路:"哈?"

411把凌小路拽到一旁,声音又低又尖:"是粉名欸!"他玩命地指着自己头顶,"粉名!活的!"

"那又怎么了?"

"我第一次这么近距离见到粉名欸!"

凌小路无语:"哥,你的声音都快细成绣花针了。"

"咳咳!"粗嗓大汉回来了。

411扣住凌小路的肩膀:"你从哪儿找到的粉名?难道是你师父缔结的粉名玩家?"

"当然不是。"

411暗暗松气:"还好还好,我就记得离争是没有粉名的,差点以为自己又被时代所抛弃。"

"……"

"我决定了,像你们这种萌新家族,就适合找一个我这样有经验的带头大哥。"

"你改变主意了?"

"从今以后,不管你和粉名想下战场,还是下战场,还是下战场,"他拍拍胸脯,"统统包在哥哥身上!"

"啊——"他打完包票后偷看南薰,萌得吃手手,"粉名好可爱。"

"……"

"搞定了吗?"常欢禧从不远处喊。

凌小路刚想回话就被411抢去了话头:"搞定了!今后哥哥罩你!"他说完才看清常欢禧的脸,起了一身鸡皮疙瘩——

怎么会有长得丑还这么有自信的人?都舍得买那么贵的时装,就不能再充点钱去商城里捏个脸吗?

"你要罩谁?"

阴森森的声音从背后响起。

凌小路还是第一次见到人可以跑得这么快,刚刚还杵在这里那么大的一个人,听到这声音的瞬间缩到了墙角,瑟瑟发抖。

411哆哆嗦嗦:"怎么回事,大魔王不是被关起来了吗?"

"啊,介绍下,这是我们家族的第十个成员。"凌小路怕鸠鸠下手太快,提前打招呼,随后悄悄凑过去,"你说过不会对家族里的人动手的。"

鸠鸠微微偏了偏头:"我尽量。"

凌小路:尽量是什么保证啊!

这个承诺并未让411感觉好很多,他哆哆嗦嗦地抱成一团,吓得吃手手:"啊,难道我又被时代所抛弃了吗?"

金光四溢的旋风,间或夹杂着雷电。

这么高调的出场,是嵇蒙无疑了。

"怎么才这么点人?"他一落地就问。

"马上到马上到。"凌小路答道。

他又接着说:"哦,对了,给你介绍两个新人,零,还有411。"

411已呈现石化状态。

嵇蒙皱眉:"零怎么长得那么古怪?还有411怎么来的?我看他也不叫这个名字。"

"叫!我叫411!"411慌乱地从石化状态下解除,"太子……不是,嵇蒙……不是,哈尼,我这就买改名卡,改名,从此以后我就叫411!"

嵇蒙脸色又沉了下去:"再叫一声,你号没了。"

411:哪个啊?

"不一样。"

"嗯?零你说什么?"常欢禧问。

"他跟我们,颜色不一样。"

常欢禧恍然:"你是说名字吗?你喜欢他那种名字?"

"喜欢?"零反问。

常欢禧会错了意:"这还不简单,你等着。"

嵇晴携初芽姗姗来迟。

"原来我们还不是来得最晚的。"

初芽身上的时装换了一套,昨天是浅绿色精灵裙,今天是猫耳朵女仆装。因为过分可爱,凌小路不由得多看了几眼。

嵇蒙自然也发现了这变化,他知道他姐把游戏玩成《初芽环游世界》不是一两天,但直到今天才领悟到这种玩法的乐趣。

如果某个人跟他缔结了契约,他就可以每天买不同的时装打扮他了,比如这样的时装那样的时装……

凌小路欣赏完初芽的可爱,发现身边有个人比自己看得还认真,恶作剧地拍了下嵇蒙的脑门。

嵇蒙沉醉于古怪的幻想,被拍醒后看到凌小路头顶确凿无疑的绿名,有种幻想破灭的残酷。

都怪窦寇,让他产生了不该有的期望。

"看呆啦?"凌小路逗嵇蒙,"初芽确实可爱。"

嵇蒙不想解释,别扭地撇头脸,却被凌小路误以为是难为情。

原来嵇蒙喜欢这种类型。

凌小路望着初芽头顶的猫耳朵若有所思。

不过想想也对,嵇蒙最爱宠物宝宝,猫也算是一种宠物宝宝吧。

发呆的不只是嵇蒙,还有角落里无人问津的411。他瞪大眼睛,口中语无伦次地重复着:"大小姐,大小姐……"

411趁无人注意再次调高疼痛感知,轻轻给了自己一巴掌。

很疼!

不是做梦!

411捂着脸蛋快哭了。

现在就是离争出现,他也不会感到惊讶了。

"啊,我师父来了!"突然,凌小路喊了一声。

411哭了。

"小鹿比,面子不小,把离争也请来了。"嵇晴调侃他。

"没有没有,"凌小路谦虚,"是师父疼我,看我找不到人,过来帮我添个人数。"

离争没参与他们的对话,问:"徒儿,人齐了吗?"

凌小路环视一圈,说:"齐是齐了,但是禧儿哪里去了?"

嵇蒙也发现常欢禧不见踪影。

"他也不在线了,这家伙怎么这么不靠谱?"

正说着呢,常欢禧闪亮登场——

"来了来了!"

现场静了静。

"常子,你去买了个戒指?"嵇蒙道出了全场人的疑问。

"零说这个名字的颜色比较好看。"常欢禧满心夸赞,"还别说,你们家的服务真的不错,我在线下单五分钟后就有人送货上门了,这么小一个戒指居然还专程派了一个经理跟两个客服配送,真是用户至上啊!"

嵇蒙:"吃饱了撑的。"

"放肆!这是你对尊贵的 VIP 客户应有的态度吗?"

嵇晴莞尔:"怎么不提前说一声,给你打折。"

常欢禧胖手一挥:"不差那点零钱!"

凌小路:……从今天开始仇富!

411:我死了我死了我死了……

家族管理员走到场地中央。

"亲爱的鹿比,您是否已集结齐十名愿意并肩战斗的同伴,且所有人均已到场?"

凌小路立即正色回答:"是的。"

地面发生了轻微的震动,十个精雕细琢的立柱从地底缓慢升起,每个柱顶都摆放着一个长方形相框,里面盛有金色的印泥。

"现在,请在誓愿台上留下你们独一无二的印记。"

凌小路与嵇蒙交换了眼神,率先上前一步,将右手手掌放在相框中央,用力地按出一个清晰的手印。

管理员的声音,缓慢而又庄重地在大厅内回响。

"从这一天起,你们拥有了同伴,从此,你们将不再孤单。你们将分享欢乐,分享喜悦,也将分担忧愁,分担苦难……"

嵇蒙、离争、鸱鸠、嵇晴、初芽、常欢禧、零、南薰,最后是战战兢兢的411,他们一一上前,将手印深深拓印在誓愿台上。

他们在现实中可能是亲人、是好友,但更多的是素未谋面的陌生人。可这十个手印将他们联系到了一起,在这片虚拟的魔法大陆上,为了共同的目标,结伴前行。

"愿你们,共进退、共荣辱、共沉浮、共存亡,永远相伴,且——永不分离。"NPC管理员念罢最后一个字,微微一笑,合上誓言册。

"恭喜你们,家族成立。"

第十章

攻城战和风息翼龙

"我们的家族正式成立了!"管理员说完后,凌小路还要重复一遍,"就是这个台本怎么这么像结婚誓词,不知道的还以为咱们在办集体婚礼呢。"

411按完手印就溜回到角落里,悄悄用手指点人数:"一个,两个,三个,四个。四个金名……打麻将,三个绿名斗地主,两个粉名下象棋,一个黑名……"鸠鸠恰巧往这边转了转,411与鸟面具对视个正着,打了个哆嗦,"想杀我。"

"411!"

"啊?"听到有人在叫他,411无意识地应了。

"你有什么意见?"凌小路问他。

411还在状况外,压根没听清凌小路先前说了什么。事实上,从鸠鸠出现开始,他就始终处于云里雾里的梦游状态。

"我?我就想知道……你这浅水里是怎么游下这么多王八的?"他傻乎乎地开口。

话音落下,先前当他透明的大佬们,统统转过头看他。

"呸!"被这么多大佬盯着,411瞬间清醒,"我我……我是说,你这么小的庙里是怎么容得下这么多尊大佛的!"

凌小路无语:"我是问,关于家族名字,你有什么意见吗?"

"啊?"他又云里雾里了,"我也有发言权吗?"

"当然!在咱们家族每个成员都有发言权。"

虽然有几个人直接弃权了,比如懒得动脑想的常欢禧,懒得开口的零,懒得参与的离争,等等。

可惜411肚子里也没什么墨水。

"我想……既然家族里有四个金名,不如叫四金家族。"

凌小路很想吐槽:"万一再来一个就叫五金店?那咱们还有三个绿名,为什么不叫三氯氰胺呢？"

初芽受到了启发，指着鸠鸠和自己："还可以叫黑粉军团。"

嵇晴："金粉世家。"

初芽："粉白黛绿。"

凌小路："怎么就跟颜色过不去了啊？！"

"那你来起。"

凌小路想来想去："不如这样吧，隋炀帝、安庆绪、吕奉先、阿尔萨斯……你们觉得哪一个好听？"

嵇蒙皱眉："这都是些什么玩意儿？"

离争不紧不慢地开了口："隋炀帝篡位隋文帝，安庆绪手刃安禄山，吕奉先刺杀董仲颖，这些人不是干掉了生父，就是杀死了干爹……不过最后一个是什么？"

凌小路鼓掌："师父好厉害！最后一个不重要，重点是表达出了我们家族成立的目的！干掉窦寇！"

"窦寇还不配让我们为了他起名。"嵇蒙说。

"鸠鸠？"

鸠鸠不常与人接近，此刻也是远离人群，斜倚在墙面上："你只管起自己喜欢的名字，窦泥湾那边，我一个人就能解决。"

他语气冷冷的，凌小路似乎从中听出了窦泥湾众人的远景。

"但是我要先跟你说好。"凌小路怕鸠鸠做得太过分了，要提前约法三章。

"你说。"

"窦泥湾的人怎么样我不管，但你杀自己家族的人，每个月不能超过十次。"

"行。"

411 迷惑。

南薰举手发言："其实我觉得窦泥湾嵌了族长的名字，很有趣，不如我们也把鹿比哥哥的名字组进去吧。"

"我的名字？不合适吧。"

"你的名字有什么不合适的？"嵇蒙投了赞同票，"就这么起。"

"那……鹿鹿……鹿由器？"

初芽又受到了启发："鹿儿酒。"

嵇晴："鹿旺达。"

南薰："鹿人甲。"

嵇蒙："鹿智深。"

常欢禧也想到一个："鹿啊撸！"

411："鹿……癣。"

大佬们又齐刷刷地看过来。

"我……我是说……鹿音机!"

这么多组词说下去大概永远都没有结果。

这时,初芽又想到一个:"鹿透社。"

凌小路赶紧拍板:"行行,就这个了。简单低调不奢华,也很符合我们要做一个低调家族的宗旨。"

"可以。"

"没意见。"

"好的,鹿社长。"

"只要不是那些乱七八糟的名字我都行。"

凌小路向系统提交了家族名,十个人的脚下分别出现圆形光环。

【家族公告】鹿透社已命名成功。

【家族公告】正在传送至家族领地……

十道金柱将人卷走,又把人送到领地正厅。

正厅的墙壁上,高高悬挂着方才他们拓印的手印相框,正中央一张会议桌,可以用来召开家族会议。

"原来还有家族领地这种东西,高级。"凌小路第一次来,看什么都新鲜。

【家族公告】嵇蒙向家族捐献 5000000 金币。

凌小路惊:"你怎么捐那么多钱?"

"家族领地不要升级吗?升级不要钱吗?"

"小蒙说得对,"嵇晴解释,"家族领地各种设施需要升级才能使用,很多地方都会用到钱。"

【家族公告】初晴向家族捐献 5000000 金币。

"大小姐?"

嵇晴意味深长地说:"不要叫我大小姐,跟小蒙一样,叫我姐姐。"

"姐姐?!"

"我没我弟出手那么大方,这些是我跟初芽两个人的。"

【家族公告】离争向家族捐献 5000000 金币。

"师父?!"

"这是我跟徒儿两个人的。"

嵇蒙毫不客气地顶回去:"没有两个人,就是你自己的。"

"哦。"常欢禧旁观多时终于弄懂了,"原来新家族的规矩是集资捐钱呀,我来。"

【家族公告】禧儿向家族捐献 5 金币。

众人:"……"

"新人钱不多,别嫌弃哈。"

【家族公告】零向家族捐献 2936 金币。

这钱有零有整,不像是刻意输入进去的。

"你把你全部的钱都捐了?"常欢禧吃惊地问。

"是。"

"这傻子,"常欢禧不知道怎么说好了,"嵇蒙!把你的渠道介绍给我,我要买金!"

凌小路:……土豪玩游戏的方式为什么跟我们不一样!

大部分成员都捐了钱,凌小路想起还有几个特殊人物:"南薰,你就不要捐了哈,你才刚玩,没什么钱的。"

南薰想了想,答应下来:"那我以后有了钱再捐。"

"鸠鸠手头不富裕,也不要捐了。"凌小路关心完这个关心那个。

411 闻言吃惊:"大魔王会不富裕?"

鸠鸠森森地开口:"好像轮到你了。"

他干吗多嘴问一句?411 本来打算捐两万的,被大魔王这么盯着,他只能一咬牙捐了三万金币。

对方还在盯着他,411 忍痛又放下两万金币,鸠鸠这才放过他。

呜呜……平民赚钱容易吗?那都是他下战场攒的血汗钱,大魔王随便接一单悬赏都比这个多,还好意思说自己不富裕!

凌小路数了数自己的钱,不算零头足足有 27 万。

但他是族长,族员一出手就是五百万,族长只捐这么点会不会不合适?

嵇蒙看出他在纠结什么:"你那点钱自己留着吧,不够塞牙缝的。"

凌小路不甘心被看扁:"我还是有钱的!只是捐完买房子的事就要推迟了。"

嵇蒙大步流星走过去,突然的逼近吓了凌小路一跳。

"你想干什么?"

嵇蒙二话不说举起凌小路,将他大头朝下往家族金库里抖:"你还有多少钱?全都捐出来,免得你成天惦记着买房子。"

"喂!你干什么!放我下来!我生气了!"

被族员当众暴力逼捐,他这个族长当得一点面子都没有!

离争出手把人救了下来:"不许对我徒儿无礼。"

"谢谢师父!"凌小路感动道,"不过能让你的蛇松开我吗?"

被蛇捆住的样子真的很没有面子!

"哦?想打架吗?"嵇蒙把武器亮了出来,"正好我跟你上次的账还没算完呢!"

"不想打,你太弱了。"

嵇蒙被点着:"你说什么?!"

一直没作声的鸠鸠从墙上直起了身子,活动手腕:"听说你的蛇很厉害,我也很想试试。"

凌小路不解。

常欢禧一扯零:"他们太吵了,我联系了工作室,走,陪我去拿金币。据说金钱携带也是有上限的,正好你帮我装一点。"

"好。"

凌小路听着头大,这都是些什么人啊?

他余光瞥到大小姐跟两个女孩子斯斯文文地坐在桌边,初芽在向南薰热情地介绍着什么,手里还拿着照片,南薰认真地边听边点头。

还是女孩子好呀!凌小路感慨。

等等,初芽手里的照片怎么那么奇怪?他上前夺过来一看,就是抓拍的嵇蒙抓着他往金库里倒的场景。

"这是什么东西?为什么你会拍这个镜头?"

初芽脸不红心不跳:"这个啊,是我见族长飒爽英姿,忍不住拍下来的。"

什么鬼?这个"嵇蒙倒拔凌小路"哪里就飒爽了啊?!

嵇晴突然预警:"低头!"

三个人火速趴下,一串乌鸦贴着头皮哗啦啦地掠过。

"抬脚!"

三人集体抬脚,银色巨蟒从脚下蜿蜒穿梭,在地面上留下深深的凹痕。

凌小路受够了:"你们有没有——"

"啊——噜!"

敦实的雷噜噜从天而降,重重砸到桌面上,将一整张会议桌砸得粉碎。

"——完了。"

头顶上传来各种各样的声音。

"雷霆万钧!"

"降!"

哗啦啦啦啦——

初芽淡定地吹吹手里的照片:"还好照片没事。"

南薰:"姐姐我们换个地方说吧,我还想听,就是这里太吵了。"

"去我们家吧,我家里照片可多了。"

"嗯!"

凌小路生无可恋,这个家族真的能对抗得了窭泥湾吗?为什么他觉得这个家族迟早一拍两散。

谁也没注意到的411躲在角落害怕地吃手手：我死了我死了我死了……

铺地板12000金币。

购买会议桌7500金币。

购买花瓶（六个）800金币乘以6。

修理屋顶20000金币……

凌小路气愤地摔了家族账册，这是在装修吗？这分明就是在扔钱！

难怪罪魁祸首们出手那么大方，捐的钱还不够平他们打坏的东西的账！

常欢禧回来了，见凌小路气鼓鼓，笑问："怎么了小鹿，为钱的事发脾气？不值当，钱能解决的问题都不叫问题。"说完，他往家族金库里捐了999995个金币，"凑个整。"

"谢谢你禧儿！"像这种不打架、只捐款的成员，凌小路还想再来一百个！

【家族公告】411向家族捐献5000000金币。

"411，"凌小路惊奇道，"你发财了？"

411心有余悸地往鸩鸠的方向偷瞄，虽然他不知道对方为什么有钱不自己捐，非要经他之手，但鸩鸠的"威胁"，他可是记得一清二楚——

一、不能私吞；二、不能告诉族长钱是谁给的。

借他一千个胆子也不敢私吞鸩鸠的钱！就算他拿了钱就下线，未来能不能有命把这笔钱变现都不好说，而且全息账号虹膜绑定，游戏账号根本卖不了。

"就反正，那个，不是，嗯呢，"411囫囵地说，"我爱家族。"

凌小路一听也正色："家族也爱你。"

从未感受过家族爱的411泪流满面。

"小鹿兄弟，家族已经成立了，咱什么时候出去搞事？"常欢禧跃跃欲试。

"不急。"凌小路早就计划好了，"马上就是攻城战了，届时我们跟骑士团双剑合璧、强强联手，让窦寇痛失爱城，让窦泥湾无家可归，让女神留在守护她的骑士身边，这就是我们家族的第一个目标——"

他意气风发，指向西北方向："攻打惊蛰城！"

没有迎来想象中的一呼百应，反倒是除了常欢禧，其他人都静了下来，包括刚刚还打得不可开交的那几位。

"你要打攻城战？"嵇蒙腔调奇怪。

"是呀，有什么问题吗？"凌小路无知无畏地问。

离争收蛇入袖，抖抖衣服上的"灰尘"："攻城战需要二级以上家族才能报名，升级是需要条件的。"

凌小路露出了功课不足的呆滞表情："是么……什么条件？"

鸠鸠："条件之一，家族资产，不低于二百万。"

"这个也太简单了吧，就算把你们打坏的东西全修一遍，金库里也还剩一千多万。"

"条件之二，家族成员，不少于五十人。"

凌小路："……"

光凑这十个人他已经凑破头了，让他到哪里去再找四十个人？！

嵇蒙扛着巨剑从屋顶重重地跳下来："算了，我来解决。"

"你连你姐姐和唯一的朋友都拉来了，还能怎么解决？"凌小路担心他做不到。

"别问那么多，你在这儿等着就行了。"

嵇蒙大步离开，大约过了一刻钟，带着十几个灰衣人回来了。

"暂时在线的只有这些，后续还会有四五十人，足够你升二级家族。"

凌小路不能说不意外，但也不是特别意外："你说找人，是把工作室的人找来了？"

"工作室的人有什么问题？不然你去外面找四十个，既不会喊我哈尼，又不会追着白衣服的喊男神，还能不被黑衣服的吓得满地跑的人？重点是，还不会骚扰我姐姐。"

凌小路极其诚恳地回复："首先我不觉得工作室的人有问题，其次同时满足这些条件真是太苛刻了，臣妾做不到啊。我认为就你带来的这些人，非常合适，你是怎么想到这么合适的人选呢？真是太厉害了。"

凌小路的彩虹屁，嵇蒙很受用，面上掩盖不住得意。

"可是我记得这些人原本有自己的家族。"鸠鸠与他们曾是"邻居"，自然留有印象。

"我让他们解散了，全部加过来。"嵇蒙轻描淡写地说，"他们之前的也是一级家族，建立家族只是为了沟通方便，并没有经营过，散了不亏。"

凌小路感慨："你到底花了多少钱？"

"花钱？为什么要花钱？"

"你没花钱？"

嵇蒙不高兴："怎么，我就没半点号召力吗？"

领头的灰衣人也帮腔："鹿比族长，我们都是自愿加入家族的，没有收钱。"

"是的是的。"其他人纷纷附和，"这么点小事怎么能收嵇蒙哥的钱。"

凌小路完全没想到，这些人居然这么挺嵇蒙，上次山谷一战也是，嵇蒙什么都没说，他们就全数跑过来帮忙，这次更是连家族都解散了，简直是服务业里的良心商家!"

"行了,"嵇蒙挥挥手,"请你们帮忙主要是为了让家族升级,至于攻城战,想参加的,装备我包。"

"只要能帮上嵇蒙哥,做什么都行,城战我能来!"

"我也能来!"

凌小路越看越奇,谁说金钱买不到友谊,这一整个工作室的人对嵇蒙绝对都是真心!

嵇蒙转身:"人和钱的问题都解决了,剩下就是你的问题了。"

"我的问题?"

"家族升级,需要族长亲自过一个任务。"

凌小路无语地看着面前的鹰,为什么没有人事先告诉他这个"恐高症"患者,当族长要独立完成的任务,竟然是骑鹰飞过沧海?!

"现在转让族长位置,还来得及吗?"凌小路望着悬崖下的汹涌波涛,打起了退堂鼓。

"不能,"嵇蒙面无表情地驳回,"已经是鹿透社了,请鹿比对大家负责。"

离争也说:"因为这是徒儿的家族我才加入,换任何一个人,我都不会来。"

鸪鸪火上浇油:"我也一样。"

凌小路在心中呜呜呜:这是对族长的器重吗?你们分明是想看我出糗!

常欢禧为他打气:"小鹿兄弟,别怕,闭上眼睛骑一圈就完事!"

411也鼓励他:"怎么可能有人连这个都过不去?那可太丢人了。"

女生组闻讯赶来加油。

"鹿比哥哥,你可以的。"

"不能让嵇蒙抱着你飞吗?"

"怕什么,大不了掉下去死了,死了还是可以重来的。"

"……"

不能被女生看扁了,凌小路硬着头皮骑上鹰背。

"要是我真掉到海里怎么办?"

"会有两次复活的机会,我给你买了道具,还能额外多复活一次。"嵇蒙说。

听起来复活的次数还不少,凌小路放心了一丁点,不,一丁丁点。

"那我走了。"

"我们传送到终点等你。"嵇蒙不放心,又拉不下脸说"保重"一类的话,想了半天只道,"你要是四条命都飞不到终点,也别来了,直接跳海里喂鱼算了。"

凌小路深吸一口气,抓住鹰脖子上的羽毛:"起飞!"

鹰原地扇动几下翅膀,从悬崖一跃而下。

"啊——"海风带来了凌小路的惨叫。

这倒霉催的鹰落到一半时才展翅,凌小路不仅享受了一把自由落体,还差点以为自己要跟海面进行一次亲密接触。

嵇晴叹气:"靠谱吗?"

初芽摇摇头:"我看不怎么靠谱。"

"啊啊啊——"几十米外也能传来惨叫声,鹰以自身为轴心转了几个圈,悬崖上的人们便眼睁睁看着一个黑点飞了出去,又"扑通"一声掉到海里。

众人:"……"

常欢禧"嘶"地吸了口凉气:"看着就很疼。"

嵇晴同意:"希望他出发前把疼痛感知关了。"

嵇蒙不悦道:"姐,这么重要的事你怎么不提前说?"

嵇晴面不改色地回:"我忘记了。"

凌小路并未关闭疼痛感知,但所幸之前设置的数值比较低,没有吃太多苦头,但那种绝境下的恐惧感很逼真。

从高空落下,再掉到海面,激起浪花,在冰冷的海水里缓缓下坠,这一切都像真实发生的一样。

不真实的是他眼前60秒的倒计时,硕大的冰蓝色数字,以及"复活"的确认键,这些图像因水波的缘故有着轻微的变形。只要在规定时间内按下这个键,他就可以重新回到鹰背上,继续迎接挑战。

对了,也没有感觉窒息,他在水下可以呼吸,可以看,鱼群在不远处嬉戏,他还能隔着海水看到天空的太阳,这倒是一种很难得的体验。

不过也没什么时间供他体验了,倒计时40秒的时候,凌小路按下复活项,鹰呼啸着冲到水里,把人重新带到半空中。

凌小路以为自己第一条命起码能坚持一分钟,事实是都没能超过15秒,这一次他紧紧搂住鹰的脖子不撒手,任海风在耳边呼啸。

飞行距离五百米,鹰展翅升高了一段距离,天空下起了火雨,鹰在火球中左闪右避,时而侧身,时而翻转,凌小路经常头朝下被倒吊着,浑身血液冲头。本来什么干扰都没有让他坐稳就很难了,何况如此这般颠簸。果然,在躲避一个巨大的火球时,凌小路再一次被甩了出去。

一回生二回熟这种说法并不适用于死亡,毕竟没几个人有连续死两次的经历。凌小路再次栽下水,震撼感恐惧感绝望感再次扑面而来。

他不喜欢这个任务的设定,他也不清楚现实中敢在三层楼屋顶跑酷的自己怎么就突然恐高了,要想明白这些大概需要很长时间,可他现在最匮乏的就是时间。倒计时30秒,他选择复活再战。

这次的敌人是狂风,海面上怎么少得了风浪,弱小的飞鹰在飓风下摇摇欲坠,十几米高的巨浪席卷着,空中又下起了暴雨。雨是倒灌下来的,凌小路被砸得几乎睁不开眼睛。

真应该让嵇蒙来体验一下这种滋味,看看他们家策划都干了些什么好事。不知道这个任务可不可以给策划寄刀片,凌小路胡乱想到,他一定要给策划寄刀片,上岸就寄。

滔天巨浪迎面打来,凌小路连人带鹰一起,被拍到了海里。

四条命用掉了三条,再死一次就彻底玩完了,最后这条命还是嵇蒙花钱续的,如果没有嵇蒙,现在已经是他此行的终点了。

有钱连命都可以续,但凌小路却不想起来了。他四肢舒展,被海水的浮力托着缓慢下落,看不刺眼的太阳在海面晃动,有种放下一切的惬意感。

可是重回天上呢?等待他的是狂风,是骤雨,是未知的攻击,还有浓浓的挫败感——自己热血上头组了家族,嵇蒙、离争、鸤鸠,就连凌龙都来帮忙,出了钱,找了人,可自己呢?连这样一个小小的升级任务都过不了。

凌小路渐渐往下沉,密集的鱼群围过来,环绕着他游动,仿佛想要将他向上托举,又仿佛想将他拖入海底。凌小路看着看着,领悟到了"鱼贯而入"的来由。嵇蒙为什么要拿喂鱼吓唬他?搞得他看鱼都像是敌人。

仿佛有一个声音在他耳边说,凌小路,好累啊,放弃吧。原来放弃这么简单,只要什么都不做,等着时间一点一滴过去就可以了。太阳也小了,暗淡了,海底是没有光的,据说那里的鱼都很丑,不知道美术们照做了没有。

体力透支的凌小路闭上眼,思绪渐渐远去,去你的任务,我不做了。

年幼的凌小路回到家,哭着告诉家长以后不上舞蹈课了。

爸爸很意外:"不是你一直吵着想学跳舞,况且也学了这么久,是因为什么原因突然决定放弃了呢?"

凌小路有很多很多原因,练舞太苦、拉筋太疼、老师太凶、基本功太枯燥……重点是他想跳那种酷酷的街舞,老师却总是让他们做无聊的柔韧和力量训练。

爸爸想了想:"行,但是我有一个要求。从明天起,我陪你一起去舞蹈教室旁听,你的同学训练的时候,你就在旁边看着。一周之后,我就同意你不上舞蹈课了。"

第一天,凌小路倔强地把头别过一边,还故意堵住耳朵,什么都不想看,也不想听。

第二天,凌小路不仅看了,还偷摸嘲笑那些疼得龇牙咧嘴的同学,冲他们做鬼脸。

第三天,凌小路坐在高高的台子上,当音乐响起的时候,悬空的双脚下意识踩着节拍摆动。

第四天,第五天,第六天……

最后一天,凌小路被爸爸牵着手走出教室,走出十几米,他突然甩开爸爸的手,玩命地往回跑,跑到老师跟前,带着哭腔:"我不想走,我还想跳。"

……

可能在无声与无光的环境下,大脑神经为了证明自己仍有感知的能力,人更容易回忆起过去。

在这场漫无止境的下坠中,多年前的经历,就这样清晰地浮现在凌小路的脑海里。

彼时的他九岁?或是十岁?但从第一次走进练舞房开始算起,已经有两个年头了。

都说幼年的训练像是印记,一个学过钢琴的人,听到好听的音乐,手指会下意识跟着弹奏;一个学过美术的人,看到喜欢的画面,会情不自禁地伸手"临摹"那些线条。舞蹈就是刻在凌小路身上的印记,时至如今,他听到节奏感强的音乐,哪怕是在街上,也会自然而然地遗忘"正常走路"这项本领。

回忆中的画面,是他记事以来,印象最深的一次"放弃"的经历。

也是那一次让他知道了,放弃很容易,放弃自己所热爱的很难。

水里的凌小路睁开眼睛,一个气泡从他眼前划过,里面似乎有字迹,他以为自己看错了。

当另一个气泡过来时,凌小路细细辨认,发现里面的文字竟然是一个完整的句子。

小鹿!别睡啊,快起来!

凌小路皱眉,在这个游戏里叫自己小鹿的人,难道是禧儿?

气泡接二连三地漂来。

小兄弟,我相信你可以。

鸠鸠?

徒儿,你要是在这里淹死,可真是师门不幸啊。

这个都用不着猜,肯定是师父!

大大小小的气泡,携带着大家的鼓励,从海洋深处涌上来。

——小鹿比,前面就是终点了,不要放弃!

——加油。

——这点困难就把你打倒了吗?快站起来!

——鹿比哥哥,我在终点等你,我相信你一定能到达这里。

——再不上来嵇蒙就要跳海了哦。

——加油！你能行！（是真心的不是被逼着发的）

……

凌小路被气泡弹幕包围，热情渲染的文字让冰冷的海水就此有了温度。

那些气泡努力生发、向上，哪怕脆弱不堪一击，哪怕出水意味着终结，也要奋不顾身地浮出海面，只为将阳光折射得五彩斑斓的弹指一须间。

气泡越来越多，凌小路不小心碰碎了一个，嵇蒙的声音在他耳边炸开。

"蠢货！你是不是不会点复活？手指头不想用可以捐给有需要的人！"

凌小路气坏了。蠢货？嵇蒙居然叫他蠢货！这个人就学不会好好说话吗？

不过为什么这一条会有声音啊？难道太子嵇真的有特权？

瞄准最近的气泡，凌小路使出全力，抬手戳破。

"你不是一个人，你还有我们！"

出乎他意料，这个气泡弹幕居然是音画同源的，就算看不清字幕，也能听得到声音！

"你是我们的族长大人，你一定不可以轻言放弃！"

"就算输了也没什么，这是个任务，可以从头再来！"

"你只是暂时中了丧debuff，要相信你自己！"

怎么还有这种诡异的debuff存在？

凌小路这才留意到虚拟面板的右上角，不知从何时起多了一个图标，图标上是一只垂头丧气的猫。

他是什么时候中的这个debuff，是第三次被拍到海里的时候吗？

难怪他突然消极、精疲力竭，策划真是太可恶了，不仅折磨他的身体，还要摧残他的内心！

凌小路努力地挣扎，企图唤回这具僵硬身躯的活力。他在挣扎中碰碎了大量的气泡，嵇蒙的声音从四面八方涌来，就像有一百只嵇蒙在对着他咆哮。

"鹿比！给我起来听到没有！"

"你是真的去喂鱼了吗？鱼都嫌弃你！"

"你这条命是我给的，你敢不要？"

"你仔细看看右上角的猫！是不是比你还阳光！"

出不了声的凌小路在心底尖叫。

好吵好吵好吵！

谁说我要喂鱼，谁说我要放弃了？

我凌小路从九岁起，就不知道什么叫放弃！

嵇蒙，如果还有什么动力，能助我抵达终点的话——那一定是想亲手掐死你的

冲动!

一股巨大的动力从心脏扩散到四肢末端,debuff解除了,凌小路夺回了肢体控制权。

倒计时最后一秒,他果断点下复活键。

海面被斩开裂缝,海浪向两边翻涌着,形成数十米高的水墙。

一股新的海浪自下而上涌起,将凌小路托出水面,雄鹰尖啸掠过,凌小路瞄准它飞行的路线,稳稳地跃上了鹰背。

雄鹰展开强壮的双翼,载着凌小路翱翔于天际。他惊讶地发现自己不再恐高了,他的精神与鹰合为一体,甚至可以控制它的左右来去。

就像困囿于地面的人类长出了翅膀,凌小路的世界开启了新的大门,他纵情自在地驰骋在天海之间,时而攀升,时而俯冲,时而旋转,时而翻腾。他与风为伍,与云为伴,与鸟儿嬉戏,与太阳比高。群山峻岭,再也没有他攀不过的高峰;沧海无垠,再也没有他到不了的彼岸。

前方的海面鼓起巨浪,凌小路灵活地一转,躲过了浪潮的攻击。

巨大的海怪从海里现身,带着浑身的海藻,发出低如闷雷的咆哮声。

它挥舞着硕大无比的巴掌,那气势,纵是钢铁做的游轮亦能被它拍得粉身碎骨。

然而,凌小路在空中左闪右避。

海怪愣是连一根鹰羽都没有摸着,气愤地吼叫着。

凌小路叹道:"若是你早十分钟出现,我还怕你,但是现在——雾来!"

他从鹰背上一个纵跃,落在海怪乱如海藻的头顶,顺着海怪滑腻的背部往下溜,将海怪腰间泛着红光的大旗一把拔起后,整个人跃向海面。

鹰在落水前将人救起,向着终点的方向俯冲飞去。

凌小路在鹰背上晃了一下大旗:"谢谢,我收下了!"

等候在终点的人们看到海上起了雾,正焦急地翘首等待着,却见雄鹰载着少年如离弦之箭般冲破迷雾。

赤红色的旗帜迎风招展,旗帜附着的光效因高速流动而拖出数余米长的尾翼。

"鹿比成功了!"

"族长回来了!"

人群中爆出喝彩,紧接着欢呼声此起彼伏。一场焦虑的等待结束了,站在人群最前方的嵇蒙重重地松了口气。

凌小路轻轻松松地一跃而下,战旗在空中拉出了漂亮的弧形尾线。

守候在此地的管理员微笑地欢迎他:"亲爱的鹿比,恭喜您完成了家族升级任务的挑战。祝您招募到更多的伙伴,早日开启二级家族,向更高的目标发起挑战!"

"攻城战！"禧儿第一个喊。

灰衣人们高声附和："攻城战！攻城战！"

凌小路在欢呼声中从嵇蒙身边经过，听到对方似乎在小声地抱怨："还以为你真的去喂鱼了呢。"

他转过头，回以一个灿烂的微笑，心道，嵇蒙多好的人啊，掐死什么的还是留到下次吧。

反倒是嵇蒙，被这笑容晃得猝不及防，立时左顾右盼，恍若无事发生。

凌小路来到悬崖边，脚下依然波涛汹涌，这一次他却毫无畏惧。

"我再一次宣布，鹿透社家族成立后的第一个目标。"他意气风发，战旗直指海面，"攻打惊蛰城！"

惊蛰城外，两军对垒。

窦寇对邶风的到来早有防备，女神骑士团自那日起，邶风便舍弃春分城，驻扎惊蛰城，司马昭之心路人皆知。

双方都是服务器排名前十的大家族，实力势均力敌。但窦寇不怕，因为他是防守方，有优势。城墙易守难攻，纵使骑士团实力再强，他依然可以以逸待劳。

"邶风，"他在城楼上傲慢地说，"你还记得上一次你是怎么惨死这里的吗？今天就是历史重演的一天。你之前是怎样落败的，这次还是一样！"

邶风身骑白马，信天翁落在他肩头。

"上一次，你有的，我没有。"

他声音从容、惬意。

"这一次，你没有的，我有。"

窦寇一皱眉："什么意思？"

整齐的女神骑士团的队伍忽然分作两边，让出一条宽阔的通道。

一个孤单的人影，扛着一样古怪的东西，大摇大摆地走上前线。

窦寇还当邶风准备了什么秘密武器，些许紧张了一下，待看清来人只是位微不足道的绿名后，顿时不屑一顾。

"这就是你说的，你有我没有的东西？"窦寇嗤笑道，"像这么自以为是又不怕死的无名小卒，我窦泥湾确实没有。"

411举起手掌："莫慌！"他把肩头上的东西重重放到地面，打开开关，从里面传来了动感四射的电音舞曲。

窦寇乐了："好端端的攻城战，你们搬来一个音响做什么？打不过了，集体尬舞？"

"不好意思不好意思，"411忙道，"放错歌了。"

他火速换了一个频道:"走!"

剑拔弩张的战场上,响起了气势恢宏的交响乐。乐声振奋人心,要是身边哪怕有条狗,大家也会立即骑上它,赶赴前线,保家卫国。

跟班甲低头看着双手:"啊,我感受到了力量……"

跟班乙:"不行,这次我竟然有直接上战场的冲动,这不像平时的我!"

窦寇却感受到了侮辱。

"邶风,你葫芦里卖的什么药?不想打的话,不要浪费我的时——"

他突然闭上了嘴。

远处的硝烟里,九个模糊的身影,带着千军万马的气势,踩着荡气回肠的音乐节奏,快步走来。

"小朋友,是你——"

凌小路浑身装备焕然一新,再也没有初出茅庐的痕迹。一条细长的风息翼龙盘在他手臂上,活像立体浮雕的文身。

再看他旁边的人,窦寇咬牙切齿。

"嵇蒙,还有你,为什么给我添乱的人里,总是有你!"

嵇蒙黑金色的铠甲替换成了墨蓝色的铠甲,胸肌被遮掩住了,腹肌却露了出来。他背后的巨剑升级了,雷火花比以往还要亮眼。

一个娇小的身影吸引了窦寇的注意力。

"小妹妹,你也来了。这里危险得很,你来我这儿好不好?"

南薰摇摇头。

两只乌鸦自她面前飞过,把窦寇的视线引向了旁边的人。

窦寇的笑容渐渐消失:"鸠鸠,你也敢来?这段时间你一直找我们家族成员的麻烦,我还没来得及找你算账呢。"他留意到对方的头顶,"不错啊,连你也有家族了。怎么,混不下去了,找个靠山?我还一度以为,你和离争是全服唯二不会跟任何家族发生瓜葛的人呢……离争?!"

银发飘逸,足不染尘,不是离争是谁?

可他头顶的家族名,又让窦寇一度以为自己只是看错了人。

"是离争,真的是离争啊……"跟班甲在旁边窃窃私语。

跟班乙掐他:"大小姐也来了,我不是在做梦吧。"

跟班甲疼得眼圈泛红:"你不是,因为我看见她家初芽妹子了。"

"邶风一个人就可以跟族长打平,这又多了三个金名玩家,这城战怎么打?"

"你确认是三个金名玩家?而不是四个?"

窦寇脸色铁青:"这个禧儿又是哪里冒出来的?从来都没见过!"

只有最后一个绿名,看起来威胁不大。

九个人,一字排开,站在城门前,身后除了无坚不摧的女神骑士团,还有装备精良的鹿透社众人。

再往后,攻城车、投石车,数以百计,密密麻麻,漫山遍野。

这样的武装阵仗,连城墙都瑟瑟发抖。

凌小路昂起头,冲城楼上的窦寇高声喊话。

"窦渣!我,鹿·杨广·庆绪·奉先·阿尔萨斯·比,今天就是要来这里,大义灭亲!"

DJ 担当 411 不慌不忙地开启了直播:"现在向大家走来的是鹿透社代表队,他们的步伐,矫健有力;他们的斗志,锐不可当;他们的精神,自信饱满;他们的目标,永争第一……"

他直播间里一个观众都没有,可就他一个人也能口若悬河:"攻城战如战场,需要缜密的部署和灵活的运筹。作为一名有经验的战场指挥,本人悉心设计了今天场上所有的战略战术。别看场上我是一名DJ,其实场下我是一名军师!在这里插播一段个人广告:经验指挥,在线带队。听我安排,不送包赢……"

某位路人手一抖,点进了直播间。他正打算退出,却发现大小姐在背景里一闪而过。

他揉揉眼睛:我看错了吗?怎么好像看到了大小姐?

嵇蒙甩着巨剑边转边飞了过去。

路人:刚刚过去的陀螺有点眼熟,有点像是……太子嵇?!

【世界】陆仁:快搜直播ID411!你会回来谢我的!

【世界】参商:没听过这个人,他在直播什么呀?胸口碎大石?

【世界】方垚垚:又是骗点击率的吧,这个骗法已经过时了。

【世界】十六字令:好奇心使我点进去,进去后竟然看到太子嵇?!

【世界】黑仔:什么?我哈尼直播胸口碎大石?我也要看!

【世界】阿喵不吃鱼:你们在说什么?我明明看到的是大小姐和初芽!

【世界】大雨不是雨:就没人发现离争男神吗??明明是场上最有存在感的那一个!

【世界】沉狗头:呜呜,你们都是坏人,我一打开就看见了大魔王,吓得我立刻关了!

【世界】凌月言:发现了邶风和寇霸霸,破案了,这是惊蛰攻城战现场!

大量在线玩家涌入411的直播间,一秒打破直播间最高在线人数3人的纪录。

第一次有这么多人来看他直播,411自然铆足了劲为大家解说。

"现在您收看的是女神骑士团与鹿透社联手攻打惊蛰城的实况直播,防守方是由窦寇率领的窦泥湾家族,这个家族的实力如何呢?不重要,我们重点分析进攻方。

女神骑士团老牌家族，成员经验丰富、配合默契，他们最大的特色就是，人人都有马！鹿透社虽然刚刚成立不久，但人均精英，创始成员金名玩家占比高达40%，可以说以一当百不在话下……"

——鹿透社？难道是那个，青葱少年小鹿比的鹿？

"没错！就是我们族长！我们族长聪明能干、机智勇敢……"411没话找话夸，"……背后靠山特别多！当然了，有实力才能有靠山，要不然为何你没有？"

——我听说他跟太子嵇组了个家族，但我没想到大小姐、男神和大魔王这些人都在这个家族里面？

——姐姐去弟弟的家族不是很正常吗？

——师父去徒弟的家族不是很正常吗？

——杀手去猎物的家族不是……嗯，不是很正常。

——这是个什么配置的家族啊！

——帅气的主播，你们家族还招人吗？

——主播是怎么混进去的啊？

帅气的411撩了下头发："不好意思，我们是高端家族，只接收精英，不公开招募……我是怎么混进来的？鹿比亲自邀请我加入的,就凭他看中了我的实力！"

凌小路从背后掠过："嘿！DJ！切歌了！"

411忙回："是的，族长！"

凌小路与雷噜噜在人群中交叉跳跃，专门补刀被嵇蒙的雷劈到半死的敌人，送他们灵魂出窍。

嵇晴与嵇蒙的天赋方向极其相似，半近战配合法术攻击，不同的是她使用光系魔法。光系虽不如雷系穿透伤害高，却额外有许多附加效果。

凌小路终于见识到粉名玩家在战场上的作用，在初晴的辅助下，嵇晴的光系魔法打出了成倍的伤害，所向披靡，无人能挡。

离争与鸠鸠两个人的战斗力依然是毁灭级的，一个在前线，一个在后方，二人大招几乎同时出现，效果近乎于清场。

而常欢禧则把游戏玩出了"你强任你强，我只管砸钱"的境界，各种商城道具流水一样地往外拿，死了氪复活，复活氪无敌，无敌氪强化，凌小路都想代表鑫山游戏公司给他颁发感谢状了。

鹿透社承担了大部分杀敌的任务，骑士团则全力驾战车破城墙。窦寇发现城外的兵力不足以抵抗进攻，忙派出更多人出城支援。新上场的人发现对手都很强，便拿前线最活跃的凌小路当突破口。

此举正合凌小路意，他待人逼近，贴在对方耳边，悄悄说："你秃了。"

被他说"秃"的人当即斗志全无，垂头丧气地坐到了地上。

下一个，凌小路依然是同一招，"你秃了"，可怜的家伙现场表演失意体前屈。

计划通的凌小路眼露狡黠，他完成家族升级任务后便去宠物交易所查了，发现野兽系下真的有一个诅咒技能，效果是能让人感染上丧 debuff。"你秃了"就是他绑定的技能口令，只要他悄悄在敌人耳边说，神不知鬼不觉，就能令对手丧失斗志。

他抓来一个："你秃了。"

他又扑向一个："你秃了。"

城墙上的窦寇越看越蹊跷，自己派出去的人怎么一个个都倒在地上，生无可恋地望着天空蓐着草，没有半点战斗的欲望。

"怎么回事？他们都中毒了吗？"

跟班："族长，他们好像不是中毒，而是中了丧 debuff。"

窦寇气道："那还等着干什么？快驱散！"

一片落雷，等不到驱散的倒霉蛋们变成了丧气的幽灵。

嵇蒙举着剑跳过来："你对他们做了什么？"

凌小路故作无知："不知道啊？我什么都没有做。"

嵇蒙皱眉看了一圈，在现场战斗的宠物太多，实在不好说是哪个下的手。

窦寇看到嵇蒙，气不打一处来，从悬赏粉名玩家的赏金被他翻倍开始，但凡有人跟他作对的场合，就少不了嵇蒙的身影，这个人就好像天生与他犯克。

这次攻城战，嵇蒙更是连总裁亲闺女都拉入战局，这难道不算鑫山公司欺压他们普通老百姓？

他悄无声息地放出宠物白虎，打算趁对方不备，实施偷袭。

"等一下！"一直直播战况的 411 发现了窦寇的阴谋。

"干什么？！"

"族长小心！"跟班一扯，窦寇勉强躲过了两支飞来的弩箭。

"你！"窦寇怒发冲冠，"你一个无名小卒，竟然也敢暗算我？！"

411 故作深沉："何谈暗算？这叫兵不厌诈！"

窦寇经典吟诗再现："风萧萧兮易水寒，壮士一去兮……"

凌小路："等一下！"

"别想再套路我……不复还！"

白虎咆哮着，不是冲着嵇蒙，而是朝 411 所在的方向扑去。

411 吓得闭上了眼，白虎却迟迟未到。

扑偏了？不可能吧。411 睁眼一看，一只黑色的大鸟截住了白虎的去路，天空与地面的王者在战场中央厮杀了起来。

411 感动："鸠鸠大哥！谢谢你！"

鸠鸠不以为意："要是弄坏了音响，就没有背景乐了。"

重要度不如音响的411:"……"

凌小路纳闷,鸠鸠什么时候成411的大哥了?

不过有件事比探究鸠鸠什么时候当了411的大哥更为重要,凌小路仰头喊:"窦渣!你刚刚有没有感觉踩到什么?!"

窦寇感觉自己仿佛踩到了某样东西,但他并未理会,这会儿低头一瞧,被他踩在脚下的,竟然是一只来路不明的蜗牛。

那是嵇蒙给窦寇发宠物邮件的蜗牛,它勤勤恳恳、兢兢业业,历经大半个月终于带着邮件到达了,却被收件人无情的一脚,变成了蜗牛饼。

凌小路的悲愤不知是真是假:"人家走了那么久,好不容易送货到家,我喊你等一下,你却不听!"

嵇蒙也火上浇油:"窦寇,现在我不欠你钱了,但你欠我一只蜗牛!"

"你们……"窦寇气到语塞,"大神经病带着小神经病,你们全家族都是神经病!"

一道几乎可以忽略不计的法术劈到他身上,虽然没有造成伤害,却挑衅了他的权威。

"谁干的?!"

"不许说我嵇蒙哥哥和鹿比哥哥是神经病。"南薰郑重警告他。

窦寇一秒变脸:"就是的!谁敢说他们是神经病?是不是你说的?!"他意指跟班甲。

跟班甲:"……"

"南薰小妹妹,你说得没错,诽谤他人是不对的。"

"虐待动物也是不对的。"

"虐……虐待什么?"窦寇反应过来,往地上一指蜗牛,"厚葬!"

跟班乙:"……"

"Spirituality(灵性)!"

伴随邶风的技能口令,惊蛰城城墙的大门被暴力狠狠撞开,骑士团的众人训练有素地骑马往里冲。

邶风精神抖擞地策马奔来:"多谢盟友为我们争取时间,城门已破,可以往里攻了!"

这场攻城战的难度比他想象中容易得太多,虽然原本商量的战术也是由盟军牵制对手,但没想到盟军牵制对手的方式竟然是聊天。

窦泥湾在外的部队开始回防,嵇蒙飞身上鹿,顺便把凌小路也抄了上来:"常子!外面交给你和零了!"

"放心吧!"氪金氪到金闪闪的常欢禧一口应诺,"我保证让外面的人有来无回!"

他举起法杖连珠炮般砸向敌人的头,一连串的谐音脏话没有一点停顿。

凌小路不忍听,把头转向另一边,正好撞上零双手握拳砸向地面,范围内的敌人脚下趔趄,所有施法动作尽被打断。

凌小路瞬间瞳孔紧缩,如果没记错的话,那是野兽系宠物猛犸象的群控技能——大地震荡,零作为凌龙口中"的的确确的绿名",为何会掌握宠物专属技能?!

难不成凌龙欺骗了他?!

在凌小路震惊于自己的意外发现时,嵇蒙已带着他与众人一起攻上城楼,装备一新的灰衣人们沿城墙几米一处放下炮台,连成一条坚固的战线。

窦寇眯起眼逐一扫过炮台,突然大笑。

"我说你们怎么这么快就升了二级家族,敢情嵇蒙你为凑人数,连蝗虫都请了过来,哈哈哈哈!"

窦泥湾帮众闻言也面露讥讽。

"不要以为换了身装备别人就认不出你们,一个饥不择食到连蝗虫都收的家族,还好意思号称人均精英?实在是太可笑了!嵇蒙,能不能关心你一下,花了多少钱?"

凌小路这些日与灰衣人相处,早已发现他们都是很好的人,只是性格内向自卑、不善言辞。

窦寇的讥讽令他十分不爽,正想出声为家族成员辩解几句时,南薰却比他更先一步开口。

"你说他们是蝗虫,那岂不就是说我也是蝗虫了?"

窦寇忙解释:"小妹妹,我没有说你,我说的是那群打金工作室的人。"

"那就还是在说我咯?"

窦寇怔住了:"你也是工作室的人?你在开玩笑吧?"

南薰没有说话,身上的装备却换了一套。

这套装备灰不溜秋毫不起眼,识别度却极高。

在这个游戏里,穿这套装备的一群人,面对其他玩家的嘲讽,甚至拳脚相加,既不会反驳,也不会还手,只会默默地走开,是这个游戏里最没有骨气的懦夫。

他们是这个游戏世界的最底层。

南薰,一个被金名们竞相追捧的粉名玩家,而那群人,则是被全游戏鄙视的蝗虫,一前一后,天壤之别,如果她不公开,没有人会将二者联系在一起。

凌小路吃惊地捂住嘴,回头看嵇蒙。

他神色依旧,仿佛一早就清楚这件事。

对凌小路用眼神投过来的询问,他只是无声地摇摇头,示意凌小路不要问。

灰衣人中的带头人却不赞同她这样做:"南薰小妹妹,你不需要这样做的。"

"为什么?"南薰反问,"我是你们中的一员,这又不丢人。"

窦寇竭力维持笑容,却越发难笑出来:"怎么可能,这太荒谬了……"

"所以你现在觉得我是什么呢?是这个项圈?还是这身灰衣服?"

邶风的信天翁悄悄瞄准窦寇:"Honor!"

窦寇才受到了冲击,整个人处在呆滞中,邶风的技能打出了100%的伤害。

离争伺机银蛇出袖:"斩!"

可怜窦寇,堂堂金名玩家,被两个人瞬间秒成幽灵。

"族长挂了!"

"快复活族长!"

整个窦泥湾乱成一锅粥。

联军怎么可能给他们复活窦寇的机会,灰衣人们的炮台齐齐开火,用他们平时刷怪的方式,向对手展开了密不透风的攻击。而在另一边,女神骑士团正在攻打最后一道防线,一旦突破,惊蛰城便将易主!

凌小路翻身想跳下鹿背,却被嵇蒙按住肩膀:"你去支援哪边?我跟你一起。"

凌小路冲嵇蒙眨眨眼睛:"你有幻想过一战成名的时刻吗?"

凌小路道:"我有。就在此役。"

凌小路纵身跃上城楼最高点,一把从手臂上扯下迷你龙:"凌龙,看你的了。"

凌龙:"您真的要来吗?"

凌小路给了他一个坚定的眼神:"相信我!装相一时爽,一直装相一直爽!"

他大喝一声:"雾来!"

浓雾困住了人们的双眼。

"好大的雾啊!"

"我什么都看不清了!"

雾中的凌小路单膝下跪,手掌贴上地面:"冰来!"

以他手掌为中心,城墙迅速结了一层冰,冰面迅速蔓延。

"地面好像结冰了!"

"好滑!"

"我要摔倒了!救命!"

凌小路站稳脚,从行囊里掏出数枚巨大丸,往凌龙嘴里一塞,伸手把它丢到天上。

"上吧,凌龙!"

——使用宠物专属技能要用障眼法,让你们看看我的障眼法!

凌小路摆出无敌帅气的技能手势,最后一声高喊:"风来!"

数十道龙卷风席卷着冰面,打断一切技能,附加高额伤害,这就是龙系宠物风息翼龙的独门绝技——群体龙卷风！

风停了，冰化了，雾散了，窦泥湾的幸存者们七荤八素地摔了一地，还个个表情茫然不知道发生了什么事。

"刚才那是什么技能？"

"我怎么莫名其妙就倒了？"

"谁撞了我的头？我的头好疼。"

"看那里！"眼尖的人指向城楼顶。

411也赶紧把直播镜头对准那上面。

白衣少年凌小路，以雄姿英发之势定格于惊蛰城楼之巅，他嘴角含笑，衣袂无风自动。

在他身后，一条腾云驾雾的银白巨龙，通体华美、闭月生辉，在空中矫健地蜿蜒盘旋了数道，最终仰天发出一声绵长龙吟，响彻云霄，又在啸声的余音里，乖巧地化作少年背后的图腾。远望如圆月，近观似美玉，吐息成雾，银鳞泛光，竟是这游戏里人皆向往之，却从未现身过的绝世珍稀宠物——风、息、翼、龙。

第十一章

人渣

风息翼龙现世,华彩流溢,无论敌方还是己方,都为这绝类离伦的稀世珍宠失了神。

趁所有人尚未反应过来,凌小路变换手势,往窦泥湾所在的方向一指:"去!"长长的巨龙呼啸。

很多人摔倒在地还没来得及站起来,见巨龙来势汹汹,无不连滚带爬地闪开,再没一个人想着要复活窦寇,个个保命要紧。

任谁都猜不到这龙只是个假把式,吃了巨大丸的小宠物仍然是小宠物,实际上造成不了半点伤害。

凌小路见好就收,继续下去万一穿帮,被嵇蒙发现了要打他,那可真的应了那句"装相遭雷劈"了。

他做了个手势:"收!"

巨龙放过了地面上的人,向着天空盘旋上升,被所有人目送着消失在穹顶尽头。

凌龙断开连接,十万火急地向同事发令:"应急预案一号启动!"

"应急预案一号!"同事一调出预案。

同事二埋头输入:"公告文案编辑完毕!"

同事三调试服务器:"全服公告准备发送!三,二,一!"

【系统公告】恭喜幸运玩家[鹿比],在新资料片《精灵契约:隐秘的龙族》豪华客户端抽奖活动中抽到特等奖,喜提珍稀宠物风息翼龙一条!全服开启两小时欢庆buff,活动期间所有稀有物品掉落率提升20%!

一片哗然。

"居然有人能中这个奖?我还以为鑫山根本不可能设置特等奖呢!"

"豪华版客户端只要888,早知道我也买了。"

"省省吧,你买你也中不了,这得是上辈子拯救银河系才攒下来的运气吧。"

"鹿比是什么欧皇,我能摸摸你的手吗?"

凌小路在众人羡慕的目光中跳下城楼。

离争意味深长地评价道:"原来徒儿有风息翼龙了,难怪看不上区区云狐。"

凌小路脱口而出:"不是的师父,你听我解释!"

"我听。"离争不疾不徐地应道,"你解释吧。"

凌小路心虚:"我不解释。"

常欢禧乐呵呵地插嘴:"小鹿你这条龙带劲儿,充多少钱能买得到?"

嵇蒙向他泼冷水:"凭你的脸多少都不行。"

常欢禧委屈地摸着自己的脸,凭什么歧视我?

不过凌小路能抽中这个龙,嵇蒙也挺意外。

"你有龙怎么之前不见你用?"

"我买完客户端就把抽奖的事给忘了,"凌小路说得跟真的似的,"直到今天才想起来。"

"看不出来,你脑子不怎么好使,手还挺红。"

"……"凌小路想打人。

"五千万卖吗?"

凌小路一愣,发现说话的是一个从没见过的金名玩家。

"多少?五千万?"

凌小路不确定的询问被对方误以为是嫌少。

"六千万。"

幽灵篓寇不甘示弱地举牌:七千万!

"……"

凌小路不敢问了,生怕自己把持不住走上犯罪的道路。

"五百万。"

只是,他有些不解,这些新来的金名玩家都是从哪儿得到的风声,而且这里是拍卖行吗?

对方仿佛心有灵犀:"直播。"

凌小路忘记411还在直播这件事了,难怪各路土豪闻着龙味纷拥而至。

"这位大佬,你前面有人开过七千万了。"

"我说的是现金,"大佬面不改色道,"只要你同意,我现在就去找你当面交易。"

凌小路有点缺氧。

五百万现金!为什么会有这样的人,太可恶了竟然打算用金钱腐蚀一个刚成年的孩子!

"什么当面交易，不可以。"嵇蒙斩钉截铁地拒绝，"不要随便相信网上的人，谁知道他是不是坏人。"

嵇蒙眼里的凌小路就是个涉世未深的新手小白，生怕他被人骗了去。

大佬态度很真诚："我相信嵇家的人，如果你不相信我的话，可以做我和鹿比交易的中间人。"

凌小路赶紧表明立场，再不出来说点什么，他就要跟大佬和嵇蒙三人线下"面基"了，届时他要怎么说？

——朋友，看你们公司送我的免费项圈，好看吗？

凌小路甩甩头，把可怕的幻想赶走："不好意思哈大佬们，这个龙我不卖，对不起害大家白走一趟，都请回吧。"

"真的一点也不考虑吗？"大佬还想再争取一下。

"不考虑。"凌小路狠心拒绝。不是他经得住诱惑，而是他拿不出现货。

"那好吧，如果你改变主意，请第一个联系我。"

凌小路搞不懂有钱人的世界。

"真的不卖吗？"

"不卖！"凌小路刚想说谁这么死缠烂打，转头便看见邶风神采飞扬地率领近卫骑士朝这边走来。

"你那边怎么样了？"被凌小路一搅和，攻城战反倒没什么人关心了。

邶风自信一笑，吩咐手下："换旗！"

女神骑士团的副族长大踏步迈上城楼顶，将窦泥湾的家族战旗拔起，替换成本家族的旗帜。

【系统公告】在刚刚结束的攻城战中，[女神骑士团]成功击败[窦泥湾]，获得惊蛰城的管理权，[邶风]为新任代理城主，惊蛰城及附属村镇所有商铺三日内将享受税收全免优惠！

城内 NPC 放起了礼炮，庆祝新城主的诞生。

胜利者欢天喜地，落败者垂头丧气。

经历过开服那段群雄割据的战乱纷争后，窦泥湾一直稳稳占据着惊蛰城，将所有企图染指者挡在城外，从未想过有朝一日会失去它。

"族长，我们没有家了……"有族员真情实感地哭了。

"哭什么哭！"窦寇被拉起来后呵斥道，"这次丢了，下次再拿回来就是了！"

他又横眉怒射邶风："好好陪你的女神吧，下个月我就会把这一切都夺回来，然后永远禁止你们踏入惊蛰城半步！"

邶风收敛笑："随时奉陪。"

窦寇临走前又瞄了眼南薰，似乎有话想讲但又什么都没说，昂首挺胸地带着大部队走了。

今日于他只是一场意外，他绝不承认自己失败。

邶风走过来，郑重其事地将手中的城契交给凌小路。

"感谢你们帮我攻下了惊蛰城，按照约定，春分城就交由你们管理了。今后窦泥湾无论攻打春分城还是惊蛰城，希望我们都能统一战线，彼此支援。"

"当然，敌人的敌人就是朋友。"凌小路从邶风手里接过春分城的城契，从他玩游戏到现在时间不足一个月，他不仅拥有了自己的家族，还拥有了自己的主城，以及——

一条假龙。

惊蛰城易主这么大的事件，世界频道上却没什么人关心，全在讨论青葱少年小鹿比和他的风息翼龙。

【世界】渔渔与喵：你们觉不觉得这个抽奖的暗箱太明显了？

【世界】与阙：听不懂，有话直说。

【世界】渔渔与喵：别怪我阴谋论，鹿比跟嵇家姐弟走得那么近，为什么全服那么多人没一个中奖，偏偏他中奖？

【世界】凌弈海：这话不严谨，只有买了豪华版客户端的人才有抽奖资格，一般老玩家也不会花钱买实体芯片吧？

【世界】颜泽泽：谁说不会？我们家族就有一个土豪，一个人买了八百张芯片，也没见他抽中。

【世界】停云：这能说明什么？这只能说明"欧不欧"跟"氪不氪"没有什么直接关系。

【世界】少女曼：现实中也有人天天买彩票不中，有人买一张就中头奖，这个柠檬酸不酸？

【世界】凌贝贝：不管你们怎么说，我认为鑫山就是有黑幕！

【世界】九个蛋蛋：有些人只要自己不中奖就说是黑幕……

【世界】魏晓锁：别吵啦！小心太子嵇把你们号全封了！

凌小路一行人回到家族领地。

一路上，常欢禧意犹未尽，一直撑掇着凌小路把他的龙放出来欣赏。

"你不卖我，起码让我摸摸嘛，刚刚远远看得也不是很清楚。"

"那么大一条龙是说召就召的吗？也不方便啊。"凌小路把迷你龙递过去，"喏，这个跟那个是一样的，就是小了点，你随便看。"

"不要，"常欢禧嫌弃，"这个不拉风。"

"我也想看，"离争说话音量虽不高，却总能给凌小路带来压力，"徒儿？"

"……"

其实凌小路高调行事的目的还有一个,就是暗示离争他有宠物,洗脱自己粉名玩家的嫌疑。

"好吧。"既然做了,就索性做得更逼真一点,免得离争总对他有意无意地各种试探。

凌小路背过身去,用谁也听不到的声音低声讲:"凌龙,只能拜托你再飞一趟了。"

凌小路偷偷地把巨大丸喂给凌龙,将凌龙往空中一扬,绝世风息翼龙再现家族领地,飞行途经之处引来一片惊叹之声。

"师父,你看清了吗?"

离争抿唇不答。

"这宠物太帅了,"常欢禧心动,"特等奖有几个?如果不是限定一人的话,我也去买客户端抽奖。"

"应该不会只有一个吧。"就算只限定一人,那个真正的幸运儿也还没有出现呢。

凌龙潇洒地飞着,有点领会到凌小路"一直装相一直爽"的含义。他飞着飞着就有些忘我,险些撞上一个人。

凌小路:"……"

凌龙:"……"

家族成员吃惊地看着风息翼龙在鸩鸠面前短暂停留后,瞬间仿佛变了一条龙,像没头苍蝇一样满院乱撞,四下逃窜,哪里还有半点神龙的威风。

"这——"411不解了,"族长,我知道这游戏里的玩家都怕鸩鸠大哥,但我没想到连这游戏里的宠物也怕鸩鸠大哥?"

凌小路:"这……可能就是大魔王的威力吧。"

说完,他灰溜溜地收了龙:"今天的团建活动圆满结束,大家该玩玩,该歇歇,原地解散!"

常欢禧招呼:"嵇蒙陪我去买客户端!"

嵇蒙皱眉:"为什么?你不是看不上那点折扣?"

常欢禧:"谁说我要折扣了?我是要店里的员工看到你,我就不信了,你本人在,中奖的概率不会高一点。"

"荒谬。"

常欢禧把不情愿的嵇蒙拉走了,其他人各自也去做自己的事,凌小路趁机把落单的零留了下来。

"零!你过来,我有话要问你。"

凌小路将零拉到一处无人的房间。

"有事？"

"我问你哦……"凌小路刚开口又停下，检查确认周围没人偷听，又拿出纸笔画了只鸡贴在门上。

"这是什么？"

"辟邪。"

零感到困惑。

"你坐下。"凌小路吩咐道。

零在椅子上坐得笔直。

凌小路站在他面前，深吸一口气，将手指靠近对方后颈，轻轻一搭。

——隐藏的开关，轻触即消。

凌小路刚刚那口气还没吐出来，又倒吸一口凉气。

"你真的是粉名玩家？"

零不说话。

凌小路表情严肃："告诉我，这是怎么来的？"

零眼中有一种异于常人的冷静。

"粉名玩家。"

凌小路以为他承认了，刚想再说，又被打断。

"不是。"

"……"

"绿名玩家。我是。"

这位兄台为什么这么爱用倒装句！

"那你怎么解释脖子后面的这个东西？"

零顿了顿："凌龙。"

凌小路没等来前半句，等来了凌龙。

"小鹿比！零他真的不是粉名玩家啊，请听我解释！"

凌小路就纳闷了，他需要帮助的时候凌龙经常神龙见首不见尾，怎么他刚把零拉进小黑屋凌龙就赶到了？辟邪符不管用吗？

"我不听，你是个骗子，你说零是绿名玩家。"

"可他的的确确是个绿名玩家，这一点我绝对没有骗您！"

凌小路不信："绿名玩家会用宠物技能？绿名玩家会戴着项圈？"

"怎么跟您解释呢？其实零负责的是测试工作，研究部门为了解决您项圈摘不下来的问题，才有了他。"

"他是鑫山工作人员？是GM？"

凌龙不纠正："您愿意这样理解也可以。"

"测试人员也可以玩游戏?"

"确切地说,是在参与游戏的过程中收集更多的数据,这样才能检测到问题出在哪里。"

凌小路指着自己:"难不成他起名'零'也是因为我?"

"正是,这里要感谢您不姓嵇呢,不然这名字可就难听了。"

"你这是侮辱你们公司董事长你知道吗?"

凌龙用龙须把自己的嘴绑起来。

凌小路松了口气:"你早说是工作人员,我还以为……"

"以为什么?"

"以为鑫山以调研的名义骗群众佩戴项圈,又谎称拿不下来,然后威胁利用我们做坏事。"

凌龙无语:"您的想象力未免也太丰富了些,为何不来我公司应聘做策划呢?"

"谁让我是悬疑电影爱好者。"

"我发誓您是我入职鑫山以来,见到的唯一一个不幸遇到这种情况的用户,我们也在积极为您想办法。"

凌龙挠了挠龙头:"既然坦白了,就不妨告诉您更多。零,把你的粉名玩家雷达召出来看一下。"

零左手一划呼出雷达界面。

"您看,这是金名玩家特有的功能,粉名玩家追踪雷达。"

凌小路问:"金名玩家特有的功能,为什么零会有?"

"零这个账号同时拥有粉名玩家和金名玩家的权限,他跟您不一样,既可以拥有普通宠物,也可以同金名玩家或粉名玩家缔结契约。"

"他既是金名玩家又是粉名玩家?"凌小路惊呼,"他甚至可以自己契约自己?!"

凌龙语塞:"这个我们还真没有测试过。"

零收回粉名玩家追踪雷达界面。

"如果您对我刚才的讲解没有疑议,还请您为零的身份保密。虽然公司没有违反游戏规则,但玩家数量众多,难免会有人因此质疑游戏的公平性。"

"我懂,我中了条假龙还一堆人怀疑有黑幕呢。"凌小路表示理解,"你突然变得好正经,我好不习惯。"

凌龙娇羞地推了他一把:"原来您喜欢的是那个不正经的我,讨厌——"

"……请你正经。"

凌小路朝零伸出手:"那以后就麻烦你多多辛苦,早日找到bug。"

零低头看了看,与他握手:"找到bug。"

"他话真的不多欸。"他转头冲凌龙说,"我喜欢这种话不多的测试。"

疑惑得到了解释,凌小路便往外走。

凌龙指着门上的画问:"这是谁画的?为什么要贴个耗子在上面?"

凌小路:"这不是耗子,是鸡!"

"鸡?"

"我以为你会怕,不敢过来。"

凌龙嘤嘤道:"小鹿比您学坏了,您都会用门神提防我了。"

"画出来的鸡你不怕?"

凌龙止住哭:"画得像耗子的鸡,确实没什么好怕的。"

"爱你!(单字脏话)"

凌小路满头问号。

"爱你?(两个字的脏话)"

"爱你??(三个字的脏话)"

"爱——你?(两个字的脏话)"

接下来,凌小路把同一个不文明用词的四个声调试了个遍,就是发不出正确的读音。

凌龙劝他:"不要白费力气了,我们接到用户举报,某些玩家绑定技能时使用了不文明用语。为净化游戏环境,我们把一些包含谐音的关键词都做了屏蔽。"

这个"某些玩家"听起来简直多余。

"都屏蔽掉了哪些词?"

"也不是很多,就按照禧儿的技能口令完整地屏蔽了一遍。"

"……爱你!(脏话!)"

家族领地前院,灰衣人们正在把一箱箱东西从大门外往里搬。

"这些是什么?"凌小路问。

"族长,刚才来了好多金名玩家,这些通通都是他们送给南薰的礼物。"

"他们人呢?"

"南薰不要,他们放下就走,现在都不知道哪些是谁送过来的,没办法退回去。"

凌小路嘴角抽搐,这还送什么礼啊?这个礼物送得完全没有意义。

"那现在怎么办?"凌小路问。

"南薰说,放着让族长你处理呢。"

南薰在家族领地花园里种草药,等草药成熟后加工成药品,这样,灰衣人们刷怪时就不用买药品了。

这个家族里的其他人,不是自己有豪宅就是对种地毫无兴趣,南薰便接管了家

族的花园。

凌小路在前院没见着她，一猜她就是在这里。

"小南薰，那些礼物你怎么不收？不喜欢吗？"

"我不想跟不熟悉的人绑定在一起，"南薰睁大眼睛可怜兮兮地望着他，"可以吗？"

"当然可以，你不喜欢，没人能强迫你。"凌小路在她身边蹲下，"不过你一定非嵇蒙不可吗？你觉得我师父和禧儿怎么样？"

南薰抿了抿嘴，又摇摇头："如果我回答'是'，鹿比哥哥会不会不开心？"

凌小路愣："我为什么会不开心？"

"初芽姐姐是这么说的。"

凌小路头疼，初芽到底给这孩子灌输了些什么奇奇怪怪的念头？

"你嵇蒙哥哥也不是不想跟你绑定……"他说到这里时不由自主地停下来，那是因为什么呢？

连凌小路自己都不确定原因。

"这样吧，有空我再帮你劝劝他。"

凌小路在她眼里看出了期待。

看着她纯真无垢的眼神，凌小路就算有一点后悔也不能改口了。

嵇蒙下线没多久便回来了。

常欢禧为了抽奖，在实体店一口气买了三千份客户端，不过抽奖的过程比较烦琐，鑫山派过去五名客服帮忙操作，其中还包括常欢禧的金名玩家专属客服。

嵇蒙不想留在店里看无聊的抽奖过程，他从半个月前起就计划捕捉灵鹿，第一次被喝醉的凌小路搅黄了，后来不知怎么走漏了风声，全服宠物商人都知道嵇蒙要收灵鹿，一群人天天守在鹿潭蹲点，都想赚太子的钱。

灵鹿本就是极其胆小谨慎的宠物，只会在没人的时候出来偷喝鹿儿酒。如此一来，整整半个月，全服愣是没有人成功捕获到一只灵鹿。

现在热度终于散了，嵇蒙又独自来到鹿潭，打算进行第"N+1"次尝试。

鹿儿酒挥发着沁人的芳香，一只洁白的小鹿小心翼翼地从灌木丛中探出头，在风中翕动着鼻翼。

反复确认过周围无人，它才壮着胆子跳出来，一蹦一跳地往酒池的方向跑。

埋伏在另一边的嵇蒙紧张地伏下身子，生怕惊扰了它。

就在这时，一只黄灿灿圆滚滚的生物凭空蹦出，兴奋地朝小鹿丢了一道雷。

"雷噜噜！"嵇蒙怒喝。

这家伙怎么又私自跑出来了？！

待嵇蒙擒获了捣乱的雷噜噜,再回头一看,灵鹿早就溜得不见踪影。他气得抬手想揍雷噜噜的屁股,举了半天又下不去手。

雷噜噜被主人不客气地拎着,拼命卖萌卖惨,眼泪汪汪,企图骗取嵇蒙的同情心。

嵇蒙把雷噜噜扔回了家:"你给我老实在家等着!"

主人一走,卖惨的雷噜噜立刻恢复原状,迈着小短腿追松鼠、骑肥啾,玩得不亦乐乎。

凌小路过来嵇蒙家里的时候,恰好撞到雷噜噜晃着可笑的四肢,边唱边跳一支滑稽的舞。

"啊雷啊雷啊雷——啊噜啊噜啊噜——啊雷雷,啊……"

"扑哧——"凌小路没忍住笑出声。

雷噜噜发现自己被偷看了,既生气又羞愧,扭头就走。

"原来你会说话啊,"凌小路笑着从后面叫它,"还只会说'噜'和'雷',难怪你叫雷噜噜。"

雷噜噜转过身,气愤地学土拨鼠叫:"啊——啊——"

"哦哦,对,还有'啊'!"

雷噜噜气鼓鼓地又要走,凌小路忙喊住它:"别走啊,我给你道歉。"

雷噜噜拒绝!

凌小路心生一计:"你知道这个柜子里装的是什么吗?"

他敲了敲存放宠物食品的柜子。

雷噜噜显然知道,脚步也慢了下来。

凌小路忍着笑:"我能打开哦,你再跳一遍给我看,我就帮你打开。"

雷噜噜面露迟疑,又经不起诱惑,半不情愿地跳了起来。

"啊雷啊雷啊雷——"双手左举。

"啊噜啊噜啊噜——"双手右举。

"啊雷雷——"屁股左扭。

"啊噜噜——"屁股右扭。

转体一周拍肚子:"雷啊噜啊噜!"

跳完舞的雷噜噜满怀期待地盯着凌小路。

"哇,跳得好棒!"凌小路鼓掌,"可惜我是骗你的。"

雷噜噜:气!

凌小路被雷噜噜追着在嵇蒙家里上蹿下跳:"哈哈哈逗你玩——"

雷噜噜:噼里啪啦——

"哇呀呀电到我了!"

两个活宝你追我赶,从一个房间蹿到另一个房间。前面是嵇蒙的藏品室,凌小

路一个急刹车,雷噜噜没刹住,冲进去把满屋的宠物图鉴卡撞散一地。

"哇啊——"凌小路火上浇油,"你完蛋了,这些可都是嵇蒙的宝贝,你要挨揍!"

雷噜噜也意识到自己闯祸了,拔腿就溜。

凌小路见它逃跑,又反过来去追。

"闯完祸就打算溜吗?你给我站住!"

雷噜噜铆足劲往外奔,前方就是大门,它后腿用力一蹬,猛地弹了过去。

"别跑!"

凌小路自然不让他溜,紧跟其后飞身扑去。

突然,大门被人从外面打开了。

"当心——"

嵇蒙刚进门,就见一大一小两个黑影冲自己迎面扑来,他想都没想,下意识一左一右捞住他们。

抱住了再一看,一个雷噜噜,一个凌小路。

完蛋,凌小路心虚,被嵇蒙抓个正着,他又要咆哮了。

凌小路都做好了被凶的准备,却见嵇蒙低头,近距离冲他笑了笑。

凌小路有些呆滞与恍惚,他不是不知道嵇蒙好看,但以前怎么没发现嵇蒙笑起来这么好看?

不对,嵇蒙只是很少这样笑,尤其是这么近距离地冲他笑。

嵇蒙笑时眼睛的弧度,嘴角的弧度,都弯曲得恰到好处。

就像成千上万件商品摆在橱窗琳琅满目,但就那么一件悄然戳中你,让你一眼相中,不惜一切代价想要拥有。

凌小路嗓子发干,他不得不承认自己被嵇蒙这一笑闪到了。

不愧是掌控雷电小王子,连笑起来都会放闪电!

他恍恍惚惚,语无伦次地解释:"那个,房间不是我弄乱的,还有……我想跟你说……"

雷噜噜不知道什么时候跑了,自己也不知道什么时候远远地躲开嵇蒙站直了。

嵇蒙心情很好,打断他:"等下再说,先跟我来。"

凌小路心情忐忑地跟着嵇蒙,来到后花园。

嵇蒙做出宠物召唤的手势。

片刻后,他面前多了一只鹿。

这鹿通体洁白,身上有浅浅的粉色花纹,仿佛因为在樱花树下路过,樱花落下来,将它染上了颜色。它还淘气地用鹿角搅乱过鹿潭里的水,彼时圆月正倒映在潭心,月光被它打得支离破碎,抬头后月光便留在了鹿角上。那对漂亮的角不仅有淡淡月光,围绕着它还有闪耀星斑。它与嵇蒙的影鹿一玄一白,可谓天生一对,各自美貌，不分伯仲。

嵇蒙揉揉鼻子："送你的。"

凌小路惊喜地转头："送我？"

嵇蒙还有些不好意思，但他刻意地掩饰了，所以只余说话的表情不是很自然。

"你不是还没有坐骑嘛，我也不能24小时跟你在一起，你有自己的坐骑方便一些。"

"跟你那只很像。"

"我的叫影鹿，这只叫灵鹿，一个暗属性，一个光属性，同模不同色。"嵇蒙科学解说道。

凌小路小心翼翼地伸手去触碰灵鹿的角，像对待一件精美的艺术品。

灵鹿主动将脸凑过来，在他手心摩挲着示好。

凌小路心中充满了一种名为感动的情绪："这个很难捉吧？我记得你抓了很久了。"

"还行。"嵇蒙轻描淡写地回。

凌小路轻拍灵鹿的背，翻身骑了上去。

坐了两秒钟不到，他又爬了下来。

嵇蒙心一沉："你不喜欢？"

凌小路抱住鹿颈，委屈巴巴地望着他："它太漂亮了，我舍不得骑。"

嵇蒙暗松一口气："有什么舍不得，它本来就是坐骑宠物。"

凌小路爱不释手地抚摸着灵鹿光滑的脖颈："谢谢你。"

嵇蒙不习惯这么郑重的感谢，立刻顾左右而言他："没……没什么。对了，你刚刚要跟我说什么？"

凌小路记起来了："我是想说，你觉得小南薰……"

嵇蒙静静地听着。

"跟我师父合不合适啊？"

嵇蒙正色："合适，我觉得很合适。离争不是缺个粉名嘛，以他的条件，应该可以配得上南薰。"

凌小路长长地叹出一口气。

"你又叹什么气？"

凌小路与灵鹿额头相抵："我在想，连答应小孩子的话都能食言，我是不是一个人渣？"

甘为人渣凌小路，实在说不出劝嵇蒙接受南薰的话，只好不要脸地跑去探离争的口风。

"师父,我能不能问你个问题。"

离争不疾不徐道:"你一早上就过来,又修院子又种地,以为我不知道你有话想说?"

凌小路什么事都瞒不过离争。他贱兮兮地凑到离争身边:"师父,你为什么没有契约粉名玩家啊?"

离争反问:"你觉得呢?"

"我觉得以师父的条件,不应该是别人看不上师父,肯定是师父看不上别人。"

离争没回答。

不回答,凌小路就当他默认。

"师父,那你喜欢什么样的粉名玩家啊?"

离争若有所思地望了他片刻:"天资好,反应快,动作灵敏,配合默契,吃苦耐劳,皮糙耐揍,还有……"

"还有?!"

都这么多条件了还不够?

离争全然看不出是认真的还是开玩笑:"会修温泉,会种地,会吹泡泡……"

凌小路不动声色地往远处挪了挪,干笑道:"啊哈哈,我果然不够资格被师父看上,毕竟我吹泡泡这方面不太行……"

离争故作没看见:"你是想问我,觉得南薰怎么样?"

"师父……有时候我觉得你就是住在我脑子里的。"

"我不仅知道你想问什么,还知道你为什么只来问我,而不去问其他金名玩家。"

"是吗?为什么?"

"你不去问掷风,因为他眼里只有女神,装不下别人;你不去问窦寇,因为他自私贪婪,你觉得他配不上她;你不去问禧儿,因为他特立独行,你怕她看不上他;你不去问秸蒙……"

"哇!师父,你真是太厉害了!"凌小路拼尽全力打断他,生怕听到自己不敢听的内容,"我现在相信你在我脑子里买房了,那里房价贵吗?"

离争转过身,严肃地面对他:"让我来告诉你,为什么我一直都没有契约粉名玩家。"

凌小路洗耳恭听。

"我的攻击方式以远程法系为主,伤害高的法术往往要配合吟唱。我要么需要一个皮糙肉厚的坦克帮我抵挡伤害,要么需要一个灵活敏捷的刺客帮我干扰敌人,搭档就是要互补才有意义。"

"哦——"凌小路一知半解地点头。

"这是其一。其二,任何人选择一个长期陪伴的对象,都起码要眼缘合、性格合、三观合。这些要求不过分吧？"

凌小路使劲摇头："不过分，一点也不过分。"

"那我为什么就可以忽略普通人的基本需求，随随便便找一个粉名玩家绑定呢？就因为这个游戏里粉名玩家稀缺，我就得'饥不择食'？"

凌小路被问得哑口无言。

"还有第三个理由。"

"啊？还有啊……"

"徒儿觉得我是一个什么样的人？"

凌小路实话实说："师父是我在这个游戏里见过的，最好看、最厉害、气质也是独一无二的人，我常常因为语言贫瘠不知道怎么夸师父而感到苦恼。"

"既然如此，为什么有的人对我从不正眼相看呢？"

"不正眼相看……难道师父说的是南薰吗？"

离争渐渐逼近，声音轻吐："不仅如此，还有的人看见我就躲呢。"

凌小路面对这张举世无双的绝美面孔，紧张得汗流浃背。

"真……真的吗……"

"你说这是为什么呢？"

"我……我不知道……"

"原因很简单，"离争道，"要么心里有人，要么心里有鬼。"

凌小路咕嘟咽下口水。

离争退回原处，笼罩在凌小路头顶的低气压消失了。

"你说，我为什么要找一个既不适合我、心里又装着其他人的粉名玩家，强行让其与我缔结契约呢？"

凌小路擦拭额头冷汗："好像，确实，没有理由。"

"不过我很清楚一件事。"

凌小路擦汗的手僵住，又开始紧张："什么事？"

"一个人如果不想说实话，一定有他的理由；一个人如果不想做一件事，也一定有他的原因。"

凌小路彻底呆住。

离争在他呆滞的目光中淡定读条下线，只留下一句："我不会再试探你，我等你自己告诉我。"

凌小路后悔跑来问离争的意见了，不仅南薰的事没解决，还把自己套了进去。他开始检讨到底是哪个环节露出了"鹿角"，为什么离争对他的怀疑不减反增？

关键是，接下来他要怎么面对一个对他充满期待的小姑娘？

难道要向她坦白自己其实是一个自私自利不想看到嵇蒙与她结契的人渣吗？

这一刻凌小路好想当鸵鸟,他甚至不敢回家族领地。

越怕见一个人往往就越事与愿违,南薰现身在家族频道里,焦急地呼救。

【家族】南薰:有人吗?有没有人在?

凌小路一愣,把眼前的困扰丢到脑后。

【家族】鹿比:怎么了小南薰?发生什么事了?

【家族】南薰:有人在追我!我好害怕!不知道为什么身体总是动不了!

身体动不了?凌小路心惊。

【家族】鹿比:你在哪里?别着急,等我过去!

凌小路不假思索从商城拖出一张好友传送符——粉名玩家购买商城所有道具都是免费的,只是他很少使用这项福利——传送到了南薰所在的位置。

南薰正紧张地躲在一棵大树后,见凌小路来了便害怕地紧紧抓住他的手臂。

"鹿比哥哥,我好怕!"

凌小路反握住她的手,低声问:"别怕,是什么人?"

"我不知道,是个……是个金名玩家,"南薰看样子已经逃了很久,气息不稳,"他会一个技能,一用我就动不了。"

凌小路对这个描述并不陌生:"定身咒?"

南薰迷茫地摇着头:"我不清楚,我好像不管跑到哪里他都能找到我。"

凌小路心一沉:"金名玩家有粉名玩家探索雷达,他能锁定你的位置。"

"小南薰——"一个好整以暇的声音从树后的不远处传来,"我看到你了哟!"

享受狩猎过程的金名玩家不慌不忙地逼近,俨然将这个孤立无援的弱小粉名玩家当成了自己的囊中之物,如猫捉老鼠般戏弄着。

南薰听到这个声音,恐惧地捂住嘴巴。

"走!"凌小路知道他们被发现了,转身拉着她逃跑,想先尽可能逃离对方的视线。

猎手对着仓皇逃跑的背影露出轻蔑的笑容,发出技能指令:"STAY(停留)!"

许久不曾体验过的冲击波"嗡"的一声袭来,不只是南薰,连前来救她的凌小路也被迫动弹不得。

南薰心中满是困惑,却苦于无法问出口;凌小路心中同样着急,却也只字不能解释。

凌小路现在好恨自己是个粉名玩家,不仅救不了南薰,连他都自身难保。

倒是款款走来的金名玩家,见自己一次性捉住了两个猎物,有了意外的神色。

"啊呀?这是怎么回事,难道我用错了技能?"他又自我否定,"不应该啊,我的技能口令没有说错。"

凌小路皱起眉头,他一个人倒是能走,可南薰怎么办?

家族里其他人居然这么巧都不在线，连凌龙都不在，凌小路叫天天不应，叫地地不灵。

不友好的金名玩家慢慢绕到二人面前。

凌小路看清了他的名字，任吒——堂堂金名玩家欺负一个小姑娘，可真的是个人渣，这名字起得名副其实。

"哪里来的迷路的小鹿，掉到我的陷阱里。"任吒盯住凌小路头顶的绿名看了一会儿，自己对眼前的情况下了定论。

"可能是游戏出 bug 了。不过没关系，反正我对女孩子更有兴趣。"他慢悠悠走到南薰跟前，"小南薰——"

"别碰她！"凌小路定身状态解除了一点，能说话了，"结契是不能强制的，你定住她也没用！"

任吒勾起嘴角："是吗？定身没有用，难道就没有别的办法了吗？"

南薰一双眼睛里尽是惊恐。

"让我想想，我也不想让女孩子太过痛苦……"

任吒自信满满地摸出一个纸包。

凌小路一眼就看清那是魂牵梦萦，他是吃过这玩意儿的亏的，瞬间变了脸色。

"你敢！"

任吒挑眉："看来你知道这是什么，难不成你试过它的威力？"他又转向南薰，"不知道小姑娘能撑多久呢？"

凌小路没见过这么无耻的人，哪怕是对契约粉名玩家有执念的窦寇，也向来是客客气气、礼貌有加的，从来不会用这些卑劣手段。

"变态！人渣！"他怒斥道。

南薰也能开口说话了："鹿比哥哥，那是什么？"她声音里带着哭腔。

"你马上就知道了。"

任吒将纸包里的粉末一扬，空气中顿时充满了迷人的气味。

"不要呼吸！"

凌小路匆忙提醒南薰闭气，自己却因此吸入了不少空气中的浮尘。他感到不妙，立即屏住呼吸。

南薰却没能理解他的意思，不安地用眼神询问他，胸口仍因恐惧而急剧地起伏着，但奇怪的是，她没有出现任何不良反应。

那药似乎对她不起作用。

可凌小路不知情，他暗道完蛋，他不可能让南薰这个样子落到人渣手上，就算面临身份暴露的风险也不能继续坐以待毙了。

他集中精力，摒除杂念："我走！"

地面只余一片黄沙。

任吒为一个大活人突然消失在眼前感到惊讶:"咦?人呢?"

凌小路悄无声息落到他背后,二话不说使出技能手势:"风来!"

十几道龙卷风吹散了空气中的药粉。

任吒面色不善地转过身,与凌小路面对面,眼神阴鸷可怕。

"你……"

"你秃了!"凌小路抢先喊道。

毫无防备的任吒顿时呆呆定住,紧接着陷入了消沉。

凌小路马不停蹄召唤出坐骑,跑到南薰身边将她用力拉上鹿背,灵鹿载着二人往森林外撒腿狂奔。

凌小路清醒地知道,这三个技能一用,他的马甲基本上捂不住了。只要对方不瞎,都看得出这其中的问题。

接下来怎么办,任吒会不会转移目标,甚至公开质疑他的身份?他的秘密会不会因此曝光?

此时此刻,凌小路顾不得那么多了,他只想尽快带南薰离开这里,到达一处安全之所。

"鹿比哥哥,他还会追来吗?"南薰紧紧掐住凌小路的手,十指指尖因过分用力而变得苍白。

"他追不上我们的。"凌小路安慰她。

"真的吗?"一个宛如恶魔般的声音出现,声音的主人不声不响地挡住了他们的去路。

灵鹿受惊高高扬起了前蹄,同样受到惊吓的还有它背上的一男一女。

南薰险些尖叫出声,又强行忍住了。

凌小路没想到任吒这么快就能恢复过来,一时有些不知所措。

任吒看向他们的眼神,有如在看瓮中之鳖。

"我原本以为游戏有bug,现在看来未必。"任吒的视线从南薰转移到了凌小路身上,"你刚才用那三个技能很有意思,不如再用一次?"

人迹罕至的森林深处,阳光不易照射到的地方,越容易滋生见不得光的罪恶。

倒霉的凌小路被一株几米长的藤蔓植物圈圈捆住,残忍地倒吊在半空中。他的手和脚都被牢牢束缚着,浑身上下能动弹的就只有眼睛和嘴了。

在此之前,他尝试过各种办法,发现这个巨型藤蔓植物就如同他师父的向日葵一样,无法使用任何技能解除,就连暴力也挣脱不开它。现实中的植物明明美丽而又无害,怎么这个游戏里的植物系宠物一个比一个难缠。

"喂！人渣！你捆我一个绿名有什么用？"

任吒饶有趣味地在下方揣着臂膀仰头望："就是不知道有什么用，才捆起来试试看的。"

凌小路很气，你当是买猪肉吗，还要吊起来称称斤两！

"鹿比哥哥，我来救你！"

南薰焦灼地用力推那植物的根部，可植物接近地面的部分周长足有她臂展两倍有余，纵然她使出全力，藤蔓仍纹丝不动。

南薰见藤蔓无法被撼动，又抽出腰间短剑，执着地一剑又一剑地砍向粗壮的树径。伤害以"-1""-1"的数字绝望地往外跳，凌小路都不忍看下去了，南薰却不肯罢休。

她蚍蜉撼树的行为又激起了任吒的兴趣，他把凌小路置之一旁，歪着头欣赏南薰的自不量力。他喜欢看柔弱与力量的对抗，有种飞蛾扑火的凄美感。

凌小路很清楚南薰的能力，南薰就是个彻头彻尾的休闲玩家，日常不是看风景就是种花采草，没有半点战斗力。

莫说巨型藤蔓了，就是城郊低级小怪，她打起来都稍显吃力。

凌小路不想让她继续做无用功："南薰，你不要管我了，你先跑去安全的地方，我有办法走得掉！"

南薰固执地认为凌小路是在骗她逃跑，如果走得掉的话，为什么会被吊在这里？

她拼命地摇头，坚持不懈地挥剑劈砍。

"南薰！听话！"凌小路加重了语气。

南薰强忍着哭腔道："鹿比哥哥是为了救我才来的，现在鹿比哥哥有危险，我怎么可能先跑呢？！"

在一边的任吒鼓起了掌："倒也是个重情重义的小姑娘呢。怎么办，你们两个都这么有趣，不是让我左右为难吗？"

他不满意地转动着戒指："花这么多钱，却只能契约一个粉名玩家，实在是太遗憾了。"

"呸！别做梦了，"凌小路唾弃他，"你一个都拥有不了！"

凌小路的话启发了他。

"也对，毕竟你的名字是绿色的，不如就从你开始，兴许你不占名额呢？"任吒为自己的这个发现感到欢欣，"那我岂不就成了全服唯一一个同时拥有两个粉名玩家的金名玩家了？"

"真不要脸！"

"咔嚓"一声，南薰的短剑耐久度耗尽，断掉了。

"南薰快走！"凌小路喊。

"我不会让你伤害鹿比哥哥的!"南薰撒开断剑,执意地挡在他前方不肯离开,她那固执的模样让凌小路怔住——鹿透社绝不放弃同伴,这不是他最初成立家族的意义吗?

"南薰,你听我说,"凌小路放沉声音,"你现在心中默念三声'紧急下线'。只要你安全了,我一定有办法离开这里。"

南薰因过于紧张而无法冷静地判断凌小路说的到底是真是假,半信半疑:"真的吗?"

"真的!我是因为你在这里才不好走的。"凌小路怕她不信,又补充,"我也可以紧急下线,但是我一定要亲眼看到你先下线才能放心。"

任吒痴痴地笑起来:"你们以为下线就可以一了百了吗?除非你们从此再也不上线,否则用我的粉名玩家雷达,天涯海角也会追踪到你们。"

凌小路心想哐,那玩意儿对我不好用!

"不过那样会浪费我的时间,"任吒改变了主意,"为避免夜长梦多,还是速战速决吧。"

他直视凌小路的眼睛,说出技能口令:"SIT(坐)!"

凌小路骤然身子一沉,如若不是藤蔓紧紧将他吊在空中,他现在恐怕已经栽倒在地。

空气有如数十吨的重锤,从各个方向压迫着他,压得他喘不上气来,汗珠肉眼可见地滴落下来,接连"啪嗒"打在垂直下方的土壤上,留下点状水渍。

南薰吓坏了:"鹿比哥哥,你怎么了?你没事吧?"

凌小路紧紧咬住下唇,说不出话来。

"我猜得果然没错,对宠物起效果的技能对你都是有用的。不过,这是为什么呢?"任吒唯一想不通的就是这一点,"我要不要找客服上报一下 bug ?"

要要要!凌小路在心里拼命地喊,现在不管任何一个客服来,都能救他!

可任吒摇了摇头断了他的念想:"还是算了,万一客服把 bug 改掉了呢?那我不就没法梦想成真了。"

凌小路听着恶心想吐,不光是因为任吒的话,还有对方施加在自己身上的技能,都令他长时间倒垂的胃翻江倒海。

唯一幸运的是,任吒这个技能是单体恐吓技能,不能同时对南薰造成伤害。

凌小路透过半眯的眼缝看到安然无恙满脸着急的南薰,反倒放了心。

"下……线……"他挣扎着从齿缝中挤出这两个字。

南薰忧心如焚,又无计可施,只能拼命地点头:"我听你的!我下线!"

她闭上眼睛,心中默念。

任吒皱眉:"不可以!"

他试图阻拦，可紧急下线的优先级是最高的，他眼睁睁地看着南薰的身影逐渐虚化。

凌小路长长松了口气。

"别放心得太早了，"任吒语气不善，"只要我守在这里，她断然逃不出我的手掌心。"

"有什么意义呢……"凌小路粗喘道，"强迫……是不能签订契约的……"

"我当然不会强迫，"任吒微微勾起嘴角，"我等你自愿。"他再次盯紧凌小路的眼睛，"SIT！"

新一波重压袭来，这压力似乎不是延续，而是叠加的，凌小路几近窒息。虽然信誓旦旦地同南薰保证过，可好像轮到自己的时候也只有下线唯一一条路可走。

下线后会怎样，就不是他能控制的事了，也可能再次上线时，全服都会知晓他粉名玩家的身份……但那也比现在栽在这个人渣手里强。

凌小路闭眼默念：紧急下线、紧急下线、紧急……

"鹿比哥哥！"

凌小路一个激灵睁开了眼："南薰？你怎么又上来了？"

任吒发出了桀桀的怪笑声："我就知道你舍不得我。"

南薰对他不理不睬，满怀希望地朝凌小路喊道："我找人通知了嵇蒙哥哥，他马上就会到！"

凌小路有片刻的恍惚，才想起南薰与嵇蒙现实中是认识的。南薰找人通知嵇蒙，以嵇蒙的性格怕是不到一分钟就会杀上来。

他忽地感到了安心，这个名字仿佛有让人全身心依托的魔咒。

可他同时又担心，万一任吒当着嵇蒙的面戳穿他的身份，又该如何？

"你还不走？"他有意模仿嵇蒙的口吻威胁任吒，"再不离开，你号没了。"

任吒嗤之以鼻："怎么，太子爷还有封号的特权吗？"

凌小路看他的眼神近似怜悯："我只能帮你到这里了。"

嵇蒙与风同来，一剑将结实的藤蔓砍成几段。凌小路从空中坠下，被地面上的嵇蒙稳稳接住了。

"你怎么老是被人抓走？你是唐僧吗？还有，遇到危险为什么不给我打电话？"

凌小路刚因被救萌生出的感动，瞬间消失无影无踪。

"首先，我没有你的电话号码！其次，就算我有，我手脚都被捆着，你当我八爪鱼吗？你说我是唐僧，不就是暗示南薰是八戒吗？你居然这样说一个如花似玉的小姑娘！"

嵇蒙等他吼完，才放心道："可以，还有精神。"

"……"

凌小路好气,并没有!

他可是中了定身咒,又吸了一口药粉,还被惨绝人寰地吊起来叠加了不知道几层恐吓,却英勇地坚持到现在,要不是嵇蒙扶着他,他这会儿压根腿软得站不起来!

"就是这个混账欺负你?"嵇蒙转头怒视。

"是这个人渣!"凌小路纠正,"欺负我们两个!"

"好。"嵇蒙放开凌小路。

凌小路踉跄了一下才勉强站住。

"鹿比哥哥你没事吧?"南薰担忧地搀扶住凌小路。

凌小路摆摆手:"没事,你做得很好,这拨增援很及时。"

再看那边,嵇蒙没有一句废话跟任吒大打出手。

为了攻城战,嵇蒙更新了全身的装备,所有属性均显著增强,比他玩得更久的任吒不是他的对手,被打得节节败退。

"哈尼!打得好!不要放过他!"凌小路在场外推波助澜,喊完发现南薰好奇地盯着他看,忙连声解释。

"不是,你知道你嵇蒙哥哥外号就叫这个,全服的人都这么叫,也不是只有我。"

"鹿比哥哥平时也这么叫吗?"南薰打破砂锅问到底。

凌小路不好意思对小孩撒谎:"偶尔,偶尔才这么叫。"

"嵇蒙哥哥喜欢你这么叫他吗?"

这个问题问得凌小路寒毛直竖,说:"他喜不喜欢,我怎么可能知道。"

"嵇蒙哥哥不喜欢的时候会很凶。"南薰刻意板起脸,放粗声音,"再叫一声,你号没了。"

凌小路忍俊不禁,为她点赞:"这个模仿我给你满分。"

两个人愉快地聊着天,完全看不出刚刚才经历过一番"死"里逃生。

关于凌小路身上那些疑点,南薰不知是看不懂,还是聪明地选择不问,凌小路也就闭口不谈。

那边的交手也分出了胜负,任吒发现自己不是嵇蒙的对手,审时度势,弃械投降。

"我错了,你饶过我吧,我再也不敢了。"他求饶就像喝水一样随便。

他若反抗到底,嵇蒙铁定不会放过他。可是他主动投降,嵇蒙不是鸠鸠,被道德感束缚住,下不去狠手。

任吒见有戏,便趁热打铁:"我向他们两个道歉。"

他提高音量:"对不起!"

凌小路:"对不起有什么用!"

"我保证从此以后再也不纠缠南薰,只要见到她就躲得远远的,永远不会再靠近她。"任吒盯着嵇蒙的眼睛,态度十分认真。

嵇蒙沉声:"你发誓?"

"我发誓!"

凌小路暗自着急,他只发誓不接近南薰,却没发誓不接近自己,分明就是故意。可要是他提出,让对方发誓不接近一个绿名玩家,未免又太过刻意,肯定会引起嵇蒙的怀疑。

"我真的发誓,相信我。"任吒又重复了一遍。

嵇蒙见任吒话音诚恳,冷哼一声撤回巨剑。

"再让我见到你打南薰的主意,你号没了。"

"绝对没有下次了。"任吒从善如流承诺道。

嵇蒙不再搭理他,径直走向凌小路和南薰二人。

"再有这种情况发生,你们直接呼叫GM,安全员不会不管的。"

"咦?还可以叫GM?"凌小路惊道。

"你蠢吗?新手手册都不看的!"嵇蒙毫不客气地指责他。

凌小路嘁嘴,我的新手上路都是凌龙教的,我怎么可能知道。

南薰认真地点头:"这次不知道,下次就会了。"

"可千万别有下次了,"凌小路心有余悸,想来后怕,"就这么算了真是太便宜他了,南薰还差点中了他的药粉。"

还没走开的任吒慌道:"你……你不要乱说啊……"

嵇蒙脚步顿住:"你说什么?"

凌小路刚想复述,南薰拽了拽他的袖子阻止了他,同时说道:"嵇蒙哥哥……"

凌小路这才留意到,嵇蒙脸色铁青,面无表情。

方才嵇蒙杀过来的时候也是怒气冲冲的,但与现在的他不一样,一身外放的怒气化作了内敛的杀气,眼底冷冷的。凌小路知道南薰为什么要拽他的袖子了,她是被吓到了。

"你再说一遍。"嵇蒙的声音像是从冰窟里打捞出一般。

凌小路突然冒出勇气,高声声讨:"这个人渣为了逼南薰就范,对她用了药粉,他还……"

一句话尚未说完,他便吃惊地看到嵇蒙转回头,像疯了似的追着任吒猛砍。没有任何技能,也不使用宠物,就用他那把锋利的巨剑,一剑一剑,裹狭着滔天怒气砍在对方身上。

任吒被这样疯狂的嵇蒙吓到了,他硬挡了两下后,放弃抵抗边跑边躲,口中不住求饶:"我已经发过誓了,我真的再也不会了……

"我说的是真的!别打了!我错了……

"求求你别打了……够了!你是不是疯了……有没有人啊,客服!我要呼叫客

264

服！"

场面太过可怕，连凌小路都不忍直视了，他默默捂住南薰的眼睛，怕给她留下什么心理阴影。

任吒的专属客服赶到现场，发现局势难以控制，紧忙把嵇蒙的客服也叫了来。

二人合伙拦下失控的嵇蒙，强行将两个人分开。

被吓得魂飞魄散的任吒躲在树后，气喘吁吁："你疯了吗？哪有你这么打人的！仗着你是姓嵇的就可以胡作非为吗？"

嵇蒙怒目而视，厉声指责："你对南薰用魂牵梦萦？她上线的时候金名玩家公告里有提示，粉名探索雷达里也有标注，你明知她是未成年，竟然还敢对她使用药粉？！"

凌小路张大嘴，露出原来如此的表情。

任吒的表情可就不那么妙了，他自知有错，既心虚又害怕，怕嵇蒙再次暴走失控。

"我……我又没有想对她做什么……"

在场的两位客服闻言也变了脸色。

任吒的客服向嵇蒙严肃保证道："请您放心，南薰玩家身上有未成年保护，魂牵梦萦对她不起任何作用。"

她又转向任吒："但您的行为严重触犯了游戏公约，我们会在严谨核实后给出准确的裁决，必要的话，会对您做封号处理。"

两位安全部门的工作人员闻讯赶来，要将任吒带走。

任吒拒绝跟他们走，气急败坏地嚷嚷："我花五百万买的戒指，凭什么封我号？你们就是这么对待 VIP 客户的？我要去消协投诉你们……不，我要去法院告你们……还有那个绿名玩家！我怀疑他身上有问题！鑫山欺骗消费者,我要举报！"

他被安全人员强行拖走，走出去好远，凌小路还能听到他恼羞成怒的喊叫。

"这下好了，"凌小路满意地松了口气，"恶人有恶报！"

嵇蒙显然还不够满意，走远一些打电话，凶巴巴的话语零零碎碎地传到凌小路的耳朵里。

"务必严查！"

"封他的号！"

"永封！"

"我不管！一定要封！"

……

凌小路抿起嘴，这是他第一次见到另一种状态的嵇蒙，不知为何，他竟品出了几分可爱。

嵇蒙回来了。

"解决了，这个人渣现在已经连虹膜一起被鑫山永久拉黑了，就算更换设备也不行。鑫山的游戏，一个都不欢迎他！"

凌小路笑对南薰道："现在你可以放心了。"

南薰高兴地扑到凌小路怀里，亲昵地抱住他的腰："谢谢你，鹿比哥哥。"

凌小路有些尴尬和难为情，再怎么说，南薰这个角色目测也是十六岁的花季少女了。

"对了，小南薰，能不能告诉我你多大了？"

南薰软糯糯地回答："十四岁。"

凌小路："……"

他气愤地举起拳头："刚才那个人渣哪儿去了？把他带回来，我也要狠狠地揍他一顿！谁都不要拦着我！看我不打死他！"

嵇蒙和南薰："……"

第十二章

《人类：一拜天地》

灰衣人们心急如焚地赶到现场，其实他们得到消息的时间更早，但一来，他们没有金名玩家的传送特权；二来，他们没有钱买传送道具，只能马不停蹄地赶路，途中还用掉许多平时根本舍不得用的行动药水。

现在看到南薰安然无恙地与嵇蒙、凌小路在一起，他们悬着的心才纷纷落地。

"小南薰，你没事吧？那个欺负你的人呢？"

"已经被哥哥公司的人抓走了。"南薰反过来去安慰他们，"有嵇蒙和鹿比哥哥在我很安全，你们不用为我担心。"

"那就好，刚才真是急死我们了。"

大伙放了心。

"下次要当心啊，不要一个人到处跑了。"

"你想去哪儿玩的话，叫上我们陪你呀。"

在一旁的凌小路观察他们的互动，南薰与大家的熟悉程度不像是能伪装出来的，更不像刚认识不久。

她是工作室的人，这一点她没有撒谎。

可年仅十四岁的工作室成员，这算什么？雇用童工吗？

不过，南薰也可能是工作室成员的家属，这么一想就合理多了。

南薰来到他跟前："鹿比哥哥，你刚才的鹿好漂亮，能让我再看一眼吗？"

"没问题啊。"

凌小路大方地呼出灵鹿，邀请南薰同乘。

嵇蒙骑着影鹿跟在他们后面。

一行人心情放松地往回走。

南薰好奇地回头看看影鹿，又瞅瞅身下的灵鹿。

"哪个好看？"凌小路问她。

"嗯……白色的好看。"

凌小路举起大拇指:"有眼光。"

"是嵇蒙哥哥送你的吗?"

"对呀。"

"他真的是好人。"

凌小路想了想:"就是有点脾气暴躁。"

"不暴躁就不是嵇蒙哥哥了,我喜欢他是他自己的样子。"

"……"

凌小路突然觉得为什么自己的悟性还不如一个十四岁的孩子?

凌小路旁敲侧击:"小南薰,你怎么这么小就打游戏呀?你家人同意吗?"

"我家人就在后面啊。"

凌小路明白了,原来她真的是工作室员工的家属,兴许灰衣人们中的某一个是她的爸爸或哥哥。

"你今天怎么没上学,在放暑假吗?"

嵇蒙操纵着影鹿快步上前几步:"南薰的年龄是个秘密,你不要说出去。"

凌小路一副了然的模样:"我懂,女孩子的年龄都是秘密。"

"不是,这是个R14游戏,你说出去,我们可能会迫于压力,将她的号封了。"

凌小路无语。

"你号没了"的打击面这么广呢?

南薰倒是一点都不紧张,反而笑着说:"哥哥公司的叔叔们帮我改了身份信息哦,我是不是看起来很像十六岁?"

"是的。"

"这张脸是我想象自己十六岁时的模样捏的呢,嵇蒙哥哥一下就认出来了,说明我捏得还挺像的。"

凌小路仔细看了看她的脸:"那你长大后一定是个大美女。"

"真能那样就好了。"即使是个小姑娘,她也照样爱听别人夸她漂亮。

"你说对吧?"凌小路暗示嵇蒙也夸夸她。

嵇蒙不知是没反应过来还是不擅长夸人,竟迟迟没给出正确的反应。

凌小路偷偷在下面踢他,冲他使眼色,没见过情商这么低的人,哪怕客气客气地夸奖一下也好呀。

嵇蒙不自然地别开脸:"会的。"

南薰"嘻嘻"笑了起来。

窦寇带着不少人,堵在鹿透社家族领地门口。

凌小路他们还没到,远远地就听见这群人在向里面喊话。

"鸠鸠!不要龟缩在家族领地里,有本事你就出来!"

"又发生什么事了?"

凌小路驱鹿走到他们身后。

真是一波不平,一波又起。

"窦渣,你带着一群丧家之犬过来做什么?"

窦寇趾高气扬地转过身,刚想开口,鹿背上的南薰进入到他的视野。

下一秒,凌小路亲眼看见了一个人的表情从傲慢到讨好的无缝转换。

"小妹妹,你好呀,去哪里玩了?好不好玩呀?"

南薰回头看凌小路。

凌小路说:"不用理他。"

南薰便听话地不理了。

"行行。"窦寇放弃刷南薰的好感了,换了一副脸色,"我这次来不是找南薰小妹妹的,我要找鸠鸠算账,你让他出来!"

凌小路看了眼好友面板:"鸠鸠不在线呀,他在线的时候也没见你们来找,我有理由怀疑,你们是不是只敢挑他不在的时候跑来虚空喊话,窦泥湾的胆子可真大。"

窦寇脸色不佳:"你问问他在线的时候都干了些什么?到处偷袭我们家族的成员,还专拣几人落单的时候下手。我一带人去他就走,就问他敢不敢跟我正面作战?"

凌小路真情实感地被逗乐了。

"你带着一群人去围攻他,他就得跟你们一群人打呀?人家又不傻。鸠鸠本来好端端在家待着,你去把人赶走了,他可不只能满世界溜达。还有什么?他只挑几个人在的时候偷袭?我听起来怎么落单的应该是他啊?"

凌小路装作刚刚发现的样子:"咦?我怎么觉得你这次带来的人少了,是不是都被鸠鸠杀跑了?"

窦寇说不过凌小路,气得脸红一阵白一阵。偏偏凌小路讲的都是事实,自从丢了惊蛰城,鸠鸠又对他们家族的人进行无差别全员追杀,不堪骚扰的族员们接二连三地退出,再这样下去窦泥湾全服前十的地位就要保不住了。

凌小路有意扰乱军心:"在场的各位还有想退家族的吗?有的话,不妨考虑考虑我们鹿透社。"

嵇蒙不悦地否决:"我们不收垃圾。"

凌小路无奈地摊手:"太子脾气大,我也没办法。"

窦寇生怕族员把凌小路的玩笑话当真了:"既然鸠鸠躲着不肯出来,我们就换个时间再来!"

"换个时间也不要来了,"凌小路挥手送客,"我们这里不欢迎你。"

"小妹妹,我先走了哈,下次再来看你。"

凌小路好心提醒窦寇:"你知道上一个想打南薰主意的人渣现在什么下场吗?"

窦寇本来都打算走了,凌小路一句话又让他停了下来:"有人渣打小妹妹的主意?在哪里?让我去教训他!"

"很遗憾,你已经见不到他了。"

凌小路回首望嵇蒙,他懒洋洋地斜坐在鹿背上。

"他的账号已经被永久封停了,"嵇蒙心领神会地接了下去,"怎么,你也想吗?"

凌小路本以为封停账号会对窦寇起到震慑作用,岂料窦寇突然正颜厉色:"封号?他到底做了什么过分的事情?"

他向南薰追问:"小妹妹,你有没有受伤?发生这种事为什么不叫我,你早点告诉我,看我不揍死那个人渣!"

南薰抿抿嘴:"我没事。"

窦寇不依不饶地质问嵇蒙:"嵇蒙,我高看你了,你连自己家族的粉名玩家都保护不好,有什么脸自称鑫山太子?"

凌小路无语,心想,太子不是你们给嵇蒙起的黑称吗?

"我本放心以为你们能照顾好她,没想到一个家族里这么多金名玩家,还让小妹妹被人渣欺负了去,都是废物!"窦寇义正词严地呵斥,"既然鹿透社不行,就让窦泥湾来!"

凌小路:哈?

"小妹妹,不要怕,从今天起,只要你在线,24小时,我派人寸步不离地保护你。"

凌小路:"你开玩笑呢吧?"

"我是认真的!"窦寇郑重其事道,"你知道她一个孤苦伶仃的粉名玩家,在这个金名玩家遍地的游戏世界里有多凶险吗?"

"你才是最凶险的那一个吧!我看你根本就是在找机会接近人家!"

"因为我的职责就是不能看着任何一个粉名玩家受到伤害,这有辱我一个金名的尊严!不管她以后会不会选择我,我都有责任护她周全!"

"我们家族的人,不需要你多管闲事,"嵇蒙冷漠地拒绝,"我已经交代客服时刻关注她的动向,接下来也会请雇佣兵贴身保护她,不劳你这种居心不良的人费心。"

"你以为遇到任何事都可以用花钱请人来解决吗?"窦寇以身教学,"呵护粉名靠的不是钱,是爱与责任!"

"等等,"凌小路不得不打断他们,"虽然你说得很冠冕堂皇的样子,但说到底你关心的还是那个项圈不是吗?至于戴项圈的人是谁对你来说根本不重要。"

窦寇侃然正色:"小朋友,你说错了。我举个例子,假如你怀孕了……"

"这是什么例子啊!我怎么可能怀孕啊!"

"打个比方,打个比方,"窦寇示意凌小路不要激动,"假设你要当爸爸了,可以吗?"

凌小路无力:"你继续说。"

"在孩子没生下来之前,你不知道孩子是男是女,是美是丑,是文静是开朗,是聪明是捣蛋。你甚至不知道孩子是健康还是患病,也不知道他是否四肢健全……"

南薰脸色微变。

"……但他都是你的孩子呀。不管他出生之后是个什么样子,你是不是都会对他疼爱有加,不离不弃?我对粉名玩家的爱,那是父母对子女无私的爱,没有任何附加条件,全身心地接纳,我不在乎他们是什么样的人!"

凌小路:他说得如此有道理,我竟无法反驳。

嵇蒙寒声警告:"你少说几句吧。"

灰衣人的带头人向前走了两步:"嵇蒙哥,你不用担心。我们商量过了,今后会分班轮流跟着南薰保护她,不会再有今天的事发生。"

"不行!"

这句话居然是窦寇与南薰同步说出来的。

"你们一群蝗……你们一群工作室的'打金仔',有什么能力保护得了她?"

南薰也不同意:"大家平日工作都很辛苦,怎么能让你们再分出精力保护我呢?而且这样会耽误你们很多时间。"

"可是……"

南薰很坚定:"不要可是,如果你们执意要这样做的话,我就留在家族领地里哪儿也不去。"

灰衣人也面露难色。

凌小路:"那要不如我……"

窦寇:"是吧,还是让我来保护你吧。"

"鹿比哥哥,你也不要再说了,"南薰打断他,转向窦寇,"我同意。"

窦寇面露喜色:"真的吗?你真的同意了?"

"南薰!"

"小南薰!"

凌小路与嵇蒙异口同声。

南薰只对嵇蒙说:"嵇蒙哥哥,我有我的理由,你能答应我吧?"

嵇蒙:"……"

本来只是上门找鸠鸠麻烦的窦寇,意外有了惊喜收获,欢天喜地地走了,留下一支小分队在鹿透社领地门外轮换站岗。

用他的话讲,只要南薰离开鹿透社的家族领地,这些人将如影随形地跟着她。一旦发生危险,他们会立即通知到窦寇,然后窦寇就"风里雨里赶过来救你"。

南薰有话想单独跟凌小路谈,凌小路也憋了一肚子话想问她。

"小南薰,你不能给窦渣得寸进尺的机会,那个人别有用心的!他哪里是想保护你,就是想监视你,不让你跟其他金名玩家接触。你今天答应让他保护你,在他眼里那就是四舍五入跟他绑定在一起了!"

"绑定……"南薰顿了下,"也不是不可以。"

"你疯了吗?"凌小路惊呼,"优秀的金名玩家那么多,你怎么可以选择他呢?再说你不是非你嵇蒙哥哥不可吗?"

南薰垂眸:"我一来就说非嵇蒙哥哥不可,是因为我知道每个金名玩家都渴望契约粉名玩家,嵇蒙哥哥也是一样。我不想别人有的他没有,我想成为能帮助他的人。但是来了游戏之后我发现,嵇蒙哥哥对粉名玩家不感兴趣,我想绑定的愿望实际上是在为难他,我不想成为嵇蒙哥哥的负担。"

"小南薰你……你真的只有十四岁吗?"

"可能因为我想法比较早熟吧。"南薰对这种问话似乎习以为常,"既然嵇蒙哥哥不需要,那我也想任性一把,体验属于我自己的游戏生活。"

"那也不用非要通过窦渣去体验啊?"凌小路还是不忍心,"我也可以带你玩儿,你喜欢看风景我也可以带你去看,嵇蒙也可以,粉名玩家不是非要绑定谁才能玩下去。"

南薰摇了摇头:"鹿比哥哥,你不明白,我选择窦寇,是因为他之前说过一句话。"

"他说了什么?"

"他说,他会像宠女儿一样宠着我。我没有体验过做女儿是什么感觉,所以想试试看。"

"那你的……"凌小路突然意识到这涉及南薰的隐私,及时住了口。

"我的故事,如果鹿比哥哥想知道,以后有机会我再告诉你。我只希望鹿比哥哥,不要再嫌嵇蒙哥哥脾气暴躁了。"

"我……这怎么又突然扯上我了?"

南薰扯起凌小路的手,相接的双手微微潮湿,不知是谁的汗。

"其实我知道,嵇蒙哥哥不是对粉名玩家不感兴趣,只是他感兴趣的人不是粉名玩家而已。鹿比哥哥,虽然嵇蒙哥哥他有时暴躁了点,又不会说好听的话,但他真的是很好、很好、很好的人。"她一连用了三个"很好"来强调。

"真的吗？"凌小路被她用无比期待的眼神盯着，半天后只得投降，"好吧，我赞同你说的……一部分。"

"哪一部分？"

"很好……很好的那一部分。"

让凌小路承认嵇蒙 100% 好是不可能的，必须打个七折！

南薰莞尔："所以这么好的嵇蒙哥哥，我决定放弃了。他有没有粉名玩家，不重要，他跟喜欢的人在一起，才重要。"

她郑重地握起小拳头："从今天起我正式加入初芽姐姐的组织了！"

凌小路一头雾水，什么组织？

"所以鹿比哥哥答应初芽姐姐的直播，什么时候兑现？"

"我？直播？什么时候答应的？"凌小路惊悚脸。

而且，为什么话题突然转到了这个上面？

"是让大姐姐和初芽姐姐加入鹿透社的交换条件，嵇蒙哥哥亲口答应的，他没告诉你吗？"

"……完全没听说啊！"

跟谁？直播什么？听起来就令人心慌慌的，有点害怕！

"答应了就要做到哦！答应小孩子却食言的话，是会变人渣的！"

嵇蒙在门外来来回回不耐烦地兜了好多个圈子，终于等到两个说悄悄话的小朋友现身。

"怎么样？你说服她了吗？"嵇蒙指望凌小路劝南薰改变主意。

岂料凌小路板起脸："你为什么瞒着我？"

嵇蒙神情一怔："你都知道了？"

"要不是小南薰告诉我，你是不是打算一直把我蒙在鼓里？"

"我不告诉你是因为……是因为……这是南薰的个人隐私啊！"

"咱们两个直播的事，怎么就成了小南薰的隐私了？"

"直播？？"

凌小路哼道："还装，小南薰全都跟我说了！"

南薰跟着添乱："装不知情是不好的哦嵇蒙哥哥。"

嵇蒙气得长手没处搁，在空中乱挥几下后掐上了自己的腰："不是，怎么又扯到直播上面了，现在不是在说窦寇的事吗？"

"窦渣的事情让小南薰自己做主，现在说的是你和我之间的事情！"

嵇蒙安静了一会儿："窦寇的事情翻篇了？"

"你要相信小南薰，一个人也能处理好。"

"没事那我走了。"嵇蒙拔腿就跑。

南薰笑喊:"嵇蒙哥哥跑了!"

"看我的!"凌小路饿鹿扑食,跳到嵇蒙背上勒住脖子,"鹿式擒鸡术!"

嵇蒙的脸不知是被勒红的还是涨红的:"不是你说缺人的吗?我只好去求……去找我姐!"

凌小路把手松了松:"然后呢?"

从背后这个角度看,嵇蒙耳朵尖竟有些诡异的发红。

"然后,然后初芽那个丫头她……她脑子不是很正常。"

南薰掏出小本本。

"别记!"嵇蒙眼尖。

"别凶她!"凌小路开启护崽模式,"继续说,再然后呢?"

"她说只要咱们俩,那什么,直播,她就同意。我知道我姐那人又特别惯着她,她说什么就是什么咯!"

凌小路从嵇蒙背上跳下来:"那你为什么不早告诉我?"

"我那都是缓兵之计!"嵇蒙警惕地看了眼南薰,悄悄把凌小路往旁边一带,"你不提这个事,过两天她们就忘了。"

南薰:"我听到了!"

"你怎么能出尔反尔呢?"凌小路也教训他,"这不是教坏小孩子嘛。"

嵇蒙服气:"你到底站在哪一边?"

"我都说了,我站在公正的那一边,绝不偏帮亲友!"他往南薰的方向一努嘴,"何况那边也是我的亲友。"

嵇蒙心里不是很爽,上次凌小路说这话的时候,他还是凌小路唯一的亲友!

说曹操,曹操到,初芽在家族领地上线了。

"哇,大家都在呀,这么热闹。"

"初芽姐姐,我们正在讨论……"

"正在讨论窦寇的事!"嵇蒙强行打断南薰。

"窦寇有什么好讨论的?"初芽不以为意,"嵇小蒙,答应好的直播,什么时候安排一下?"

凌小路笑眯眯地回:"巧了,我们正商量这事呢。"

"怎么就商量了?"嵇蒙压低声音凶道,"你知道直播内容是什么吗?"

"你知道吗?"凌小路反问。

"我也不知道,"嵇蒙不愿意承认自己无知,"总归不是什么好内容就是了!"

"但我知道答应的事情就一定要做到,何况姐姐和初芽特地退了家族过来,帮了我们很多忙。再说,你总不能让小南薰失望吧?"

凌小路把南薰搬出来，果然砸中了嵇蒙的七寸。嵇蒙扭头对上南薰期待的目光，无奈地投降了。

"行行行，你说什么就是什么吧。"

初芽的要求其实也不过分，是要他们直播通关双人娱乐副本，内容自选，但是要播够时长。

凌小路都不知道，原来这个游戏里还内置了这么多小游戏。

所有小游戏被整合在一个娱乐大厅里，玩家组队选择游戏后就会被传送到对应的副本里。

各式各样的小游戏种类繁多，什么都没玩过的凌小路挑花了眼，看哪个都想尝试。

"哪个好玩一些？"他问嵇蒙。

刚问完，他就后悔了："啊，我忘记了，你之前一直玩单机来着。"

"随便挑一个。"嵇蒙玩什么不重要，只要凑够时长就行。

"那……我挑评分最高的总没错吧。"

凌小路选择了人气排行榜第一位的游戏。

即将传送您和队友前往双人娱乐副本《人类：一拜天地》

是否确认？

"这是什么鬼名字？"嵇蒙很想吐槽了。

"我看大家都评价这个好玩。"凌小路按下确定。

"呀！"凌小路发现身体发生了变化，双脚紧紧被粘在地面，身体却像软面条一样不受控制地东倒西歪，"我要倒了！"

他惊呼着抓住一旁嵇蒙的手。

嵇蒙的情况也跟他差不多，两个人依靠对方的扶持才能站稳。

"这是个橡皮糖游戏吗？"凌小路感觉自己变成了黏土。

嵇蒙想松手却发现手被粘住了松不开，确切地说，他无法同时松开两只手——放开左手就无法放开右手。两个人必须有一个接触点，才能站稳。

"这个游戏要怎么玩？我们就只能互相扯着手站在这里吗？"游戏里也没有给他们查攻略的地方。

嵇蒙想起来一件事："你开直播了吗？"

凌小路不解地看着他："我没开，我以为你开呢。"

"你开！"直播"沙雕"副本？他太子嵇丢不起那个人！

凌小路腾出一只手启动直播。

不知道是谁提前替他们宣传了,他的直播间里居然守着不少人。

——有画面了!

——开了开了!果然在这边!

——我押赢了,在隔壁直播间蹲点的人想什么呢?

——某些人对太子的傲娇属性认识还不够深刻。

——上来就玩《人类:一拜天地》这么刺激的吗?

——上面有人!头顶青天!就是这么快被安排得明明白白。

……

守在另一个直播间的迷途青年们得到消息后,赶紧过来跟大部队会合。

直播间在线人数瞬间达到了一个很恐怖的数字。

副本里凌小路和嵇蒙压根没开弹幕映射,不然他们就会看到天边飘来无数个字,密密麻麻,遮天蔽日,足以令人密恐症发作。

"我要怎么才能离开脚下这片土地啊?"凌小路已经站在这里足足五分钟了,连第一步都没迈出去。如果他用力抬脚,就会使得身体左摇右摆,连带着嵇蒙也跟着左摇右摆。

"啊呀呀呀呀,我要倒了!"

"你站稳了!"

"哇啊啊啊啊,快拉我一把!"

"你把我也拽倒了!喂!快松手!"

直播观众看得心急如焚。

——只要一方用力就可以把另外一个人从地上拉起来甩出去,然后他们就可以走了。

——谁来告诉他们?真急死我了。

——求求你们了看看弹幕吧!

经过了各种尝试,嵇蒙终于开了窍,他双手用力把凌小路从地上拨起来。

凌小路到了空中就像没了重力一样向上飘浮,但被嵇蒙扯着,没飘太高又落回地面。

终于迈出第一步,凌小路心怀感动:"鹿比的一小步,人类的一大步,原来这个游戏要靠把人丢出去才能前进。"

凌小路如法炮制,想把嵇蒙也甩出去,可他的力气实在太小了,没能把嵇蒙甩出去,反倒把自己撞向了嵇蒙。

"哎呀!"凌小路险些连自己带嵇蒙一同撞倒,惊慌大喊。

嵇蒙好不容易保持住了平衡:"你有劲吗你!"

"我现在是'鹿·黏土·面条·橡皮糖·比',你说我有没有劲?"凌小路恢

复直立后再次使劲,终于他成功地把嵇蒙甩了出去。

弹幕上又是一阵感慨。

——看到这里我有种浓浓的成就感,可天知道他们只走了两步。

——老母亲看到孩子迈出人生第一步时的心情也不过如此吧。

——加油!还有99999998步就到终点了!

——平地就走成这个熊样,等下爬楼的时候我可不看好。

凌小路同嵇蒙通过磨合总算可以勉强配合着前进了,两个人像一个大陀螺一样,利用离心力走出去五十米。

横在他们面前的是必须翻越的第一堵墙。

"这个怎么走?"

"我把你扔上去。"

"然后呢?"

"不知道,扔上去再看。"

嵇蒙把凌小路用力甩上去,凌小路一扒墙沿,发现手是可以粘在上面的。

"不错,橡皮糖发挥了它的功效,现在该我发挥了。"

凌小路扣住墙沿往上拉嵇蒙,一下两下三下,发现他竟然拉不动嵇蒙。

"怎么了?"

上不来下不去的凌小路眨巴着眼睛:"你太胖了。"

"怎么不说你力气太小了?"嵇蒙嫌弃他,"你下来我来!"

凌小路瞄准嵇蒙松开手,嵇蒙对着空中降下的黑影瞪大眼睛,喊:"不是这么下来啊!"

"扑通——"

两个人姿势狼狈地滚到了地上,凌小路整个人粘在了嵇蒙身上起不来。

"你……你快起来!"嵇蒙耳朵又气红了。

凌小路很努力了,试了几次最终委屈地说:"身体好重啊,我控制不了它。"

嵇蒙震惊。

——我委屈的小鹿比好可爱,躺着别动阿姨截完图就去扶你。

——为什么我预感这将成为太子嵇最想删除的视频录像?

——有谁能把视频同步上传到外网吗?我怕等下太子会去拔了服务器电源。

——嵇蒙:限你们24小时内格式化,否则所有人号都没了!

好在,最终游戏里的两个人互相扶持着艰难地站了起来。

"这次我先上去!"嵇蒙指挥道。

凌小路送嵇蒙上墙。

嵇蒙右手扣住墙,左手抓住凌小路用力往上一荡。凌小路在空中划了道大大的弧形，稳稳地上了墙。

"哇，哈尼你好厉害！"凌小路脱口而出。

嵇蒙面色古怪，凌小路才想起这是在直播。

"不是！我是说，太子嵇好厉害！"

嵇蒙脸色更阴："你再说一遍。"

嵇蒙想揍凌小路，凌小路由于害怕没站稳，又从墙头上栽了下去，结果把嵇蒙也一起拽回了地面。两个人还是你压着我，不过对掉了一下位置，凌小路成为被压在下面的那一个，再次滚作一团，粘在一起。

嵇蒙："……"

凌小路胆小道："我不是故意的，你别气好不好，你看你脸都气红了。"

要不是条件达不到，嵇蒙恨不得立刻让凌小路好看。

"赶紧给我起来！"

"你不起来，我怎么起来？"

"……"

嵇蒙气糊涂了。

——为什么我觉得小鹿比刚才那声哈尼叫得很娴熟？一点也不亚于太子嵇全服98%的云老婆们。

——你们再这样阿姨的相册可就装不下了我告诉你们。

——哇哦！

嵇蒙黑名单里多了一个拉黑用户——《人类：一拜天地》这个游戏的制作人！

幸好他没开弹幕，否则黑名单里的名字还会多出来——那就是，除他俩以外游戏里的所有人！

"哈……大哥，老姐姐，老嵇，你好了没啊？"凌小路虽然站起来了，但站得没个正型，如患多动症般不停地摇摆，嘴也不闲着，"我摇曳的身姿是不是很销魂？"

嵇蒙：……这个人也一并拉黑！

他打开小游戏商城，想看看有没有什么收费道具，能帮助他俩一口气抵达终点。

"你在看什么呢？"凌小路发现了这个游戏的新乐趣，那就是只要他还站着，不管怎么摇摆，都不会轻易摔倒。宛若橡皮的身体处在极限状态下会回弹，如同内置了弹簧的不倒翁。

"别捣乱。"嵇蒙不耐烦地想把自己的手从他那里抽出来。

"别看了，一起玩！"凌小路把嵇蒙的手举起来。

"别闹，我在找……干什么呢你！"嵇蒙被强行朝另一边拉扯，转头发现凌小路双手拉着他的双手一起举在空中，伴随着身体的运动轨迹一同自在飘摇。他还随

心所欲地摆出各种诡异的造型，活像面条成了精。

"摇啊！嵇？"

"别拽我行不行？"不想同流合污的嵇蒙暗恨无法夺回身体的主动权，不得不被胡闹的人带偏，一起摇摆。

"这样不好玩吗？哦……我知道了，你有偶像包袱！"凌小路心领神会地说。

嵇蒙："你没有偶像包袱，你连人类包袱都没有！"

这个游戏也不要叫《人类：一拜天地》了，应该改名叫《鹿比：不想做人》！

立志不做人的凌小路高举双手快乐摇摆："像一棵海草海草海草海草，随风飘扬……"

"经典老歌曲库吗你！"连几百年前的歌都会唱！

凌小路听他的话，流畅切歌："让我们一起摇摆！一起摇摆！"

"这首也是！"

"来啊，快活啊——"

"……"

——我有点心疼太子了，硬生生被鹿比逼成了吐槽帝。

——这不是当初寇霸霸在迎婚大典上跳的曲子吗？我一直纳闷是什么歌呢。

——想不到小鹿比的"古典乐"造诣这么深厚？

——建议出唱片：《鹿比·百年经典曲库——经典永流传，传承五百年》。

——有没有剪刀手来配一段PV？就用这现成的视频素材。

——我来我来！

嵇蒙翻遍了商城，总算找到了能用的道具，一双只要穿上去就能自由行走的鞋。虽然走起路来依然很困难，鞋的重量宛若千斤，每迈出一步都要经历"用力抬起、重重落下"的步骤，何况他还拖着个酱油瓶凌小路。

"没头脑·凌小路"被"不高兴·嵇蒙"拖着前进，如果说这个游戏的难度系数是10，凌小路的存在就给这个数值加上了一个平方，不，兴许难度还不止增加了这么一点。

他不是失去平衡压在嵇蒙身上怎么都站不起来，就是故意把嵇蒙甩到通关的相反方向，再不就是在嵇蒙出糗的时候哈哈大笑。

嵇蒙用不着开直播弹幕，就被凌小路一个人承包了全世界的"哈哈哈哈哈"。

"往这边走！这边！你是不是瞎！"

"啊？我以为是那边，哈哈哈哈……"

"别拽我腿！不是，你拽哪儿呢你！"

"我拽的不是你手吗？你脚怎么跑上面来了，哈哈哈哈……"

"你是不是傻了啊？啊？"

"哈哈哈哈,哎,你别一个人上去啊,你不能丢下我!"

"别拽!别拽!再拽掉下去了!"

"哈哈哈哈啊?啊——"

"叭唧!"

可怜嵇蒙在应付重力、无重力、黏着力等各种力的情况下,还要应付面条精凌小路这个哈哈怪。

如果可以,他真想把这个面条似的鹿比揉成面团拍成饼,包上馅做成包子再拍成馅饼,正反双面地放在火上烙,方能解他心头之恨。

凌小路眼睛尖:"朋友!你看石头后面有个火箭!"

他兴奋地感谢:"谢谢谢谢!这是哪位老铁送的火箭?"

"这是游戏里的道具你懂不懂!"嵇蒙爬起来艰难地走向火箭,右脚上还拖着一个起不来的凌小路。

"你别走那么快啊,等我站起来先啊!"

嵇蒙不理他,凭借自己的毅力走到火箭跟前。

"这个道具有什么用?"

——不要随随便便摸啊!

嵇蒙指尖碰触到了火箭。

"砰——"

"啊啊啊啊啊啊——"

副本里回荡着凌小路的惨叫。

嵇蒙宛如坐了火箭一样向高空极速弹射,凌小路扯着他的脚脖子撒不开手,也跟着被带到了空中。

两个人上演一秒上天,低头一看地面的东西都变成了黑点。

上升的速度受到空气阻力,渐渐变慢,直至停下。

凌小路和嵇蒙:"……"

"啊啊啊啊啊啊啊啊啊啊——"

——人间惨剧,不忍心继续看下去。

——嵇蒙:我带你上天。

——鹿比:???

——远离地面,快接近三万英尺的距离……

——哇,前面也是经典老歌帝!

好在嵇蒙反应快,下落时用力粘住了高台的侧面,高速下坠的凌小路被猛地一拽,像橡皮一样在空中弹了弹才止住。

"呜呜呜,哈尼拽紧了啊!我不想从这里掉下去啊!"紧急关头,凌小路口不

择言，只要能活命，管他叫啥呢！

嵇蒙咬紧牙关，全力把凌小路荡到高台上。凌小路上去后，手脚并用把嵇蒙拉了上来，两个人终于安全了。

"还好，"嵇蒙擦了擦汗，"这样至少不用爬上来了。"

凌小路小心地趴在高台边缘往下看，这里距地面起码有一百米的高度，如果让他俩用爬的，至少要爬一万年吧！

"我们这样算不算作弊？开挂？"凌小路担心地问个不停，"被抓到会不会被封号？要不我们下去重新来过？"

嵇蒙觉得如果自己不阻止他，他是真的会往下跳。

"鹿比？"

"嗯？"

嵇蒙正面抓住凌小路的双肩，用力摇晃，凌小路整个人软绵绵地"前仰后合"，晃成一道波浪线。

"你还想不想通关了？想通关就给我老实一点！"

凌小路伴随他的动作，像一辆旧火车一样有节奏地发出高低起伏的"呜哇呜哇呜哇"声。

——呃……我突然有个悲观的想法，今天过后我们还能在娱乐大厅见到这个游戏吗？会不会太子嵇一怒之下把它下了架？

——不要啊我喜欢玩这个游戏，我不要这个游戏没了……

凌小路被晃成了豆腐脑，暂时不敢添乱了，乖乖地跟着嵇蒙。

这里只是个几米见方的平台，除了一架滑翔机没有任何其他东西。

"应该是让我们坐这个滑下去吧。"

两个人并排抓住滑翔机的手扶杆，从百米高台上一跃而下。

"喔哦——"滑翔机被风托起来的瞬间，凌小路发出一声欢呼。

他们在空中迎风飘荡，自在惬意。

谁能想到，这两个人刚刚才经历过一番鸡飞狗跳。

要是能一直这样，倒也不失为一个好游戏。

嵇蒙遥望着地面上模模糊糊的风景想。

可惜好景不长，前方风力加剧，滑翔机产生了剧烈的颠簸。

"啊啊啊！我抓不住了！"凌小路在风里喊。

嵇蒙顶着狂风瞥了他一眼，伸出右臂把他固定好。

滑翔机有如巨浪中的孤舟，上下左右无规律地摇晃，凌小路余光瞥见空中有垂直于地面的圆形光环，而且不止一个。

"你看！"他用声音示意，"那些环是做什么用的？是不是让我们穿过去？"

嵇蒙通过圆环大小和间距判断了下，凌小路似乎说得有点道理。他用力压动手扶杆的左边和右边，发现滑翔机可以人为改变行进方向。

"鹿比！抓好扶手！"

"哦！"

嵇蒙与飓风对抗，努力扭转方向，滑翔机颤颤巍巍地通过第一道圆环，瞬间获得了加速度，笔直地冲向第二道、第三道……嵇蒙操纵着滑翔机精准无误地穿越每一道圆环。

"厉害了！"

"好准！"

"正中靶心！"

凌小路以语言的形式贡献力量，证明自己也有为过关出一份力。

一次又一次的加速，滑翔机战胜了迎面吹来的阻力，完全脱离飓风的范围后，滑翔机再一次稳稳地飞上了天。

"哦吼！我们出来了！"凌小路安心了，微风拂面，他舒服地眯起了眼。

——太子好帅啊，我人没了。

——我也想被哈尼带飞。

——我不管是哪个青天暗中安排了这一切，你已经赢得我一生的尊重！

——肤浅！我就不一样了，大小姐请你带我飞！

滑翔机平稳地着陆，这里是春天的平原，鸟语花香，草长莺飞。

从滑翔机下来的两个人虽然还是必须有一个部位粘在一起不能分开，但可以自如行走了，身体也恢复了正常。

他们并肩行走在长草里，途经之处惊起发光的虫，那虫萦绕在草尖，穿梭于指间。

凌小路跳了一下，发现他可以飘浮在空中。他突发奇想，一只手抓住嵇蒙，直接化身人形风筝。

"好舒服啊！"凌小路享受着飘浮的快乐，"你要不要试试？"

嵇蒙嫌弃地向后撇了一眼，又把"风筝"举高了些。

走过春天，咆哮江水拦住了去路。

他们乘坐小舟顺水漂流，躲过重重岩石，冲出瀑布掉落在宽广的湖面上。一个巨大的空气球矗立前方，他们终于可以分开了，但明显，接下来，需要两个人站在空气球里，齐心协力地向同一个方向跑动抵达岸边。

方向与步调不一样也没有太大关系，大不了就是两个人在球里翻来滚去，以一百零八种花样撞到一起，冲向对岸罢了。

嵇蒙上岸后第一件事，就准备把总跟自己跑反方向的凌小路打一顿。

#流浪水球#热度迅速攀升,火速超过了#太子要喝手摇鹿比咖啡#和#天上飞的是风筝吗?不!是鹿比#等话题,不到这场直播结束永远不知道哪个话题才是今日热门话题的胜出者。

凌小路逃脱嵇蒙的魔爪,跑到湖边边笑边捞起水往他身上泼。

很快,这一场景逐渐演变成了双人互泼。

这里的水有魔力,蔚蓝的湖水泛着光,手伸进去时光会汇聚到手的周围,扬起的水滴也是斑斑点点的,耀眼夺目。

彼此的面孔在水珠后,根本分不清耀眼的是水,还是对方的脸庞。

没有人刷弹幕,一时之间,观众全化身成了"柠檬"和"狗"。

走过夏天,拦住他们的是深不见底的鸿沟。嵇蒙抓紧滑索,凌小路抱紧嵇蒙,伴随着凌小路模仿猿人的呼啸声,从裂谷的这一头荡到那一头。他们在红土铸就的峭壁上攀岩,冲万丈深渊高喊,躺在悬崖顶看天高云淡、雁过长空。

走过秋天,他们紧拥彼此从十几丈的雪坡尖叫着滚下,你拉着我我拉着你在雪球的追逐下狂奔。暴风雪阻止他们的去路,他们彼此支撑着在呼啸风雪中义无反顾地前行。凌小路呵出的白霜转眼被吹散得无影无踪,嵇蒙艰难地将冻僵的手贴在他脸上,试图分他一些温度。

走过冬天,面前仅剩最后一道通关之门。夺目的炽光从门的那一面打过来,两个人同时站定,又同时迈步,步伐一致地走进光芒里。

本场直播的观众们一致抹泪。

——呜呜,我好满足啊!

——我宣布这个光芒中的背影今日最佳了。

——不不,不到最后一秒,你永远不知道哪一幕是今日最佳。

凌小路与嵇蒙穿过通关之门,来到这个世界的最高点,云在他们脚下游。

透过云层望过去,是他们一路走过的四季,春夏秋冬,生生不息。他们曾经历过的挫折,努力克服掉的困难,那些横贯在他们面前,阻止他们前行的风雨、江河、峭壁、雪山,从这个高度俯视下去,都显得微不足道。

从这个高度俯视下去,人类还有什么烦恼。

纵有烦恼万千,天地自巍峨不动。

凌小路感慨于天地的辽阔,也感受到自我的渺小,可这宽广无垠的世界,又终毫无保留地倒映在玻璃珠大小的瞳孔里。

他长长地舒了一口气,将尘世间的浊气,替换成穹顶的缥缈雾气。

"我终于知道这游戏为什么叫这个名字了。"

"嗯。"身边的嵇蒙淡淡地应道。

他们默契地对视一眼,肩并肩着,手牵着手,对着这广袤天地,深深地拜了下去。

人类,一拜天地!

在二人退出游戏等待评级的这段时间,直播间里的观众也聊得很热闹,弹幕上集中了各式各样的观点。

——天地已经拜完了,什么时候拜高堂?

——拜鑫山 CEO 吗?嵇泰桓龙颜大悦,甩给小鹿比一百张游戏充值卡。

——等等,是我错过了什么剧情吗?怎么你们说的话我都不太懂?

——小鹿比在线叫哈尼。

——你脑子没问题吧?全服 98% 的用户都管太子嵇叫哈尼!

——我还想看小鹿比师徒直播双人本,有哪位大佬可以安排一下?在线等,急。

——你这个想法很精彩,我打赏一百块,以鲜花的形式放在你坟前。

……

评级出来了,从 D 到 S 五个档次,他们不高不低拿了个 B,就是普普通通的意思。

凌小路用不文明的语气词表达了他的不满:"爱你,怎么才拿到 B 啊?"

嵇蒙立刻看过来,一脸"听错了"的表情。

凌小路忙解释:"不是,我刚刚说的不是字面意思上的'爱你'。"

嵇蒙不解。

"不不不,我没有说爱你,我说的是'爱你'。这个'爱你'不是你以为的那个'爱你',你懂吧?就是那个可以表达很多意思的'爱你'!你们公司把那些词都屏蔽了成了'爱你',所以那些词现在都说不出来,都变成了'爱你'!"

嵇蒙:"……"

越解释越乱,还不如不解释呢,凌小路恨恨地骂了声:"爱你!"

——想不到竟是这样的小鹿比。

——太子,该你展现你的霸总强势了。

嵇蒙只当没听到那一大段语无伦次的解释:"要不是你一直捣乱,我们早就拿到 S 了。"

"怪我咯?"凌小路委屈巴巴道,"我明明也有帮忙的。"

"如果帮倒忙也算帮忙的话,你确实帮了不少。"

嵇蒙对评分不感兴趣,他只是为了完成任务。

凌小路其实对评分也不太在乎,但他热衷于游戏。

"想不到还挺好玩的,"他意犹未尽,"咱们下次玩什么啊?"

"随你。"

两个人返回娱乐大厅,凌小路迫不及待地去翻游戏菜单了。

"让我看看还有什么好玩的。"

"你直播关了吗？"嵇蒙问。

凌小路太投入，没听到嵇蒙的问话，只说："快看快看，这个游戏名字怎么这么长？"

"叫什么？"

"叫……《当你们不想在一起时，全世界都要你们在一起；当你们想在一起时，你们怎么还不滚去结婚？》"

嵇蒙：这是什么鬼游戏？

"简介里还说，这个游戏曾经出口过外星球，受到外星人广泛好评。厉害了，要不咱们下次玩这个好了。"

"不要，"嵇蒙听名字就觉得蠢，"要玩你自己玩去。"

"这是双人组队游戏，我一个人怎么玩啊？"凌小路摆手，"算了，你不玩，那我找别人。"

嵇蒙刚准备离开的脚步停住了，转头凶道："哦？我看到底是谁敢跟你一起玩，信不信他号没了？"

"这个人不讲道理嘛。"凌小路嘀咕。

"你到底关没关直播？"

"哎呀，忘记了，"凌小路掩嘴，"我没说什么不能播的话吧？"

凌小路呼出直播屏，只见上面密密麻麻地刷满了"号没警告"弹幕，以及对他刚才那个问题的答复——

没关系，就算你说了什么不能播的话，我们也早就录屏了。

凌小路："……"

大家发现凌小路在看弹幕，又彼此默契地换了一句话刷屏——

你们真的在一起了吗？

"在一起？谁？我和嵇蒙？"凌小路看看身边不远处的嵇蒙，"我们一直在一起啊？"怎么摄像头没拍到他吗？

嵇蒙也表情古怪："你在说什么？"

"说得不严谨是吗？"凌小路挠挠鼻子，"他在线的时候我们大部分时间在一起，他下线了我们就不在一起。"

嵇蒙："……"

"这届网友怪怪的，说的话我都看不懂。"凌小路说。

嵇蒙也不客气："他们脑子有问题。"

"那我关掉了。"凌小路假装自己是个有经验的老主播，"今天的直播就到这里了，感谢……"

他点开打赏名单一看,太长,懒得念。

"感谢氪金大佬们的支持与厚爱,我们下次再见!"

凌小路终止直播的同时收到了打赏账单,吓了一跳:"才直播了这么一会儿小游戏,收入怎么这么多呢?"

嵇蒙轻哼一声不予评价。

"不过大部分应该是投给你的吧,我这样算不算占你便宜?要不我把大头转给你?"

嵇蒙瞪他一眼:"你自己留着吧!大头!"

嵇蒙走开凌小路还在歪着脑袋想,他这句话什么意思?是让我留着大头把小头转给他?还是说我是大头?

他摸摸自己的头,也不大呀。

常欢禧在家族领地发飙,凌小路刚传送回正门就听到了,下一刻就被前院堆积如山的物资吓到了。

"他怎么了?"凌小路问。

初芽往里面努努嘴:"他呀,买了三千份客户端想抽风息翼龙,结果只抽到一堆龙鳞,上线又发现自己的技能口令都被屏蔽了,在那里发火呢。"

"三千份?!"凌小路把自己代入常欢禧想了下,顿时有让老天给鑫山总部一顿天罚的冲动。

初芽不说他了,说凌小路。

"直播效果不错呀,看不出来你还有当主播的天赋。"

"真的吗?"凌小路受到表扬美滋滋,"第一次玩这种小游戏没经验,下个游戏保证拿S!"

"这不重要,观众本来也不是去看你们玩游戏的。"

"啊?"凌小路有点不能理解,"那是去看什么的?"

"你这块该死的小饼干!我的太阳——"

常欢禧喊得更凶了。

凌小路放下自己的疑惑,忙道:"我去看看他。"

凌小路越往后院走,传来的常欢禧叫骂的声音就越大。

经过鑫山的一番和谐,常欢禧的技能口令充满了爱,甚至有资格去竞争和平奖。

花园内,常欢禧发泄似的挥舞着法杖,往训练假人身上扔法术,每个法术都伴随着一句无法辨认原意的吉祥话。

"祝您全家寿与天齐!"

"令堂近来身体可好?"

"狗狗可爱!"

常欢禧努力尝试后终于发现自己精心绑定的所有口令全军覆没,气得把法杖往地上一丢,仰天大吼:

"我爱你鑫山!"

"活该!"嵇蒙对自己的兄弟毫无同情之心,"谁让你设定那些乱七八糟的口令。"

"好!姑且不说屏蔽的事情,三千份客户端连一条龙也没开出来怎么说?"

嵇蒙倚在树上,轻飘飘地回:"因为你丑,鹿比只买一份客户端就开出来了。"

这时,凌小路正好赶到,听到这句话有些心虚。

"小鹿兄弟!"常欢禧见他来了,猛地冲过来一把抱住他,鼻涕一把眼泪一把地哭求,"拜托你把龙卖给我吧,上次那个人出多少来着?我出他的双倍!"

"呃,这个……"

凌小路打心底可怜常欢禧,要不是他的龙是假的,他肯定就答应了,才不是因为他给的钱最多。

嵇蒙黑着脸把人从凌小路身上拎下来:"你不是抽到了龙鳞吗?999片就能换,自己攒去。"

"真的?"常欢禧又重新燃起了希望,"那我已经有一百多片龙鳞了!"

平均三十份客户端,就能开出一片龙鳞,鑫山为了吸引新用户,龙鳞的掉率还是蛮高的。

"可是龙鳞不是只有野外首领才会掉吗?"凌小路一知半解地问。

"获取方式不重要,"常欢禧骄傲地一拍行囊,"只要有钱,遍地都是渠道。"

凌小路决定再也不用自己浅薄的常识去揣测土豪的心理了。

跌倒容易的人,爬起来也很快,现在的常欢禧看起来不仅不怨恨鑫山,还有给鑫山送一座金山的架势。

嵇蒙说:"闹完了就去把你的奖品收起来,别堆在那边挡道。"

凌小路可算知道前院那堆东西都是谁的杰作了。

常欢禧说:"不要,东西太多,都是废物,放包里乱。"

凌小路心想,再不济也是888块钱的抽奖抽出来的,到了他眼里居然都是废物。

"再说也不光是我一个人的,还有南薰的呢。"

凌小路再次头疼:"那些金名玩家又送礼物来了?"

"没错。"

照这个趋势发展下去,他们家族领地迟早要变"垃圾"场。

家族里在线的人都集中到了前院,讨论这些东西怎么处理。

"大家挑一挑,有自己喜欢的没有,喜欢的就拿走。"凌小路提议道。

没什么人响应。

这个家族里的大多数成员,缺什么都不缺钱。

"我想起来了。"常欢禧钻进去扒拉了一会儿,捧着四大束玫瑰出来。

"不知道这个有什么用,掉率比龙鳞还低,不过看着还挺好看。"常欢禧把玫瑰送给了三个女生,剩下一束给了零,"送给你。"

零接过:"送我,为什么?"

常欢禧为他分析:"你看,这里只有四束花,家里有三个姑娘,剩下的人中有几位大佬我不熟,有一位看不上我的死党,有一位我如果送他就会被死党打死的族长,还有一位就是你。你说,我不送你,送给谁?"

初芽表示赞赏:"禧儿,上道。"

南薰爱不释手,将花举到鼻尖闻了又闻:"好香呀,原来玫瑰花闻起来是这个味道。"

零也学着她的样子闻了闻,他那么高大的一个男人,做这种动作居然也不显得违和。

这群人里还是大小姐见多识广。

"这花确实没有什么实际用途,不过可以加人气。"她冲常欢禧扬了扬手里的花,"常欢禧,谢了。"

"姐姐客气。"

"人气有什么用?"凌小路不懂就问。

"坦白来说也没什么用,不过游戏里有人气排行榜,小姑娘就爱那个。"

"哇哦,鑫山用来圈钱的吗?"

嵇晴勾唇:"合法收入。"

凌小路找到嵇晴说的这个排行榜,当月排名第五的玩家有三千多人气,此外从第一到第四都是鹿透社的人,就是他面前站着捧花的这四位。这个掉落率0.13%的玫瑰花,一束就加了9999点人气,直接碾压榜上所有人。

"哇,厉害了!"凌小路感慨,"鹿透社有排面。"

嵇蒙见他似乎有兴趣:"你也想上榜?"

"我?"凌小路赶忙摇头,"不要。"

他们说话期间零一直盯着玫瑰花。

"发现bug。"

凌小路不解。

常欢禧也问:"零?你说什么?没听清楚。"

凌小路倒是听清了,但不方便问。

不过零不愧是测试员,这么快就发现了 bug,下一步就是通知鑫山的同事尽快修复吧。

"不能只解决掉四束花啊,剩下的怎么办?"凌小路再次征询大家意见。

"你不是有城了吗?"稽蒙说,"可以开个店铺,把这些东西挂在里面出售。"

"这个好。"凌小路还没开过店呢,很兴奋,"卖的钱可以给禧儿和小南薰平分。"

"你直接替我捐家族就行。"常欢禧豪爽道。

南薰要钱另有他用:"谢谢鹿比哥哥。"

春分城附属人气最旺的镇子叫桦生镇,凌小路挑了一处主干街上的空闲门店,向系统提交注册申请。

"小鹿比,晚上好!"凌龙翻了个筋斗,活了。

"见你一面真是越来越难了。"凌小路有感而发。

"那是因为您身边的朋友越来越多了,渐渐不需要我了。"凌龙答道,"恭喜您已经彻底融入这个游戏,只要不主动说出去,应该没有什么人会怀疑您。"

"承蒙吉言。"

"对了,您不是要开店吗?"凌龙变出榔头和钉子,准备好了在木板上开凿,"您说店名吧,我来刻。"

名字凌小路一早就起好了——

"叫鹿边摊!"

凌龙刻下三字:

路边摊

凌龙还是那个凌龙,从第一次认识他起,名字就没弄对过。

"不是马路的'路'!"凌小路指着自己,"是我这个'鹿'!鹿比的'鹿'!"

"Sorry——"凌龙骚气地道了句歉,把板子翻过来,重新刻:

鹿鞭摊

凌小路:"……"

"不是鞭子的'鞭'啊!你起这种店名是打算卖什么啊!你们游戏里真的有这种道具吗?!"

重点是,看起来好疼啊!

凌龙灰溜溜地把板子收了,换了块新的:

鹿边摊

终于对了！

想不到起个店名也能一波三折，凌小路真是佩服自己的运气，居然在这种GM的帮助下成功地将自己粉名玩家的身份隐藏到了现在，简直是世界奇迹！

第十三章

我带你扬名立万

鹿边摊开张的消息传遍大陆,南来北往的观光游客挤爆了店门,桦生镇从来没有像今天这么热闹过。

"店长店长,你有太子的签名照卖吗?"

凌小路莫名其妙:"签名照?我这里怎么会有那种东西?"

"男神的头发!我想要我男神的头发!"

"想要自己去拔好吗?店长还想活着。"

"我要求不高,就想收藏一根大魔王的钢羽,防身、辟邪。"

"把 ID 留下来我让他亲自去找你怎样?"

"我我我!我要一件大小姐的私人物品!"

说话的人被所有人乱棍打死,死后还不甘心地举牌。

幽灵:凭什么只打我?

凌小路:"拜托各位,这是我的店铺,为什么每个人都在嚷着买别人的东西?"

"那我要买店长的裸照!"

噼啪——

天降神雷,将这人劈成了幽灵,也让上一只不服气的幽灵多了个伴。

幽灵:我说话的时候明明太子还不在!

凌小路质问刚刚传送过来就开杀戒的嵇蒙:"你不是说像鸠鸠那样随意杀人是不对的吗?"

"我学坏了。"嵇蒙面无表情地回。

就这么坦荡荡地承认自己学坏真的好吗?!

嵇蒙继续面无表情:"我整理了一些无用的东西,你都帮我卖了。"

"哦,好的,在哪里?"

"包里。"嵇蒙言简意赅。

凌小路拍了下腰部，点开嵇蒙的共享行囊："最下面两排吗？我看见了。"

他麻利地把东西取出来，一一上架，店铺里大部分操作都是自动化的，他只要做一点点工作就可以。

吃瓜群众又发现了新细节。

"太子说东西在他的包里，鹿比却打开了自己的包？"

"共享行囊了解一下。"

"哈尼，不可以随随便便共享行囊呀。"

"就算共享也万万不可开全权限！害鹿之心不可有，防鹿之心不可无！"

一人牵头，大家纷纷七嘴八舌地讲起了身边各种洗号事件，描述得那叫一个绘声绘色，仿佛自己亲身经历一般。

"游戏里的人心居然这么险恶吗？"凌小路初次耳闻，瞠目结舌，"要不，你还是把这个功能关上吧，我有点怕怕的。"

嵇蒙视线冷冷地扫向人群："我认识他的第一天就给他全权限共享了，有问题吗？"

看得出来嵇蒙是真的不悦，大家都心照不宣地住了嘴，只有一个不怕死的小声问："有一个问题，请问怎样才能认识你呢？"

众人：佩服佩服……

"我有问题！"一个红发女拨开人群走到前排。

在场认得她的人还不少：

"这不是那位常年挂在人气榜上的网红吗？"

"我认得她，天天开直播求土豪送花刷人气的那位。"

"她来做什么？不会又来直播蹭热度吧？"

凌小路以为她要买东西："这位亲有什么问题？"

红发女话音傲慢："让我想想，嗯……我要买刷人气套餐，包月的。"

虽然不知她的来意，但她的态度明显让凌小路感到不舒服了。

"你走错地方了吧？我这里是杂货店，不提供这种服务。"

什么包月刷人气套餐，凌小路根本闻所未闻。

"真的吗？那敢问贵家族的人，是怎么一个个刷上月榜榜首的？"

凌小路灵光一现："你该不会是那个人气榜第五名吧？"

"什么第五名！"红发女脸涨得快跟头发一样红了，"刷子没空降之前，我明明是第一名！你们一群人，一秒钟不到的时间，每个人突然涨了9999点人气！这么整齐的数字哦，当榜上其他人都瞎啊！"

嵇蒙在一旁寒声警告："在说别人的数据是刷出来之前，首先你要有证据。"

红发女一见是嵇蒙,说话腔调都换了一种:"哈尼噢……我不是在说你刷榜啦,但是搞不好你们家族其他人背着你搞这些蝇营狗苟的龌龊事,你也不知情呢。就好比某位自称大小姐的,她的特权也不比你少呢,改个数据还不是分分钟的事。"

嵇蒙脸色阴了下来:"你敢再内涵我姐姐一句试试看?"

凌小路觉得再任由她这样诋毁下去,嵇蒙分分钟又要暴走,到时候场面可就失控了。

"这位美女啊……"

"哪里美了!"嵇蒙凶道。

"这位姐姐啊……"

"她是你哪门子的姐姐!"

"这位阿姨啊!"

红发女的鼻子气歪了。

"这位阿姨,我想你是误会了。我们家族有人抽奖,中了能加 9999 点人气值的玫瑰花,分给了家族的妹子们。"还有一位汉子。

"哈!"红发女笑了,"你们家族真'欧'啊,又能中风息翼龙,又能中玫瑰,什么都被你们家族抽中了,我们这些平民怎么什么都抽不到?"

她这是煽动群众,而且明显触到了大众的痛点。

"是啊,我也买了客户端,说是 100% 的中奖率,结果中一块矿石也算中奖。"

"你说的是天外鎏金矿吗?那个很贵的好不好,不需要可以卖给我。"

"我早就说了抽中风息翼龙这件事一定有猫腻。"

"一次是幸运,两次三次都是幸运?"

局面有些混乱,凌小路高声为常欢禧鸣不平:"我们家族的人也是整整买了三千份客户端才抽到这四束玫瑰花,不相信的话你可以向 GM 查证,官方肯定有抽奖记录,你不能空口无凭地冤枉别人!"

"我可以让工作人员公开抽奖过程录像,"嵇蒙沉声表态,"你们不嫌长的话可以一帧一帧地检查。"

"好!"红发女扬起下巴,"就算你们说的抽奖的事是真的,那八位数的人气值又如何解释?"

"八……八什么?"凌小路也愣住了。

"不信的话,自己打开人气榜看啊,看看我有没有冤枉你们!"

凌小路开启人气榜单,表情顿时一变:"这?!"

"说不出话来了吧?"红发女咄咄逼人。

嵇蒙见他表情有异,立即问:"发生什么事了?"

凌小路困惑地抬起头:"现在月榜第一名变成了禧儿,人气值……"

足足有八位数那么多，莫说是月榜，问鼎年榜总榜也绰绰有余。

最为不可思议的是，就他浏览榜单这么点时间，禧儿的人气值还在不断增长。

"现在你解释吧，这又是中了什么天大的奖呀？"对面完全是得理不饶人的态度。

凌龙的私聊不早不晚地出现。

凌龙：出事了出事了！

凌龙：您家族中某位成员的人气数值出了问题，客服短时间内收到的投诉过多，只能先封禁再查处。

凌龙：系统公告马上就出，提前通知您一声，让您有个心理准备。

凌小路很想呐喊，这谁能做好心理准备啊？！

系统公告说到就到。

【系统公告】接到多名玩家反馈，玩家[禧儿]账号存在数据异常。为维护游戏公平性，该玩家账号将被暂时封停，待问题查明后公开处理结果。

红发女有公告撑腰，态度宛如斗胜的雄鸡："官方公告都出了，我看你这回还怎么洗。"

"禧儿？我知道，就是那个新来的金名玩家，长得奇丑无比的那一个。"

"没错没错，我从没见过那么丑的金名玩家，有钱买戒指没钱整容吗？"

"我倒是对他的技能口令印象深刻，人长得丑，说话还脏的，一看就是那种没文化的土豪暴发户。"

"为什么家里有矿的人素质都那么低，花钱刷榜之前也不看看自己那张脸能带来多少人气。"

"太子嵇天天说人账号没了，没想到自己家人账号先没了，哈哈哈哈！"

……

这些话打得凌小路晕头转向，红发女的得意扬扬，围观群众的议论纷纷，突如其来的账号封停，都令他不知所措。

重点是，他能想象到常欢禧一天之内经历"抽奖失败、口令屏蔽、账号封禁"三重打击后，暴跳如雷的模样。

"禧儿呢？"他立刻问嵇蒙，"禧儿现在怎么样？"

嵇蒙快速地打了个电话。

"他在路上。"

"去哪里？"

"鑫山客服中心，他说要去讨个公道。"嵇蒙皱紧了眉，"常子不可能是无聊跑去刷榜的那种人，我跟去看看。"

"注意安全啊！"

红发女居然也冲他挥手:"哈尼慢走呀……"
嵇蒙一秒把人拉黑。

目送嵇蒙下线,凌小路按下耳垂,与凌龙对话。
鹿比:听说禧儿往客服中心去了。
凌龙:真的吗?不过想想也不意外,毕竟这次数据异常很奇怪,从目前检测结果来看不像是刷的。
凌龙:我工作这么久以来,不是没见过人刷榜,但没有人会蠢到一次性刷这么多,何况刷人气榜也没有意义。
鹿比:你们会查明结果的,对吧?
凌龙:放心,我们对每一位玩家负责!
鹿比:对了,会不会是系统漏洞导致的?零好像发现了人气榜的bug,你们没有修复吗?
凌龙:等等,您说什么?零发现了bug?
鹿比:我隐约听到他这么说,但是并不确定他指的是什么。
凌龙:……
凌龙:我稍后再联系您。
凌小路打开好友面板想再问问零,却发现前一秒还在线的他突然下线了。
事态扑朔迷离,凌小路预感鑫山的程序员们今晚又要加班了。
红发女见他半天不吭声,以为他认怂了。
"怎么不说话了?你刚刚不是一口咬定是抽奖吗?"
凌小路收起担忧的表情,辞色俱厉道:"公告上只说了暂时封禁,等待查明。官方结果还没出,先不要急着下定论好吧?"
"死到临头还嘴硬,万一他真的刷了呢?"
"禧儿刷榜,我删号!"凌小路"硬刚"道,"你敢对赌吗?"
人群一片哗然。
"一个普通账号删了就删了,又不值钱。"
"不值钱?那可是有风息翼龙的账号!"
"谁知道他删号前会不会把龙转走?"
"删不删还不好说呢,没准输了就溜了,整个容改个名字谁也不认得。"
红发女明显不想赌,憋了一会儿才冷讽道:"哼,走着瞧。"

凌小路心急如焚地等待了漫长的一个小时,终于有消息传来。
系统公告简短地通知即将插播全服视频公告,紧接着大大小小的视频窗口在各地弹出,只要有人的地方就会弹出视频。

"这是干什么啊?搞这么大阵仗。"犹未散去的吃瓜群众嘀咕道。这种阵仗从前不是没有过,但只在鑫山有重要公告发布的时候会见到。

雪花屏闪了闪,紧接着出现画面。画面中有两个人,站在左边的那位凌小路居然还认识,是鑫山的客服经理柯铭。

另一位神采英拔、风流俊朗的年轻男性,慵懒随意地坐在沙发上,双臂交叉,神情不屑,一双好看的桃花眼底尽是冷漠。

吃瓜群众多为颜控,一见此人立即不淡定了。

"我的天,这位帅哥是谁?明星吗?"

"我知道了!一定是鑫山签了新的代言人!"

"三秒钟之内我要这个人的全部资料!"

"等等,我在新闻里见过这个人,可是他不可能出现在这个镜头里啊!"

众人追问:"真的吗?他是谁?"

说话的人自己都不确定自己的记忆是否准确了。

"他是鑫山对手公司,就是出《全息西游》《VR阴阳师》那个网零公司CEO的独子,名字很特别,叫什么来着?好像是叫……

"常欢禧。"

他的话就像一枚炸弹丢进了人群。

"出现了!敌国太子!"

"真的假的呀?你没记错吗?网零的高层家属怎么会出现在鑫山的游戏公告里,如果是太子稽我还相信。"

"我知道了!一定是鑫山和网零宣布合作了!"

"两个都有独立研发能力的公司为什么要合作?"

"你们懂什么?商场上没有永远的敌人,只要能收割我们这些韭菜玩家的钱,他们能在相爱与相杀中自如切换!"

"这么说我岂不是很快就能在《精灵契约》里拥有大天狗了!"

大家想的是一回事,凌小路想的是另一回事,毕竟"常欢禧"这个名字在大小姐和稽蒙口中多次出现过,他没见过本人也对得上号。原来现实中的禧儿长这个样子吗?玩游戏把自己整得好看司空见惯,拼命往丑里整的……凌小路只见过这么一个奇葩。

凌小路又仔细看了看那张脸,实在无法同游戏里满口"爱你"的人画上等号。

他的关注重点无法避免地跑偏,稽蒙好惨,根本交不到普通朋友,只有身世相同的人才能理解他……

屏幕上的柯铭公式化地表达了一番占用公众时间的歉意,紧接着进入正题。

"早些时间游戏内发生了玩家数据异常的现象,为避免不良影响扩散,运营团队选择将问题账号暂时封停。"

群众交头接耳:"怎么说的是这件事啊?不是两家宣布合作吗?"

"这件事跟网零的帅哥有什么关系?如果只是通报调查结果,他为什么会出现在现场?"

"刚才那位消息灵通的大哥,常欢禧的禧究竟是哪个禧,该不会是千禧年的那个禧吧?"

"我好像猜到了什么。"

柯铭:"团队的这种处理方式是草率、不严谨的,没有顾及被封停账号的名誉问题,严重损害了该名玩家的正常权益。

"经我们认真核实,造成此次数据异常的原因,是我公司某位测试人员,在检测到系统漏洞后,误使用该名玩家账号进行了 bug 测试,致使该玩家人气值大幅度提升。本次意外纯属员工操作失误导致,玩家本人对此毫不知情。

"在此,我代表鑫山科技东天岭团队全体员工,向无辜被封停的玩家表达我们最衷心的歉意。"

柯铭说完,转身朝常欢禧毕恭毕敬地鞠了一躬。

常欢禧似乎还在气头上,眼底的嫌弃并未因此消失。

围观人群可就炸了锅了。

"什么?你告诉我这位长相可以直接出道的小哥哥是游戏里那位言语粗俗的矮胖子?"

"鑫山也是倒霉,出 bug 出到对手头上。难怪这么隆重地道歉呢,不道歉人家能善罢甘休?"

"网零的公子不去玩自家游戏,买金名玩家戒指,抽三千份客户端,对鑫山是真爱了。"

"刚才是谁说人有钱买戒指没钱整容的?这根本是整到妈都不识了吧!"

"我早就说了不可能是刷榜,怎么会有人蠢到一次性刷那么多,明显是系统出了问题。"

"是啊,正常人都看得出来不可能!"

"马后炮,前面可没听你们这么说。"

凌小路悬了半晌的心直至此刻才真正落地。

"现在你可以相信,我们家族的人没有刷榜了吧?"

红发女还想再挣扎一下:"那这只能说明他一个人没问题,后面的还……"

柯铭恰到好处地接了下去："除此之外，客服接到玩家反馈，人气榜上原第二名到第五名疑似数据异常。经核实，这四位玩家人气数值真实有效，不存在任何违规行为。"

红发女话都没说完，后半句就被堵了回去。
旁边人幸灾乐祸："怎么不说了？不是排名在你前面的都是刷子吗？"
"接到玩家反馈？这个玩家不会就是你吧？"
"我大小姐和初芽妹子不配当这个第一名吗？"
"人家可能根本不在乎这个榜，送花就是送着玩，只是财大气粗随便一出手就是9999人气值也没办法。"

常欢禧本人并不满意这样的说辞："别说得这么模糊，直接说人气是怎么来的。"
柯铭微微侧身："增加人气的玫瑰花是您通过新资料片客户端抽奖所得，所有客户端均在正规门店购买，本公司员工全程参与抽奖，有录像为证。"
"三千份客户端也没抽到风息翼龙，这正常吗？"
"呃，这个……"
观众们纳闷："有事吗？这位帅哥你在说什么呢？明明你家游戏中奖率更低。"

擅长社交辞令的柯铭也不知道这话怎么接，只能深表遗憾。
常欢禧又说："还有，我被屏蔽的技能口令呢？能不能给我解了？"
"您设定的口令确实不利于游戏内的文明建设，转换后的新口令是公司文案为您精心设计的，如果不满意，也可以重新绑定口令。"
常欢禧不爽地翻了个白眼。
"请问您还有其他问题吗？"
嵇蒙双手插兜，倚靠在摄像头正后方的墙上，对常欢禧做了个将嘴上拉链的动作，示意他少说几句。
常欢禧看在嵇蒙的分上忍了："算了，我只有最后三句话想说。"
"您请讲。"
"祝您全家寿与天齐。"
柯铭不解。
"令堂近来身体可好？"
柯铭："……"

"狗狗可爱!"

柯铭坚强地挂上职业笑容,面向镜头:"另外我们在修复系统漏洞时,发现有极少数玩家存在利用bug不正当获取人气的行为。我们将在严格核查后,对这部分账号进行相应的处理。"

常欢禧在后面推波助澜:"必须查清楚!尤其是查查有没有自己刷分还举报我的人,贼喊捉贼!"

柯铭继续微笑:"我们不会冤枉任何清白玩家,也不会纵容任何违规行为,请全体玩家给予监督与指正。感谢您的耐心收看,祝您游戏愉快。"

视频窗口接二连三地消失,凌小路发现刚才存在感很高的红发女混在人群中想趁乱溜走。

围观群众可不会放过她。

"阿姨!你冤枉小鹿比家族集体刷分,不给人道个歉吗?"

"我怎么觉得阿姨脸色不好呢?难不成刚才通报利用bug刷分的人就是你?"

"难怪一口咬定别人刷分呢,敢情自己经验丰富啊!"

"别喷阿姨了,你们不觉得阿姨为人很谦逊吗?会刷分还只刷到第六名,这样克己的人现在不多了。"

红发女面红耳赤,片刻后角色原地消失,不知是紧急下线还是账号被封停了。

大家发现她不见了,纷纷住了嘴,开始讨论起另外一件事来。

"鹿比抽奖一发入魂,禧儿蒙冤能让鑫山给他直播道歉。你们不觉得这个家族里的人,不是很有实力,就是很有运气吗?"

"鹿透社这么'欧',我买鹿边摊的东西,是不是也会变得很'欧'?"

"有道理,我要沾沾'欧气'!这可是鑫山网零两家公司共同加持的店铺啊!"

"别挤我!我先来的!后面的排队好吗?!"

"还排什么队啊,'欧气'不等人!给我冲!"

凌小路目瞪口呆地望着人群一窝蜂拥上来买东西,挂在自动售卖里的商品顷刻之间被一扫而空,店铺账面上的金额飞速滚动着。抢到的人手舞足蹈,没抢到的人唉声叹气,还有人喊着高价收二手。

"有没有人买到了想转让的?我出双倍!"

"店长!你还有东西卖吗?裸照都行!"

"鹿边摊这三个字一看就是开过光的,让我来摸一摸!"

想变欧的玩家们展开了新的一轮手摸招牌狂潮。

鹿比心虚地关店走人,万一大家发现上当找他退货,他可概不负责!

鑫山客服中心,结束直播公告的柯铭再次向常欢禧表达歉意,并提出可以给予合理的补偿。"

"我不要补偿,"常欢禧拒绝得干脆,"你直接说充多少钱能给风息翼龙吧?"

柯铭左右为难:"这恐怕不符合公司规定。"

"我看你长得像风息翼龙。"嵇蒙不怕得罪他。

"我看你长得像雷龙!"

柯铭默默擦汗,风息翼龙雷龙,哪一条他都得罪不起。

"风息翼龙我确实做不了主,"柯铭略微弓了弓身子,"要不然,我补偿您一位粉名玩家吧?粉名玩家不仅可以学习风息翼龙的独门技能,还能学习七系宠物的所有技能。"

常欢禧不解。

嵇蒙也感到不可思议,还很愤怒:"柯经理,玩家还能当成补偿发放了?"

"其实是这样的,公司里恰好有一位可以佩戴项圈的员工,此前一直使用手环参与游戏。我想,他应该愿意与常先生绑定。"

"你怎么知道他愿意?"问话的人是常欢禧。

"据我了解,这位员工跟您关系不错,您应该也很熟悉他,他就是您家族的零。"

嵇蒙觉得蹊跷,这么巧的吗?

"零可以戴项圈?"常欢禧没想那么多,眼睛一亮,"他怎么没告诉我?这个补偿可以,我接受,不知道他本人什么意见?"

"我会跟他本人沟通的。"柯铭微笑道。

参与此事的技术人员忧心忡忡地把柯铭拉到一边。

"柯经理,这不合适吧?"

"哪里不合适?"

"经过今天的突发事件,我认为零在设计上还存在缺陷,不适宜继续上线。"

"这次意外,不是正好给了你们一个修复漏洞的机会?"

技术人员警惕地瞄了眼常欢禧所在的方向,确认那两个人在聊天,才压低声音讲:"零绕开虹膜注册私自创建新账号给常欢禧刷了三千万的人气,他处理数据的能力太强,我们删除的速度都比不上他建号的速度,账号服务器几乎因此瘫痪。就算事后修复也只是修复了这一处漏洞而已,我们的技术还不够成熟,零仍存在很多未知性。"

"发现一处就弥补一处,不实战测试,你们的作品永远得不到完善。"

"可我们有专门的测试服务器……"

柯铭打断他:"那边坐着的那位是网零的人,你怎么知道他是来玩游戏的,还是来调研的?"

"这……"

同行公司往竞争对手游戏派遣"调研员"稀疏平常,鑫山自身也有不少,但是谁见过这么高调的调研员?

"我需要有人跟着他,随时反馈情况。既然零阴错阳差与他认识了,正好可以在测试性能的同时完成监管工作,你不觉得是一举两得吗?难道,你还有比零更合适的人选?"

工作人员无话反驳,只是默默觉得不妥。

常欢禧笑容满面地晃悠过来,看表情已经忘记了先前的不愉快。

"柯经理,没有别的事我就回去上线等消息。"

柯铭恢复职业礼貌:"现在天色已晚,让我送您回去吧?"

"不必麻烦,"常欢禧熟络地勾住嵇蒙脖子,"我们哥俩去吃个夜宵。"

"把手拿开。"

常欢禧不听:"你玩了这么久也没有跟粉名玩家签订契约,我一来就要有了,你是不是嫉妒我啊你这个单身人士?"

嵇蒙表情冷漠:"柯经理,麻烦你让那位员工继续使用手环游戏吧,不必更换设备。"

"别别别,"常欢禧服软,"夜宵我请还不行嘛!"

常欢禧的账号解禁了,但凌小路再次见到他已是第二天。

禧儿:小鹿兄弟快来!我有喜事了!

鹿比:什么喜事?你账号解封了?鑫山给你补偿了?你抽到凤息翼龙了?

他一连猜了好几个。

禧儿:来家族领地你就知道了!

凌小路赶到家族领地,除了几名家族成员外,还看到了零。

特地把他单列出来是因为,他的名字——

变成了粉色。

其他成员只是适度地表达出了惊讶,受打击最大的就是411了。

他抱着凌小路的腿恸哭:"族长,没有想到咱俩竟是家族里'唯二'两个绿名,为什么我只能走这样的平凡之路?"

"……"凌小路装模作样地拍了拍他的"狗头"以示安慰。

411仰头:"族长,你会在平凡的道路上,一直陪我走下去吧?"

凌小路嘴角抽动:"我尽力。"

常欢禧老远跑来炫耀:"哈哈,小鹿兄弟,没想到吧,零他既能戴手环又能戴项圈！"

凌小路：……信不信他还能戴戒指呢……不对，那手环和戒指本来也没限制。

"是吗？啊哈哈，"凌小路干笑，"这么惊喜的吗？"

"哎，对了，我还没来得及问他本人意愿。"

常欢禧跑去问零："是你自己愿意跟我签订契约的吗？不是你们经理威胁你的吧？他要是威胁你不用怕，可以来我家公司上班！"

零摇头又点头："我愿意。"

常欢禧开心地一拍手。

凌小路也想拍额头，这是缔结契约吗？这分明是在竞争对手身边明插了个商业间谍吧！

常欢禧努力摆出郑重其事的表情："我当初一见你，就觉得投缘！也是咱俩有缘分，不说废话了，来吧！"

他伸出右手食指，等待对方响应。

零低头看了眼，模仿他的样子伸出手指。

两个指尖轻轻地触碰到了一起，发出细小的"叮"的声音。

这个简单到极致的仪式，是很多金名玩家追求许久也无法达成的愿景。

契约签订完毕，常欢禧开心地在花园里蹦跶："我爱你鑫山！"

凌小路趁他忘乎所以时，悄悄将零拉去假山后面，躲在别人看不到的地方。

"零，不是，测试大哥，你只是改了个名字的颜色，对吧？你的那个什么金名玩家雷达还在吗？"

零一挥手，面前出现了雷达。

凌小路："……"

"可以。"他点头示意对方收起来。常欢禧就这么赚到一个拥有金名玩家权限的粉名玩家，这很刺激。

"阿零！小鹿兄弟！你们两个躲在这里嘀嘀咕咕说什么呢？"

常欢禧见不到零，四下寻找，在假山后面把说悄悄话的两个人揪了出来。

"没什么，就在问他项圈有关的事。"凌小路随口扯了个理由。

常欢禧也没深究："这个'辣鸡'游戏，明明很重要的结契仪式，却搞得这么简陋，你知道我家游戏里结个婚要办多大排场吗？"

零问的话跟凌小路心里想的一样："结婚？"

"是呀，结婚，"常欢禧丝毫没觉得哪里不对，"在我们那儿起码要租八抬大轿，还要雇乐队、轿夫……"

他滔滔不绝地介绍着那盛大场面，零则在百科资料中搜索"结婚"的定义。

常欢禧越说越兴奋,玩心大起:"你们这里一般都是怎么庆祝的?"

　　"呃……"凌小路玩这么久只参加过春分城女神的那一场婚礼,"在主城摆酒席,请大家来吃酒。"

　　"这个不错!"常欢禧立即采纳,"我也要轰轰烈烈地办一场,让全服都知道我跟阿零签订契约了!"

　　常欢禧说到做到,豪爽地摆了六百桌酒席,包下了整个春分城。

　　【世界】禧儿:为庆祝哥哥我有粉名了,春分城摆酒六百桌,欢迎所有人前来捧场!

　　【世界】陌陌:这不是传说中的敌国太子吗?敌国太子又来给本国送钱了!

　　【世界】魏正直:一出手就是六百桌,好气派的大手笔!

　　【世界】松鼠:比起酒席,我更想要隔壁的SSR。

　　【世界】松枳:敌国太子不仅出手阔绰,颜值也是满分!立场动摇,想爬墙……

　　【世界】大雨是雨:喂!本国太子也不输啊,你们还有没有点心!

　　【世界】我是大哥:谁说的?我们不止有一颗心,我们还兼济天下!

　　凑热闹的人们从大陆各地飞奔向春分城,只为瞻仰传说中"全服最丑金名玩家"的尊容。很多人都是头一回见到游戏中的常欢禧,即便做好了心理准备也被他吓得不轻。

　　"他真的是昨晚视频公告里那个大帅哥?"

　　"骗人的吧,莫不是雇了替身?"

　　"这得有多好的心理素质,才能把自己祸祸成这样。"

　　"随你们怎么说,我就喜欢这种低调不张扬的脸。"

　　常欢禧携零穿梭在酒席中,向所有人介绍零。

　　零的特殊外表也引起了人们的广泛讨论。

　　"这个粉名是哪里来的,为什么我从来都没见过?"

　　"好像本来就是他们家族的,但是我怎么记得之前他是个绿名?"

　　"鹿透社的人,想绿就绿,想粉就粉,很任性啊。"

　　"不过零那张脸捏得很特别,应该说这两个人的脸都捏得挺有个性的,让人过目不忘。"

　　"没见到真人之前所有人都喷人家丑,见到之后就变成有个性,人间真实。"

　　酒席中专门有一桌是留给鹿透社自己人的,凌小路看着常欢禧在人群中游刃有余地与陌生人谈笑自如,不禁感慨:"我发现了,跟有社交障碍的你比起来,禧儿简直就是个社交天才。"

　　常欢禧能在现实中成为嵇蒙唯一的朋友,果然是有原因的。

　　嵇蒙不屑:"他只是对自己的脸感情不够深厚。"

"什么意思?"

"可要可不要。"

"……"所以嵇蒙的毒舌打击也是无差别的,并不会因为常欢禧是朋友而嘴下留情。

常欢禧带着零炫耀完一圈回来,在凌小路对面坐下:"聊什么呢?"

凌小路抢着答:"嵇蒙说你不要呜呜呜……"

嵇蒙面无表情地把桌上的食物塞到他嘴里,堵住了凌小路的嘴。

"兄弟,你这就不对了,喂人吃东西要像我这样。"常欢禧亲身示范,掏出一枚粉色的丸子温柔地塞到零嘴里。

凌小路情不自禁地咽了下口水。

"好吃吗?"

零点头,也掏出了一枚粉色的丸子,打算效仿常欢禧的动作。

常欢禧赶紧拒绝:"不不,这个是你吃的,我可吃不了,你喜欢就多吃一点,我这里还很多。"

凌小路瞄了眼嵇蒙,发现他盯着零若有所思,赶紧不管是什么随便抓起一样,故作亲切地戳到嵇蒙嘴边。

"是不是像这样?"

嵇蒙愣了一下,还是张嘴接了,注意力成功地转移到凌小路身上。

"没错!"常欢禧肯定完凌小路,接着数落嵇蒙,"还是人家小鹿学得快。"

嵇蒙默默地嚼了半天,低头吐了。

"你喂我的什么东西!"

凌小路心虚地看了眼桌面:"好像是装饰用的花。"

嵇蒙:"……"想吃鹿肉!

"对了,"常欢禧想起自己有事要拜托凌小路,"这些龙鳞你拿去,帮我挂在店里卖掉。"

常欢禧交易过来的龙鳞足足有106片之多。

凌小路意外:"这么多?你不攒鳞片换风息翼龙了?"

"风息翼龙你有,别人也会有,有什么稀奇?零是独一无二的,有了零我还要风息翼龙做什么。"

明明你不久前还嚷着非风息翼龙不要,男人果然善变。

凌小路默默收起龙鳞。

"你想卖多少钱?"

常欢禧对金钱并不在意:"不知道,你看着卖吧,卖出去就行。"

龙鳞现阶段属于极其珍稀道具,何况数量这么多,凌小路不敢乱开价。

"好吧,那等我了解下市场行情再说。"

参加宴会的人群觥筹交错、欢声笑语,唯独常欢禧仍不满足。

"就光是这么吃吃喝喝有些无聊啊。"

"无聊的话,你可以上台跳钢管舞助兴。"嵇蒙当着朋友的面说的话依然很毒。

常欢禧摆手:"要是有更刺激一点的活动就好了。"

"刺激?"问话的人是零。

"对呀,就比如说……怪物袭城之类的。"

正在喝水的凌小路差点没喷出来,别人搞庆典载歌载舞,常欢禧想的居然是怪物袭城?这是什么古怪的爱好?

只有零在认真地思索他的话:"发现 bug。"

凌小路不解。

"发现……发现什么?八哥?"常欢禧又没听清。他抬头看,天上一只鸟的影子都没有。

"哪里啊?"

就在此时,从街尾传来尖叫声,受到惊吓的人群疯狂逃窜,引起了一连串连锁骚动。

他们这桌的人也全部站了起来,极目眺望。

"发生什么事了?"

远处奔来的人边跑边高呼:"快跑啊!史莱姆王来了!"

"史莱姆王?"

仿佛为了印证他的话,一个巨大的粉红色果冻状生物在建筑后冒头。它比城内最高的建筑还要高,头戴金色王冠,一张口喷出一连串粉色黏液,像子弹一样向前方扇形扫射。

凌小路从来都没见过这样的庞然大物,看呆了:"这是什么玩意儿?"

嵇蒙反应快,拉起他往街头方向狂奔。

"为什么要跑啊?那个是什么东西?"凌小路被动着跟着他逃跑,口中喊道。

"是个副本 boss!"嵇蒙头也不回地答道。

"副本 boss 怎么会出现在城里?"

"我也不知道!"嵇蒙拽着他往小巷里躲。

史莱姆王顺着主干道向前蠕动,似乎没有往小巷里追的意图,每经过一段距离就向外喷吐黏液,被它追赶的人群一边惊呼一边躲避。

嵇蒙带着凌小路躲到一个僻静的胡同里,他们屏息仰望着硕大无比的粉红色果冻从头上方缓慢经过,心中祈祷不被发现。

如他们所愿,史莱姆王径直走过,没有转头。他们暂时脱离危险,松了口气。

"这是怎么回事?那是什么东西?被它喷到了会怎么样?"凌小路肚子里有太多疑问。

"史莱姆王是魔幻森林副本最后一个 boss,这个 boss 要 25 个人打,而且击杀的难度很高。"嵇蒙虽然没打过,但是看过攻略,"它最厉害的一个技能就是黏液喷吐,中技能的人会变成小号的史莱姆。"

"玩家也会变成史莱姆?"凌小路惊呼。

"没错,更麻烦的是,玩家变成小史莱姆后,也会每隔 9 秒自动喷射黏液,这种黏液还会继续感染周围的人。所以一个中招的人如果没有及时脱离人群,很可能导致全团人变史莱姆,这个 boss 难打就难在这里。"

凌小路真心佩服:"想不到,你没打过 boss 也知道得这么清楚。"

"因为我考虑过……"嵇蒙突然意识到什么,不说了。

可凌小路的好奇心被他勾了起来,非要追问:"考虑过什么?说呀?"

嵇蒙只能交代:"考虑过这个家伙能不能抓来当宠物。"

"你志存高远啊朋友。"凌小路由衷感慨。

这么大的史莱姆王,也想抓回去养在院子里,太子嵇的想法果然与众不同。

外面似乎没有什么动静了,凌小路从角落里站起来拍了拍衣服:"现在出去是不是安全了?"

话音刚落,胡同口出现了两只小型的粉红果冻。

"小鹿兄弟!原来你们在这里!"

如果不是果冻脑袋上顶着醒目的名字,凌小路根本认不出他们。

"禧儿?零?你们怎么变史莱姆了?"

"哈哈,我们被喷到了!"

常欢禧兴奋地想进来,嵇蒙在巷尾一声高喝:"别过来!"

史莱姆禧停了一下,无视他的话兴冲冲地向前奔:"别躲啊,一起玩嘛!"

凌小路终于反应过来他要干吗,说:"喂!我不要变史莱姆,你们两个不要过来啊!"

9 秒一到,常欢禧特地瞄准他喷吐黏液。凌小路下意识地伸手去挡,却被一个黑影挡在了前面。

"嵇蒙!"他喊出了黑影的名字。

嵇蒙帮凌小路挡下了所有的黏液攻击,凌小路被他这种舍己为人的精神感动到了。

"呜呜呜,你为什么要帮我挡?"他难过地看着变成史莱姆的嵇蒙,即使变成了史莱姆,嵇蒙也是一只臭脸史莱姆。

"哈哈哈哈!"常欢禧仰天长笑,"我们的成员又多了一个,我们的队伍又壮

大了!"

嵇蒙刚要开口骂他,就见凌小路紧张地向后跳了一大步。

"你变史莱姆就变了,不要喷我!"

嵇蒙不解。

刚才那个又感动又难过的凌小路哪儿去了?

凌小路趁他们不备,用力跳起来,脚踩在一侧的墙跑了两步,一个利落的前空翻,正好从三只史莱姆的头上跃过去。

常欢禧为之喝彩:"厉害啊小鹿!飞檐走壁!"

跑酷高手凌小路落地后马不停蹄地往胡同外狂奔:"我才不要跟你们同流合污!拜拜!"

嵇蒙额角青筋一跳,第一个追了出去。

常欢禧刚喊了声"追啊",就见"史莱姆蒙"越过自己,拼命追着凌小路喷吐黏液。

他乐不可支:"早知如此,你刚才何必替他挡啊!"

嵇蒙眼里只有凌小路,管他跑到哪里,就是要把他一起变史莱姆。

凌小路口中吱哇乱叫:"哈尼你变了!你不是那个为我挡掉所有伤害的英雄了!"

嵇蒙置若罔闻:"我好心救你,你还嫌弃我!"

"我没嫌弃你!我只是不想变史莱姆!"

嵇蒙不管。

常欢禧赶紧把零叫上一起:"走!帮忙堵人去!"

势单力薄的凌小路整整逃窜了半座城,奈何对手"人"多势众,最终被堵在角落,无路可去,由嵇蒙亲自将他变成了自己"人"。

"哎呀,累死我了,"新加入的"史莱姆鹿"气喘吁吁,"做人真累啊,早知道还不如不做人。"

"欢迎加入史莱姆大家庭!"常欢禧若不是因为没有手,这会儿就上去拥抱他了。

"朋友,你既然要害我,为什么还要救我?"凌小路对嵇蒙发出了灵魂的拷问。

嵇蒙哼了一声:"我后悔了。"

时间一到,凌小路不由自主喷出黏液,喷了嵇蒙一身。

咦,这感觉有点快乐啊。凌小路不由得爱上了这种感觉,难怪网上有那么多人喜欢当喷子。

四只喷子史莱姆蠕动到了主干道,感动地发现——这回是真的感动——全城人都无一幸免地变成了史莱姆,放眼望去,整个春分城被庞大的史莱姆军团所占领了,没有一个幸存者。

聚集在一起的史莱姆们互相喷吐黏液,身上的 debuff 剩余时间自动刷新,谁都变不回人。

"现在怎么办?"人们绝望地问。

凌小路吐出一串黏液:"不如这样吧,我们去隔壁的镇子,看看还有没有幸存的人类。"

常欢禧第一个附和:"哇!是个好主意!"

"神经病!"嵇蒙吐出一串黏液,骂道。

"你去不去?"凌小路吐他。

"……去!"

常欢禧号召所有史莱姆:"我们现在要去附近的村镇感染其他人类,扩大史莱姆的势力,有没有愿意一起去的?"

"我去!"

"我也去!"

"我们都去!"

大家异口同声。

"好!那我们一起去,给他们一个惊喜!"

浩浩荡荡的史莱姆军团,从春分城出发,向着桦生镇的方向推进,队伍的最后还跟着巨大的史莱姆王。

"愚蠢的人类!我们来了!"

这场原因不明的史莱姆瘟疫以星火燎原之势,蔓延了三分之一片大陆,八座城池不幸沦陷,受波及受害玩家高达六位数。

凌龙的同事们含泪发表一则公告,声称本次突发事件是官方设计的暑假狂欢惊喜。

不想,这则声明竟意外受到了玩家们的一致好评,并纷纷表示这样的惊喜可以再来一些。

无辜的工作人员们既要劳神费力地清除史莱姆 debuff,又要绞尽脑汁想新的策划案,想着想着悲从中来,不由得抱在一起痛哭。

史莱姆鹿偷偷传送回北邙,酝酿着送他不食烟火的师父一场爱的"洗礼"。

"师父看招!"粉红果冻从天而降。

说时迟,那时快,离争蛇剑在手,银光一闪,可怜的"史莱姆鹿"被劈成了两半。

"身首异处"的史莱姆居然还能动,凌小路不熟练地操纵身体,在地上蠕动着把自己拼回去。

"师父,你的剑好快。"凌小路偷袭不成功,错失了将离争变史莱姆的唯一机会,沮丧地化作一摊液体。他也是不久前才发现这个史莱姆除了黏液喷吐,还可以做各种动作,比如防御时变成秤砣、高兴时"手舞足蹈"、挨打时表情还会变哭脸……

"谁把你变成这副样子的?"离争站在安全距离外,等他身上的debuff消失。

凌小路变回了人,一时间还不大适应。

"嵇蒙啊!"他委屈地向师父告状。

离争静默了片刻,颇为难得地开口:"我那天看了眼你的直播……"

"吓?师父看了直播?"凌小路努力回想直播那天自己有没有不"沙雕"的时刻。左思右想,悲催地发现——没有。

"你在他面前很放松,明明我们的身份是一样的。"这个"他"显然指的是嵇蒙。

凌小路能说什么?他只能眨巴着眼睛装傻。

"我在检讨,是不是我平时对你太严厉了,才让你这么怕我。"

凌小路原本还挺放松的,听到这话汗毛倒竖。

"师父,别这么说,你一点也不严厉!"凌小路口是心非地讲。

离争仿佛没听到:"我决定从今天起对你好一点。"

凌小路有想要紧急下线的冲动。

"走,为师带你去……"离争似乎在思索。

"去……做什么?"凌小路小心翼翼地问。

"扬名立万。"

凌小路不解。

离争长袖一挥,不消片刻,四周的白雪皑皑变成了霜叶漫天。

凌小路面无表情:"师父,你说的扬名立万就是躲在树上?"

"嘘,"离争示意他安静,"不要说话。"

茂密的枫叶完美掩盖住二人身形,透过树叶的缝隙望去,一群人在下方的平地中央围攻一头巨狼,巨狼的血线只剩下五分之一,围攻它的人也都残血了。

凌小路定睛观察,地是故地,人也是熟人。当初窦泥湾打着救他的旗号将鸠鸠驱逐出这片山谷,原来为的就是这头巨狼。

离争快速扫了眼场上局势后,视线往斜前方落去:"他怎么在这里?"

凌小路随之望去,意外发现了埋伏在不远处另一棵树上的鸠鸠。他惊喜地刚要开口叫鸠鸠,却被离争捂住了嘴巴。

许是久居北邙的缘故,离争的手同他的外表一样冰冷。

响起在耳边的叮咛声亦冷,宛若夹杂着风雪。

"别喊,用私聊。"

说完，他的手悄无声息地撤了回去。

凌小路活动活动被幻觉冻僵的嘴，右手按下耳垂。

鹿比：鸠鸠！往后看！！

前方的鸠鸠微微回头，露出独一无二的尖喙。

鸠鸠：你们怎么来了？

"师父，鸠鸠问我们来做什么？"

"你先问他来做什么。"

"哦。"

鹿比：我师父问你来做什么？

鸠鸠：死神，当然是来收割的。

"他来杀人！"

"正好，"离争眼睛也不眨，"问他要不要合作。"

鹿比：我师父问你要不要合作！

鸠鸠：他要什么？

"他问你要什么？"

"龙鳞。"

鹿比：我师父要龙鳞！

鸠鸠：可以。

"他说行！"凌小路总觉得这么传话怪怪的，"为什么你们两个不能直接私聊，非要通过我转达呢？"

离争伏低身子："别分心，首领血量要见底了。"

凌小路满头问号。

我连要做什么都不知道！

巨狼的生命值消耗掉 98% 时，鸠鸠果断出手了。就如同他说的那样，死神收割，血流成河，所到之处，寸草不生。原本就状态不佳的窦泥湾众人注意力全部集中在首领身上，根本没料到会有埋伏。鸠鸠的突袭杀了他们措手不及，瞬间死伤大半。

鸠鸠的大招也刮倒巨狼，使得巨狼的血量仅剩余不到 1%。这时，离争开始吟唱技能口令。

"斩！"

巨大的冰锥从天而降，贯穿巨狼腹背，将它死死钉在黄沙覆盖的土地上。巨狼抽搐了数秒后宣告死亡，尸体泛出亮光。

窦寇看着一地的幽灵和不属于自己的 boss 掉落气炸。

"鸠鸠！又是你这……你这卑鄙无耻的窃贼！"

"总好过某些恃强凌弱的抢匪，"鸠鸠漠然起身，"在首领快死的时候抢最后

击杀,不是你教我的吗?"

窦寇刚要反驳,又想起自己确实说过这话,只能咬牙切齿地用眼神攻击他。

鸩鸩只展开了一边的翅膀,背影看起来像来自地狱被折断羽翼的恶魔。

无论侥幸存活的人还是幽灵,也都收到了警告。

"我说过了,除非你们退出窦泥湾家族,不然你们家族的人,我一个都不会放过。"

"你!"窦寇气得无话可说,围剿鸩鸩大概是他游戏生涯中做过的最错的决定,他苦心孤诣的一切——家族、城池、威望,几乎都要葬送在这个人手里。

窦寇的跟班从遥远的南方赶过来报信。

"族长,南薰小姐在松照湖边想要钓鱼呢。"

"什么?"窦寇瞬间紧张,"鱼竿那么重,万一拿不稳,掉到水里,多危险啊!"

不等跟班说话,他又自顾自道:"不行!我得跟过去,看着她。"

他匆匆瞪了眼鸩鸩:"这次便宜你,以后再找你算账!"

窦泥湾的人撤得飞快,转眼间一人不剩。凌小路跟随离争跳到地面,与转过身来的鸩鸩面对面。

"鸩鸩,你的手呢?"凌小路惊道。

他展开羽翼的那半边肩膀光秃秃的,原本应该在那里的右臂空荡荡的。

听到凌小路的疑问,鸩鸩背后的羽翼动了动,随即化作上千片高速旋转的乌黑羽毛。鸩鸩的右臂,在羽毛的汇聚下,重新生了出来,一点一点,从根部到指尖。

崭新生成的五指在空气中凌厉一握,仅余的黑羽尽数散去,留下一条完美无瑕的手臂。

他俯下身,用这只手在巨狼的尸体上摸了摸。

"接着。"他掷来一物,离争抬手接住,正是离争要的龙鳞。

离争也不说谢:"我可以付你钱。"

"不必,"鸩鸩拒绝,"我想要的东西已经得到了。"

"什么东西?"凌小路好奇。

"杀气。"

"……"他怎么忘记鸩鸩还有攒杀气值这么一个独特的嗜好!

"师父,你叫我来就是为了龙鳞?"凌小路转过身同离争"理论"。

"碰碰运气而已,"离争轻描淡写地回答,"毕竟只有我一个人,成功概率不大。"

和鸩鸩联手是意外,但这也保证龙鳞十拿九稳了。

不被算作一个人的凌小路委屈:"师父,你可是男神,抢 boss 这种事影响你的形象。"

"所以我原本的计划是,把你扔出去放雾,我趁人看不清的时候出手,这样就没人知道是谁抢了 boss 了。"

凌小路疑惑。

合着他的作用就是替罪羊加造雾机?

"不是说好了带我来扬名立万吗?这分明是要让我恶名远扬啊!"

"恶名……"离争的视线落到鸩鸠身上,意有所指,"不也是名吗?"

凌小路疑惑。

鸩鸠面具下传来轻笑。

"小兄弟,我看你这师父从来只会欺负你,还利用你抢 boss。不如你同他断绝关系拜我为师吧,咱俩的战斗方式比较接近,我可以给你更适合的指导。"

敢公然与离争抢徒弟,鸩鸠的胆子也是不小。

"不好意思,当初是徒儿自己死活缠着我拜师,如果你不相信的话……"

"师父!"凌小路死都不可能让他说出"请看 VCR"这种话,毕竟他对自己的脸感情深厚,并不想不要它。

"嗯?"离争冷眸扫过。

凌小路一脸倔强,伸出去的手里紧紧抓着七八片龙鳞。

离争:"……"

"我还有好多,"凌小路从包里象征性地又抓出两把,"实在是拿不下了。"

离争盯着他左掏出一把右掏出一把:"你从自己的龙身上剥下来的?"

"不是!"

虽然离争面无表情,但凌小路知道他一定心情复杂,毕竟刚才两个王者联手才到手一片龙鳞,自己一出手就是上百龙鳞,连他自己都被自己的王霸之气折服了。

"哪里来的?"离争平静了片刻问。

凌小路老老实实地回答:"禧儿抽奖得的,他要我帮他卖掉。"

离争也不拖泥带水,直接开价。

这个价格绝对不低,凌小路心算算出总价,把头别开,低声咒骂了一句:"爱你,真有钱。"

都是自家人,没必要让离争出这么高的价格,况且龙鳞卖多少钱,常欢禧这个龙鳞拥有者也不在意。

龙鳞稀有,凌小路身为卖方,掌握着绝对的话语权。能让离争陷入被动,这收获远比龙鳞更为稀有。

于是,凌小路故意板起脸:"师父,只要你以后不欺负我,我可以做主给你打八折!"

离争不假思索:"十一折,以后多欺负一些。"

凌小路:"……"
旁边的鸠鸠听乐了。
"小兄弟,你当初是被美色迷惑了吗?"
凌小路一脸悲愤:"我喝多了。"
他当初就不该喝那鹿儿酒!
"师父你不能这样!"凌小路耍赖,"你明明说过以后对我好一点的!"
鸠鸠勾唇:"你师父不对你好,我对你好。走,我带你下战场杀人去。"
鸠鸠的"对你好"等于"带你杀人",这个等式简单粗暴。
"3V3,"离争突然开口,直视鸠鸠,"敢来吗?"
这个问题问得有些挑衅,鸠鸠看看离争,又看看凌小路。
"3V3?我们三个?谁扛伤害?"
离争是远程法系,凌小路和鸠鸠都算近战刺客,这个组合不是很健康,没人扛伤害,换嵇蒙来还差不多。
离争看回凌小路,意思很明显了。
凌小路抗议:"师父!我还没有你的蛇硬!"
鸠鸠轻笑:"算了,我拿宠物扛。"

凌小路初次踏足竞技馆,场馆占地甚广,放眼望去有1V1、3V3、5V5馆,还有专门的宠物对战馆。
他遇到了一个哲学难题,如果自己上去打,是应该去1V1馆呢,还是去宠物对战馆?如果他跟雷噜噜出现在同一个竞技场上,嵇蒙会举谁的灯牌?
既然来这里是离争提出来的,他主动缴纳了建队费用:"队名有要求吗?"
"随意。"
"你定吧师父!"
片刻后,队伍成立,队名——鹿战队。
三人被传送至备战准备区。
"师父,对手厉害吗?"凌小路跃跃欲试。
"这要看你的运气如何了。"
"不要紧张,等下跟好我。"鸠鸠安抚他。
"他打哪个,你就去攻击另外一个。"离争下了截然相反的指示,"既然选择近战,就要有独自牵制住至少一个对手的觉悟。"
"好的!"凌小路认真点头,"还有呢?"
"留意整个战场,不要让我的施法被打断。"
"就是保护师父不让敌人攻击你的意思吗?"

"鼎鼎有名的离争,躲在徒弟后面,不难堪吗?"鸠鸠笑言中带着讽刺。

"让徒弟在历练中成长,是我的责任。"离争也不退让,"这就是为什么你当不了他的师父。"

第一场比赛抽签完毕,狍灰甲VS鹿战队!

凌小路兴致勃勃地站在最前排,门一开就迫不及待地走了出去。

"上吧!"

在他身后,离争鸠鸠一左一右,三人构成了完美的等腰三角形阵型。

竞技馆里所有比赛都允许自由观看,由于这是第一层的赛场,现场观众不多,只有三两闲人。

"哥们儿,这一场是哪两个队比?"

"都没怎么听过,有一个还是新注册的战队,半点公开消息都没有。"

"新战队?那我买对面好了,我全部身家都在楼上输光了,剩下的钱只够押第一层的比赛。希望这次能给我个机会捞回成本,不然我真是要身无分文了。"

凌小路昂首挺胸地走进比赛场地,对面的门也开了,只出来两个人。

毫无竞技经验的凌小路一愣,怎么才来了两个人?

对面倒是不觉得意外:"只有你一个人?诱饵还是献祭?"

凌小路:啥?

他猛地转头,视野范围内空有缓慢合拢的备战区大门。

"爱你!人呢?!"

(未完待续)

本书由易修罗委托长沙大鱼文化传媒有限公司正式授权广东旅游出版社,在中国大陆地区独家出版中文简体版本。未经书面同意,本书的任何部分不得以图表、电子、影印、缩拍、录音和其他手段进行复制和转载,违者必究。